O Século do Vento

Memória do Fogo
Vol. 3

Eduardo Galeano

O Século do Vento

Tradução de Eric Nepomuceno

L&PM EDITORES

1ª edição: janeiro de 1998
2ª edição: junho de 2005

Capa: Marco Cena
Tradução: Eric Nepomuceno
Revisão: Cíntia Moscovich e Delza Menin

ISBN: 85.254.0818-2

G151m Galeano, Eduardo, 1940-
Memória de fogo 3: O século do vento / Eduardo Galeano; tradução de Eric Nepomuceno. -- Porto Alegre -- L&PM, 1998.
376 p. ; 21 cm

1. América Latina-História. I. Título.

CDU 98(=)

Catalogação elaborada por Izabel A. Merlo, CRB 10/329

PORTO ALEGRE: Rua Comendador Coruja 314, loja 9 - 90220-180
Floresta - RS / Fone: 51.3225.5777
PEDIDOS & DEPTO. COMERCIAL: vendas@lpm.com.br
FALE CONOSCO: info@lpm.com.br
www.lpm.com.br

IMPRESSO NO BRASIL
Inverno de 2005

Sumário

Este livro

é o volume final da trilogia *Memória do fogo*. Não se trata de uma antologia, e sim de uma criação literária, que se apóia em bases documentadas, mas se move com inteira liberdade. O autor ignora o gênero ao qual pertence esta obra: narrativa, ensaio, poesia épica, crônica, depoimento... Talvez pertença a todos e a nenhum. O autor conta o que ocorreu, a história da América e sobretudo da América Latina; e gostaria de fazê-lo de tal maneira, que o leitor sinta que o acontecido torna a acontecer enquanto o autor conta.

No alto dos capítulos, indicam-se o ano e o lugar de cada acontecimento, exceto em certos textos que não se situam em determinado momento ou lugar. Ao pé, os números indicam as principais obras que o autor consultou na procura de informação e marcos de referência. A ausência de números revela que nesse caso o autor não consultou nenhuma fonte escrita, ou que obteve sua matéria-prima da informação geral de jornais e revistas, ou da boca de protagonistas ou testemunhas. A lista das fontes consultadas pelo autor está no final do livro.

As transcrições literais estão em itálico.

Gratidões

A Helena Villagra, que tanto ajudou em cada uma das etapas do trabalho. Sem ela, *Memória do fogo* não teria sido possível;

aos amigos cuja colaboração foi agradecida nos volumes anteriores, e que também agora colaboraram proporcionando fontes, pistas, sugestões;

a Alfredo Ahuerma, Susan Bergholz, Leonardo Cáceres, Rafael Cartay, Alfredo Cedeño, Alessandra Riccio, Enrique Fierro, César Galeano, Horácio García, Sergius Gonzaga, Berta e Fernando Navarro, Eric Nepomuceno, David Sánchez-Juliao, Andrés Soliz Rada e Julio Valle-Castillo, que facilitaram o acesso à bibliografia necessária;

a Jorge Enrique Adoum, Pepe Barrientos, Álvaro Barros-Lémez, Jean-Paul Borel, Rogelio García Lupo, Mauricio Gatti, Juan Gelman, Santiago Kovadloff, Ole Ostergaard, Rami Rodríguez, Miguel Rojas-Mix, Nicole Rouan, Pilar Royo, José María Valverde e Daniel Vidart, que leram os rascunhos com paciência chinesa.

Este livro
é dedicado a Mariana, a Pulguinha.

Agarrando-nos ao vento com as unhas
Juan Rulfo

1900
San José de Gracia

O MUNDO CONTINUA

Teve gente que gastou as economias de várias gerações numa única farra sem fim. Muitos insultaram quem não podiam e beijaram quem não deviam, mas ninguém quis acabar sem a confissão. O padre da aldeia deu preferência às grávidas e às recém-paridas. O abnegado sacerdote passou três dias e três noites pregado no confessionário, até que desmaiou por indigestão de pecados.

Quando chegou a meia-noite do último dia do século, todos os habitantes da aldeia de San José de Gracia se prepararam para morrer direito. Muita ira Deus havia acumulado desde a fundação do mundo, e ninguém duvidou que era chegado o momento do estouro final. Sem respirar, olhos fechados, dentes apertados, as pessoas escutaram as doze badaladas da igreja, uma depois da outra, muito convencidas de que não haveria depois.

Mas houve. Faz tempo que o século vinte se pôs a caminhar e continua como se não tivesse acontecido nada. Os habitantes de San José de Gracia continuam nas mesmas casas, vivendo ou sobrevivendo entre as mesmas montanhas do centro do México, para desilusão das beatas, que esperavam o Paraíso, e para alívio dos pecadores, que acham que afinal de contas até que esta aldeola não é tão ruim assim, se a gente for comparar.

*(200)**

---

* Os números ao pé de cada texto indicam as fontes documentais que o autor consultou e que fazem parte da lista que se publica no final deste volume.

1900
Orange, Nova Jérsei

Edison

Graças a seus inventos, o século que nasce recebe luz e música.

A vida cotidiana leva a marca de Thomas Alva Edison. Sua lâmpada elétrica ilumina as noites e seu fonógrafo guarda e difunde as vozes do mundo, que nunca mais se perderão. Fala-se por telefone graças ao microfone que Edison acrescentou ao aparelho de Graham Bell e vê-se cinema pelo projetor com o qual ele completou a invenção dos irmãos Lumière.

No escritório de patentes as pessoas põem a mão na cabeça cada vez que ele aparece. Edison não deixa passar um minuto sem criar alguma coisa. É assim desde que ele era um garoto vendedor de jornais nos trens e um belo dia decidiu que bem podia fazê-los, além de vendê-los – e pôs mãos à obra.

(*99* e *148*)

1900
Montevidéu

Rodó

O Mestre, estátua que fala, lança seu sermão às juventudes da América.

José Enrique Rodó reivindica o etéreo Ariel, espírito puro, contra o selvagem Calibã, o bruto que quer comer. O século que nasce é o tempo dos quaisquer. O povo quer democracia e sindicatos; e Rodó adverte que a multidão bárbara pode pisotear os topos do reino do espírito, onde têm sua morada os seres superiores. O intelectual escolhido pelos deuses, o grande homem imortal, bate-se na defesa da propriedade privada da cultura.

Rodó também ataca a civilização norte-americana, fundada na vulgaridade e no utilitarismo. Opõe a esta civilização a tradição aristocrática espanhola, que despreza o sentido prático, o trabalho manual, a técnica e outras mediocridades.

(*273*, *360* e *386*)

1901

Nova Iorque

Esta é a América, e ao sul o nada

Andrew Carnegie vende, por 250 milhões de dólares, o monopólio do aço. Quem compra é o banqueiro John Pierpont Morgan, dono da General Electric, que funda assim a United States Steel Corporation. Febre de consumo, vertigem do dinheiro caindo em cascata do alto dos arranha-céus: os Estados Unidos pertencem aos monopólios, e os monopólios, a um punhado de homens, mas multidões de operários acodem da Europa, ano após ano, chamados pelas sirenas das fábricas, e dormindo na coberta sonham que ficarão milionários assim que saltarem sobre o cais de Nova Iorque. Na idade industrial, o Eldorado está nos Estados Unidos; e os Estados Unidos são a América.

Ao sul, a outra América não atina nem com balbuciar o próprio nome. Um relatório recém-publicado revela que *todos* os países desta sub-América têm tratados comerciais com os Estados Unidos, Inglaterra, França e Alemanha, mas *nenhum* tem tratados com seus vizinhos. A América Latina é um arquipélago de pátrias bobas, organizadas para o desvínculo e treinadas para desamar-se.

(*113* e *289*)

1901

Em toda a América Latina

As procissões saúdam o século que nasce

Nas aldeias e cidades ao sul do rio Bravo, anda aos tropeços Jesus Cristo, animal moribundo reluzente de sangue, e atrás dele ergue tochas e cânticos a multidão, chagada, esfarrapada: povo atormentado por mil males que nenhum médico ou mãe-de-santo seria capaz de curar, mas merecedor de venturas que nenhum profeta ou vende-sorte seria capaz de anunciar.

1901
Amiens

Verne

Faz vinte anos que Alberto Santos Dumont leu Júlio Verne. Lendo Júlio Verne tinha fugido de sua casa e do Brasil e do mundo, tinha viajado pelos céus, de nuvem em nuvem, e tinha decidido viver no ar.

Agora, Santos Dumont derrota o vento e a lei da gravidade. O aeronauta brasileiro inventa um globo dirigível, dono de seu rumo, que não anda à deriva e que não se perderá em alto-mar, nem na estepe russa, nem no pólo Norte. Provido de motor, hélice e timão, Santos Dumont se eleva no ar, dá uma volta completa na torre Eiffel e a contravento aterrissa no lugar escolhido, frente à multidão que o aclama.

Em seguida viaja até Amiens, para apertar a mão do homem que o ensinou a voar.

Enquanto oscila em sua cadeira de balanço, Júlio Verne alisa a grande barba branca. Gosta deste garoto mal disfarçado de senhor, que o chama de *meu Capitão* e que olha para ele sem piscar os olhos.

(*144 e 424*)

1902
Quezaltenango

O governo decide que a realidade não existe

Tambores e clarins clamam a todo vapor, na praça principal de Quezaltenango, convocando os cidadãos; mas ninguém pode escutar nada além do pavoroso estrondo do vulcão Santa Maria em plena erupção.

O pregoeiro lê aos gritos o decreto do governo superior. Mais de cem povoados desta comarca da Guatemala estão sendo arrasados pelo alude de lava e lodo e pela incessante chuva de cinzas, enquanto o pregoeiro, cobrindo-se do jeito que pode, cumpre seu dever. O vulcão Santa Maria faz tremer a terra debaixo de seus pés e o bombardeia com pedradas na cabeça. Em pleno meio-dia é noite total, e na cerração nada mais se vê que o vômito de fogo do vulcão. O pregoeiro grita desesperadamente, lendo o decreto a duras penas, entre as sacudidelas da luz da lanterna.

O decreto, assinado pelo presidente Manuel Estrada Cabrera, informa à população que o vulcão Santa Maria está em calma, e que em calma permanecem todos os demais vulcões da Guatemala, que o cataclismo ocorre longe daqui, em alguma parte do México, e que, sendo normal a situação, nada impede que hoje se celebre a festa da deusa Minerva, que acontecerá na capital, apesar dos maléficos rumores dos inimigos da ordem.

(28)

1902
Cidade da Guatemala

Estrada Cabrera

Na cidade de Quezaltenango, Manuel Estrada Cabrera tinha exercido, durante muitos anos, *o augusto sacerdócio da Lei no majestoso templo da Justiça sobre a rocha implacável da Verdade*. Quando acabou de depenar a província, o doutor veio para a capital, onde chegou ao apogeu feliz de sua carreira política assaltando, revólver em punho, a presidência da Guatemala.

Desde então, restabeleceu em todo o país o uso do cepo, do açoite e da forca. Assim, os índios recolhem grátis o café nas plantações e os pedreiros levantam grátis prisões e quartéis.

Dia sim, outro também, em solene cerimônia, o presidente Estrada Cabrera coloca a primeira pedra de uma nova escola que jamais será construída. Ele se outorgou o título de Educador dos Povos e Protetor da Juventude Estudiosa, e em sua própria homenagem celebra a cada ano a colossal festa da deusa Minerva. No Partenon daqui, que reproduz o Partenon helênico em tamanho natural, tangem suas liras os poetas: anunciam que a Cidade da Guatemala, Atenas do Novo Mundo, tem um Péricles.

(*28*)

1902
Saint Pierre

Só o condenado se salva

Também na ilha Martinica explode um vulcão. Acontece um ruído como o do mundo partindo-se em dois, e a montanha Pelée cospe uma imensa nuvem vermelha, que cobre o céu e cai, incandescente, sobre a terra. Num piscar de olhos, fica aniquilada a cidade de Saint Pierre. Desaparecem seus trinta e quatro mil habitantes – menos um.

O que sobrevive é Ludger Sylbaris, o único preso da cidade. As paredes do cárcere tinham sido feitas à prova de fugas.

(*188*)

1903
Cidade do Panamá

O Canal do Panamá

A passagem entre os mares tinha sido uma obsessão dos conquistadores espanhóis. Com furor a buscaram; e a encontraram demasiado ao sul, lá pela remota e gelada Terra do Fogo. E quando alguém teve a idéia de abrir a cintura estreita da América Central, o rei Felipe II mandou parar: proibiu a escavação do canal, sob pena de morte, *porque o homem não deve separar o que Deus uniu.*

Três séculos depois, uma empresa francesa, a Companhia Universal do Canal Interoceânico, começou os trabalhos no Panamá. A empresa avançou trinta e três quilômetros e faliu estrepitosamente.

Desde então, os Estados Unidos decidiram concluir o canal e ficar com ele. Há um inconveniente: a Colômbia não está de acordo e o Panamá é uma província da Colômbia. Em Washington, o senador Hanna aconselha a esperar, *devido à natureza dos animais com os quais estamos tratando*, mas o presidente Teddy Roosevelt não acredita na paciência. Roosevelt manda uns quantos *marines* e faz a independência do Panamá. E assim se transforma em país esta província, por obra e graça dos Estados Unidos e seus navios de guerra.

(*240* e *423*)

1903
Cidade do Panamá

Nesta guerra morrem um chinês e um burro,

vítimas dos disparos de uma canhoneira colombiana, mas não há outras desgraças a lamentar. Manuel Amador, novo presidente do Panamá, desfila entre bandeiras dos Estados Unidos, sentado numa poltrona que a multidão leva em andor. Amador vai gritando vivas a seu colega Roosevelt.

Duas semanas depois, em Washington, no Salão Azul da Casa Branca, é assinado o tratado que entrega aos Estados Unidos, à perpetuidade, o canal que ainda está pela metade e mais de mil e quatrocentos quilômetros quadrados de território panamenho. Representando a república recém-nascida, atua na ocasião Philippe Bunau-Varilla, mago dos negócios, acrobata da política, cidadão francês.

(*240* e *423*)

1903
La Paz

HUILKA

Os liberais bolivianos ganharam a guerra contra os conservadores. Ou melhor, ganhou para eles o exército índio de Pablo Zárate Huilka. Foram feitas pela indiada as façanhas que os bigodudos militares se atribuem.

O coronel José Manuel Pando, chefe liberal, tinha prometido aos soldados de Huilka a emancipação de toda servidão e a recuperação da terra. De batalha em batalha, Huilka ia implantando o poder índio: à sua passagem pelos povoados, devolvia às comunidades as terras usurpadas e degolava quem vestisse calças.

Derrotados os conservadores, o coronel Pando se faz general e presidente. Então declara, com todas as letras:

– *Os índios são seres inferiores. Sua eliminação não é um delito.*

E procede. Fuzila muitos. Huilka, seu imprescindível aliado da véspera, ele mata várias vezes, por bala, corte e corda. Mas nas noites de chuva Huilka espera o presidente Pando na saída do palácio do governo e crava-lhe os olhos, sem dizer palavra, até Pando desviar o olhar.

(*110* e *475*)

1904
Rio de Janeiro

A VACINA

Matando ratazanas e mosquitos, venceu a peste bubônica e a febre amarela. Agora Oswaldo Cruz declara guerra à varíola.

Os brasileiros morrem, por causa da varíola, aos milhares. Cada vez morrem mais, enquanto os médicos sangram os moribundos e os curandeiros espantam a peste com fumaça de bosta de vaca. Oswaldo Cruz, responsável pela higiene pública, implanta a vacina obrigatória.

O senador Rui Barbosa, orador de peito inchado e douta lábia, pronuncia discursos que atacam a vacina com jurídicas armas floridas de adjetivos. Em nome da liberdade, Rui Barbosa defende o direito de cada indivíduo se contaminar se quiser. Torrenciais aplausos e ovações o interrompem de frase em frase.

Os políticos se opõem à vacina. E os médicos. E os jornalistas: não há jornal que não publique coléricos editoriais e impiedosas caricaturas que têm por vítima Oswaldo Cruz. Ele não pode pôr a cara na rua sem sofrer insultos e pedradas.

O país inteiro cerra fileiras contra a vacina. Por toda parte ouvem-se condenações à vacina. Contra a vacina se alçam em armas os alunos da Escola Militar, que por pouco não derrubam o presidente.

(*158*, *272*, *378* e *425*)

1905
Montevidéu

O AUTOMÓVEL,

animal rugidor, lança seu primeiro bote mortal em Montevidéu. Um desarmado caminhante cai esmagado ao cruzar uma esquina do centro.

Poucos automóveis chegaram a estas ruas, mas as velhinhas se persignam e a multidão foge buscando refúgio nos saguões.

Até há pouco, por esta cidade sem motores andava ainda trotando o homem que pensava ser um bonde. Nas ladeiras descarregava seu açoite invisível e nas descidas puxava as rédeas que ninguém via. Nas esquinas soprava uma corneta de ar, como eram de ar os cavalos e os passageiros que subiam nas paradas, e também as passagens que ele vendia e as moedas que recebia. Quando o homem-bonde deixou de passar, e nunca mais passou, a cidade de Montevidéu descobriu que esse maluco fazia falta.

(*413*)

1905
Montevidéu

OS POETAS DECADENTES

Roberto de las Carreras sobe na varanda. Amassados contra o peito, leva um ramo de rosas e um soneto incandescente. Mas no lugar da bela odalisca, espera-o um senhor mal-humorado, que dispara cinco tiros. Dois acertam no alvo. Roberto cerra as pálpebras e murmura:

– *Esta noite jantarei com os deuses.*

Não janta com os deuses e sim com os enfermeiros, no hospital. E poucos dias depois, este belo Satã, que jurou corromper todas as montevideanas casadas e por casar, torna a passear sua extravagante estampa pela rua Sarandí. Muito vaidoso exibe seu colete vermelho, condecorado com dois buracos. E na capa de seu novo livro, *Diadema fúnebre*, estampa uma mancha de sangue.

Outro filho de Byron e Afrodite é Julio Herrera y Reissig, que chama de Torre dos Panoramas o infecto sótão onde escreve e recita. Julio e Roberto se afastaram, por causa do roubo de uma metáfora. Mas os dois continuam na mesma guerra contra a pudica tribo de Tontovidéu, que em matéria de afrodisíacos não chegou além da gema de ovo com vinho de missa, e em matéria de belas letras, melhor nem falar.

(*284* e *389*)

1905
Ilopango

MIGUEL NA PRIMEIRA SEMANA

A senhorita Santos Mármol, prenhe na marra, nega-se a dar o nome do autor de sua desonra. A mãe, dona Tomasa, dá duro nela, a pauladas. Dona Tomasa, viúva de homem pobre mas branco, suspeita o pior.

Quando o menino nasce, a repudiada senhorita Santos o pega nos braços:

– *Este é teu neto, mamãe.*

Dona Tomasa dá um grito de espanto ao ver o recém-nascido, aranha azul, índio bicudo, tão feioso que dá mais cólera que pena, e bate, plam, a porta em seu nariz.

Diante de tal batida de porta, a senhorita Santos se esparrama pelo chão. Debaixo de sua desmaiada mãe, o recém-nascido parece morto. Mas, quando os vizinhos a tiram de cima, o esmagadinho solta um tremendo berro.

E assim ocorre o segundo nascimento de Miguel Mármol, quase ao princípio da sua idade.

(*126*)

1906
Paris

Santos Dumont

Cinco anos depois de ter criado o globo dirigível, o brasileiro Santos Dumont inventa o avião.

Santos Dumont passou estes cinco anos metido nos hangares, armando e desarmando enormes bichos de ferro e bambu que a toda hora, e a todo vapor, nasciam e desnasciam; à noite, dormiam adornados com asas de gaivota e barbatanas de peixe, e amanheciam transformados em libélulas ou patos selvagens. Nestes bichos, Santos Dumont quis ir embora da terra e foi por ela retido: chocou-se e explodiu; sofreu incêndios, tombos e naufrágios; sobreviveu de teimoso. E assim lutou e lutou, até que finalmente conseguiu que um dos bichos fosse avião ou tapete mágico, navegando pelos altos céus.

Todo mundo quer conhecer o herói da imensa façanha, o rei do ar, o senhor dos ventos, que mede um metro e meio, fala sussurrando e não pesa mais do que uma mosca.

(*144* e *424*)

1907
Sagua la Grande

Lam

No primeiro ardor desta manhã calorenta, o menino desperta e vê. O mundo está de pernas para o alto e girando; e na vertigem do mundo, um desesperado morcego voa em círculos perseguindo sua própria sombra. Foge pela parede a negra sombra, e o morcego, querendo caçá-la, não consegue nada a não ser açoitá-la com a asa.

O menino se levanta num pulo, cobrindo a cabeça com as mãos, e se choca de supetão contra um grande espelho. No espelho, vê ninguém ou vê outro. E ao se virar vê, no armário aberto, as roupas decapitadas de seu pai chinês e de seu avô negro.

Em algum lugar da manhã, um papel branco o espera. Mas este menino cubano, este pânico que se chama Wilfredo Lam, ainda não pode desenhar a perdida sombra que gira loucamente no mundo alucinante, porque ainda não descobriu sua deslumbrante maneira de exorcizar o medo.

(319)

1907
Iquique

Bandeiras de vários países

encabeçam a marcha dos trabalhadores do salitre, através do cascalhoso deserto do norte do Chile. Milhares de trabalhadores em greve e milhares de mulheres e crianças caminham rumo ao porto de Iquique, gritando palavras de ordem e canções.

Quando os trabalhadores ocupam Iquique, o ministro do Interior dá a ordem de matar. Os trabalhadores, em contínua assembléia, decidem agüentar firmes e sem arremessar nenhuma pedra.

José Briggs, chefe da greve, é filho de um norte-americano, mas se nega a pedir proteção ao cônsul dos Estados Unidos. O cônsul do Peru tenta levar com ele os trabalhadores peruanos. Os trabalhadores peruanos não abandonam seus companheiros chilenos.

O cônsul da Bolívia quer salvar os trabalhadores bolivianos. Os trabalhadores bolivianos dizem:

– *Com os chilenos vivemos, com os chilenos morremos.*

As metralhadoras e os fuzis do general Roberto Silva Renard varrem os grevistas desarmados e abandonam o toldo.

O ministro Rafael Sotomayor justifica a carnificina em nome das coisas mais sagradas, que são, em ordem de importância: *a propriedade, a ordem pública e a vida.*

(*64* e *326*)

1907

Rio Batalha

Nimuendajú

Curt Unkel não nasceu índio; mas virou, ou descobriu que era. Faz anos veio da Alemanha ao Brasil e no Brasil, no mais profundo do Brasil, reconheceu os seus. Desde então acompanha os índios guaranis que, através da selva, peregrinam buscando o paraíso. Com eles compartilha a comida e compartilha a alegria de compartilhar a comida.

Altos se elevam os cânticos. Noite adentro cumpre-se uma cerimônia sagrada. Os índios estão perfurando o lábio inferior de Curt Unkel, que passa a se chamar Nimuendajú, ou seja: *O que cria sua casa.*

(*316*, *374* e *411*)

1908

Assunção

Barrett

Pode ser que ele tenha vivido no Paraguai antes, séculos ou milênios antes, quem sabe quando, e tinha esquecido. O certo é que há quatro anos, quando por acaso ou curiosidade Rafael Barrett desembarcou neste país, sentiu que tinha chegado a um lugar que o estava esperando, porque este infeliz lugar era seu lugar no mundo.

Desde então discursa para o povo nas esquinas, trepado num caixote, e nos jornais e folhetos publica furiosas revelações e denúncias. Barrett se mete nesta realidade, delira com ela e nela se queima.

O governo o expulsa. As baionetas empurram para a fronteira o jovem anarquista, deportado por ser *agitador estrangeiro*.

O mais paraguaio dos paraguaios, a raiz mais plantada nesta terra, a saliva mais saliva desta boca, nasceu nas Astúrias, de mãe espanhola e pai inglês, e educou-se em Paris.

(37)

1908
Alto Paraná

As plantações de mate

Um dos pecados que Barrett cometeu, imperdoável violação de tabu, é a denúncia da escravidão nas plantações de erva-mate.

Quando, há quarenta anos, acabou a guerra de extermínio contra o Paraguai, os países vencedores legalizaram, em nome da civilização e da liberdade, a escravidão dos sobreviventes e dos filhos dos sobreviventes. Desde então os latifundiários argentinos e brasileiros contam por cabeças, como se fossem vacas, seus peões paraguaios.

(37)

1908
San Andrés de Sotavento

O governo decide que os índios não existem

O governador, general Miguel Marino Torralvo, expede o certificado exigido pelas empresas petroleiras que operam nas costas da Colômbia. *Os índios não existem*, certifica o governador, na presença do escrivão e com testemunhas. Já faz três anos que a lei número 1905/55, aprovada em Bogotá pelo Congresso Nacional, estabeleceu que os índios não existiam em San Andrés de Sotavento e outras comunidades índias onde haviam brotado súbitos jorros de petróleo. Agora o governador não faz mais do que confirmar a lei. Se os índios existissem, seriam ilegais. Por isso foram mandados ao cemitério ou ao desterro.

(*160*)

1908
San Andrés de Sotavento

Retrato de um senhor de vidas e fazendas

O general Miguel Marino Torralvo, verdugo de índios e mulheres, glutão de terras, governa a cavalo estas comarcas das costas colombianas. Com o cabo do chicote golpeia caras e portas e indica destinos. Quem por ele passa, beija-lhe a mão. A cavalo vai pelos caminhos, em seu terno branco impecável, sempre seguido por um pajem montado num burro. O pajem leva o *brandy*, a água fervida, o estojo de barbear e o caderno onde o general anota os nomes das donzelas que come.

Suas propriedades vão crescendo ao seu passar. Começou com uma fazenda de gado e já tem seis. Partidário do progresso sem esquecer a tradição, usa o arame farpado para pôr limite às terras e o cepo para pôr limite às pessoas.

(*160*)

1908
Guanape

Retrato de outro senhor de vidas e fazendas

Ordena:

– *Digam-lhe para ir carregando sua mortalha na anca do cavalo.*

Castiga com cinco tiros, por faltar à obrigação, o servo que demora para pagar a fânega de milho que deve, ou o que começa a criar caso na hora de ceder uma filha ou uma terra:

– *Pouco a pouco* – ordena –. *E que só o último tiro seja mortal.*

Nem a própria família se salva das iras de Deogracias Itriago, o mandachuva do vale venezuelano de Guanape. Uma noite, um parente montou seu melhor cavalo, para chegar vistoso num baile: na manhã seguinte, dom Deogracias mandou atá-lo de barriga para baixo em quatro estacas, e com o ralador de mandioca esfolou seus pés e suas sentadeiras, para tirar-lhe a vontade de dançar e se exibir em cavalo alheio.

Quando finalmente o matam, num descuido, uns peões por ele condenados, durante nove noites a família reza a novena de defuntos, e nove noites de baile corrido celebra o povo de Guanape. Ninguém se cansa de se alegrar e nenhum músico pede um tostão para tocar tão seguido.

(410)

1908
Mérida de Iucatã

Cai a cortina

Já se afasta o trem, já vai-se embora o presidente do México.

Porfirio Díaz examinou as plantações de henequém em Iucatã e está levando a mais grata impressão:

– *Belo espetáculo* – disse, enquanto jantava com o bispo e com os donos de milhões de hectares e milhares de índios que produzem fibras baratas para a International Harvester Company –. *Aqui respira-se uma atmosfera de felicidade geral.*

A fumaça da locomotiva já se perde no ar. E então caem, tombadas por um tapa, as casas de cartolina pintada, com suas janelas formosas; grinaldas e bandeirinhas viram lixo, lixo varrido, lixo queimado, e o vento arranca num sopro os arcos de flores que cobriam os caminhos. Concluída a fugaz visita, os mercadores de Mérida recuperam as máquinas de costura, os móveis norte-americanos e as roupas novinhas em folha que os escravos tinham usado enquanto durou a função.

Os escravos são índios maias, daqueles que até há pouco viviam livres no reino da pequena cruz que falou, e também índios yaquis das planícies do Norte, comprados a quatrocentos pesos por cabeça. Dormem amontoados em fortalezas de pedra e trabalham ao ritmo do açoite molhado. Quando algum se põe arisco, é sepultado até as orelhas, e depois tocam os cavalos por cima dele.

(*40, 44, 245* e *451*)

1908
Ciudad Juárez

Procura-se

Há um par de anos, os *rangers* norte-americanos atravessaram a fronteira do México, a pedido de Porfirio Díaz, para esmagar a greve dos mineiros de cobre em Sonora. Com presos e fuzilados acabou, depois, a greve têxtil em Veracruz. Este ano explodiram greves em Coahuila, Chihuahua e Iucatã.

A greve, que perturba a ordem, é um crime. Quem a comete comete crime. Os irmãos Flores Magón, agitadores da classe operária, são os criminosos de máxima periculosidade. Seus rostos são exibidos na parede da estação do trem, em Ciudad Juárez e em todas as estações dos dois lados da fronteira. Por cada um dos irmãos, a agência de detetives Furlong oferece quarenta mil dólares de recompensa.

Os Flores Magón há alguns anos satirizam o eterno Porfirio Díaz. Em seus jornais e panfletos, ensinaram o povo a perder o respeito por ele. Depois de perder o respeito, o povo começa a perder o medo.

(*40, 44* e *245*)

1908
Caracas

Castro

Cumprimenta estendendo o dedo indicador, porque ninguém é digno dos outros quatro. Cipriano Castro reina na Venezuela, e como coroa usa um gorro de borla. Anunciam sua passagem estridente trombetaria, o trovão dos aplausos e o ranger de costas que se inclinam. É seguido por uma caravana de espadachins e bobos da corte. Castro é baixinho, corajoso, bailarino e mulherengo, como Bolívar, e faz cara de Bolívar quando posa para a imortalidade; mas Bolívar perdeu algumas batalhas e Castro, o sempre invicto, nunca.

Tem os calabouços cheios de gente. Não confia em ninguém, exceto em Juan Vicente Gómez, seu braço direito na guerra e no governo, que chama Castro de o Maior Homem dos Tempos Modernos. Mais que de qualquer outro, Castro desconfia dos médicos locais, que curam a lepra e a loucura com caldo de urubu fervido, e portanto decide pôr seus males em mãos de altos sábios na Alemanha.

No porto de La Guaira, embarca rumo à Europa. Mal o navio se afasta do cais, Gómez se apodera do poder.

(*193* e *344*)

1908
Caracas

Bonecas

Cada varão venezuelano é o Cipriano Castro das mulheres que o tocam.

Uma senhorita exemplar serve ao pai e aos irmãos como servirá ao marido, e não faz nem diz nada sem pedir licença. Se tem dinheiro ou berço, acode à missa das sete e passa o dia aprendendo a dar ordens aos serviçais negros, cozinheiras, serventes, babás, amas-de-leite, lavadeiras, e fazendo trabalhos de agulha ou bilro. Às vezes recebe amigas, e até se atreve a recomendar algum livro ousado, sussurrando:

– Se você soubesse como me fez chorar.

Duas vezes por semana, à tardinha, passa algumas horas escutando o noivo, sem olhá-lo e sem permitir que chegue perto, ambos sentados no sofá, frente ao olhar atento da tia. Todas as noites, antes de se deitar, reza as ave-marias do rosário e aplica na pele uma infusão de pétalas de jasmim amassadas em água de chuva à luz da lua cheia.

Se o noivo a abandona, ela se transforma subitamente em tia e fica portanto condenada a vestir santos, defuntos e recém-nascidos, a vigiar noivos, a cuidar de doentes, a dar o catecismo e a suspirar pelas noites, na solidão da cama, contemplando o retrato de quem a desdenhou.

(*117*)

1909

Paris

Teoria da impotência nacional

O boliviano Alcides Arguedas, que está em Paris graças a uma bolsa de estudos dada por Simón Patiño, publica um novo livro, chamado *Povo enfermo*. O rei do estanho dá de comer a Arguedas, para que ele diga que o povo da Bolívia não está doente: *é* doente.

Faz algum tempo, outro pensador boliviano, Gabriel Renê Moreno, descobriu que o cérebro indígena e o cérebro mestiço são *celularmente incapazes* e que pesam entre cinco, sete e dez onças a menos que o cérebro da raça branca. Agora Arguedas sentencia que os mestiços herdam as piores taras de suas estirpes e que por isso o povo boliviano não quer se banhar nem se ilustrar, não sabe ler mas sabe se embebedar, tem duas caras e é egoísta, folgazão e triste. As mil e uma misérias do povo boliviano se originam, pois, em sua própria natureza. Nada têm a ver com a voracidade de seus senhores. Eis aqui um povo condenado pela biologia e reduzido à zoologia. Bestial fatalidade do boi: incapaz de fazer sua história, só pode cumprir seu destino. E esse destino, esse irremediável fracasso, não está escrito nos astros, mas no sangue.

(*29* e *473*)

1909

Nova Iorque

Charlotte

O que aconteceria se uma mulher despertasse uma manhã transformada em homem? E se a família não fosse o campo de treinamento onde o menino aprende a mandar e a menina a obedecer? E se houvesse creches? E se o marido participasse da limpeza e da cozinha? E se a inocência se fizesse dignidade? E se a razão e a emoção andassem de braços dados? E se os pregadores e os jornais dissessem a verdade? E se ninguém fosse propriedade de ninguém?

Charlotte Gilman delira. A imprensa norte-americana a ataca, chamando-a *de mãe desnaturada*; e mais ferozmente a atacam os fantasmas que moram em sua alma e a mordem por dentro. São eles, os temíveis inimigos que Charlotte contém, quem às vezes consegue derrubá-la. Mas ela cai e se levanta, e cai e novamente se levanta, e torna a se lançar pelo caminho. Esta tenaz caminhadora viaja sem descanso pelos Estados Unidos, e por escrito e por falado vai anunciando um mundo ao contrário.

(*195* e *196*)

1909
Manágua

As relações interamericanas e seus métodos mais habituais

Philander Knox foi advogado e é acionista da empresa The Rosario and Light Mines. Além disso, é Secretário de Estado do governo dos Estados Unidos. O presidente da Nicarágua, José Santos Zelaya, não trata com o devido respeito a empresa The Rosario and Light Mines. Zelaya pretende que a empresa pague os impostos que jamais pagou. O presidente tampouco trata com o devido respeito a Igreja. A Santa Mãe anda injuriada desde que Zelaya expropriou-lhe terras, suprimiu-lhe os dízimos e as primícias e profanou-lhe o sacramento do matrimônio com uma lei de divórcio. De maneira que a Igreja aplaude quando os Estados Unidos rompem relações com a Nicarágua e o Secretário de Estado Philander Knox manda uns *marines* que derrubam o presidente Zelaya e põem no seu lugar o contador da empresa The Rosario and Light Mines.

(*10* e *56*)

1910
Selva do Amazonas

Os come-gente

Num piscar de olhos despenca o preço da borracha, que cai à terça parte, e de maneira ruim acaba o sonho de prosperidade das cidades amazônicas. O mercado mundial desperta com uma súbita bofetada nas belas adormecidas, estendidas na selva à sombra da árvore-da-borracha: Belém do Pará, Manaus, Iquitos... De um dia para outro, a chamada Terra do Amanhã se transforma em Terra do Nunca, ou no máximo do Ontem, abandonada pelos mercadores que lhe espremeram até a última gota. As grandes fortunas da borracha fogem da selva do Amazonas para as novas plantações asiáticas, que produzem melhor e mais barato.

Este foi um negócio canibalesco. *Come-gente*, os índios diziam dos caçadores de escravos, que andavam pelos rios em busca de mão-de-obra. De aldeias atopetadas não deixaram mais do que as sobras. Os come-gente mandavam os índios, amarrados, às empresas de borracha. Despachavam-nos nos porões dos barcos, junto às demais mercadorias, com sua correspondente fatura por comissão de venda e gastos de frete.

(*92*, *119*, e *462*)

1910
Rio de Janeiro

O Almirante Negro

A bordo, toque de silêncio. Um oficial lê a condenação. Soam, furiosos, os tambores, enquanto se açoita um marinheiro por qualquer indisciplina. De joelhos, atado à balaustrada da coberta, o condenado recebe seu castigo à vista de toda a tripulação. As últimas chibatadas, duzentas e quarenta e oito, duzentas e quarenta e nove, duzentas e cinqüenta, golpeiam o corpo em carne viva, banhado em sangue, desmaiado ou morto.

E explode o motim. Nas águas da baía da Guanabara, rebela-se a marujada. Três oficiais caem, passados à faca. Os navios de guerra exibem pavilhão vermelho. Um marinheiro raso é o novo chefe da esquadra. João Cândido, o Almirante Negro, alça-se ao vento, na torre de comando da nau capitânia, e os párias em rebelião apresentam-lhe armas.

Ao amanhecer, dois tiros de canhão despertam o Rio de Janeiro. O Almirante Negro adverte: tem a cidade à sua mercê e, se não for proibido o açoite, que é costume na Armada Brasileira, arrasará o Rio de Janeiro sem deixar pedra sobre pedra. Também exige uma anistia. Apontam as bocas dos canhões dos encouraçados para os edifícios mais importantes:

– Queremos resposta, já e já.

A cidade, em pânico, obedece. O governo declara abolidos os castigos corporais na Marinha e decreta o perdão dos sublevados. João

Cândido tira o lenço vermelho do pescoço e baixa a espada. O almirante torna a ser marinheiro.

(*303*)

1910
Rio de Janeiro

Retrato do advogado mais caro do Brasil

Há seis anos, opôs-se à vacina contra a varíola, em nome da Liberdade. A epiderme do indivíduo é tão inviolável quanto sua consciência, dizia Rui Barbosa: O Estado não tem o direito de violar o pensamento nem o corpo, nem mesmo em nome da higiene pública. Agora, condena *com toda a severidade a violência e a barbárie* da rebelião dos marinheiros. O iluminado jurista e preclaro legislador se opõe ao açoite mas repudia os métodos dos açoitados. Os marinheiros, diz, não apresentaram sua justa petição como é devido, civilizadamente, *pelos meios constitucionais, utilizando os canais competentes dentro do marco das normas jurídicas em vigor.*

Rui Barbosa crê na lei, e fundamenta sua fé com eruditas citações de romanos imperiais e liberais ingleses. Na realidade, em compensação, ele não crê. O doutor só mostra certo realismo quando, no fim do mês, recebe seu salário de advogado da empresa estrangeira Light and Power, que no Brasil manda mais que Deus.

(*272* e *303*)

1910
Rio de Janeiro

A realidade e a lei raramente se encontram,

neste país de escravos legalmente livres, e quando se encontram não se cumprimentam. Ainda está fresca a tinta das leis que puseram fim à revolta dos marinheiros, quando traiçoeiramente os oficiais voltam a açoitar e a assassinar rebeldes recém-anistiados. Muitos marinheiros morrem fuzilados em alto-mar. Muitos mais, sepultados vivos nas catacumbas da Ilha das Cobras, chamada Ilha do Desespero, onde lhes atiram água com cal quando se queixam de sede.

O Almirante Negro vai parar num manicômio.

(*303*)

1910
Colônia Maurício

Tolstoi

Desterrado por ser pobre e judeu, Isaac Zimerman veio parar na Argentina. A primeira vez que viu um chimarrão achou que era um tinteiro, e a caneta lhe queimou a mão. Neste pampa levantou seu rancho, não longe dos ranchos de outros peregrinos também vindos dos vales do rio Dniester; e aqui teve filhos e colheitas.

Isaac e sua mulher têm muito pouco, quase nada, e o pouco que têm é tido com graça. Uns caixotes de verdura servem de mesa, mas a toalha parece sempre engomada, sempre muito branca, e sobre a toalha as flores dão cor, e as maçãs, aroma.

Uma noite, os filhos encontram Isaac sentado frente a esta mesa, com a cabeça nas mãos, derrubado. À luz da vela descobrem sua cara molhada. E ele conta. Diz a eles que por acaso, por puro acaso, acaba de ficar sabendo que lá longe, lá na outra ponta do mundo, morreu Leão Tolstoi. E explica para eles quem era esse velho amigo dos camponeses, que tão grandiosamente soube retratar seu tempo e anunciar outro.

(*155*)

1910
Havana

O CINEMA

Escadinha no ombro, anda o faroleiro. Com sua longa pértiga acende as mechas, para que as pessoas possam caminhar sem tropeçar pelas ruas de Havana.

De bicicleta anda o mensageiro. Leva rolos de filmes debaixo do braço, de um cinema para outro, para que as pessoas possam caminhar sem tropeços por outros mundos e outros tempos, e flutuar no alto céu, junto a uma moça sentada numa estrela.

Esta cidade tem duas salas consagradas à maior maravilha da vida moderna. As duas exibem os mesmos filmes. Quando o mensageiro demora com os rolos, o pianista distrai a platéia com valsas e *danzones*, ou o lanterninha recita seletos fragmentos de Dom Juan *Tenorio*. Mas o público rói as unhas esperando que na escuridão resplandeça a mulher fatal com suas olheiras de dormitório, ou galopem cavaleiros de cota de malha, com passo de epilepsia, rumo ao castelo envolto em bruma.

O cinema rouba público do circo. A multidão já não faz fila para ver o bigodudo domador de leões, ou a Bela Geraldine enlatada de lantejoulas, refulgindo de pé sobre o cavalo francês de ancas enormes. Também os marioneteiros abandonam Havana e vão perambular por praias e aldeias, e fogem os ciganos que lêem a sorte, o urso melancólico que dança ao som de um pandeiro, o bode que dá voltas sobre o tamborete e os esquálidos saltimbancos vestidos de xadrez. Todos eles vão embora de Havana porque as pessoas já não lhes atiram moedas por admiração, e sim por compaixão.

Não há quem possa contra o cinema. O cinema é mais milagroso que a água de Lourdes. Com canela do Ceilão se cura o frio no ventre; com salsinha, o reumatismo; e com o cinema, todo o resto.

(292)

1910
Cidade do México

O Centenário e o amor

Por cumprirem-se cem anos da independência do México, todos os bordéis da capital exibem o retrato do Presidente Porfirio Díaz.

Na cidade do México, duas em cada dez mulheres jovens exercem a prostituição. Paz e Ordem, Ordem e Progresso: a lei regulamenta este ofício tão numeroso. A lei de bordéis, promulgada por Dom Porfirio, proíbe praticar o comércio carnal sem a devida dissimulação ou nas proximidades de escolas e igrejas. Também proíbe a mistura de classes sociais – *nos bordéis só haverá mulheres da classe à qual pertençam os clientes* –, ao mesmo tempo que impõe controles sanitários e impostos e obriga as marafonas *a impedir que suas pupilas saiam à rua reunidas em grupos que chamem a atenção.* Não sendo em grupos, podem sair: condenadas a mal viver entre a cama, o hospital e o cárcere, as putas têm ao menos o direito de um ou outro passeiozinho pela cidade. Neste sentido, são mais afortunadas que os índios. Por ordem do presidente, que é índio mixtec quase puro, os índios não podem caminhar pelas avenidas principais nem se sentar nas praças públicas.

(300)

1910
Cidade do México

O Centenário e a comida

Inaugura-se o Centenário com um banquete de alta cozinha francesa nos salões do Palácio Nacional. Trezentos e cinqüenta garçons servem os pratos preparados por quarenta cozinheiros e sessenta ajudantes que atuam sob as ordens do exímio Sylvain Daumont.

Os mexicanos elegantes comem em francês. Preferem a *crêpe* à panqueca de milho, parente pobre aqui nascida, e *os oeufs cocotte* aos ovos *rancheros*. O molho *bechamel* acaba sendo para eles muito mais digno que o *guacamole*, por ser o *guacamole* uma deliciosa mas demasiado indígena mistura de abacate com tomate e pimenta. Postos a escolher entre a pimenta estrangeira e a pimenta mexicana, os sinhozinhos renegam a nacional, embora depois deslizem, às escondidas, até a cozinha de casa, para comê-la em segredo, moída ou inteira, acompanhante ou acompanhada, recheada ou solitária, despida ou sem pelar.

(*318*)

1910
Cidade do México

O Centenário e a arte

O México não celebra sua festa pátria com uma exposição de artes plásticas nacionais, e sim com uma grande exposição de arte espanhola, trazida de Madri. Para que os artistas espanhóis brilhem como merecem, Dom Porfirio construiu para eles um pavilhão especial em pleno centro.

No México, até as pedras do edifício dos Correios vieram da Europa, como tudo o que aqui se considera digno de ser olhado. Da Itália, França, Espanha ou Inglaterra chegam os materiais de construção e também os arquitetos, e quando o dinheiro não é suficiente para importar arquitetos, os arquitetos nativos se encarregam de levantar casas igualzinhas às de Roma, Paris, Madri ou Londres. Enquanto isso, os pintores mexicanos pintam Virgens em êxtase, rechonchudos cupidos e senhoras de alta sociedade à maneira européia de meio século atrás, e os escultores dão títulos em francês – *Malgré tout, Désespoir, Après l'orgie* – para seus monumentais mármores e bronzes.

À margem da arte oficial e longe dos figurões, o gravador José Guadalupe Posadas é o genial desnudador de seu país e de seu tempo. Nenhum crítico o leva a sério. Não tem nenhum aluno, embora haja um par de jovens artistas mexicanos que o seguem desde que eram meninos. José Clemente Orozco e Diego Rivera vão ao pequeno estúdio de Posadas e olham como ele trabalha, devotamente, como na missa, enquanto vão caindo ao chão as aparas de metal conforme vai passando o buril sobre as pranchas.

(*44* e *47*)

1910
Cidade do México

O Centenário e o ditador

No apogeu das celebrações do Centenário, Dom Porfirio inaugura um manicômio. Poucos depois, coloca a primeira pedra de um novo cárcere.

Condecorado até a barriga, sua emplumada cabeça reina lá no alto de uma nuvem de chapéus de copa e cascos imperiais. Seus cortesãos, reumáticos anciãos de casaca e polainas e flor na lapela, bailam ao ritmo de *Viva a minha desgraça*, a valsa da moda. Uma orquestra de cento e cinqüenta músicos toca debaixo de trinta mil estrelas elétricas no grande salão do Palácio Nacional.

Um mês inteiro duram os festejos. Dom Porfirio, oito vezes reeleito por ele mesmo, aproveita um destes históricos bailes para anunciar que vem vindo seu nono período presidencial. Ao mesmo tempo, confirma a concessão do cobre, do petróleo e da terra a Morgan, Guggenheim, Rockefeller e Hearst por noventa e nove anos. O ditador, imóvel, surdo, está há mais de trinta anos administrando o mais vasto território tropical dos Estados Unidos.

Numa dessas noites, em plena farra patriótica, o cometa Halley irrompe no céu. Espalha-se o pânico. A imprensa anuncia que o cometa cravará a cauda no México e que virá o incêndio geral.

(*40*, *44* e *391*)

1911
Anenecuilco

Zapata

Nasceu cavaleiro, arrieiro e domador. Cavalga deslizando, navegando a cavalo as planícies, cuidadoso para não importunar o profundo sono da terra. Emiliano Zapata é homem de silêncios. Ele diz calando.

Os camponeses de Anenecuilco, sua aldeia, casinhas de pau-a-pique e teto de palha, salpicadas na colina, fizeram de Zapata o chefe e entregaram a ele os papéis dos tempos dos vice-reis, para que ele saiba guardá-los e defendê-los. Esse punhado de documentos prova que esta comunidade, aqui enraizada desde sempre, não é intrusa em sua terra.

A comunidade de Anenecuilco está estrangulada, como todas as demais comunidades da região mexicana de Morelos. Cada vez existem menos ilhas de milho no oceano de açúcar. Da aldeia de Tequesquitengo, condenada a morrer porque seus índios livres se negavam a transformar-se em peões de quadrilha, nada sobra além da cruz da torre da igreja. As imensas plantações avançam engolindo terras, águas e bosques. Não deixam espaço nem para enterrar os mortos:

– *Se querem plantar, plantem em vasos.*

Matadores e rábulas se ocupam do despojo, enquanto os devoradores de comunidades escutam concertos em seus jardins e criam cavalos de pólo e cães de exposição.

Zapata, caudilho dos avassalados do lugar, enterra os títulos debaixo do soalho da igreja de Anenecuilco e se lança à luta. Sua tropa de índios, bem plantada, bem montada, mal armada, cresce ao andar.

(468)

1911
Cidade do México

Madero

Enquanto Zapata desencadeia a insurreição no sul, todo o norte do México se levanta ao redor de Francisco Madero. Após trinta anos de trono contínuo, Porfirio Díaz se desmorona em um par de meses.

Madero, o novo presidente, é virtuoso filho da Constituição Liberal. Ele quer salvar o México pela via da reforma jurídica. Zapata exige a reforma agrária. Frente ao clamor dos camponeses, os novos deputados prometem estudar sua miséria.

(*44* e *194*)

1911
Campos de Chihuahua

Pancho Villa

De todos os chefes nortistas que levaram Madero à presidência do México, Pancho Villa é o mais querido e o mais querente.

Gosta de se casar e se casa com freqüência. Com uma pistola na nuca, não há padre que se negue nem moça que resista. Também gosta de dançar o *tapatío* ao som da marimba e de se meter em tiroteio. Como chuva no chapéu, rebotam nele as balas.

Tinha-se feito ao deserto muito cedo:

– *Para mim a guerra começou quando nasci.*

Era quase menino quando vingou a irmã. Das muitas mortes que deve, a primeira foi de patrão; e teve que virar bandido.

Tinha nascido com o nome de Doroteo Arango. Pancho Villa era outro, um companheiro de quadrilha, um amigo, o mais querido: quando os guardas rurais mataram Pancho Villa, Doroteo Arango recolheu seu nome e ficou com ele. Passou a chamar-se Pancho Villa, contra a morte e o esquecimento, para que seu amigo continuasse existindo.

(*206*)

1911
Machu Picchu

O ÚLTIMO SANTUÁRIO DOS INCAS

não tinha morrido, mas estava adormecido. O rio Urubamba, espumoso, rugidor, soprava havia séculos seu poderoso hálito sobre as pedras sagradas, e esses vapores as tinham coberto com um manto de espessa selva que guardava seu sono. Assim, continuava secreto o baluarte final dos incas, a última morada dos reis índios do Peru.

Entre montanhas de neve que não aparecem nos mapas, um arqueólogo norte-americano, Hiram Bingham, encontra Machu Picchu. Um garoto daqui levou-o pela mão ao longo dos despenhadeiros até o alto trono disfarçado pelas nuvens e pela vegetação. Bingham descobre as brancas pedras vivas debaixo do verdor e as revela, despertas, ao mundo.

(53 e 453)

1912
Quito

ALFARO

Uma mulher alta, toda vestida de negro, amaldiçoa o presidente Alfaro enquanto crava o punhal em seu cadáver. Depois levanta na ponta de um pau, bandeira ondulante, o ensangüentado farrapo de sua camisa.

Atrás da mulher de negro, marcham os vingadores da Santa Mãe Igreja. Com cordas vão arrastando, pelos pés, o morto despido. Das janelas chovem flores. Gritam vivas à religião as velhas come-santos, engole-hóstias, espalha-intrigas. Alagam-se de sangue as ruas empedradas, que os cães e as chuvas nunca poderão lavar até o fim. A carniçaria culmina em fogo. Acende-se uma grande fogueira e nela atiram o que sobra do velho Alfaro. Depois pisam suas cinzas os assassinos e ladrões pagos pelos filhos dos senhores.

Eloy Alfaro tinha ousado desapropriar as terras da Igreja, dona de muito Equador, e com suas rendas tinha criado escolas e hospitais. Amigo de Deus, não do Papa, tinha implantado o divórcio e tinha liberado os índios presos por dívidas. Ninguém era tão odiado pelos de batina e tão temido pelos de casaca.

Cai a noite. Fede a carne queimada o ar de Quito. A banda militar toca valsas e marchas no coreto da Praça Grande, como em todos os domingos.

(*12, 24, 265* e *332*)

Quadras tristes do cancioneiro equatoriano

Que ninguém chegue perto de mim.
Fiquem de lado.
tenho um mal contagiante,
sou infeliz.

Sozinho sou, sozinho nasci,
sozinho me pariu minha mãe,
e sozinho me mantenho
feito a pluma no ar.

Para que quer o cego
casa pintada,
ou varandas para a rua,
se não vê nada?

(*294*)

1912
Cantão Santa Ana

Crônica de costumes de Manabí

Eloy Alfaro tinha nascido na costa do Equador, na província de Manabí. Nesta terra quente, comarca de insolências e violências, ninguém tinha dado a menor atenção à lei de divórcio que Alfaro levou adiante contra o vento e as marés: aqui é mais fácil ficar viúvo que se enrolar em burocracias. Na cama onde dois adormecem, às vezes só um desperta. Os *manabitas* ganharam fama de pêlos nas ventas, nenhum dinheiro e muito coração.

Martín Vera era um esquisito em Manabí. Sua faca tinha enferrujado, de tanto ficar quieta na bainha. Quando o porco dos vizinhos se meteu em sua terrinha, e comeu o aipim, Martín foi falar com eles, com os Rosado, e amavelmente pediu-lhes que trancassem o animal. Na segunda escapada, Martín se ofereceu para consertar, grátis, as despencadas paredes do chiqueiro. Mas na terceira correria, quando o porco fuçava na plantação, Martín disparou-lhe um tiro de espingarda. Caiu o pernicioso redondo do jeito que era. Os Rosado o arrastaram para sua terra, para dar-lhe porcina sepultura.

Os Vera e os Rosado deixaram de se cumprimentar. Uns dias depois, ia o carrasco do porco pelo despenhadeiro de El Calvo, agarrado na crina de sua mula, quando um tiro o deixou pendurado no estribo. A mula trouxe Martín Vera arrastado, mas nenhuma rezadora pôde ajudá-lo a morrer bem.

Fugiram os Rosado. Quando os filhos de Martín lhes deram caça num convento vazio, perto de Colimas, armaram um bom incêndio à sua volta. Os Rosado, trinta no total, tiveram que escolher a morte. Uns acabaram pelo fogo, feito torresmo, e outros pelas balas, feito peneira.

Ocorreu há um ano. E a selva devorou as plantações das duas famílias, terras de ninguém.

(226)

1912
Pajeú de Flores

As guerras de família

Nos desertos do nordeste do Brasil, os que mandam herdam a terra e o ódio: terra triste, terra morta de sede, e ódio que as parentadas perpetuam de geração em geração, de vingança em vingança, para sempre e até o fim. No Ceará há guerra eterna da família Cunha contra a família Pataca, e os Montes e os Feitosas praticam o mútuo extermínio. Na Paraíba, os Dantas e os Nóbrega se matam entre si. Em Pernambuco, na comarca do rio Pajeú, cada Pereira recém-nascido recebe de seus parentes e padrinhos a ordem de caçar um Carvalho; e cada Carvalho que nasce vem ao mundo para liquidar o Pereira que lhe corresponda.

Do lado dos Pereira, contra os Carvalho, Virgulino da Silva Ferreira, chamado Lampião, dispara seus primeiros tiros. Quase menino ainda, se faz cangaceiro. A vida não vale muito por estas paragens, onde só existe como hospital o cemitério. Se Lampião fosse filho de ricos, não mataria por conta de outros: mandaria matar.

(343)

1912
Daiquirí

Vida cotidiana no mar Caribe: uma invasão

A emenda Platt, obra do Senador Platt, de Connecticut, é a chave que os Estados Unidos usam para entrar em Cuba na hora que quiserem. A emenda, que forma parte da Constituição cubana, autoriza os Estados Unidos a invadir e a ficar; e atribui o poder de decidir qual é o presidente adequado para Cuba.

O presidente adequado para Cuba, Mario García Menocal, que

também preside a Cuban American Sugar Company, aplica a emenda Platt convocando os *marines* para que desalvorocem o alvoroço: há muitos negros sublevados, e nenhum deles tem grande admiração pela propriedade privada. Portanto, dois barcos de guerra acodem e os *marines* desembarcam na praia de Daiquirí e correm para proteger as minas de ferro e cobre das empresas Spanish American y Cuba Cooper, ameaçadas pela ira negra, e os moinhos de açúcar ao longo dos trilhos da Guantánamo and Western Railroad.

(*208* e *241*)

1912
Niquinohomo

Vida cotidiana na América Central: outra invasão

A Nicarágua paga aos Estados Unidos uma colossal indenização por danos morais. Esses danos foram causados pelo presidente deposto Zelaya, que ofendeu gravemente as empresas norte-americanas quando pretendeu cobrar-lhes impostos.

Como a Nicarágua carece de fundos, os banqueiros dos Estados Unidos emprestam o dinheiro para pagar as indenizações. E como além de carecer de fundos, a Nicarágua carece de garantia, o Secretário de Estado dos Estados Unidos, Philander Knox, envia novamente os *marines*, que se apoderam das alfândegas, dos bancos nacionais e da estrada de ferro.

Benjamin Zeledón encabeça a resistência. Tem cara de jovem e olhos de assombro o chefe dos patriotas. Os invasores não conseguem derrubá-lo por suborno, porque Zeledón cospe no dinheiro, mas o derrubam por traição.

Augusto César Sandino, um peão qualquer de um povoado qualquer, vê passar o cadáver de Zeledón arrastado pelo pó, amarrado pelos pés e pelas mãos no cavalo de um invasor bêbado.

(*10* e *56*)

1912
Cidade do México

Huerta

tem cara de morto maligno. Os óculos negros, fulgurantes, são a única coisa viva em sua cara.

Veterano guarda-costas de Porfirio Díaz, Victoriano Huerta converte-se subitamente à Democracia no dia em que a ditadura cai. Agora é o braço direito do presidente Madero, e se lança à caça de revolucionários. Ao norte agarra Pancho Villa e ao sul, Gildardo Magaña, lugar-tenente de Zapata. E já os dá por fuzilados, o pelotão já com o dedo no gatilho, quando o perdão do presidente interrompe a cerimônia:

– *A morte veio me buscar* – suspira Villa – *mas se enganou de hora.*

Os dois ressuscitados vão parar na mesma cela na prisão de Tlatelolco. Passam dias e os meses conversando. Magaña fala de Zapata e seu plano de reforma agrária e do presidente Madero, que banca o surdo porque quer ficar bem com os camponeses e com os latifundiários, *montado em dois cavalos ao mesmo tempo.*

Um pequeno quadro-negro e um par de livros chegam à cela. Pancho Villa sabe ler pessoas, mas não sabe ler letras. Magaña ensina; e juntos vão entrando, palavra por palavra, estocada após estocada, nos castelos de *Os três mosqueteiros*. Depois realizam a viagem por *Dom Quixote*, os loucos caminhos da velha Espanha; e Pancho Villa, o feroz guerreiro do deserto, acaricia as páginas com mão de amante. Magaña lhe conta:

– *Este livro... Sabe? Foi escrito por um preso. Um que nem a gente.*

(*194* e *206*)

1913
Cidade do México

Uma corda de dezoito centavos

O presidente Madero aplica um imposto, um impostinho, às jamais tocadas empresas petroleiras. O embaixador norte-americano, Henry Lane Wilson, ameaça com a invasão e anuncia que vários barcos de guerra avançam sobre os portos do México, enquanto o general Huerta se subleva e avança a canhonaços contra o Palácio Nacional.

O destino de Madero é discutido no salão de fumar da embaixada dos Estados Unidos. Resolvem aplicar-lhe a lei de fuga. Colocam-no num automóvel e pouco depois mandam-no descer e crivam-no de tiros, na rua.

O general Huerta, novo presidente, assiste a um banquete no Jockey Club. Ali anuncia que tem um bom remédio, uma corda de dezoito centavos, para acabar com Emiliano Zapata, e Pancho Villa e o resto dos inimigos da ordem.

(*194* e *246*)

1913
Jonacatepec

O sul do México cresce no castigo

Os oficiais de Huerta, veteranos no ofício de massacrar índios rebeldes, se propõem a limpar as comarcas do Sul incendiando aldeias e caçando camponeses. Matam ou prendem todos que encontram, porque no Sul, todos são de Zapata.

O exército de Zapata anda esfomeado e enfermo, de crista caída, mas o chefe dos sem-terra sabe o que quer, e sua gente crê no que faz; e nem as queimadas nem as *levas*, arrastão de jovens para o exército, podem contra isso. Enquanto os jornais da capital informam que *foram destruídas completamente as hordas zapatistas*, Zapata manda pelos ares, surpreende e aniquila guarnições, ocupa povoados, assalta cidades e perambula por todo lado, por montes e barrancos, lutando e amando sem parar.

Zapata dorme onde quer e com quem quer, mas entre todas prefere duas que são uma.

(468)

Zapata e elas

Éramos gêmeas. As duas éramos Luces, por causa do dia em que nos batizaram, e as duas, Gregórias, por causa do dia em que nascemos. Chamavam ela de Luz e eu de Gregória, e ali estávamos as duas senhoritas em casa quando o zapatismo chegou. E então o chefe Zapata começou a convencer minha irmã a ir com ele:

– Olha, venha.

E um 15 de setembro passou por lá e levou ela.

Depois, nisto de andar andando, morreu minha irmã, em Huautla, de um mal que dizem, como dizem?, São Vito, mal de São Vito. Três dias e três noites andou por lá o chefe Zapata sem comer nem beber nada.

Estávamos acabando de acender as velas por minha irmã e ai, ai, ai, ele vem e me leva à força. Disse que eu lhe pertencia porque éramos uma, minha irmã e eu...

(244)

1913
Campos de Chihuahua

O norte do México celebra guerra e festa

Os galos cantam na hora que querem. Ficou esta terra louca e ardente; e todo mundo cai fora.

– Vamos embora, mulher, vamos para a guerra.

– E por que eu?

– Está querendo que eu morra de fome na guerra? Quem é que vai me fazer *tortillas*?

Bandos de urubus perseguem por planícies e montanhas os peões armados. Se a vida não vale nada, quanto vale a morte? Feito dados se põem os homens a rodar, que veio o alvoroço, e rodando no tiroteio encontram vingança ou esquecimento, terrinha de alimento ou de abrigo.

Ê vem Pancho Villa! – celebram os peões.

Ê vem Pancho Villa! – se persignam os maiorais.

– Onde, onde está? – pergunta o general Huerta, Huerta o usurpador.

– No sul, norte, leste e, oeste; e também em nenhuma parte – confirma o comandante da guarnição de Chihuahua.

Frente ao inimigo, Pancho Villa é sempre o primeiro a avançar galopando até se meter nas fumegantes bocas dos canhões. Em plena batalha, dá risadas de cavalo. Como peixe fora d'água seu coração arfa.

– *O general não é ruim*. É emocionadinho – explicam seus oficiais.

E por ser emocionadinho, e por pura alegria, às vezes despenca com um tiro o mensageiro que chega a galope trazendo boas novas da frente de guerra.

(*206* e *260*)

1913
Culiacán

As balas

Existem balas com imaginação, que se divertem afligindo a carne, descobre Martín Luis Guzmán. Ele conhecia as balas sérias, que servem ao furor humano, mas não sabia das balas que brincam com a dor humana.

Por ter má pontaria e boa vontade, o jovem escritor Guzmán se transforma em diretor de um dos hospitais de Pancho Villa. Os feridos se amontoam na sujeira, sem outro remédio além de apertar os dentes, se é que têm dentes.

Percorrendo salas repletas, Guzmán comprova a inacreditável trajetória das balas fantasiantes, capazes de esvaziar um olho deixando vivo o corpo, ou de meter um pedaço de orelha na nuca e um pedaço de nuca no pé, e assiste ao sinistro gozo das balas que, tendo recebido ordem de matar um soldado, o condenam a nunca mais dormir, ou nunca mais sentar-se, ou nunca mais comer com a boca.

(216)

1913
Campos de Chihuahua

Numa dessas manhãs me assassinei,

em algum poeirento caminho do México, e o fato produziu em mim profunda impressão.

Não foi este o primeiro crime que cometi. Desde que há setenta e um anos nasci em Ohio e recebi o nome de Ambrose Bierce até meu recente decesso, estripei meus pais e diversos familiares, amigos e colegas. Estes comovedores episódios salpicaram de sangue meus dias ou meus contos, que dá na mesma: a diferença entre a vida que vivi e a vida que escrevi é assunto dos farsantes que no mundo executam a lei humana, a crítica literária e a vontade de Deus.

Para pôr fim aos meus dias, me somei às tropas de Pancho Villa e escolhi uma das muitas balas perdidas que nestes tempos passam zumbando sobre a terra mexicana. Este método me resultou mais prático que a forca, mais barato que o veneno, mais cômodo que disparar com meu próprio dedo e mais digno que esperar que a doença ou a velhice se encarregassem da tarefa.

1914
Montevidéu

Batlle

Escreve artigos caluniando os santos e pronuncia discursos atacando o negócio da venda de terrenos no Além. Quando assumiu a presidência do Uruguai, não teve outro remédio a não ser jurar por

Deus e pelos Santos Evangelhos, mas em seguida esclareceu que não acreditava em nada disso.

José Batlle y Ordóñez governa desafiando os poderosos do céu e da Terra. A Igreja prometeu-lhe um bom lugar no inferno: atiçarão o fogo as empresas por ele nacionalizadas ou por ele obrigadas a respeitar os sindicatos operários e a jornada de trabalho de oito horas; e o diabo será o macho vingador das ofensas que ele infligiu ao setor masculino.

– *Está legalizando a libertinagem* – dizem seus inimigos, quando Batlle aprova a lei que permite às mulheres se divorciarem por sua própria vontade.

– *Está dissolvendo a família* – dizem, quando estende o direito de herança aos filhos naturais.

– *O cérebro da mulher é inferior* – dizem, quando cria a universidade feminina e quando anuncia que em breve as mulheres votarão, para que a democracia uruguaia não caminhe com uma perna só e para que não sejam as mulheres eternas menores de idade que do pai passam às mãos do marido.

(*35* e *271*)

1914
San Ignacio

Quiroga

Da selva do rio Paraná, onde vive em voluntário desterro, Horácio Quiroga aplaude as reformas de Batlle e essa convicção ardente em coisas belas.

Mas Quiroga está definitivamente longe do Uruguai. Deixou o país há alguns anos, para fugir da sombra da morte. Uma maldição tapa seu céu desde que matou seu melhor amigo querendo defendê-lo; ou talvez desde antes, talvez desde sempre.

Na selva, a um passo das ruínas das missões dos jesuítas, Quiroga vive rodeado de bichos e palmeiras. Escreve contos sem desvios, da mesma forma que abre caminhos com o facão no monte, e trabalha a palavra com o mesmo áspero amor com que trabalha a terra, a madeira e o ferro.

O que Quiroga busca não poderia encontrar nunca fora daqui. Aqui sim, ainda que seja muito de vez em quando. Nesta casa que suas mãos ergueram sobre o rio, Quiroga tem, às vezes, a felicidade de escutar vozes mais poderosas que o chamado da morte – raras e fugazes certezas de vida, que enquanto duram são indubitáveis como o sol.

(*20*, *357*, *358* e *390*)

1914
Montevidéu

Delmira

A este quarto ela foi chamada pelo homem que tinha sido seu marido; e querendo tê-la, querendo ficar com ela, ele amou-a e matou-a e se matou.

Os jornais uruguaios publicam a foto do corpo que jaz tombado junto à cama, Delmira abatida por dois tiros de revólver, nua como seus poemas, as meias caídas, toda despida de vermelho:

– Vamos mais longe na noite, vamos..

Delmira Agustini escrevia em transe. Tinha cantado as febres do amor sem disfarces pacatos, e tinha sido condenada pelos que castigam nas mulheres o que nos homens aplaudem, porque a castidade é dever feminino e o desejo, como a razão, um privilégio masculino. No Uruguai, as leis caminham na frente das pessoas, que ainda separam a alma do corpo como se fossem a Bela e a Fera. De maneira que perante o cadáver de Delmira se derramam lágrimas e frases a propósito de tão sensível perda para as letras nacionais, mas no fundo os chorosos suspiram com alívio – a morta morta está, e é melhor assim.

Mas, morta está? Não serão sombra de sua voz e eco de seu corpo todos os amantes que ardem nas noites do mundo? Não lhe abrirão um lugarzinho nas noites do mundo para que cante sua boca desatada e dancem seus pés resplandecentes?

(*49* e *426*)

1914
Ciudad Jiménez

O CRONISTA DE POVOS EM FÚRIA

De susto em susto, de maravilha em maravilha, John Reed anda pelos caminhos do norte do México. Vai em busca de Pancho Villa e o encontra, em outros, em todos, em cada passo.

Reed, cronista da revolução, dorme onde a noite o surpreenda. Nunca ninguém rouba nada, nem ninguém o deixa pagar nada que não seja música ou baile; e nunca falta quem lhe ofereça um pedaço de *tortilla* ou lhe ofereça um lugar sobre o cavalo.

– *De onde o senhor vem?*

– *De Nova Iorque.*

– *Não conheço Nova Iorque. Mas aposto que lá não se vêem vacas tão boas como as que passam pelas ruas de Ciudad Jiménez.*

Uma mulher leva um cântaro na cabeça. Outra, de cócoras, amamenta uma criança. Outra, ajoelhada, mói milho. Enrolados em mantas desbotadas, os homens bebem e fumam em roda.

– *Ouça, Juanito. Por que a tua gente não gosta de nós, mexicanos? Por que chamam a gente de sebosos?*

Todo mundo tem algo a perguntar a este louro magricela, de óculos, com cara de quem nasceu por engano:

– *Ouça, Juanito. Como é que se diz mula em inglês?*

– *Em inglês, mula é: cabeçuda, testuda, filha da mãe.*

(368)

1914
Salt Lake City

O CANTOR DE POVOS EM FÚRIA

É condenado por cantar baladas vermelhas que se burlam de Deus, sacodem o operário e amaldiçoam o dinheiro. A sentença não diz que Joe Hill é um trovador proletário, e para cúmulo, estrangeiro, que atenta contra a boa ordem dos negócios. A sentença fala de assalto e crime. Não há provas, as testemunhas mudam de versão a cada declaração e os advogados atuam como se fossem promotores, mas estes detalhes carecem de importância para os juízes e para todos os que tomam as decisões em Salt Lake City. Joe Hill será amarrado numa cadeira para que o pelotão de fuzilamento faça pontaria.

Joe Hill veio da Suécia. Nos Estados Unidos andou pelas estradas. Nas cidades limpou escarradeiras e levantou paredes, nos campos ceifou trigo e colheu fruta, escavou cobre nas minas, carregou fardos nos portos, dormiu debaixo de pontes e em celeiros e cantou a toda hora e em todas as partes, e nunca deixou de cantar. Cantando se despede de seus camaradas, agora que vai para Marte perturbar a paz social.

(*167*)

1914
Torreón

EM CIMA DOS TRILHOS VÃO AO TIROTEIO

No vagão vermelho, que exibe seu nome em grandes letras douradas, o general Pancho Villa recebe John Reed. Recebe-o de cuecas, oferece café e o estuda um tempinho. Quando decide que este gringo merece a verdade, começa a falar:

– *Os políticos de chocolate querem triunfar sem sujar as mãos. Estes perfumados.*

Em seguida leva-o para visitar um hospital de campanha, um trem com sala de cirurgia e médicos para curar próprios e alheios; e mostra os vagões que levam às frentes de guerra o milho o açúcar, o café e o tabaco. Também mostra a plataforma onde os traidores são fuzilados.

As estradas de ferro tinham sido obra de Porfirio Díaz, chave de paz e ordem, chave-mestra do progresso de um país sem rios nem caminhos; não tinham nascido para transportar povo armado, e sim matérias-primas baratas, operários dóceis e verdugos de rebeliões. Mas o general Villa faz a guerra de trem. Em Camargo lançou uma locomotiva a toda velocidade e arrebentou um trem repleto de soldados. Em Ciudad Júarez, os homens de Villa entraram encolhidos em inocentes vagões de carvão, e a ocuparam depois de uns poucos tiros disparados mais por júbilo que por necessidade. De trem vão as tropas *villistas* para as frentes de guerra. A locomotiva resfolega subindo a duras penas pelas esfoladas lombadas do Norte, e atrás do penacho de fumaça negra vêm rangendo com muito balanço os vagões cheios de soldados e cavalos. Os tetos do trem estão cobertos de fuzis e chapelões e fogões. Lá em cima, entre os soldados que cantam e disparam para o alto, as crianças berram e as mulheres cozinham: as mulheres, as soldadeiras, exibindo vestidos de noiva e sapatos de seda do último saque.

(*246* e *368*)

1914
Campos de Morelos

É tempo de andar e lutar

e os ecos dos trovões e dos tiros têm o som de desmoronamento de montanhas. O exército de Zapata, *abaixo fazendas, viva povos*, abre caminho rumo à Cidade do México.

Junto ao chefe Zapata, matuta e limpa seu fuzil o general Genovevo de la O, cara de sol com bigodões, enquanto Otilio Montaño, anarquista, discute um manifesto com o socialista Antonio Díaz Soto y Gama.

Entre os oficiais e assessores de Zapata, só existe uma mulher. A coronela Rosa Bobadilla, que conquistou sua patente em batalha, chefia uma tropa de homens de cavalaria e proibiu-os de beber uma única gota de tequila. Eles a obedecem, misteriosamente, embora continuem convencidos de que as mulheres servem para adornar o mundo ou fazer filhos e cozinhar milho, pimenta, feijão e o que Deus ajude e permita, e ponto final.

(*296* e *468*)

1914
Cidade do México

Huerta foge

no mesmo navio que tinha levado Porfirio Díaz embora do México.

Os farrapos ganham a guerra contra as rendas. A maré camponesa se abate sobre a capital pelo norte e pelo sul. Zapata, *O Atila de Morelos*, e Pancho Villa, o *orangotango*, o que come carne crua e rói ossos, avançam vingando ofensas. Na véspera do Natal, os jornais da Cidade do México ostentam uma tarja negra na primeira página. O luto anuncia a chegada dos foragidos, os bárbaros violadores de senhoritas e fechaduras.

Anos turbulentos. Já não se sabe quem é quem. A cidade treme de pânico e suspira de nostalgia. Até ontem, no eixo do mundo estavam os amos, em seus casarões de trinta lacaios e pianos e candelabros e banheiros de mármore de Carrara; e em volta os servos, O pobrerio dos bairros, aturdido pela bebida afundado no lixo, condenado ao salário ou à gorjeta que mal e mal dá para comprar, muito de vez em quando, um tiquinho de leite aguado, café de feijão ou carne de burro.

(*194* e *246*)

1915
Cidade do México

O QUASE-PODER

Uma batidinha da aldrava, entre querendo e não querendo, e uma porta se entreabre: alguém descobre a cabeça e com o descomunal chapelão apertado entre as mãos pede, pelo amor de Deus, água ou *tortilla*. Os homens de Zapata, índios de calças brancas e cartucheiras cruzadas no peito, perambulam pelas ruas da cidade que os despreza e teme. Em nenhuma casa são convidados a entrar. A três por dois tropeçam nas ruas com os homens de Villa, também estrangeiros, perdidos, cegos.

Suave chiado de sandálias, chás-chês, chás-chês, nos degraus de mármore; pés que se assustam com o prazer do tapete; rostos olhando-se com estranheza no espelho dos soalhos encerados; os homens de Zapata e Villa entram no Palácio Nacional; e o percorrem como que pedindo desculpas, de salão em salão. Pancho Villa se senta na dourada poltrona que foi trono de Porfirio Díaz, *para ver o que se sente*, e ao seu lado Zapata, roupa cheia de bordados, com cara de estar sem estar, responde com murmúrios às perguntas dos jornalistas.

Os generais camponeses triunfaram, mas não sabem o que fazer com a vitória:

– *Este rancho está muito grande para nós.*

O poder é assunto de doutores, ameaçador mistério que só os ilustrados podem decifrar, os entendidos em alta política, os que dormem em *travesseiros maciozinhos*.

Quando cai a noite, Zapata vai para um hotelzinho, a um passo da estrada de ferro que leva à sua terra, e Villa ao seu trem militar. Ao cabo de alguns dias, se despedem da Cidade do México.

Os peões das fazendas, os índios das comunidades, os párias do campo descobriram o centro do poder e durante um tempinho o ocuparam, como de visita, nas pontas dos pés, ansiosos por terminar o quanto antes esta excursão à lua. Alheios à glória do triunfo, regressam, finalmente, para as terras onde sabem andar sem se perder.

O herdeiro de Huerta, o general Venustiano Carranza, cujas estropiadas tropas estão se recuperando com a ajuda dos Estados Unidos, não poderia imaginar melhor notícia.

(*47, 194, 246* e *260*)

1915
Tlaltizapán

A REFORMA AGRÁRIA

Num antigo moinho do povoado de Tlaltizapán, Zapata instala seu quartel-general. Entrincheirado em sua região, longe dos senhores de costeleta e das damas emplumadas, longe da grande cidade vistosa e cheia de armadilhas, o caudilho de Morelos liquida os latifúndios. Nacionaliza os engenhos açucareiros e as destilarias, sem pagar um centavo, e devolve às comunidades as terras roubadas ao longo dos séculos. Renascem os povos livres, consciência e memória das tradições índias, e com eles renasce a democracia local. Aqui não decidem os burocratas nem os generais: decide a comunidade discutindo em assembléia. Fica proibido vender ou alugar terra. Fica proibida a avareza.

À sombra dos louros, na praça do povoado, não se fala apenas de galos, cavalos e chuvas. O exército de Zapata, liga de comunidades armadas, vela a terra recobrada e lubrifica as armas e recarrega velhos cartuchos de máuser e trinta-trinta.

Estão chegando a Morelos jovens técnicos, com seus tripés e outros raros instrumentos, para ajudar na reforma agrária. Os camponeses recebem com chuvas de flores os engenheirinhos vindos de Cuernavaca; mas os cães ladram aos cavaleiros mensageiros que galopam do Norte trazendo a atroz notícia de que o exército de Pancho Villa está sendo aniquilado.

(*468*)

1915
El Paso

Azuela

No Texas, no desterro, um médico do exército de Pancho Villa conta a revolução mexicana como uma fúria inútil. Segundo o romance *Os de baixo*, de Mariano Azuela, esta é uma história de cegos bêbados, que atiram sem saber por que nem contra quem e dão porradas animalescas buscando coisas para roubar ou fêmeas para fornicar, num país que fede a pólvora e a fritura de botequim.

(33)

1916
Tlaltizapán

Carranza

Alguns cavaleiros de Villa ainda sacodem esporas pelas serras, mas já não são um exército. Foram derrotados em quatro longas batalhas. De trincheiras protegidas por arame farpado, as metralhadoras varreram a fogosa cavalaria de Villa, que virou pó, em suicidas cargas repetidas com cega obstinação.

Venustiano Carranza, presidente apesar de Villa e de Zapata, ganha força na Cidade do México e se lança à guerra do Sul:

– *Isto de repartir terras é descabelado* – diz. Um decreto anuncia que as terras distribuídas por Zapata serão devolvidas a seus antigos amos; outro decreto promete fuzilar todos os que sejam ou pareçam ser zapatistas.

Fuzilando e queimando, rifles e tochas, os do governo avançam sobre os campos florescidos de Morelos. Matam quinhentos em Tlaltizapán, e muitos mais por todo lado. Os prisioneiros são vendidos em Iucatã, mão-de-obra escrava para as plantações de henequém, como nos tempos de Porfirio Díaz; e as colheitas e os rebanhos, butim de guerra, são vendidas nos mercados da capital.

Nas montanhas, o digno Zapata resiste. Quando estão por chegar as chuvas, a revolução é suspensa para a plantação; mas em seguida, teimosa, incrível, continua.

(*246*, *260* e *468*)

1916
Buenos Aires

Isadora

Descalça, despida, envolvida apenas pela bandeira argentina, Isadora Duncan dança o hino nacional.

Comete esta ousadia uma noite, num café de estudantes de Buenos Aires, e na manhã seguinte todo mundo sabe: o empresário rompe o contrato, as boas famílias devolvem suas entradas ao Teatro Colón e a imprensa exige a expulsão imediata desta pecadora norte-americana que veio à Argentina para macular os símbolos pátrios.

Isadora não entende nada. Nenhum francês protestou quando ela dançou a Marselhesa com um xale vermelho como traje completo. Se é possível dançar uma emoção, se é possível dançar uma idéia, por que não se pode dançar um hino?

A liberdade ofende. Mulher de olhos brilhantes, Isadora é inimiga declarada da escola, do matrimônio, da dança clássica e de tudo aquilo que engaiole o vento. Ela dança porque dançando goza, e dança o que quer, quando quer e como quer, e as orquestras se calam frente à música que nasce de seu corpo.

(*145*)

1916
Nova Orleães

O jazz

Vem dos escravos a mais livre das músicas. O *jazz* que voa sem pedir licença, tem como avôs os negros que trabalhavam cantando nas plantações de seus amos, no sul dos Estados Unidos, e como pais os músicos dos bordéis negros de Nova Orleães. As bandas dos bordéis tocam a noite inteira sem parar, em palcos que as põem a salvo dos golpes e punhaladas quando o caldo entorna. De suas improvisações nasce a louca música nova.

Com o que economizou distribuindo jornais, leite e carvão, um garoto baixinho e tímido acaba de comprar corneta própria por dez dólares. Ele sopra e a música se espreguiça longamente, longamente, saudando o dia. Louis Armstrong é neto de escravos, como o *jazz*, e foi criado, como o jazz, nos puteiros.

(*105*)

1916
Columbus

A América Latina invade os Estados Unidos

Chove para cima. A galinha come a raposa e a lebre atira no caçador. Pela primeira e única vez na história, soldados mexicanos invadem os Estados Unidos.

Com a destrambolhada tropa que lhe resta, quinhentos homens dos muitos milhares que tinha, Pancho Villa atravessa a fronteira gritando *Viva o México* e assalta a tiros a cidade de Columbus.

(*206* e *260*)

1916
León

Dario

Na Nicarágua, terra ocupada, terra humilhada, Rubén Dario morre.

É morto pelo médico, por uma certeira agulhada no fígado. O embalsamador, o barbeiro, o maquiador e o alfaiate atormentam seus restos.

Infligem a Dario suntuosos funerais. Cheira a incenso e a mirra o caloroso ar de fevereiro na cidade de León. As mais distintas senhoritas, envoltas em lírios e plumas de garça, são as Canéforas e as Virgens de Minerva que vão regando flores no caminho da capela ardente.

Rodeado de círios e de admiradores, o cadáver de Dario mostra durante o dia túnica grega e coroa de lauréis, e, de noite, traje negro a rigor, casaca e luvas no mesmo tom. Por uma semana inteira, dia após noite, noite após dia, é açoitado com versos de mau gosto, em recitais sem fim, e o golpeiam discursos que o proclamam Cisne Imortal, Messias da Lira Espanhola e Sansão da Metáfora.

Rugem os canhões – o governo contribui para o martírio desfechando honras de Ministro de Guerra ao poeta que predicava a paz. Erguem cruzes os bispos, tilintam as campainhas: no momento culminante da flagelação, o poeta que acreditava no divórcio e no ensino laico desce à cova transformado em Príncipe da Igreja.

(*129*, *229* e *454*)

1917

Campos de Chihuahua e Durango

A AGULHA NO PALHEIRO

Uma expedição de castigo, dez mil soldados e muita artilharia, entra no México para cobrar de Pancho Villa o insolente ataque à cidade norte-americana de Columbus.

– *Em jaula de ferro vamos carregar esse assassino*! – proclama o general John Pershing, e o troar de seus canhões produz o eco.

Através das imensas securas do Norte, o general Pershing encontra várias tumbas – *Aqui jaz Pancho Villa* – sem nenhum Villa dentro. Encontra serpentes, lagartixas, pedras mudas e camponeses, que murmuram pistas falsas quando apanham, são ameaçados ou recebem ofertas de recompensa de todo o ouro do mundo.

Ao cabo de alguns meses, quase um ano, Pershing volta aos Estados Unidos. Leva suas hostes, longa caravana de soldados fartos de respirar pó e receber pedradas e mentiras em cada aldeola do cascalhoso deserto. Dois jovens tenentes marcham à cabeça da procissão de humilhados. Os dois tiveram no México seu batismo de fogo. Dwight Eisenhower, recém-saído de West Point, está iniciando mal o caminho para a glória militar. George Patton cospe ao *ir embora deste país ignorante e meio selvagem*.

Do alto de um morro, Pancho Villa contempla e comenta:

– *Vieram como águias e estão indo como galinhas molhadas.*

(*206* e *260*)

1918
Córdoba

A douta Córdoba e seus embolorados doutores

A Universidade argentina de Córdoba já não nega o diploma a quem não possa comprovar sua branca estirpe, como ocorria até alguns anos, mas ainda em Filosofia do Direito estuda-se o tema *Deveres para com os servos* e os estudantes de Medicina se formam sem nunca ter visto um doente.

Os professores, veneráveis espectros, copiam a Europa com vários séculos de atraso, perdido mundo de cavalheiros e beatas, sinistra beleza do passado colonial, e com orlas e com borlas recompensam os méritos do papagaio e as virtudes do macaco.

Os estudantes cordobeses, fartos, explodem. Declaram-se em greve contra os carcereiros do espírito e chamam os estudantes e os operários de toda a América Latina para lutar juntos por uma cultura própria. Poderosos ecos lhes respondem, do México até o Chile.

(*164*)

1918
Córdoba

"As dores que sobram são as liberdades que faltam", proclama o manifesto dos estudantes

Resolvemos chamar todas as coisas pelo nome que têm. Córdoba se redime. A partir de hoje contamos para o país uma vergonha a menos e uma liberdade a mais. As dores que ficam são as liberdades que faltam. Acreditamos não nos enganarmos, as ressonâncias do coração nos advertem: estamos pisando sobre a revolução, estamos vivendo uma hora americana...

As universidades foram até aqui o refúgio secular dos medíocres, a renda dos ignorantes, a hospitalização segura dos inválidos e – o que é ainda pior – o lugar onde todas as formas de tiranizar e de insensibilizar acharam a cátedra que as ditasse. As universidades chegaram a ser assim fiel reflexo dessas sociedades decadentes que se empenham em oferecer o triste espetáculo de uma imobilidade senil. Por isso é que a ciência, frente a estas casas mudas e trancadas, passa silenciosa ou entra mutilada e grotesca ao serviço burocrático...

(164)

1918
Ilopango

Miguel aos treze

Chegou ao quartel de Ilopango empurrado pela fome, que tinha escondido seus olhos lá no fundo de sua cara.

No quartel, a troco de comida, Miguel começou fazendo mandados e engraxando botas de tenentes. Rapidamente aprendeu a partir cocos com um só golpe de facão, como se fossem pescoços, e a disparar a carabina sem desperdiçar cartuchos. Assim virou soldado.

Ao cabo de um ano de vida no quartel, o pobre rapazinho não agüenta mais. Depois de tanto suportar oficiais bêbados que batiam nele à toa, Miguel escapa. E esta noite, a noite da sua fuga, estala o terremoto em Ilopango. Miguel o escuta de longe.

Um dia sim e outro também treme a terra em El Salvador, país de gente quente, e entre tremor e tremor, algum terremoto de verdade, um senhor terremoto como este, invade e arrebenta. Esta noite o terremoto desmorona o quartel, já sem Miguel, até a última pedra; e todos os oficiais e todos os soldados morrem esmagados pelo desmoronamento.

E assim ocorre o terceiro nascimento de Miguel Mármol, aos treze anos de idade.

(*126*)

1918
Montanhas de Moreios

Terra arrasada, terra viva

Os porcos, as vacas, as galinhas são zapatistas? E os jarros, as panelas e as caçarolas? As tropas do governo exterminaram a metade da população de Morelos, nestes anos de obstinada guerra camponesa, e levaram tudo. Só pedras e troncos carbonizados são vistos nos campos; algum resto de casa, alguma mulher puxando um arado. Dos homens, quem não está morto ou desterrado, anda fora da lei.

Mas a guerra continua. A guerra continuará enquanto continuar o milho brotando em rincões secretos das montanhas e enquanto continuarem cintilando os olhos do chefe Zapata.

(*468*)

1918
Cidade do México

A BURGUESIA NASCE MENTINDO

– *Lutamos pela terra* – diz Zapata – *e não por ilusões que não dão o que comer... Com eleições ou sem eleições, o povo anda ruminando amarguras.*

Enquanto arranca a terra dos camponeses de Morelos e arrasa suas aldeias, o presidente Carranza fala de reforma agrária. Enquanto aplica o terror de Estado contra os pobres, outorga o direito de votar nos ricos e brinda os analfabetos com a liberdade de imprensa.

A nova burguesia mexicana, filha voraz da guerra e do saqueio, entoa hinos de louvor à Revolução enquanto a engole com faca e garfo em mesa de toalha bordada.

(468)

1919
Cuautla

ESTE HOMEM ENSINOU-LHES QUE A VIDA NÃO É APENAS MEDO DE SOFRER E ESPERA DE MORRER

Teria de ser à traição. Mentindo amizade, um oficial do governo o leva para a armadilha. Mil soldados estão esperando por ele, mil fuzis o derrubam do cavalo.

Depois é trazido para Cuautla. Mostram-no de barriga para cima.

Os camponeses acodem de todas as comarcas. O silencioso desfile dura vários dias. Ao chegar frente ao corpo, param, tiram o chapéu, olham cuidadosamente e negam com a cabeça. Ninguém acredita – falta uma verruga, sobra uma cicatriz, esta roupa não é dele, pode ser de qualquer um esta cara inchada de tanta bala.

Os camponeses cochicham sem pressa, colhendo palavras como milho:

– Dizem que foi embora com um compadre para a Arábia.
– Que nada, que o chefe Zapata não foge.
– Foi visto pelas montanhas de Quilamula.
– Eu sei que dorme numa cova do Morro Preto.
– Ontem à noite, o cavalo estava bebendo no rio.

Os camponeses de Morelos não acreditam, nem acreditarão nunca, que Emiliano Zapata possa ter cometido a infâmia de morrer e deixá-los sozinhos.

(468)

Canção da morte de Zapata

Estrelinha que de noite
acende naqueles picos,
onde está o chefe Zapata
que era açoite dos ricos?

Amor-perfeito dos campos
das várzeas de Morelos,
se perguntam por Zapata
diz que se foi para os céus.

Riachinho revoltoso,
o que te disse aquela flor?
– Diz que o chefe não morreu,
que Zapata volta como for.

(293)

1919
Hollywood

Chaplin

No princípio foram os trapos.

Das sobras dos estúdios Keystone, Charles Chaplin escolheu as peças mais inúteis, por serem grandes demais, pequenas demais ou feias demais, e uniu, como quem junta lixo, uma calça de gordo, um paletó de anão, um chapéu de copa alta e uns sapatões arruinados. Quando teve tudo isso, acrescentou um bigode de mentira e uma bengala. E então, esse montinho de desprezados farrapos ergueu-se e cumprimentou seu autor com uma ridícula reverência e começou a caminhar com passo de pato. Pouco depois, trombou com uma árvore e pediu desculpas tirando o chapéu.

E assim foi lançado na vida Carlitos o Vagabundo, pária e poeta.

(*121* e *383*)

1919
Hollywood

Buster Keaton

O homem que nunca ri faz rir.

Como Chaplin, Buster Keaton é um mago de Hollywood. Ele também criou um herói do desamparo. O personagem de Keaton, chapéu de palha, cara de pedra, corpo de gato, não parece nada com Carlitos, mas está metido na mesma guerra desopilante contra a polícia, os brigões e as máquinas. Sempre impassível, gelado por fora, ardente por dentro, muito dignamente caminha pela parede, pelo ar ou pelo fundo do mar.

Keaton não é tão popular quanto Chaplin. Seus filmes divertem, mas têm mistério demais, melancolia demais.

(*128* e *382*)

1919
Memphis

Milhares de pessoas assistem ao espetáculo

Vêem-se numerosas mulheres com crianças nos braços. A saudável distração alcança seu momento culminante quando a gasolina batiza Ell Persons, atado a um poste, e as chamas arrancam-lhe os primeiros uivos.

Não muito depois, o público se retira em ordem, queixando-se de que essas coisas duram pouco. Alguns revolvem as cinzas buscando algum osso de lembrança.

Ell Persons é um dos setenta e sete negros que foram assados vivos ou enforcados pela multidão branca, este ano, nos estados norte-americanos do Sul, por terem cometido assassinato ou violação, ou seja: por olhar para uma mulher branca com possível brilho de lascívia, por dizer-lhe *sim* em lugar de *sim, senhora*, ou por não tirar o chapéu ao dirigir-lhe a palavra.

De todos estes linchados, alguns vestiam uniforme militar dos Estados Unidos da América e tinham perseguido Pancho Villa pelos desertos do norte do México, ou estavam chegando da guerra mundial.

(*51*, *113* e *242*)

1921
Rio de Janeiro

Pó-de-arroz

O presidente Epitácio Pessoa faz uma recomendação aos dirigentes do futebol brasileiro. Por razões de prestígio pátrio, sugere que não enviem nenhum jogador de pele escura ao próximo Campeonato Sul-Americano.

Entretanto, o Brasil foi campeão do último Sul-Americano graças ao mulato Artur Friedenreich, que meteu o gol da vitória; e suas chuteiras, sujas de barro, são exibidas desde então na vitrina de uma joalheria. Friedenreich, nascido de alemão e negra, é o melhor jogador brasileiro. É sempre o último a entrar em campo. Leva pelo menos meia hora passando a ferro a cabeleira no vestiário; e depois, durante o jogo, não tem um fiozinho que saia do lugar, nem quando ele cabeceia a bola.

O futebol, diversão elegante para depois da missa, é coisa de brancos.

– *Pó-de-arroz! Pó-de-arroz!* – grita a torcida contra Carlos Alberto, outro jogador mulato, o único mulato do Fluminense, que com pó-de-arroz branqueia a cara.

(279)

1921

Rio de Janeiro

Pixinguinha

Anunciam que o conjunto *Os batutas* atuará em Paris e espalha-se a indignação na imprensa brasileira, O que vão pensar do Brasil os europeus? Acharão que este país é uma colônia africana? No repertório dos *Batutas* não há árias de ópera nem valsas, e sim maxixes, lundus, corta-jacas, batuques, cateretês, modinhas e recém-nascidos sambas. Esta é uma orquestra de negros que tocam coisas de negros: os artigos exortam o governo a que evite tamanho desprestígio. Imediatamente o Ministério de Relações Exteriores esclarece que *Os batutas* não vão em missão oficial nem oficiosa.

Pixinguinha, um dos negros do conjunto, é o melhor músico do Brasil. Ele sabe disso, e o assunto não lhe interessa. Está muito ocupado buscando em sua flauta, com endiabrada alegria, os sons roubados dos pássaros.

(75)

1921
Rio de Janeiro

O escritor brasileiro da moda

inaugura a piscina de um clube. O discurso de Coelho Neto exaltando as virtudes da piscina arranca lágrimas e aplausos. Coelho Neto convoca os poderes do Mar, do Céu e da Terra *para esta solenidade que é de tanta magnitude que não a podemos avaliar senão rastreando, através das Sombras do Tempo, a sua projeção no Futuro.*

– *Sobremesa para os ricos* – denuncia Lima Barreto. Ele não é escritor da moda e sim escritor maldito, por ser mulato e por ser rebelde, e amaldiçoando agoniza em algum hospital mambembe.

Lima Barreto caçoa dos escritores que papagueiam as pomposas letras da cultura ornamental. Eles cantam as glórias de um Brasil feliz, sem negros, nem operários, nem pobres, mas com sábios economistas inventores de uma fórmula, muito original, que consiste em aplicar mais impostos ao povo, e com duzentos e sessenta e dois generais que têm a função de desenhar novos uniformes para o desfile do ano que vem.

(36)

1922
Toronto

Este indulto

salva milhões de pessoas condenadas à morte prematura. Não é um indulto de rei, nem mesmo de presidente. Foi outorgado por um médico canadense que até a semana passada andava procurando emprego com sete centavos no bolso.

A partir de um palpite que lhe roubou o sono, e depois de muito erro e desânimo, Fred Banting descobre que a insulina, segregada pelo pâncreas, reduz o açúcar no sangue; e assim deixa sem efeito as muitas penas de morte que a diabetes tinha decretado.

(54)

1922
Leavenworth

Por continuar acreditando que tudo é de todos

Ricardo, o mais talentoso e perigoso dos irmãos Flores Magón, esteve ausente da revolução que tanto ajudou a desatar. Enquanto o destino do México era decidido nos campos de batalha, ele partia pedras, com grilhões nos pés, num cárcere norte-americano.

Um tribunal dos Estados Unidos tinha condenado-o a vinte anos de trabalhos forçados por ter assinado um manifesto anarquista contra a propriedade privada. Várias vezes lhe ofereceram o perdão, se ele pedisse. Nunca pediu.

– *Quando eu morrer, talvez meus amigos escrevam em meu túmulo. "Aqui jaz um sonhador", e meus inimigos: "Aqui jaz um louco". Mas não haverá quem se atreva a escrever esta inscrição. "Aqui jaz um covarde e traidor de suas idéias."*

Em sua cela, longe de sua terra, é estrangulado. Parada cardíaca, diz o laudo médico.

(*44* e *391*)

1922
Campos da Patagônia

O tiro no operário

Há três anos, os jovens aristocratas da Liga Patriótica Argentina saíram para caçar pelos bairros de Buenos Aires. O safari foi um êxito. Os bons meninos mataram operários e judeus em quantidade, durante uma semana inteira, e nenhum foi parar na cadeia por caçar sem licença.

Agora é o exército quem pratica tiro ao alvo com os trabalhadores, nas terras geladas do Sul. Os cavaleiros do Décimo de Cavalaria, comandados pelo tenente-coronel Héctor Benigno Varela, percorrem os latifúndios da Patagônia fuzilando peões em greve. Acompanham-nos fervorosos voluntários da Liga Patriótica Argentina. Ninguém é executado sem julgamento. Cada julgamento demora menos do que se leva para fumar um cigarro. Fazendeiros e oficiais fazem as vezes dos juízes. Aos montões enterram os condenados, em fossas comuns cavadas pelos próprios.

O presidente Hipólito Yrigoyen não gosta nem um pouco desta maneira de acabar com os anarquistas e os vermelhos em geral, mas não move um dedo contra os assassinos.

(*38* e *365*)

1923

Rio Guayas

Cruzes flutuam no rio,

centenas de cruzes coroadas de flores da montanha, florida esquadra de minúsculos navios navegando ao vaivém das ondas e da memória: cada cruz recorda um trabalhador assassinado. O povo deitou n'água estas cruzes flutuantes, para que descansem no sagrado os trabalhadores que jazem no fundo do rio.

Foi há um ano, no porto de Guayaquil. Fazia horas que Guayaquil estava em mãos proletárias. Nem os do governo podiam circular sem salvo-conduto dos sindicatos. Os trabalhadores, fartos de comer fome, tinham declarado a primeira greve geral da história do Equador. As mulheres, lavadeiras, cigarreiras, cozinheiras, vendedores ambulantes, tinham formado o comitê Rosa Luxemburgo; e eram as mais ousadas.

– *Hoje a chusma se levantou rindo. Amanhã, se recolherá chorando* – anunciou Carlos Arroyo, presidente da Câmara de Deputados. E o presidente da República, José Luis Tamayo, ordenou ao general Enrique Barriga:

– *Custe o que custar.*

Os grevistas tinham-se concentrado, em imensa manifestação, quando avançaram marcando o passo, pelas ruas vizinhas, as botas militares. Aos primeiros tiros, muitos operários quiseram fugir, como de formigueiro pisado, e foram os primeiros a cair.

Sabe-se lá quantos atiraram ao fundo do rio Guayas, com os ventres abertos a baionetas.

(*192*, *332* e *472*)

1923
Acapulco

A função das forças da ordem no processo democrático

Quando terminou o filme do Tom Mix, houve discurso. Em pé, na frente da tela do único cinema de Acapulco, Juan Escudero surpreendeu o público com um discurso contra os mercadores sanguessugas. Quando os fardados se atiraram em cima dele, já tinha nascido o Partido Operário de Acapulco, batizado por ovação.

Em pouco tempo, o Partido Operário cresceu, ganhou as eleições e fincou sua bandeira rubro-negra no palácio municipal. Juan Escudero, alta figura, de costeletas, bigodes engomados, é o novo prefeito, o prefeito socialista: num abrir e fechar de olhos transforma o palácio em sede de cooperativas e sindicato, empreende a campanha de alfabetização e desafia o poder dos donos de tudo: as três empresas que possuem a água, o ar, o solo e a sujeira deste imundo porto mexicano, abandonado por Deus e pelo governo federal. Então os donos de tudo organizam novas eleições, para que o povo corrija seu erro, mas o Partido Operário de Acapulco torna a ganhar. De tal forma que não há mais remédio a não ser convocar o exército, que imediatamente age para normalizar a situação. O vitorioso Juan Escudero recebe dois tiros, um no braço e outro na testa, tiro de misericórdia bem de pertinho, enquanto os soldados botam fogo no palácio municipal.

(*441*)

1923
Acapulco

Escudero

ressuscita e continua ganhando eleições. Em cadeira de rodas, mutilado, quase mudo, faz sua campanha triunfal de deputado ditando discursos a um garoto que decifra seus murmúrios e os repete a viva voz nos palanques.

Os donos de Acapulco decidem pagar trinta mil pesos à patrulha militar, para que desta vez dispare como se deve. Nos livros maiores de contabilidade das empresas se registra a saída dos fundos, mas não o destino. E finalmente Juan Escudero cai fuziladíssimo, morto por morte total, para que ninguém duvide.

(*441*)

1923
Azángaro

Urviola

A família o queria doutor e em lugar de doutor fez-se índio, como se não fosse suficiente maldição sua corcunda de duas pontas e sua estatura de anão. Ezequiel Urviola abandonou sua carreira de Direito em Puno e jurou seguir as pegadas de Túpac Amaru. Desde aquela época fala quichua, calça sandálias, masca coca e sopra a flauta *quena*. Dia e noite vai e vem sublevando gente pelas serras do Peru, onde os índios têm proprietário, como as mulas e as árvores.

Os policiais sonham em agarrar Urviola desprevenido e os latifundiários juraram sua morte, mas o maldito girino transforma-se em águia sobre a cordilheira.

(*370*)

1923
El Callao

Mariátegui

Depois de viver alguns anos na Europa, José Carlos Mariátegui regressa ao Peru, de navio. Quando foi embora era um boêmio da noite limenha, cronista de turfe, poeta místico que sentia muito e entendia pouco. Lá na Europa descobriu a América: Mariátegui encontrou o marxismo e encontrou Mariátegui, e assim soube ver, à distância, de longe, o Peru que de perto não via.

Mariátegui acha que o marxismo integra o progresso humano tão indiscutivelmente como a vacina contra a varíola ou a teoria da relatividade, mas para peruanizar o Peru é preciso começar por peruanizar o marxismo, que não é catecismo nem cópia a carbono, e sim a chave para entrar no país profundo. E as chaves do país profundo estão nas comunidades indígenas, despojadas pelo latifúndio estéril mas invictas em suas socialistas tradições de trabalho e vida.

(*32, 277* e *355*)

1923
Buenos Aires

Retrato de um caçador de operários

Contempla com olhar lascivo os catálogos de armas de fogo, como se fossem coleções de fotos pornográficas. O uniforme do exército argentino, para ele, é a pele humana mais bela. Gosta de esfolar vivas as raposas que caem em suas armadilhas e fazer pontaria sobre operários em fuga, e ainda mais se forem vermelhos, e muito mais se forem vermelhos estrangeiros.

Jorge Ernesto Pérez Millán Témperley alistou-se como voluntário nas tropas do tenente-coronel Varela e no ano passado foi para a Patagônia para liquidar alegremente tudo que é peão grevista que se pusesse em sua linha de fogo. E depois, quando o anarquista alemão Kurt Wilckens, justiceiro dos pobres, atirou a bomba que mandou o tenente-coronel Varela pelos ares, este caçador de operários jurou em voz alta que vingaria seu superior.

E vinga. Em nome da Liga Patriótica Argentina, Jorge Ernesto Pérez Millas Témpericy dispara um tiro de Máuser no peito de Wilckens, que está dormindo na cela. Em seguida, arma na mão, o gesto marcial do dever cumprido, se faz fotografar para a posteridade.

(38)

1923
Tampico

TRAVEN

Um barco fantasma, velho navio destinado ao naufrágio, chega às costas do México. Entre seus marinheiros, vagabundos sem nome nem nação, vem um sobrevivente da revolução aniquilada na Alemanha.

Este camarada de Rosa Luxemburgo, fugitivo da fome e da polícia, escreve em Tampico seu primeiro romance. Assina Bruno Traven. Com esse nome se fará famoso, mas ninguém jamais conhecerá seu rosto, nem sua voz, nem sua pista. Traven decide ser um mistério, para que a burocracia não o rotule e para melhor caçoar de um mundo onde o contrato de matrimônio e o testamento importam mais que o amor e a morte.

(398)

1923
Campos de Durango

PANCHO VILLA LÊ *AS MIL E UMA NOITES*,

soletrando em voz alta e à luz de candeeiro, porque esse é o livro que lhe dá melhores sonhos; e depois acorda cedinho para pastorear gado com seus velhos companheiros de luta.

Villa continua sendo o homem mais popular nos campos do norte do México, embora os do governo não gostem dele nem um pouquinho. Hoje faz três anos que Villa transformou em cooperativa a fazenda de Canutillo, que já tem hospital e escola, e um mundo de gente veio celebrar.

Villa está escutando suas canções favoritas quando dom Fernando, peregrino de Granada, conta que John Reed morreu em Moscou.

Pancho Villa manda parar a festa. Até as moscas detêm seu vôo.

– Quer dizer que Juanito morreu? Meu irmão Juanito?

– Justo ele mesmo.

Villa fica acreditando e não acreditando.

– Eu o vi – se desculpa dom Fernando. – Está enterrado com os heróis da revolução lá deles.

O pessoal nem respira. Ninguém incomoda o silêncio. Dom Fernando murmura:

– Foi de tifo, não de tiro.

E Villa balança a cabeça:

– Quer dizer que Juanito morreu.

E repete:

– Quer dizer que Juanito morreu.

E se cala. E olhando longe, diz:

– Eu nunca tinha ouvido a palavra *socialismo*. Ele me explicou.

Em seguida se ergue e, abrindo os braços, desafia os mudos violeiros:

– E a música? O que aconteceu com a música? Manda ver.

(*206*)

1923
Cidade do México

O povo pôs um milhão de mortos na Revolução Mexicana,

em dez anos de guerra, para que finalmente os chefes militares se apoderem das melhores terras e dos melhores negócios. Os oficiais da revolução partilham o poder e a glória com os doutores esfoladores de índios e os políticos de aluguel, brilhantes oradores de banquete, que chamam Obregón de *Lenin mexicano*.

No caminho da reconciliação nacional, toda divergência é superada através de contratos de obras públicas, concessões de terras ou favores de bolsos escancarados. Álvaro Obregón, o presidente, define seu estilo de governo com uma frase que fará escola no México:

– *Não há general que resista a um disparo de cinqüenta mil pesos.*

(246 e 260)

1923
Parral

Nunca puderam amansar seu orgulho

Com o general Villa, Obregón se engana.

Para Pancho Villa só existe um remédio: tiro de fuzil.

Chega a Parral de automóvel, de manhãzinha. Ao vê-lo, alguém esfrega a cara com um lenço vermelho. Doze homens recebem o sinal e apertam os gatilhos.

Parral era sua cidade preferida, *gosto tanto, tanto de Parral*, e no dia em que as mulheres e as crianças de Parral espantaram a pedradas os invasores gringos, o coração de Pancho Villa saltou, seus cavalos de dentro galoparam, e então lançou um tremendo grito de alegria:

– *Gosto de Parral até para morrer*!

(206 e 260)

1924
Mérida de Iucatã

Algo mais sobre a função das forças da ordem no processo democrático

Felipe Carrillo Puerto, também invulnerável ao canhão com o qual Obregón dispara pesos, enfrenta o pelotão de fuzilamento numa úmida madrugada de janeiro.

– *Quer um confessor?*

– *Não sou católico.*

– *E um escrivão?*

– *Não tenho o que deixar.*

Tinha sido coronel do exército de Zapata, em Morelos, antes de fundar o Partido Socialista Operário em Iucatã. Em terras iucatecas, Carrillo Puerto dizia seus discursos em língua maia. Em língua maia explicava que Marx era irmão de Jacinto Canek e de Cecílio Chi, e que o socialismo, herdeiro da tradição comunitária, dava dimensão futura ao glorioso passado dos índios.

Ele encabeçava, até ontem, o governo socialista de Iucatã. Infinitas fraudes e prepotência não tinham conseguido evitar que os socialistas ganhassem, de longe, as eleições; e depois não houve maneira de evitar que cumprissem as promessas. Os sacrilégios contra o sagrado latifúndio, a ordem escravagista e o monopólio imperial desataram a cólera dos amos do henequém e da International Harvester Company. Por seu lado, o arcebispo sofria violentas convulsões de ira frente ao ensino laico, o amor livre e os batismos vermelhos, assim chamados porque as crianças recebiam seu nome sobre um colchão de flores vermelhas, e com seu nome recebiam os desejos de uma longa militância socialista. Portanto, foi preciso chamar o exército para que acabasse tamanho escândalo.

O fuzilamento de Felipe Carrillo Puerto repete a história de Juan Escudero em Acapulco. O governo dos humilhados em Iucatã durou um par de anos. Os humilhados tinham o governo e as armas da razão. Os humilhadores não tinham o governo, mas tinham a razão das armas. E, como tudo no México, a sorte do destino é decidida pelo destino da morte.

(*330*)

1924
Cidade do México

A NACIONALIZAÇÃO DOS MUROS

A arte de cavalete convida ao isolamento. A arte mural, porém, se oferece à multidão que anda. O povo é analfabeto, sim, mas não é cego: Rivera, Orozco e Siqueiros se lançam ao assalto das paredes do México. Pintam o que nunca fora pintado: sobre o cal úmido nasce uma arte verdadeiramente nacional, filha da revolução mexicana e destes tempos de partos e funerais.

O muralismo mexicano avança contra a arte anã, castrada, covarde, de um país treinado para se negar. Subitamente as naturezas mortas e as defuntas paisagens se fazem realidades loucamente vivas e os pobres da terra se transformam em sujeitos de arte e de história em vez de objetos de uso, desprezo ou compaixão.

Chovem insultos contra os muralistas. Elogios, nem um. Mas eles continuam, impávidos, trepados nos andaimes, sua tarefa. Rivera trabalha dezesseis horas diárias sem parar, olhos e papo de sapo, dentes de peixe. Carrega uma pistola na cintura:

– *É para orientar a crítica* – diz.

(*80* e *387*)

1924
Cidade do México

DIEGO RIVERA

pinta Felipe Carrillo Puerto, redentor de Iucatã, com uma bala cravada no meio do peito mas alçado frente ao mundo, ressuscitado ou sem perceber a própria morte, e pinta Emiliano Zapata sublevando o povo, e pinta o povo: todos os povos do México, reunidos na epopéia do trabalho, da guerra e da festa, sobre mil e seiscentos metros quadrados de paredes da Secretaria de Educação. Enquanto vai cobrindo de cores o mundo, Diego se diverte mentindo. A quem queira escutá-lo conta mentiras tão colossais como sua pança, sua paixão de criar e sua voracidade de mulherófago insaciável.

Faz apenas três anos que voltou da Europa. Lá em Paris, Diego foi pintor de vanguarda e se fartou dos ismos; e quando já estava se apagando, pintando só de cansaço, chegou ao México e recebeu as luzes de sua terra até incendiar os olhos.

(*82*)

1924
Cidade do México

Orozco

Diego Rivera arredonda, José Clemente Orozco afia. Rivera pinta sensualidades, corpos de carne de milho, frutas voluptuosas; Orozco pinta desesperos, corpos ossudos e esfolados, cactos mutilados que sangram. O que em Rivera é alegria, em Orozco é tragédia. Em Rivera existe ternura e radiante serenidade; em Orozco, severidade e crispação. A revolução mexicana de Orozco tem grandeza, como na de Rivera; mas onde Rivera fala de esperança, Orozco parece nos dizer que seja quem for que roube o sagrado fogo dos deuses, não o dará aos homens.

(*83 e 323*)

1924
Cidade do México

Siqueiros

Orozco é intratável, escondido, turbulento para dentro. Espetacular, ampuloso, turbulento para fora é David Alfaro Siqueiros. Orozco pratica a pintura como cerimônia da solidão. Siqueiros pinta por militância da solidariedade. *Não há outra rota além da nossa*, diz Siqueiros. À cultura européia, que considera mambembe, opõe sua própria energia musculosa. Orozco duvida, desconfia do que faz.

Siqueiros ataca, certo de que sua patriótica arrogância não é remédio ruim para um país doente de complexo de inferioridade.

(27)

"O povo é o herói da pintura mural mexicana", diz Diego Rivera

A verdadeira novidade da pintura mexicana, no sentido que iniciamos com Orozco e Siqueiros, foi fazer do povo o herói da pintura mural. Até então os heróis da pintura mural tinham sido os deuses, ou anjos, os arcanjos, os santos, os heróis da guerra, os reis e imperadores e prelados, os grandes chefes militares e políticos, aparecendo o povo como o coro ao redor dos personagens estrelares da tragédia...

(79)

1924
Regla

Lenin

O prefeito do povoado cubano de Regla convoca a multidão. Da vizinha cidade de Havana chegou a notícia da morte de Lenin na União Soviética, e o prefeito emite um decreto de luto. Diz o decreto que *o citado Lenin conquistou merecida simpatia entre os elementos proletários e intelectuais deste município. Por tal motivo, às cinco da tarde do próximo domingo seus habitantes farão dois minutos de silêncio e meditação, durante os quais pessoas e veículos permanecerão em estado de quietude absoluta.*

Às cinco, em ponto, da tarde de domingo, o prefeito do povoado de Regla sobe o morro do forte. Mais de mil pessoas o acompanham, apesar da chuva furiosa. E debaixo da chuva passam os dois minutos de silêncio e meditação. Depois, o prefeito planta uma oliveira no alto da colina, em homenagem ao homem que tão para sempre plantou a bandeira vermelha lá no centro da neve.

(*215*)

1926
San Albino

Sandino

Homem curto e magro, fino feito fio, iria pelos ares numa ventania se não estivesse tão plantado em terras da Nicarágua.

Nesta terra, sua terra, Augusto César Sandino ergue-se e fala. Falando, conta o que sua terra lhe disse. Quando Sandino se deita para dormir sobre sua terra, ela lhe segreda profundas penas e doçuras.

Sandino se ergue e conta as confidências de sua terra invadida e humilhada e pergunta *quantos de vocês a amam tanto como eu.*

Vinte e nove mineiros de San Albino dão um passo à frente.

Estes são os primeiros soldados do exército de libertação da Nicarágua. Operários analfabetos, trabalham quinze horas por dia arrancando ouro para uma empresa norte-americana e dormem amontoados num galpão. Com dinamite mandam a mina pelos ares; e vão-se embora atrás de Sandino para a montanha.

Sandino anda num burrinho branco.

(*118* e *361*)

1926
Puerto Cabezas

As mulheres mais dignas do mundo

são as putas de Puerto Cabezas. Elas conhecem, graças às confidências da cama, o lugar exato onde os *marines* norte-americanos afundaram quarenta rifles e sete mil cartuchos. Graças a elas, que arriscando a vida desafiam as tropas estrangeiras de ocupação, Sandino e seus homens resgatam das águas, à luz das tochas, suas primeiras armas e suas primeiras munições.

(*361*)

1926
Juazeiro do Norte

O padre Cícero

Juazeiro parecia um casario de nada, quatro ranchos cuspidos na imensidão, quando um bom dia Deus apontou seu dedo para este lixinho e decidiu que ela seria a Cidade Santa. Desde então, aos milhares acodem os aflitos. Até aqui conduzem todos os caminhos do martírio e do milagre. Esquálidos peregrinos vindos do Brasil inteiro, longas filas de farrapos e aleijões, transformaram Juazeiro na cidade mais rica do sertão nordestino. Nesta nova Jerusalém restauradora da fé, memória dos esquecidos, bússola dos perdidos, o modesto arroio Salgadinho se chama agora rio Jordão. Rodeado de beatas que erguem sangrentos crucifixos de bronze, o padre Cícero anuncia que Jesus Cristo está chegando.

O padre Cícero Romão Batista é o dono das terras e das almas. Este salvador dos náufragos do deserto, amansador de loucos e criminosos, outorga filhos à mulher estéril, chuva à terra seca, luz ao cego e, ao pobre, algumas migalhas do pão que come.

(*133*)

1926
Juazeiro do Norte

Um milagre divino transforma um bandido em capitão

Atiram tiros, cantam canções os guerreiros de Lampião. Sinos e rojões fazem a recepção na cidade de Juazeiro. Os cangaceiros exibem arsenal completo e frondoso medalheiro sobre as armaduras de couro.

Ao pé da estátua do padre Cícero, o padre Cícero abençoa o chefe do bando. Já se sabe que o bandido Lampião jamais assalta uma casa que tenha qualquer imagem do padre Cícero, nem jamais mata alguém que seja devoto de santo tão milagreiro.

Em nome do governo do Brasil, o padre Cícero concede a Lampião a patente de capitão do exército, três tiras azuis em cada ombro, e troca suas velhas carabinas Winchester por impecáveis fuzis Máuser. O capitão Lampião promete derrotar os rebeldes do tenente Luís Carlos Prestes, que percorrem o Brasil predicando democracia e outras idéias demoníacas; mas nem bem abandona esta cidade, esquece a Coluna Prestes e retorna às suas tarefas de sempre.

(*120, 133* e *263*)

1926
Nova Iorque

Valentino

Ontem à noite, numa cantina italiana, Rodolfo Valentino caiu fulminado por um banquete de massas.

Milhões de mulheres ficaram viúvas nos cinco continentes. Elas adoravam o fino felino latino nas telas-altares dos cinemas-templos de todos os povoados e cidades. Com ele cavalgavam rumo ao oásis, empurradas pelo vento do deserto, e com ele entravam em trágicas arenas de touros e em misteriosos palácios, e dançavam sobre soalhos de espelhos e se despiam nos aposentos do príncipe hindu ou do filho do *sheik*: eram atravessadas pelos olhares dele, lânguida lâmina, e, amassadas por seus braços, mergulhavam em profundos leitos de seda.

Ele nem percebia. Valentino, o deus de Hollywood que fumava beijando e olhava matando, o que todo dia recebia mil cartas de amor, era na verdade um homem que dormia sozinho e sonhava com mamãe.

(*443*)

1927
Chicago

Louie

Ela vivia na Perdido Street, em Nova Orleães, no fundo mais fundo das funduras da vida, onde quem morria era velado com um prato no peito, para que os vizinhos jogassem moedas para pagar o enterro. Mas ela morre agora e o filho Louie tem a alegria de dar-lhe de presente um funeral belo, o funeral de luxo que teria sonhado no fim de um sonho onde Deus a transformava em branca e milionária.

Louis Armstrong tinha crescido comendo sobras e música, até que conseguiu fugir de Nova Orleães para Chicago, trazendo como bagagem uma trombeta e como companhia um sanduíche de peixe. Passaram-se poucos anos e ele está bem gordo, porque come como vingança, e se voltasse ao Sul talvez pudesse entrar em alguns dos lugares proibidos para negros ou impossíveis para pobres, e até poderia caminhar por quase todas as ruas sem ser expulso. Ele é o rei do *jazz*, e isso ninguém discute: sua trombeta segreda, ralha, geme, uiva feito animal ferido e ri gargalhadas plenas, celebrando, eufórica, imensamente poderosa, o disparate de viver.

(*105*)

1927
Nova Iorque

Bessie

Esta mulher canta suas feridas com a voz da glória e ninguém pode ficar surdo ou distraído. Pulmões da noite profunda: Bessie Smith, imensamente gorda, imensamente negra, amaldiçoa os ladrões da Criação. Seus *blues* são os hinos religiosos das pobres negras bêbadas dos subúrbios: anunciam que serão destronados os brancos e os machos e os ricos que humilham o mundo.

(*165*)

1927
Rapallo

POUND

Faz vinte anos que Ezra Pound foi-se embora da América. Filho dos poetas, pai dos poetas, Pound está buscando debaixo dos sóis da Itália novas imagens, que sejam dignas de acompanhar os bizontes de Altamira, e desconhecidas palavras capazes de conversar com deuses mais antigos que os peixes.

No caminho, erra de inimigo.

(*261*, *349* e *437*)

1927
Charlestown

"BONITO DIA",

diz o governador do estado de Massachusetts.

À meia-noite desta segunda-feira de agosto, dois operários italianos se sentarão na cadeira elétrica da Casa da Morte da prisão de Charlestown. Nicola Sacco, sapateiro, e Bartolomeo Vanzetti, vendedor de peixe, serão executados por crimes que não cometeram.

As vidas de Sacco e Vanzetti estão nas mãos de um mercador que ganhou quarenta milhões de dólares vendendo automóveis Packard. Alvan Tufts Fuller, governador de Massachusetts, é um homem pequeno sentado atrás de uma grande escrivaninha de madeira esculpida. Ele se nega a ceder frente ao clamor de protesto que soa dos quatro pontos cardeais do planeta. Honestamente acredita na correção do processo e na validez das provas; e além disso acredita que merecem a morte todos os malditos anarquistas e imundos estrangeiros que vêm arruinar este país.

(*162* e *445*)

1927
Araraquara

Mário de Andrade

é um desafiador da servil, adocicada e grandiloqüente cultura oficial, um criador de palavras que morrem de inveja da música e que são, ainda assim, capazes de ver e dizer coisas ao Brasil, e também capazes de mastigá-lo, por ser o Brasil um saboroso amendoim torradinho.

De férias, só pelo prazer de se divertir, Mário de Andrade transcreve fatos e feitos de Macunaíma, herói sem nenhum caráter, tal e qual os ouviu do dourado bico de um papagaio. Segundo o papagaio, Macunaíma, negro feio, nasceu no fundo da selva. Até os seis anos não pronunciou nenhuma palavra, por preguiça, dedicado que estava a decapitar formigas, cuspir na cara de seus irmãos e meter a mão nas graças de suas cunhadas. As desopilantes aventuras de Macunaíma atravessam todos os tempos e todos os espaços do Brasil, numa grande caçoada que não deixa santo vestido nem marionete com cabeça.

Macunaíma é mais real que seu autor. Como todo brasileiro de carne e osso, Mário de Andrade é um delírio da imaginação.

(23)

1927
Paris

Villa-Lobos

Atrás do enorme charuto vem uma nuvem de fumaça. Envolto pela nuvem, alegre e apaixonado, Heitor Villa-Lobos assovia uma canção vagabunda.

No Brasil, os críticos do contra dizem que ele compõe música para ser executada por epiléticos ou escutada por paranóicos, mas na França é recebido com ovações. A imprensa de Paris aplaude com força suas audazes harmonias e seu vigoroso sentido nacional. Vários artigos sobre a vida do maestro são publicados. Um jornal conta que certa vez Villa-Lobos foi amarrado a uma grelha e quase assado por índios antropófagos, quando andava pela selva amazônica, com uma vitrola debaixo do braço, difundindo Bach.

Numa das festas que Paris lhe oferece entre um concerto e outro, uma senhora pergunta a ele se comeu gente crua, e se gostou.

(280)

1927
Planícies de Jalisco

Atrás de uma imensa cruz de madeira,

vêm em tropel os ginetes. Os cristeros se rebelam em *Jalisco* e em outros estados do México, em busca de martírio e glória. Gritam vivas a um Cristo Rei que na cabeça leva coroa de jóias e não de espinhos, e vivas ao Papa, que não se resigna a perder os poucos privilégios clericais que ficavam em pé no México.

Os camponeses pobres acabam de ter a experiência de morrer por uma revolução que lhes prometeu a terra. Condenados a viver morrendo, agora passam a morrer por uma Igreja que lhes promete o céu.

(297)

1927
San Gabriel de Jalisco

Um menino olha

A mãe tapou-lhe os olhos para que não visse o avô pendurado pelos pés. E depois as mãos da mãe não o deixaram ver o pai furado pelas balas dos bandoleiros, nem os tios balançando, ao sopro do ar, lá no alto dos postes do telégrafo.

Agora a mãe também morreu ou se cansou de defender seus olhos. Sentado na cerca de pedra que serpenteia pelas colinas, Juan Rulfo contempla a olho nu sua terra áspera. Vê os cavaleiros, federais ou *cristeros*, que dá no mesmo, emergindo da fumaça e atrás deles, lá longe, um incêndio. Vê a fileira dos enforcados, pura roupa em farrapos esvaziada pelos abutres, e vê uma procissão de mulheres vestidas de negro.

Juan Rulfo é um menino de nove anos rodeado de fantasmas parecidos com ele.

Aqui não há nada vivente. Não há outras vozes além dos uivos dos coiotes, nem outro ar além do negro vento que sobe em redemoinhos. Nas planícies de Jalisco, os vivos são mortos que disfarçam.

(*48* e *400*)

1927
El Chipote

A guerra dos tigres e dos pássaros

Há quinze anos, os *marines* desembarcaram na Nicarágua para uma temporadinha, *para proteger as vidas e as propriedades dos cidadãos dos Estados Unidos*, e se esqueceram de ir embora. Contra eles se levantam, agora, estas montanhas do Norte. Por aqui são escassas as aldeias; mas quem não se faz soldado de Sandino, se converte em seu espião ou mensageiro. Desde que mandaram pelos ares a mina de San Albino e desde a primeira batalha, acontecida na comarca de Muy Muy, a tropa libertadora vem crescendo.

O exército de Honduras está, inteiro, na fronteira, para impedir que cheguem armas a Sandino através do rio, mas os guerrilheiros arrancam fuzis dos inimigos caídos e balas das árvores onde se incrustam. Facões para decapitar não faltam; e fazem um bom esparramo as granadas de latas de sardinhas cheias de vidros, pregos, porcas e dinamite.

Os aviões norte-americanos bombardeiam a esmo, arrasando casarios, e os *marines* vagam pela selva, entre abismos e altos picos, assados pelo sol, afogados pela chuva, asfixiados pelo pó, queimando e matando tudo o que encontram ao seu passo. Até os sagüis atiram coisas neles.

Oferecem a Sandino o perdão e dez dólares por cada um dos dias desde que se rebelou. O capitão Hatfield intima a rendição. Da fortaleza de El Chipote, misterioso topo envolvido em brumas, chega a resposta: *Eu não me vendo nem me rendo*. E a saudação: *Seu obediente servidor, que deseja colocá-lo num formoso ataúde com lindos ramos de flores*. E a assinatura de Sandino.

Os soldados patriotas mordem como tigres e voam como pássaros. Onde menos se espera dão o bote, salto de tigre na cara do enorme inimigo, e antes que ele atine em reagir já estão atacando pelas costas ou pelos lados, e num bater de asas desaparecem.

(*118* e *361*)

1928
San Rafael del Norte

Pequeno exército louco

Quatro aviões *Corsair* bombardeiam a fortaleza de Sandino na montanha El Chipote, cercada e acossada pelos canhões dos *marines*. Durante vários dias e noites a região inteira troa e treme, até que os invasores calam baionetas e se lançam ao ataque contra as trincheiras de pedras eriçadas de fuzis. A heróica ação culmina sem mortos nem feridos, porque os atacantes encontram soldados de palha e fuzis de pau.

Rapidamente os jornais norte-americanos informam sobre esta batalha de El Chipote. Não dizem que os *marines* abateram uma legião de bonecos de largos chapéus e lenços rubro-negros. Em compensação, garantem que o próprio Sandino figura entre as vítimas.

No distante povoado de San Rafael del Norte, Sandino escuta sua gente cantar à luz das fogueiras. Lá recebe a notícia de sua própria morte:

– Deus e nossas montanhas estão conosco. E afinal das contas, a morte é só um momentinho de dor e nada mais.

Nos últimos meses, trinta e seis barcos de guerra e seis mil novos *marines*, força fresca de reforço, chegaram à Nicarágua. De setenta e cinco batalhas e batalhazinhas, perderam quase todas. A presa escapou-lhes, várias vezes, ninguém sabe como, entre os dedos.

Pequeno exército louco, chama a poeta chilena Gabriela Mistral as hostes de Sandino, estes esfarrapados guerreiros mestres da coragem e da diabrura.

(*118*, *361* e *419*)

"Tudo era fraternável"

Juan Pablo Ramirez: *Fizemos bonecos com arbustos e os deixamos lá. Deixamos plantados ganchos de pau com chapéus. E gostamos... Levaram sete dias disparando, mandando bombas para lá, e eu me mijava de rir.*

Alfonso Alexander: *Os invasores representavam o elefante e nós a serpente. Eles eram a imobilidade nós, a mobilidade.*

Pedro Antonio Aráuz: *Os ianques morriam tristemente, os ingratos. É que não conheciam o que era o sistema das montanhas do nosso país.*

Sinforoso González Zeledón: *Os camponeses grudavam a gente, eles trabalhavam com a gente, sentiam pela gente.*

Cosme Castro Andino: *Nós éramos sem salário. Quando chegávamos num lugar e nos davam comida, a gente repartia. Tudo era fraternável.*

(236)

1928
Washington

Noticiário

Em emocionante cerimônia, dez oficiais da marinha recebem em Washington a Cruz do Mérito, *por serviços distinguidos e heroísmo extraordinário* na guerra contra Sandino.

The Washington Herald e outros jornais denunciam em página inteira os crimes do *bando de foragidos*, degoladores de *marines*, e publicam documentos recém-chegados do México. Os documentos, que exibem uma impressionante quantidade de erros de ortografia, comprovariam que o presidente mexicano Calles está enviando a Sandino armas e propaganda bolchevique através dos diplomatas soviéticos. Fontes oficiosas do Departamento de Estado explicam que o presidente Calles começou a mostrar evidências de sua ideologia comunista quando elevou os impostos das empresas petrolíferas norte-americanas que operam no México, e confirmou-a plenamente quando seu governo estabeleceu relações diplomáticas com a União Soviética.

O governo dos Estados Unidos adverte que *não permitirá que soldados russos e mexicanos implantem o soviete na Nicarágua*. Segundo os porta-vozes-oficiais do Departamento de Estado, *o México está exportando o bolchevismo*. Depois da Nicarágua, o canal do Panamá seria o objetivo da expansão soviética na América Central.

O senador Shortdridge afirma que os cidadãos dos Estados Unidos *merecem tanta proteção quanto os da antiga Roma* e o senador Bingham, declara: *Estamos obrigados a aceitar nossa função de policiais internacionais*. O senador Bingham, o famoso arqueólogo que há dezesseis anos descobriu as ruínas de Machu Picchu no Peru, não ocultou jamais sua admiração pelas obras dos índios mortos.

Da oposição, o senador Borah nega a seu país o direito de atuar como censor na América Central e o senador Wheeler sugere ao governo que mande os *marines* a Chicago, e não à Nicarágua, se verdadeiramente quer perseguir bandidos. Por sua vez, o jornal *The Nation* opina que o presidente dos Estados Unidos chama Sandino de *bandido* com o mesmo critério com que o rei Jorge III da Inglaterra podia ter chamado George Washington de *ladrão*.

(39 e 419)

1928
Manágua

Retábulo do poder colonial

As crianças norte-americanas estudam geografia em mapas onde a Nicarágua é uma mancha colorida sobre a qual se lê: *Protetorado dos Estados Unidos da América.*

Quando os Estados Unidos decidiram que a Nicarágua não podia se governar sozinha, havia quarenta escolas públicas na região da Costa Atlântica. Agora existem seis. A potência tutelar não abriu nem uma única estrada, não colocou um trilho, nem fundou nenhuma universidade. Enquanto isso, a Nicarágua deve agora muito mais do que devia. O país ocupado paga os gastos de sua própria ocupação; e os ocupantes continuam ocupando sob o pretexto de garantir a cobrança dos gastos que eles provocam.

As alfândegas da Nicarágua estão em poder dos banqueiros credores norte-americanos. Os banqueiros designaram o norte-americano Clifford D. Ham interventor de alfândegas e cobrador geral. Clifford D. Ham é, além disso, correspondente da agência United Press. O vice-interventor de alfândegas e vice-cobrador-geral, o norte-americano Irving Lindbergh, é correspondente da agência de notícias Associated Press. Assim, Ham e Lindberg não apenas usurpam os impostos da Nicarágua: usurpam também a informação. São eles os que informam à opinião pública internacional sobre as malvadezas de Sandino, *bandoleiro criminoso e agente bolchevique.*

Um coronel norte-americano dirige o exército da Nicarágua, National Guard ou Guardia Nacional, e um capitão norte-americano encabeça a polícia nicaragüense.

O general norte-americano Frank McCoy preside a Junta Nacional de Eleições. Quatrocentos e trinta e dois *marines* presidem as mesas de votação, guardadas por dozes aviões dos Estados Unidos. Os nicaragüenses votam, os norte-americanos escolhem. Nem bem foi escolhido, o novo presidente anuncia que os *marines* continuarão na Nicarágua. Esta inesquecível festa cívica foi organizada pelo general Logan Feland, comandante das forças de ocupação.

O general Feland, muito músculo, muita sobrancelha, cruza

as pernas em cima da escrivaninha. A propósito de Sandino, boceja e diz:

– *Esse passarinho vai cair um dia.*

(*39* e *419*)

1928
Cidade do México

Obregón

Na fazenda de Náinari, no vale mexicano do Yaqui, ladravam os cachorros.

– *Calem os cães*! – ordenou o general Álvaro Obregón.

E os cães latiram mais.

– *Dêem de comer aos cães*! – ordenou o general.

E os cães continuaram alvoroçados.

– Dêem-lhes carne fresca!

E tampouco a carne fresca calou os cães. Apanharam, mas o clamor da matilha continuou.

– *Eu sei o que querem* – disse então, resignado, Obregón.

Isto ocorreu no dia 17 de maio. E no dia 9 de julho, em Culiacán, estava Obregón bebendo um refresco de tamarindo à sombra dos portais, quando soaram os sinos da Catedral e Chuy Andrade, poeta, bêbado, lhe disse:

– *Mocho, dobram por ti.*

E no dia seguinte, em Escuinapa, depois de uma festança de *tamales* de camarão, estava Obregón subindo no trem quando Elisa Beaven, boa amiga, apertou-lhe o braço e pediu, com sua voz áspera:

– *Não vá. Vão te matar.*

Mas Obregón entrou no trem e veio para a capital. Obregón tinha sabido abrir caminho, a tiros e golpes de chapéu, nos tempos em que as balas zuniam feito vespas, e tinha sido matador de matadores e vencedor de vencedores, e tinha conquistado poder e glória e dinheiro sem perder nada, além da mão que Pancho Villa mandou pelos ares, de maneira que não ia andar dando voltas agora que sabia que estavam acabando os dias da vida. Continuou indiferente, mas triste. Tinha perdido, enfim, sua única inocência – a felicidade de ignorar sua própria morte.

Hoje, 17 de julho de 1928, dois meses depois que os cães ladraram em Náinari, um fanático de Cristo Rei mata o reeleito presidente Alvaro Obregón num restaurante da Cidade do México.

(4)

1928
Villahermosa

O comepadres

Mal Obregón morre, abatido pelas balas de um catolicíssimo, o governador do estado de Tabasco, Manuel Garrido, decreta vingança: manda demolir a catedral até a última pedra e com o bronze dos sinos ergue uma estátua do falecido.

Garrido acredita que a religião católica mete os trabalhadores na jaula do medo, aterrorizando-os com a ameaça do fogo eterno: para que a liberdade entre em Tabasco, diz Garrido, a religião deve sair. E a retira na porrada: decapita santos, arrasa igrejas, arranca as cruzes do cemitério, obriga os padres a casar e aplica novos nomes a todos os lugares com nomes de santos. A capital do estado, San Juan Bautista, passa a se chamar Villahermosa. E em solene cerimônia dispõe que um touro semental se chame Bispo e um asno responda ao nome de Papa.

(283)

1928
Ao sul de Santa Marta

Bananização

Eram apenas perdidas aldeias da costa da Colômbia, uma ruela de pó entre o rio e o cemitério, um bocejo entre duas cochiladas, quando o trem amarelo da United Fruit Company chegou do mar. Tossindo fumaça, o trem atravessou os pântanos e abriu caminho na selva, e ao emergir na fulgurante claridade anunciou, apitando, que a idade da banana tinha nascido.

Então toda a comarca despertou transformada em imensa plantação. Ciénaga, Aracataca e Fundación tiveram telégrafo e correio e novas ruas com bilhares e bordéis; e os camponeses acudiam aos milhares, esqueciam a mula na paliçada e viravam operários.

Durante anos esses operários foram obedientes e baratos, ceifaram ervas e ramos por menos de um dólar por dia e aceitaram viver em imundos barracões e morrer de malária ou tuberculose. Depois, formaram sindicato.

(*186* e *464*)

1928
Aracataca

Maldição

Calor, torpor e rancor. As bananas apodrecem nas touceiras. Os bois dormem frente às carretas vazias. Os trens, mortos nos ramais, não recebem nem um cacho. Sete barcos esperam, ancorados no cais de Santa Maria: em seus porões sem fruta, os ventiladores deixaram de girar.

Existem quatrocentos grevistas presos, mas a greve continua, igual.

Em Aracataca, a United Fruit oferece um banquete em homenagem ao chefe civil e militar da região. Na sobremesa, o general Carlos Cortés Vargas amaldiçoa os operários, *malfeitores armados*, e seus *agitadores bolcheviques*, e anuncia que amanhã marchará rumo a Ciénaga, à cabeça das forças da ordem, para proceder.

(93 e 464)

1928
Ciénaga

Matança

Nas margens de Ciénaga, uma maré de mar e de bandeiras. Os grevistas vieram de todas as distâncias, homens de facão na cintura, mulheres carregadas de panelas e crianças, e aqui, rodeados de fogueiras, esperam. Prometeram-lhes que esta noite a empresa assinará o acordo que porá fim à greve.

No lugar do gerente da United Fruit, chega o general Cortês Vargas. No lugar do acordo, lê para eles um ultimato.

A multidão não se move. Três vezes soa, em advertência, um clarim militar.

E então, de repente, arrebenta o mundo, súbito trovão de trovões, e metralhadores e rifles se esvaziam.

A praça fica atapetada de mortos. Os soldados a varrem e lavam durante toda a noite, enquanto barcos atiram mortos mar adentro; e ao amanhecer, não acontece nada.

– Em Macondo não aconteceu nada, nem está acontecendo, nem acontecerá nunca.

(93 e 464)

1928
Aracataca

García Márquez

Desata-se a perseguição aos grevistas feridos e escondidos. São caçados feito coelhos, com tiros a esmo do trem em marcha; e nas estações pescam o que a rede agarra. Os soldados acordam o padre e arrancam-lhe a chave do cemitério. De cuecas, tremendo, o padre escuta a fuzilaria.

Não longe do cemitério, um bebê berra no berço.

Passarão os anos e este bebê revelará ao mundo os segredos desta comarca que foi atacada pela peste do esquecimento e perdeu o nome das coisas. Ele descobrirá os pergaminhos que contam que os trabalhadores foram fuzilados na praça e que aqui a Mamãe Grande é dona de vidas e de fazendas, das águas que choveram e das que choverão, e que entre uma chuva e outra Remédios a Bela vai para o céu, e cruza no ar com um anjo velhinho e desplumado que vem caindo rumo ao galinheiro.

(*187* e *464*)

1928
Bogotá

Noticiário

A imprensa informa sobre os recentes acontecimentos na zona bananeira. Segundo fontes oficiais, os abusos dos grevistas deixaram um saldo de quarenta plantações incendiadas, trinta e cinco mil metros de fio telegráfico destruídos e oito trabalhadores mortos quando tentavam agredir o exército.

O presidente da República acusa os grevistas de traição e felonia. *Eles atravessaram com seu punhal envenenado o coração amante da Pátria*, declara. Por decreto, o presidente designa para diretor da Polícia Nacional o general Cortés Vargas e anuncia promoções e recompensas para os outros oficiais participantes dos acontecimentos notórios.

Em espetacular discurso, o jovem legislador liberal Jorge Eliécer Gaitán contradiz a versão oficial e denuncia que o exército colombiano cometeu uma carnificina cumprindo ordens de uma empresa estrangeira. A United Fruit Company, que segundo Gaitán dirigiu a matança de trabalhadores, reduziu as diárias depois que a greve foi esmagada. A United Fruit paga diárias com cupões e não com dinheiro. O legislador realçou que a empresa explora terras presenteadas pelo Estado colombiano e está isenta de impostos.

(*174* e *464*)

1929
Cidade do México

Mella

O ditador de Cuba, Geraldo Machado, manda matá-lo. Julio Antonio Mella não é mais que um estudante desterrado no México, que ocupa seus fervores em andar por maus caminhos e publicar artigos, para poucos leitores, contra o racismo e o colonialismo disfarçado; mas o ditador não se engana ao considerá-lo o mais perigoso de seus inimigos. Machado o tem na mira desde quando os relampejantes discursos de Mella estremeciam o estudantado em Havana. Mella inflamava-se denunciando a ditadura e ironizando a decrepitude da universidade cubana, que é uma fábrica de profissionais com mentalidade de convento espanhol da colônia.

Uma noite, Mella caminha de braços dados com sua companheira, Tina Modotti, quando os assassinos o liquidam a tiros.

Tina grita, mas não chora frente ao corpo caído.

Tina chora depois, quando chega em casa, ao amanhecer, e vê os sapatos de Mella, vazios, como que esperando por ele debaixo da cama.

Até poucas horas antes, esta mulher era tão feliz que sentia inveja dela mesma.

(*290*)

1929
Cidade do México

Tina Modotti

O governo de Cuba não tem nada a ver, afirmam os jornais mexicanos de direita. Mella foi vítima de um crime passional, *digam o que digam a judiada do bolchevismo moscovita.* A imprensa revela que Tina Modotti, *mulher de duvidosa decência*, reagiu com frieza frente ao trágico episódio e posteriormente, em suas declarações à polícia, incorreu em contradições suspeitas.

Tina, fotógrafa italiana, soube penetrar o México, muito a fundo, nos poucos anos que está aqui. Suas fotografias oferecem um espelho de grandeza às coisas simples de cada dia e à simples gente que aqui trabalha com as mãos.

Mas ela tem a culpa da liberdade. Vivia sozinha quando descobriu Mella, misturado na multidão que se manifestava por Sacco e Vanzetti e por Sandino, e se uniu a ele sem matrimônio. Antes tinha sido atriz de Hollywood e modelo e amante de artistas; e não há homem que ao vê-la não fique nervoso. Trata-se, portanto, de uma perdida – e para piorar, estrangeira e comunista. A policia distribui fotos que mostram nua sua imperdoável beleza, enquanto começam as gestões para expulsá-la do México.

(*112*)

1929
Cidade do México

Frida

Tina Modotti não está sozinha frente aos inquisidores. Está acompanhada, de cada braço, por seus camaradas Diego Rivera e Frida Kahlo: o imenso buda pintor e sua pequena Frida, pintora também, a melhor amiga de Tina, que parece uma misteriosa princesa do Oriente, mas diz mais palavrões e bebe mais tequila que um *mariachi* de Jalisco.

Frida ri às gargalhadas e pinta esplêndidas telas desde o dia em que foi condenada à dor incessante.

A primeira dor ocorreu lá longe, na infância, quando seus pais a disfarçaram de anjo e ela quis voar com asas de palha; mas a dor de nunca acabar chegou num acidente de rua, quando um ferro de bonde cravou-se de um lado a outro em seu corpo, como uma lança, e triturou seus ossos. Desde então ela é uma dor que sobrevive. Foi operada, em vão, muitas vezes; e na cama de hospital começou a pintar seus auto-retratos, que são desesperadas homenagens à vida que lhe sobra.

(*224* e *444*)

1929
Capela

Lampião

A mais célebre quadrilha do nordeste do Brasil assalta o povoado de Capela. O chefe Lampião, que jamais sorri, estabelece um preço razoável de resgate. Faz desconto, porque estamos em época de seca. Enquanto os notáveis do lugar reúnem o dinheiro, ele passeia pelas ruas. Toda a população vai atrás. Seus crimes arrepiantes conquistaram para ele a admiração geral.

Lampião, o rei caolho, senhor do sertão, brilha ao sol. Brilham seus óculos de aros de ouro, que lhe dão um ar de professor distraído, e brilha seu punhal longo feito espada. Em cada dedo brilha um anel de brilhante e, na testa, as libras esterlinas costuradas numa faixa.

Lampião se mete no cinema, onde passam um filme de Janet Gaynor. De noite, janta no hotel. O telegrafista da aldeia, sentado ao seu lado, prova primeiro cada prato. Depois Lampião toma uns goles, enquanto lê *A vida de Jesus*, de Ellen G. White. Acaba a jornada no bordéu. Escolhe a mais gorda, uma tal de Enedina. Com ela passa a noite inteira. Ao amanhecer, Enedina já é famosa. Durante anos os homens farão fila à sua porta.

(*120* e *348*)

1929
Atlantic City

O TRUSTE DO CRIME

O crime organizado dos Estados Unidos celebra seu primeiro congresso nacional, nos salões do hotel President. Assistem ao evento qualificados representantes dos bandos de *gangsters* que operam nas principais cidades.

Ramos de oliveira, bandeira branca: o congresso resolve que os bandos rivais não continuarão se matando entre si e decreta a anistia geral. Para garantir a paz, os executivos da indústria do crime seguem o bom exemplo da indústria do petróleo. Como acabam de fazer a Standard Oil e a Shell, também os *gangsters* poderosos dividem o mercado, fixam preços e entram em acordo para eliminar a competição dos pequenos e médios.

Nestes últimos anos, os empresários do crime diversificaram suas atividades e modernizaram seus métodos de organização do trabalho. Agora não praticam somente a extorsão, o assassinato, o proxenetismo e o contrabando, mas também possuem grandes destilarias, hotéis, cassinos, bancos e supermercados. Utilizam os últimos modelos de metralhadoras e máquinas de contabilidade. Engenheiros, economistas e especialistas em publicidade dirigem suas equipes técnicas, que evitam o desperdício de recursos e garantem o aumento contínuo das taxas de lucro.

Al Capone preside o diretório da sociedade anônima mais lucrativa de todas as que atuam no ramo. Ele ganha cem milhões de dólares por ano.

(335)

1929
Chicago

AL CAPONE

Dez mil estudantes gritam o nome de Al Capone, no campo de esportes da Northwestern University. O popular Capone cumprimenta a multidão com as duas mãos. Doze guarda-costas o escoltam. Na saída, o espera um Cadillac blindado. Capone exibe uma rosa na lapela e um diamante na gravata, mas debaixo leva um colete de aço e seu coração bate contra uma pistola 45.

Ele é um ídolo. Ninguem dá tanto lucro às funerárias, às floriculturas e às costureiras que fazem cerzidos invisíveis na roupa esburacada a tiros; e paga generosos salários aos policiais, juízes, legisladores e prefeitos que trabalham para ele. Exemplar pai de família, Capone detesta a saia curta e a maquilagem, e acredita que o lugar da mulher é na cozinha. Patriota fervoroso, sobre sua escrivaninha ostenta retratos de George Washington e Abraham Lincoln. Profissional de grande prestígio, não há quem ofereça melhor serviço para romper greves, espancar operários e enviar rebeldes ao outro mundo. Ele está sempre alerta contra a ameaça vermelha.

(*335*)

Al Capone convoca à defesa contra o perigo comunista

O bolchevismo está batendo em nossa porta. Não devemos deixá-lo entrar. Temos de permanecer unidos para defender-nos dele com plena decisão. A América deve permanecer incólume e incorrupta. Devemos proteger os trabalhadores da imprensa vermelha e da perfídia vermelha, e cuidar que suas mentes se mantenham sadias...

(*153*)

1929

Nova Iorque

A euforia

Milhões de leitores lêem *O homem que ninguém conhece*, o livro de Bruce Barton que localiza o céu em Wall Street. Segundo o autor, Jesus de Nazaré fundou o moderno mundo dos negócios. Jesus foi um empresário conquistador de mercados, dotado de um genial sentido de publicidade e bem secundado por doze vendedores feitos à sua imagem e semelhança.

Com fé religiosa o capitalismo acredita em sua própria eternidade. Que cidadão norte-americano não se sente um eleito? A Bolsa é um cassino onde todos jogam e ninguém perde. Deus os fez prósperos. O empresário Henry Ford gostaria de não dormir nunca, para ganhar mais dinheiro.

(2 e *304*)

Do manifesto capitalista de Henry Ford, fabricante de automóveis

O bolchevismo fracassou porque era, ao mesmo tempo, antinatural e imoral. Nosso sistema se mantém em pé...

Não pode haver nada mais absurdo, nem cabe imaginar pior serviço à humanidade em geral, que a insistência em que todos os homens são iguais..

O dinheiro aparece naturalmente como resultado do serviço. E é absolutamente necessário ter dinheiro. Mas nós não queremos nos esquecer de que o fim do dinheiro não é o ócio e sim a oportunidade de realizar mais serviços. Em minha mente não cabe nada mais aborrecido que uma vida de ócio. Nenhum de nós tem nenhum direito ao ócio. Na civilização não existe lugar para o folgazão...

Em nossa primeira publicidade, mostramos a utilidade do automóvel. Dissemos: "Freqüentemente escutamos mencionar o velho provérbio – tempo é dinheiro – mas são poucos os homens de negócios e profissionais que agem como se realmente acreditassem nessa verdade..."

(*168*)

1929

Nova Iorque

A crise

A especulação cresce mais que a produção e a produção mais que o consumo, e tudo cresce num ritmo vertiginoso até que explode, súbita, a crise. A queda da Bolsa de Nova Iorque reduz a cinzas, em um único dia, o lucro de anos. De repente as mais valiosas ações se transformam em papeizinhos que não servem nem para embrulhar peixe.

Despencam as cotizações, despencam os preços e salários, e despencam do telhado vários homens de negócio. Fábricas e bancos são fechados; e os fazendeiros se arruínam. Os operários sem trabalho esquentam as mãos em frente das fogueiras de lixo e mascam chicletes para consolar as bocas. As mais altas empresas se desmoronam; cai até Al Capone, sem remédio.

(2 e *304*)

1930

La Paz

Uma emocionante aventura do Príncipe de Gales entre os selvagens

A Bolsa de Nova Iorque arrasta vários governos para o abismo. Os preços internacionais despencam e com eles vão para o chão, um depois do outro, diversos presidentes civis da América Latina, plumas que se soltam das asas da águia; e novas ditaduras nascem, para esfomear a fome.

Na Bolívia, a ruína do preço do estanho derruba o presidente Hernando Siles e coloca, em seu lugar, um general assalariado de Patiño, rei das minas. Uma turba acompanha o motim militar. Os foragidos assaltam o palácio de governo, com o saqueio autorizado. Em pleno alvoroço, levam os móveis, os tapetes, quadros e tudo o que vêem. Tudo: também levam os banheiros completos, com latrinas, banheiras e tubulação.

Por estes dias, o príncipe de Gales visita a Bolívia. O povo espera um príncipe como Deus manda, desses que cavalgam um cavalo branco, espada na cinta e dourada cabeleira ao vento, e provoca decepção geral a chegada deste senhor de chapéu de copa e bengala, que desce do trem com cara de cansado.

De noite, o novo presidente oferece a ele um banquete no arruinado palácio de governo. Na sobremesa, quando estão a ponto de começar os discursos, Sua Alteza cochicha dramáticas palavras ao ouvido do intérprete, que as transmite ao ajudante, que as transmite ao presidente. O presidente empalidece. Uma perna do príncipe está batendo nervosamente no chão. Seus desejos são ordens; mas no palácio não há onde, nem como. Sem vacilar, o presidente designa uma comitiva, encabeçada pelo ministro de Relações Exteriores e pelo comandante-chefe das Forças Armadas.

A vistosa comitiva, coroada de galões e plumas, acompanha o príncipe, a passo digno mas apressado, quase que aos pulinhos, através da Praça de Armas. Ao chegar na esquina, entram todos no hotel Paris. O ministro de Relações Exteriores abre a porta que diz *Cavalheiros*, para que entre o herdeiro da coroa imperial britânica.

(34)

1930

Buenos Aires

Yrigoyen

Ao despenhadeiro da crise mundial chega também o presidente argentino Hipólito Yrigoyen. É condenado à queda pelos preços da carne e do trigo.

Calado e sozinho, Yrigoyen assiste ao fim de seu poder. Desde outro tempo, desde outro mundo: este velho obstinado se nega até hoje a usar o telefone e jamais entrou num cinema, desconfia dos automóveis e não acredita nos aviões. Conquistou o povo sem discursos, conversando, convencendo um por um, pouco a pouco. Agora o amaldiçoam os mesmos que ontem desenganchavam os cavalos de sua carruagem, para levá-la no braço. A multidão arroja à rua os móveis de sua casa.

O golpe militar que derruba Yrigoyen foi cozido, ao calor da súbita crise, nos salões do Jockey Clube e do Círculo de Armas. O enfermo patriarca, rangendo de reumatismo, selou seu destino quando se negou a entregar o petróleo argentino à Standard Oil e à Shell; e para cúmulo quis enfrentar a catástrofe dos preços negociando com a União Soviética.

– *Soou outra vez, para o bem do mundo, a hora da espada,* – havia proclamado o poeta Leopoldo Lugones, anunciando a era militar na Argentina.

Em pleno golpe, o jovem capitão Juan Domingo Perón vê que sai correndo do palácio do governo, correndo à toda, um entusiasta que grita:

– *Viva a Pátria! Viva a Revolução!*

O entusiasta leva uma bandeira argentina enrolada debaixo do braço. Dentro da bandeira, a máquina de escrever que acaba de roubar.

(*178, 341* e *365*)

1930
Paris

Ortiz Echagüe, jornalista, comenta a queda do preço da carne

Cada vez que volto de Buenos Aires, os argentinos de Paris me perguntam:

– Como vão as vacas?

É preciso vir a Paris para perceber a importância da vaca argentina.

Ontem à noite, no El Garrón – um cabaré de Montmartre onde a juventude argentina faz a dura aprendizagem da vida –, uns vizinhos de mesa me perguntaram, com familiaridade, de madrugada:

– Diga, chê, e por lá, como estão as vacas?

– Pelo chão – respondi.

– E não se levantam?

– Acho difícil.

– O senhor não tem vacas?

Apalpei os bolsos maquinalmente e respondi que não.

– Não sabe, amigo, a sorte que tem.

Nesse ponto, três bandoneones desandaram a chorar sua nostalgia e cortaram nosso diálogo.

– Como vão as vacas? – me perguntaram mâitres-d'hôtel *e músicos, floristas e garçons, pálidos bailarinos, porteiros cheios de galões, diligentes* chasseurs *e, principalmente, mulheres pintadas, essas pobres mulheres de olheiras e anêmicas...*

(325)

1930
Avellaneda

A vaca, a espada e a cruz

formam a santíssima trindade do poder na Argentina. Os assassinos do Partido Conservador custodiam o altar.

Em pleno centro de Buenos Aires, os pistoleiros de luvas brancas usam leis e decretos, em vez de metralhadoras, para realizar seus assaltos. Especialistas em dupla contabilidade e dupla moral, não depenam com gazuas, pois para alguma coisa são doutores: eles conhecem com perfeição as combinações secretas para abrir todas as caixas de segurança do país. Mas do outro lado do Riachuelo, em Avellaneda, o Partido Conservador pratica política e negócios na ponta de pistolas.

Dom Alberto Barceló, senador da nação, faz e desfaz de seu trono de Avellaneda. Os párias chegam em procissão para receber de dom Alberto algum dinheirinho, um conselho de pai e um abraço confiado. O irmão, Enrique, o Maneta, se ocupa dos bordéis. Dom Alberto tem ao seu cargo a jogatina e a paz social. Fuma com piteira; e espia o mundo através das pálpebras inchadas. Seus rapazes rompem greves, incendeiam bibliotecas, empastelam gráficas e enviam para o outro mundo sindicalistas e judeus e todo aquele que se esqueça de pagar e obedecer, nesta hora de crise tão propícia à desordem. Depois o bondoso dom Alberto dá cem pesos de presente para os órfãos.

(*166* e *176*)

1930
Castex

O ÚLTIMO GAÚCHO SUBLEVADO

pelos quatro cantos da pampa argentina se chama Bairoletto e é filho de chacareiros vindos da Itália. O foragido se desgraçou muito jovem, quando meteu um tiro na testa de um policial que o humilhara, e agora não tem mais remédio além de dormir na intempérie. No deserto batido pelo vento se deixa ver e desaparece, relâmpago ou luz ruim, montando um cavalo negro que salta brincando as cercas de sete fios farpados. Os pobres o protegem, e ele trata de vingá-los castigando os poderosos que são seus verdugos e devoram suas terras. No fim de cada assalto, Bairoletto grava a tiros um B nas pás dos moinhos e lança panfletos anarquistas que anunciam a revolução.

(*123*)

1930
São Domingos

O FURACÃO

golpeia rugindo, arrebenta os barcos contra os ancoradouros, despedaça pontes, arranca as árvores pela raiz e as atira pelos ares; pelos ares voam os tetos de lata, como machados loucos, decapitando gente. Esta ilha está sendo arrasada pelos ventos, fuzilada pelos raios, afogada pelas águas da chuva e do mar. O furacão avança vingando-se ou executando uma maldição descomunal, e parece que a República Dominicana foi condenada a pagar, ela sozinha, todas as contas que o planeta inteiro deve.

Depois, quando o furacão vai embora, começa a queimada. Há muitos cadáveres e ruínas para queimar antes que as pestes liquidem o pouco que ficou vivo e em pé. Durante uma semana uma imensa nuvem de fumaça negra flutua suspensa sobre a cidade de São Domingos.

Assim passam os primeiros dias do governo do general Rafael Leónidas Trujillo, que chegou ao poder na véspera do ciclone, trazido pela não menos catastrófica queda do preço internacional do açúcar.

(*60* e *101*)

1930
Ilopango

Miguel aos vinte e cinco

A crise também joga no chão o preço do café. Os grãos apodrecem nos galhos; um cheiro adocicado, de café podre, pesa no ar. Em toda a América Central, os fazendeiros põem os peões na rua. Os poucos que têm trabalho recebem a mesma ração que os porcos.

Em plena crise nasce o Partido Comunista de El Salvador. Miguel é um dos fundadores. Mestre artesão no ofício da sapataria, Miguel trabalha dia sim, dia não. A polícia anda pisando seus calcanhares. Ele agita o ambiente, recruta gente, se esconde e foge.

Certa manhã Miguel se aproxima, disfarçado, de sua casa. Vê que não está vigiada. Escuta seu filho chorar e entra. O menino está sozinho, chorando forte. Miguel começa a trocar suas fraldas quando ergue o olhar e pela janela descobre que os guardas estão rodeando a casa.

– Perdão – diz ao cagadinho, e o deixa no meio da troca. Dá

um salto de gato e consegue deslizar por um buraco entre as telhas velhas, enquanto soam os primeiros tiros.

E assim acontece o quarto nascimento de Miguel Mármol, aos vinte e cinco anos de idade.

(*126* e *404*)

1930
Nova Iorque

Vida cotidiana da crise

Com maus modos, às bofetadas, a crise desperta os norte-americanos. A catástrofe da Bolsa de Valores de Nova Iorque rompeu o Grande Sonho, que prometia encher todos os bolsos de dinheiro, todos os céus de aviões, todas as terras de automóveis e arranha-céus.

Não há quem venda otimismo no mercado. A moda se entristece. Caras compridas, roupas compridas, cabelos compridos: acabaram-se os enlouquecidos anos vinte e com eles acabaram as pernas à vista e o cabelo curto das mulheres.

Verticalmente desce o consumo de tudo. Só aumentam as vendas de cigarros, horóscopos e lâmpadas de vinte e cinco velas, que dão luz mortiça mas gastam pouco. Hollywood prepara filmes sobre gigantescos monstros desatados, King Kong, Frankenstein, inexplicáveis como a economia, irrefreáveis como a crise, que semeiam o terror nas ruas das cidades.

(*15* e *331*)

1930
Achuapa

A bandeira rubro-negra ondula nas colinas

Nicarágua, país condenado a produzir sobremesas baratas, bananas e café e açúcar, continua arruinando a digestão de seus clientes.

O chefe sandinista Miguel Ángel Ortez festeja o fim do ano aniquilando uma patrulha de *marines* nos lamacentos barrancos de Achuapa. No mesmo dia, outra patrulha cai na senda de um despenhadeiro nas vizinhanças de Ocotal.

Em vão os invasores tentam vencer pela fome, incendiando ranchos e plantações. Muitas famílias vão para a montanha, errantes e sem amparo; deixam às suas costas altas fumaceiras e animais mortos a baioneta.

Os camponeses acreditam que Sandino sabe como atrair o arco-íris. O arco-íris vem até ele e se encolhe muito, muito, para que ele possa recolhê-lo entre os dedos.

(*118* e *361*)

1931
Bocay

O que espera a esperança

Iluminado por aromáticas hastes de madeira, Sandino escreve cartas e ordens. Também escreve relatórios, para que sejam lidos em voz alta nos acampamentos, sobre a situação militar e política na Nicarágua (*Feito busca-pé, o inimigo sairá dentro em pouco...*), manifestos que condenam os traidores (*Não encontrão lugar onde viver, a não ser debaixo de sete palmos de terra...*) e profecias que anunciam que em breve soarão, em todas as partes, os clarins de guerra contra os opressores, e que cedo ou tarde o Juízo Final destruirá a injustiça para que o mundo seja, finalmente, o que quis ser quando ainda não era.

(237)

Sandino escreve a um de seus oficiais: "Nem vamos poder andar, de tantas flores"

Se lhe der sono, fome ou um pouco de medo, peça a Deus que o conforte... Deus nos dará este outro triunfo, que será o definitivo porque estou certo de que depois desta luta, não voltarão para buscar o troco, e vocês ficarão cobertos de glórias! Quando entrarmos em Manágua, nem vamos poder andar, de tantas flores...

(361)

1931
Bocay

Santos López

Quem entra no exército libertador ganha o direito de ser chamado de *irmão*. Dinheiro, não ganha. Nenhum dinheiro, nunca. Por sua conta terá de ganhar o fuzil, na luta, e talvez um uniforme de algum falecido *marine*, encurtadas as calças com muitas dobras.

Santos López está com Sandino desde o primeiro dia. Há oito anos trabalhava como peão nas fazendas. Tinha doze anos quando houve o levante na mina de San Albino. Na tropa patriota foi aguaceiro, mensageiro e espião entre inimigos bêbados ou distraídos, e junto a outros cupinchas de sua idade se especializou em armar emboscadas e confusão com latas e reco-recos, que, embora poucos, pareciam muitos.

Santos López faz dezessete anos no dia em que Sandino faz dele um coronel.

(236, 267 e *361)*

1931
Bocay

Tranqüilino

No raquítico arsenal de Sandino, não há melhor arma que uma metralhadora Browning último modelo, resgatada de um dos aviões norte-americanos derrubados a tiros de fuzil.

Nas mãos de Tranqüilino Jarquín, essa Browning dispara e canta.

Tranqüilino é cozinheiro, além de artilheiro cantador. Mostra um dente no sorriso e uma orquídea no chapéu; e enquanto revira a grande caçarola fumegante, escassa de carne mas não de aroma, derrama no papo um trago de rum.

O exército de Sandino está proibido de beber, mas Tranqüilino pode. Muito trabalho lhe custou conseguir o privilégio, até que convenceu o general. Sem uns traguinhos não funciona este artista da concha e do gatilho. Quando o submetem a uma dieta de água, saem-lhe tristes os pratos, e tortos e mudos os tiros.

(236 e 393)

1931
Bocay

Cabrerita

Tranqüilino faz cantar a metralhadora e Pedro Cabrera, o clarim. Em rajadas canta tangos, marchas e *corridos* a Browning de Tranqüilino; e o clarim de Cabrerita geme requebros de amor e proclama valentias.

Cabrerita se faz estátua e fecha os olhos para beijar seu clarim celestial. Antes da alvorada desperta os soldados; e de noite os adormece, soprando baixinho e demorando as notas.

Musiqueiro e poeta, apaixonado e bailador, Cabrerita é assistente de Sandino desde que a guerra começou. A natureza lhe deu um metro e meio de altura e sete mulheres.

(393)

1931
Hanwell

O ganhador

Carlitos, o Vagabundo, visita a escola Hanwell. Caminha numa perna, como se estivesse patinando; torce uma orelha e da outra sai um jato d'água. Centenas de crianças, órfãs ou abandonadas, caem na gargalhada.

Há trinta e cinco anos, Charles Chaplin era um desses meninos. Agora reconhece a cadeira onde se sentava e o canto do lúgubre ginásio onde foi castigado com vara de marmelo. Quando fugia para Londres, naqueles tempos, fumegavam nas vitrinas as costeletas de porco e as douradas batatas empapadas em molho de carne: o nariz de Chaplin recorda até hoje aquele aroma que atravessava os vidros para humilhá-lo. E em sua memória ficaram gravados os preços de outros manjares impossíveis: uma xícara de chá, meio *penny*; uma porção de arenque, um *penny*, um bolo, dois *pennies*.

Há vinte anos, foi-se embora da Inglaterra num navio de gado e agora voltou transformado no homem mais famoso do mundo. Feito uma sombra é perseguido por uma nuvem de jornalistas e onde quer que vá encontra multidões ansiosas por vê-lo e tocá-lo. Pode fazer o que quiser. Em plena euforia do cine sonoro, seus filmes mudos têm um êxito arrasador. E pode gastar o que quiser – embora não queira nunca. Nos filmes, Carlitos, o Vagabundo, pobre folha ao vento, ignora o dinheiro; mas na vida real, Charles Chaplin, que transpira milhões, cuida dos centavos e é incapaz de olhar um quadro sem calcular seu preço. Jamais acontecerá com ele o que acontece com Buster Keaton, homem de bolso aberto, e que deixa voar tudo o que ganha.

(*121* e *383*)

1932
Hollywood

O perdedor

Buster Keaton chega aos estúdios da Metro com horas de atraso, arrastando a ressaca da bebedeira da noite anterior, olhos de febre, língua de cobre, músculos de trapo, e ninguém sabe como faz para executar as piruetas de palhaço que o roteiro ordena, nem como se arranja para recitar as piadas idiotas que o mandam recitar.

Os filmes sonoros de Keaton estão obtendo o êxito de bilheteria que o público havia negado às suas obras-primas do cinema mudo. Mas desde que assinou contrato com a Metro, ficou proibido de improvisar. Tampouco pode repetir filmagens em busca do evasivo instante em que a poesia encontra o riso, prisioneiro, e o desata. Keaton, gênio da liberdade e do silêncio, está agora obrigado a seguir ao pé da letra os roteiros charlatães escritos por outros. Assim os custos se reduzem à metade, embora o talento se reduza a nada, conforme mandam as normas de produção das fábricas de filmes da época do cinema falado, alta indústria, grande negócio: ficaram para trás, e atrás para sempre, os tempos em que Hollywood era uma aventura louca.

Cada dia Keaton se entende melhor com os cães e com as vacas. Cada noite abre uma garrafa de *bourbon* e suplica à sua própria memória que beba e se cale.

(*128* e *382*)

1932
Cidade do México

Eisenstein

Enquanto no México o acusam de *bolchevique, homossexual e libertino*, em Hollywood é tratado por *cão vermelho e amigo de assassinos.*

Sergéi Eisenstein veio ao México para filmar uma epopéia indígena. No meio do caminho, a epopéia é estripada. A censura mexicana lhe permite algumas cenas, porque é verdade que a verdade é coisa boa, mas não tanto, e os produtores norte-americanos usurpam o material filmado e o esquartejam e o cirzem a seu bel-prazer.

O filme de Eisenstein, Que Viva México, já não é nada além de um montão de grandiosos retalhos, imagens sem articulação ou juntadas sem coerência e à traição: deslumbrantes letras soltas de uma palavra jamais dita sobre este país, este delírio surgido do lugar onde o fundo do mar se toca com o centro da terra: pirâmides que são como vulcões a ponto de explodir, cipós entrelaçados como corpos ávidos, pedras que respiram...

(*151* e *305*)

1932
Caminhos de Santa Fé

O MARIONETEIRO

não sabia que era marioneteiro, até que uma tarde, estando com um amigo num terraço alto de Buenos Aires, viu passar pela rua um carro de feno. Sobre o feno havia um garoto deitado de barriga para cima, as mãos na nuca, as pernas cruzadas, fumando. O amigo e ele o viram e sentiram, os dois, uma insuportável necessidade de ir embora. O amigo foi, voando, agarrado na melena de uma mulher, deste terraço de Buenos Aires até as misteriosas terras geladas do sul; e o marioneteiro descobriu que era marioneteiro, ofício dos livres, e se lançou ao caminho numa carreta puxada por dois cavalos.

Longas cicatrizes vão deixando as rodas de madeira da carreta, de povoado em povoado, pela margem do rio Paraná. O marioneteiro, mago alegrador, se chama Javier Villafañe. Javier viaja acompanhado de seus filhos, que têm carne de papel e cola. O mais filho de seus filhos é Maese Trotamundos, narigão tristão, de capa negra e gravata voadora: enquanto dura a função prolonga a mão de Javier e depois dorme e sonha a seus pés, dentro de uma caixa de sapatos.

1932
Isalco

O USO DO DIREITO DE VOTO E SUAS PENOSAS CONSEQÜÊNCIAS

O general Maximiliano Hernández Martínez, presidente por golpe de Estado, convoca o povo de El Salvador a eleger deputados e prefeitos. Apesar de mil armadilhas, o minúsculo Partido Comunista ganha as eleições. O general se indigna e diz que assim não vale. Fica suspenso para sempre o escrutínio dos votos.

Os comunistas, roubados, se rebelam. O povo explode no mesmo dia em que explode o vulcão Isalco. Enquanto a lava fervente corre pelas ladeiras e as nuvens de cinza cobrem o céu, os camponeses vermelhos, facão na mão, assaltam os quartéis em Izalco, Nahuizalco, Tacuba, Juayúa e outros povoados. Durante três dias os primeiros sovietes da América ocupam o poder.

Durante três dias. E três meses dura a matança. Farabundo Martí e outros dirigentes comunistas caem na frente dos pelotões de fuzilamento. Os soldados matam a golpes o chefe índio José Feliciano Ama, cabeça da rebelião em Izalco; depois enforcam o cadáver de Ama na praça principal e obrigam as crianças das escolas a presenciar o espetáculo. Trinta mil camponeses, condenados por denúncia de patrão, simples suspeita ou cochicho de velha, cavam suas próprias tumbas com as mãos. Morrem crianças também, porque os comunistas, como as cobras, é preciso matá-los desde pequenos. Onde quer que raspem as unhas de um cão ou os cascos de um porco, aparecem restos de gente. Um dos fuzilados é o sapateiro Miguel Mármol.

(*9*, *21* e *404*)

1932
Soyapango

MIGUEL AOS VINTE E SEIS

São levados em caminhão, amarrados. Miguel reconhece os lugares de sua infância:

– *Que sorte* – pensa – *Vou morrer perto de onde enterraram meu umbigo.*

São levados a porradas. Vão fuzilando de dois em dois. Os faróis do caminhão e a lua dão luz de sobra.

Depois de umas quantas descargas, chega a vez de Miguel e de um vendedor de santinhos, condenado por ser russo. O russo e Miguel apertam as mãos, amarradas nas costas, e enfrentam o pelotão. Miguel sente coceira no corpo inteiro, necessita coçar-se desesperadamente, e está pensando nisso enquanto escuta gritar: *Preparar! Apontar! Fogo!*

Quando Miguel acorda, há um montão de corpos gotejando sangue em cima dele. Sente sua cabeça latejando e manando sangue, e os tiros dóem no corpo, na alma e na roupa. Escuta o ferrolho de um fuzil. Um tiro de misericórdia. Outro. Outro. Com os olhos nublados de sangue, Miguel espera a bala final, mas em vez de bala chegam golpes de facão.

Aos pontapés os soldados arrojam os corpos na vala e jogam terra em cima. Quando o caminhão vai embora, Miguel, todo baleado e cortado, começa a se mover. Leva séculos para se soltar de tanto morto e de tanta terra. Finalmente consegue caminhar, num passo ferozmente lento, mais caindo que andando, e pouco a pouco vai-se afastando. Leva o chapéu de um camarada que se chamava Serafim.

E assim ocorre o quinto nascimento de Miguel Mármol, aos vinte e seis anos de idade.

(*126*)

1932
Manágua

Sandino vem triunfando

em arrasador avanço que chega até as ribeiras do lago de Manágua, e as tropas de ocupação se retiram em debandada. Enquanto isso, duas fotografias são divulgadas por jornais do mundo inteiro. Uma mostra o tenente Persington, da Marinha de Guerra dos Estados Unidos, alçando como troféu a cabeça de um camponês nicaragüense. Na outra, sorri o estado-maior inteiro da National Guard of Nicaragua, oficiais que mostram altas botas e chapéus de safári. No centro está sentado o diretor do corpo, coronel Calvin B. Mathews. Atrás, aparece a selva. Aos pés do grupo, deitado no chão, há um cão. A selva e o cão: isso é tudo que tem de nicaragüense na foto.

(*118* e *361*)

1932
San Salvador

Miguel aos vinte e sete

Dos que salvaram Miguel, não sobrou nenhum vivo. Os soldados crivaram de balas os camaradas que o recolheram numa vala, os que o passaram pelo rio numa cadeira, os que o esconderam numa gruta e os que conseguiram trazê-lo até esta casa, a casa de sua irmã, em San Salvador. Tiveram de abanar a irmã, quando viu o espectro de Miguel costurado a tiros e golpes de facão. Ela estava rezando novenas por seu descanso eterno.

O ofício fúnebre continua. Miguel se recompõe como pode, escondido atrás do altar erguido em sua memória, sem outro remédio além da água de broto de *chichipince* que a irmã lhe aplica, com santa paciência, sobre as feridas pustulentas. Miguel se estende do outro lado da cortina, ardente de febre; e assim passa o dia de seu aniversário escutando os louvores que lhe dedicam os desconsolados parentes e vizinhos, que choram por ele e rezam sem parar.

Uma noite, uma patrulha militar se detém na porta:

– Por quem rezam?

– Pela alma de meu falecido irmão.

Os soldados entram, chegam perto do altar, franzem o nariz.

A irmã de Miguel amassa o rosário. As velas tremem na frente da imagem de Nosso Senhor Jesus Cristo. Miguel sente súbita vontade de tossir. Mas os soldados se persignam:

– Que em paz descanse – dizem, e continuam seu caminho.

E assim ocorre o sexto nascimento de Miguel Mármol, aos vinte e sete anos de idade.

(*126*)

1933
Manágua

A primeira derrota militar dos Estados Unidos na América Latina

No primeiro dia do ano os *marines* abandonam a Nicarágua, com todos os seus barcos e aviões. O mirrado general dos patriotas, o homenzinho que parece um T com seu chapéu de abas largas, humilhou um império.

A imprensa norte-americana lamenta os muitos mortos em tantos anos de ocupação, mas destaca o valor do treinamento realizado pelos aviadores. Graças à guerra contra Sandino, os Estados Unidos puderam ensaiar pela primeira vez o bombardeio, em rasante, de aviões Fokker e Curtiss, especialmente desenhados para combater na Nicarágua.

Quando vai embora, o coronel Mathews deixa em seu lugar um oficial nativo simpático e fiel. Anastácio *Tacho* Somoza é o novo diretor da National Guard, que passa a se chamar Guardia Nacional.

Nem bem chega a Manágua, o triunfante Sandino declara:

– *Já somos livres. Não dispararei mais nenhum tiro.*

O presidente da Nicarágua, Juan Bautista Sacasa, o abraça. O general Somoza também.

(*118* e *361*)

1933
Campo Jordán

A Guerra do Chaco

Bolívia e Paraguai estão em guerra. Os dois povos mais pobres da América do Sul, os que não têm mar, os mais vencidos e despojados, se aniquilam mutuamente por um pedaço de mapa. Escondidas entre as dobras de ambas as bandeiras, a Standard Oil Company e a Royal Dutch Shell disputam o possível petróleo do Chaco.

Metidos na guerra, paraguaios e bolivianos estão obrigados a se odiar em nome de uma terra que não amam, que ninguém ama: o Chaco é um deserto cinzento, habitado por espinhos e serpentes, sem um pássaro cantor nem uma pegada de gente. Tudo tem sede neste mundo de espanto. As mariposas se apinham, desesperadas, sobre as poucas gotas de água. Os bolivianos vêm da geladeira ao forno: foram arrancados dos picos dos Andes e arrojados nestes matagais calcinados. Aqui morrem de bala, mas morrem mais de sede.

Nuvens de moscas e mosquitos perseguem os soldados, que agacham a cabeça e avançam trotando através do emaranhado, em marchas forçadas, contra as linhas inimigas. De um lado e do outro, o povo descalço é boi de piranha que paga os erros dos oficiais. Os escravos do patrão feudal e do padre rural morrem de uniforme, ao serviço da imperial avareza.

Fala um dos soldados bolivianos que marcha rumo à morte. Não diz nada sobre a glória, nada sobre a pátria. Diz, resfolegando:

– *Maldita a hora em que nasci homem.*

(*354* e *402*)

Céspedes

Contará Augusto Céspedes, do lado boliviano, a patética epopéia. Um pelotão de soldados começa a cavar um poço, com pá e picareta, procurando água. O pouco que choveu já se evaporou e não há nada de água por onde quer que se olhe ou se ande. Aos doze metros, os perseguidores de água encontram barro líquido. Mas depois, aos trinta metros, aos quarenta e cinco, a roldana sobe baldes de areia cada vez mais seca. Os soldados continuam cavando, dia após dia, amarrados ao poço, poço adentro, boca de areia cada vez mais funda, cada vez mais muda; e quando os paraguaios, também acossados pela sede, se lançam ao assalto, os bolivianos morrem defendendo o poço, como se tivesse água.

(*106*)

Roa Bastos

Contará Augusto Roa Bastos, do lado paraguaio, a patética epopéia. Também ele falará dos poços convertidos em tumbas, e da multidão de mortos, e dos vivos que só se distinguem dos mortos porque se movem, mas se movem como bêbados que esqueceram o caminho de casa. Ele acompanhará os soldados perdidos, que não têm nem uma gota de água para perder em lágrimas.

(380)

1934
Manágua

Filme de terror:
roteiro para dois atores e alguns extras

Somoza sai da casa de Arthur Bliss Lane, embaixador dos Estados Unidos.

Sandino chega à casa de Sacasa, presidente da Nicarágua.

Enquanto Somoza se senta para trabalhar com seus oficiais, Sandino se senta para jantar com o presidente.

Somoza conta a seus oficiais que o embaixador acaba de lhe dar apoio incondicional para matar Sandino.

Sandino conta ao presidente os problemas da cooperativa de Wiwilí, onde ele e seus soldados trabalham na terra há mais de um ano.

Somoza explica aos seus oficiais que Sandino é um comunista inimigo da ordem, que tem escondidas muito mais armas que as que entregou.

Sandino explica ao presidente que Somoza não o deixa trabalhar em paz.

Somoza discute com seus oficiais se Sandino deve morrer de veneno, tiro, incêndio de avião ou emboscada nas montanhas.

Sandino discute com o presidente sobre o crescente poder da Guarda Nacional, dirigida por Somoza, e lhe adverte que logo Somoza o derrubará com um sopro para sentar-se na poltrona presidencial.

Somoza termina de resolver alguns detalhes práticos e se despede de seus oficiais.

Sandino termina de beber seu café e se despede do presidente.

Somoza se encaminha ao recital de uma poetisa e Sandino se encaminha para a morte.

Enquanto Somoza escuta os sonetos de Zoila Rosa Cárdenas, jovem valor das letras peruanas que distingue o país com sua visita, Sandino cai crivado de balas num lugar chamado A Caveira, no Caminho Solitário.

(*339* e *405*)

1934
Manágua

O GOVERNO DECIDE QUE O CRIME NÃO EXISTE

Essa noite, o coronel Santos Lópes escapa da armadilha de Manágua. Com uma perna sangrando, sétimo tiro em seus anos de guerra, sobe nos telhados, se pendura, salta muros, se agacha e finalmente começa uma espantosa caminhada pelas vias do trem, rumo ao norte.

No dia seguinte, enquanto Santos Lópes anda arrastando sua perna ferida pela margem do lago, há matança solta nas montanhas. Somoza manda arrasar a cooperativa de Wiwilí. A Guarda Nacional ataca de surpresa e extermina os camponeses que tinham sido soldados de Sandino e agora estavam plantando fumo e banana e já tinham construido a metade de um hospital. Salvam-se as mulas, mas não as crianças.

Pouco depois, celebram-se banquetes em homenagem a Somoza na embaixada dos Estados Unidos, em Manágua, e nos clubes de alta sociedade de León e Granada.

O governo dita a ordem de esquecimento. Uma anistia apaga todos os delitos cometidos desde a véspera do assassinato de Sandino.

(*267* e *405*)

1934
San Salvador

Miguel aos vinte e nove

Sempre perseguido pela polícia salvadorenha, Miguel encontra refúgio na casa da amante do cônsul da Espanha.

Certa noite, desaba uma tempestade. Da janela, Miguel vê que o rio cresce e que lá longe, na curva, a correnteza está a ponto de atacar o rancho de barro e taquara onde vivem sua mulher e seus filhos. Desafiando a ventania e as patrulhas noturnas, Miguel abandona seu sólido esconderijo e sai disparado em busca dos seus.

Passam a noite abraçados, apoiados contra as frágeis paredes escutando o rugir do vento e do rio. Na madrugada, quando finalmente o ar e a água se calam, o ranchinho está um pouco torto e molhado, mas em pé. Miguel se despede da família e regressa ao seu refúgio.

Mas não o encontra. Daquela casa de bem-plantados pilares, não sobrou nem um tijolo de lembrança. A fúria do rio socavou o barranco, arrancou os alicerces e mandou a casa aos diabos, junto com a amante do cônsul e sua mucama, que morreram afogadas.

E assim ocorre o sétimo nascimento de Miguel Mármol, aos vinte e nove anos de idade.

(*126*)

1935
Caminho de Villamontes a Boyuibe

Depois de noventa mil mortos,

acaba a guerra do Chaco. A guerra durou três anos desde que paraguaios e bolivianos trocaram as primeiras balas num casario chamado Masamaclay – que na língua dos índios significa *lugar onde lutaram dois irmãos*.

Ao meio-dia chega à frente a notícia. Os canhões se calam. Incorporam-se os soldados, pouco a pouco, e vão emergindo das trincheiras. Os esfarrapados fantasmas, cegos de sol, caminham aos tropeços por campos de ninguém até que ficam frente a frente o regimento Santa Cruz, da Bolívia, e o regimento Toledo, do Paraguai: os restos, os fiapos. As ordens recém-recebidas proíbem falar com quem era inimigo até há pouco. Só está permitida a vênia militar; e assim se cumprimentam. Mas alguém lança o primeiro grito e já não há quem pare a algaravia. Os soldados rompem a formação, atiram os bonés e as armas para o alto e correm atropelando-se, os paraguaios para os bolivianos, os bolivianos para os paraguaios, bem abertos os braços, gritando, cantando, chorando, e abraçando-se rodam pela areia quente.

(*354* e *402*)

1935
Maracay

Gómez

O ditador da Venezuela, Juan Vicente Gómez, morre e continua mandando. Ficou no poder vinte e sete anos, sem que ninguém o tirasse ou matasse, e agora não há quem se atreva a chiar. Quando o ataúde do terrível velhinho fica indiscutivelmente sepultado debaixo de montanhas de terra, finalmente os presos derrubam as portas dos cárceres e solta-se o povo em gritarias e saqueios.

Gómez morre solteirão. Engendrou filhos de montão, amando como quem mija, mas jamais passou a noite inteira nos braços de uma mulher. A luz da alvorada encontrou-o sempre sozinho, em sua cama de ferro, sob a imagem da Virgem Maria e junto aos baús cheios de dinheiro.

Não gastou nem uma moeda. Pagava tudo com petróleo. Distribuiu petróleo aos borbotões, à Standard Oil, à Gulf, à Texas, à Shell, e com poços de petróleo pagou as contas do médico que lhe aplicava sondas na bexiga, os sonetos dos poetas que escreviam à sua glória e as tarefas secretas dos verdugos que cuidavam da ordem para ele.

(*114*, *333* e *366*)

1935
Buenos Aires

BORGES

Horroriza-se com tudo que reúna pessoas, como o futebol ou a política, e tudo o que multiplique pessoas, como o espelho ou o ato do amor. Não reconhece outra realidade além da que existe no passado, no passado de seus antepassados, e nos livros escritos por quem soube mencioná-la. O resto é fumaça.

Com fineza e afiado engenho, Jorge Luis Borges conta a *História universal da infâmia*. Quanto à infâmia nacional, a que o rodeia, ele nem percebe.

(*25* e *59*)

1935
Buenos Aires

ESTES ANOS INFAMES

Em Londres, o governo argentino assina um tratado comercial que vende o país a troco de moedinhas. Nas opulentas fazendas ao norte de Buenos Aires, a vacunocracia dança a valsa debaixo das pérgulas; mas se o país vale moedinhas, quanto valem seus filhos mais pobres? Os braços operários estão a preço de bugiganga, e é fácil encontrar mocinhas que tiram a roupa por um café com leite. Brotam novas fábricas, e com elas os bairros de lata, acossados pela polícia e pela tuberculose, onde a erva-mate de ontem é posta para secar ao sol e engana a fome hoje. A polícia argentina inventa o choque elétrico para convencer os que duvidam e endireitar os que se torcem.

Na noite de Buenos Aires, o gigolô busca a moça e a moça o bacana, o apostador busca a barbada do dia e o poeta algum otário para engrupir, e o desocupado busca emprego no primeiro jornal da madrugada. Vão e vêm pelas ruas o boêmio, o pinguço, o jogador e os demais morcegos, todos sós em sua solitária solidão, enquanto o último tango de Discepolín canta que o mundo foi e será uma porcaria.

(*176*, *365* e *412*)

1935
Buenos Aires

Discepolín

É um osso com nariz, tão magro que toma injeções no sobretudo, o sombrio poeta de Buenos Aires nos anos infames.

Enrique Santos Discépolo criou seus primeiros tangos, *pensamentos tristes que podem ser dançados*, quando andava trabalhando de cômico ambulante pelo interior. Nos camarins molambentos fez-se amigo das pulgas, enormes, de tamanho quase humano, e para elas cantarolava tangos que falavam de gente sem grana e sem fé.

(*379*)

1935
Buenos Aires

Evita

Parece outra magrinha a mais, pálida desbotada, nem feia nem linda, que usa roupa de segunda mão e repete sem chiar as rotinas da pobreza. Como todas, vive presa às novelas de rádio, aos domingos vai ao cinema e sonha ser Norma Shearer e todas as tardinhas, na estação do povoado, olha passar o trem que vai para Buenos Aires. Mas Eva Duarte está farta. Fez quinze anos e está farta: sobe no trem e se manda.

Esta garotinha não tem nada. Não tem pai nem dinheiro; não é dona de coisa alguma. Desde que nasceu no povoado de Los Toldos, filha de mãe solteira, foi condenada à humilhação, e agora é uma joana-ninguém entre os milhares de joões-ninguém que os trens despejam todos os dias em Buenos Aires, multidão de provincianos de cabelo grosso e pele morena, trabalhadores e domésticas que entram na boca da cidade e são por ela devorados: durante a semana Buenos Aires os mastiga e aos domingos os cospe aos pedaços.

Aos pés da grande babilônia, altas montanhas de cimento, Evita se paralisa. O pânico não a deixa fazer outra coisa a não ser amassar as mãos, vermelhas de frio, e chorar. Depois engole as lágrimas, aperta os dentes, agarra forte a mala de papelão e se afunda na cidade.

(*311* e *417*)

1935
Buenos Aires

Alfonsina

Na mulher que pensa, os ovários secam. Nasce a mulher para produzir leite e lágrimas, não idéias; e não para viver a vida e sim para espiá-la por trás da persiana. Mil vezes explicaram isso a ela e Alfonsina Storni não acreditou nunca. Seus versos mais difundidos protestam contra o macho enjaulador.

Quando há anos chegou a Buenos Aires vinda do interior, Alfonsina trazia uns velhos sapatos de saltos tortos e no ventre um filho sem pai legal. Nesta cidade trabalhou no que apareceu; e roubava formulários do telégrafo para escrever suas tristezas. Enquanto polia as palavras, verso a verso, noite a noite, cruzava os dedos e beijava as cartas do baralho que anunciavam viagens, heranças e amores.

O tempo passou, quase um quarto de século; e nada lhe foi dado pela sorte. Mas lutando com mão firme Alfonsina foi capaz de abrir caminho no mundo masculino. Sua cara de camundongo travesso nunca falta nas fotos que reúnem os escritores argentinos mais ilustres.

Este ano, no verão, soube que tinha câncer. Desde então escreve poemas que falam do abraço do mar e da casa que a espera lá no fundo, na avenida das madrepérolas.

(*310*)

1935
Medellín

Gardel

Cada vez que canta, canta como nunca. Tem voz colorida. Faz brilhar as notas escuras e as letras opacas. É o Mago, o Mudo, Carlos Gardel.

Invicta sobrevive sua estampa vencedora, a sombra do chapéu sobre os olhos, o sorriso perpétuo e perfeito, jovem para sempre. A origem de Gardel era um mistério; sua vida, um enigma. A tragédia tinha que salvá-lo de toda explicação e decadência. Seus adoradores não teriam perdoado a sua velhice. No aeroporto de Medellín, Gardel explode ao levantar vôo.

1936
Buenos Aires

Patoruzú

Faz dez anos que a história em quadrinhos de Patoruzú, obra de Dante Quinterno, é publicada nos jornais de Buenos Aires. Agora aparece uma revista mensal inteiramente dedicada ao personagem: Patoruzú é um senhor latifundiário, dono de meia Patagônia, que vive em hotéis de cinco estrelas em Buenos Aires, gastando milhões, e crê com fervor na propriedade privada e na civilização de consumo. Dante Quinterno diz que Patoruzú é o típico índio argentino.

(*446* e *456*)

1936
Rio de Janeiro

Olga e ele

À cabeça de seu exército rebelde, Luís Carlos Prestes tinha atravessado a pé o imenso Brasil de ponta a ponta, ida e volta dos campos do sul até os desertos do nordeste, através da selva amazônica. Em três anos de marcha, a Coluna Prestes tinha lutado contra a ditadura dos senhores do café e do açúcar sem sofrer jamais uma derrota. Portanto, Olga Benário o imaginava gigantesco e devastador. Tremenda surpresa levou quando conheceu o grande capitão. Prestes era um homenzinho frágil, que ficava vermelho quando Olga o olhava nos olhos. Ela, afogueada nas lutas revolucionárias na Alemanha, militante sem fronteiras, veio ao Brasil. E ele, que nunca tinha conhecido mulher, foi por ela amado e fundado.

Os dois caem presos ao mesmo tempo. São levados a cárceres diferentes.

Da Alemanha, Hitler reclama Olga por ser judia e comunista, sangue vil, vis idéias, e o presidente brasileiro, Getúlio Vargas, a entrega. Quando os soldados chegam para buscá-la na cadeia, os presos se amotinam. Olga acaba com a revolta, para evitar uma matança inútil, e se deixa levar. Com a cara na grade de sua cela, o escritor Graciliano Ramos a vê passar, algemada, pançuda de gravidez.

No cais, a espera um navio que ostenta a cruz suástica. O capitão tem ordens de não parar até Hamburgo. Lá, Olga será trancada num campo de concentração, asfixiada numa câmara de gás, carbonizada num forno.

(*263*, *302* e *364*)

1936
Madri

A guerra da Espanha

A sublevação contra a república espanhola foi incubada nos quartéis, nas sacristias e nos palácios. Generais, frades, lacaios do rei e senhores feudais de forca e facão são seus tenebrosos protagonistas. O poeta chileno Pablo Neruda os amaldiçoa invocando as balas que encontrarão um dia um lugar em seus corações. Em Granada caiu Federico García Lorca, seu mais irmão. Os fascistas fuzilaram o poeta da Andaluzia, *relâmpago perpetuamente livre*, por ser ou parecer homossexual e comunista.

Neruda anda sobre o solo espanhol empapado de sangue. Vendo o que vê, se transforma. O distraído da política pede à poesia que se faça útil *como metal ou farinha*, e que se disponha a manchar a testa de carvão e lutar corpo a corpo.

(*313* e *314*)

1936
San Salvador

Martínez

À cabeça do levante, Francisco Franco se proclama Generalíssimo e Chefe de Estado espanhol. O primeiro reconhecimento diplomático chega à cidade de Burgos vindo do distante mar do Caribe. O general Maximiliano Hernández Martínez, ditador de El Salvador, é o primeiro a felicitar a recém-nascida ditadura de seu colega Franco.

Martínez, o avô bonachão que assassinou trinta mil salvadorenhos, acha que matar formigas é mais criminoso que matar gente, porque as formigas não se reencarnam. Todo domingo o Mestre Martínez fala ao país, pela rádio, sobre a situação política internacional, os parasitas intestinais, a reencarnação das almas e o perigo comunista. Habitualmente cura as doenças de seus ministros e funcionários com agüinhas coloridas que guarda em garrafões no pátio do palácio presidencial, mas quando estourou a epidemia de varíola soube espantar a peste envolvendo em celofane vermelho os lampiões das ruas.

Para descobrir as conspirações, balança um relógio-pêndulo sobre a sopa fumegante. Frente a dificuldades graves, recorre ao presidente Roosevelt: por telepatia, comunica-se diretamente com a Casa Branca.

(*250*)

1936
San Salvador

Miguel aos trinta e um

Depois do desmoronamento de seu esconderijo no barranco, Miguel tinha sido preso. Passou quase dois anos algemado numa cela solitária.

Recém-saído do cárcere, perambula pelos caminhos, pária esfarrapado, sem nada. Não tem partido, porque seus camaradas do Partido Comunista suspeitam que o ditador Martínez deixou-o livre a troco de traição. Não tem trabalho, porque o ditador Martínez impede que o empreguem. Não tem mulher, que abandonou-o levando os filhos, nem tem casa, nem comida, nem sapatos, nem ao menos nome tem: está provado que Miguel Mármol não existe desde que foi executado em 1932.

Decide acabar de uma vez. Já basta de tristear a sorte negra. Com um facão abrirá as veias. E está erguendo o facão, quando pelo caminho aparece um menino no lombo de um burro. O menino o cumprimenta, agitando um enorme chapéu de palha, e pede o facão para abrir um coco. Depois oferece a metade do coco aberto, água de beber, polpa de comer, e Miguel bebe e come como se este menino desconhecido o tivesse convidado para uma esplêndida festa, e se levanta e caminhando abandona a morte.

E assim ocorre o oitavo nascimento de Miguel Mármol, aos trinta e um anos de idade.

(*126*)

1936
Cidade da Guatemala

Ubico

O primeirão foi Martínez, por poucas horas, mas Ubico é o segundo em reconhecer Franco. Dez dias antes de Hitler e Mussolini, Ubico outorga selo de legitimidade ao alçamento contra a democracia espanhola,

O general Jorge Ubico, chefe de Estado da Guatemaia, governa rodeado de efígies de Napoleão Bonaparte. Diz que parecem irmãos gêmeos. Mas Ubico cavalga motocicletas e a guerra que leva adiante não tem como objetivo a conquista da Europa. A sua é a guerra contra os maus pensamentos.

Contra maus pensamentos, disciplina militar. Ubico militariza os empregados do correio, os músicos da orquestra sinfônica e as crianças das escolas. Como a barriga cheia é a mãe de maus pensamentos, manda reduzir à metade os salários nas plantações da United Fruit. Castiga o ócio, pai dos maus pensamentos, obrigando os culpados a trabalhar de graça nas terras de sua propriedade. Para arrancar os maus pensamentos dos revolucionários, inventa uma coroa de aço que lhes amassa a cabeça nos porões da polícia.

Ubico impôs aos índios uma contribuição forçada de cinco centavos mensais para levantar um grande monumento a Ubico. Frente ao escultor, mão no peito, posa.

(250)

1936
Cidade Trujillo

NO ANO 6 DA ERA DE TRUJILLO

corrigem o nome da capital da República Dominicana. Santo Domingo, assim batizada por seus fundadores, passa a se chamar Ciudad Trujillo. Também o porto se chama agora Trujillo, e Trujillo se chamam muitos povoados, praças, mercados e avenidas. De Ciudad Trujillo, o generalíssimo Rafael Leônidas Trujillo faz chegar ao generalíssimo Francisco Franco sua mais fervorosa adesão.

Trujillo, incansável açoite de comunistas e hereges, nasceu, como Anastácio Somoza, da ocupação militar norte-americana. Sua natural modéstia não o impede de aceitar que seu nome figure nas placas de todos os automóveis e sua efígie em todos os selos de correio. Não se opôs a que se outorgue a seu filho Ramfis, de três anos de idade, a patente de coronel, por tratar-se de um ato de estrita justiça. Seu sentido da responsabilidade o obriga a designar pessoalmente ministros e porteiros, bispos e rainhas de beleza. Para estimular o espírito de empresa, Trujillo outorga a Trujillo o monopólio do sal, do tabaco, do azeite, do cimento, da farinha e dos fósforos.

Em defesa da saúde pública, Trujillo fecha os estabelecimentos comerciais que não vendem carne dos matadouros Trujillo ou leite de suas fazendas; e por razões de segurança pública torna obrigatórias as apólices que Trujillo vende. Apertando com mão firme o timão do progresso, Trujillo exonera de impostos as empresas de Trujillo e proporciona irrigação e caminhos às suas terras e clientes às suas fábricas. Por ordem de Trujillo, dono da fábrica de sapatos, vai preso quem ousar pisar descalço as ruas de qualquer aldeia ou cidade.

Tem voz de assovio, o todo-poderoso, mas não discute nunca. No jantar ergue a taça e brinda com o governador ou o deputado que depois do café irá parar no cemitério. Quando uma terra lhe interessa, não a compra: ocupa-a. Quando uma mulher lhe agrada, não a seduz: aponta-a.

(*89, 101* e *177*)

Procedimento contra a chuva

Quando chuvas torrenciais estão afogando as plantações da República Dominicana, são requeridos os serviços de um bom rezador, capaz de caminhar debaixo da chuva sem se molhar, para que eleve urgentes preces a Deus e a Santa Bárbara Bendita. Os gêmeos costumam ser eficazes amarradores de água e espantadores de trovão.

Na comarca dominicana de Salcedo usam outra técnica. Buscam duas pedras grandes, com forma de ovo, duas pedras dessas que o rio pule: amarram-nas bem amarradas a uma corda, uma em cada extremo, e penduram-nas num galho de árvore. Apertando forte os ovos de pedra, e dando um puxão seco, rogam por Deus. Então o Altíssimo dá um grito e vai-se com suas nuvens negras para outro lado.

(251)

Procedimento contra a desobediência

Mulher de missa diária e contínua oração e penitência, a mãe de Maria de la O esfolava os joelhos suplicando a Deus que por milagre fizesse sua filha obediente e boa, e rogava perdão pelas insolências da descarada.

Numa noite de Sexta-Feira Santa, Maria de la O foi até o rio. A mãe tentou, em vão detê-la:

– *Pensa que estão matando Nosso Senhor Jesus Cristo...*

A ira de Deus deixa grudados para sempre os que fazem amor na Sexta-Feira Santa. Maria de la O não ia ao encontro de nenhum amante, mas cometeu pecado: nadou nua no rio e a água lhe fazia cócegas no corpo, nos rincões proibidos do corpo, e ela se estremecia de prazer.

Depois quis sair do rio e não pôde. Quis separar as pernas e não pôde. Estava toda coberta de escamas e tinha uma barbatana no lugar dos pés.

E nas águas dos rios dominicanos continua Maria de la O, que nunca foi perdoada.

(251)

1937
Dajabón

Procedimento contra a ameaça negra

Os condenados são negros do Haiti, que trabalham na República Dominicana. Um dia e meio dura esta operação militar de exorcismo, planejada pelo general Trujillo até o último detalhe. Na região dominicana do açúcar, os soldados encerram os bóias-frias haitianos nos currais, rebanhos de homens, mulheres e crianças, e os liquidam ali mesmo a golpes de facão; amarram seus pés e mãos e a ponta de baioneta atiram-nos ao mar.

Trujillo, que passa pó na cara várias vezes por dia, quer que a República Dominicana seja branca.

(*101*, *177* e *286*)

1937
Washington

Noticiário

Duas semanas depois, o governo do Haiti expressa frente ao governo da República Dominicana sua *preocupação pelos recentes incidentes fronteiriços*. O governo da República Dominicana promete realizar uma investigação completa.

Em nome do imperativo da segurança continental, o governo dos Estados Unidos propõe ao presidente Trujillo que pague uma indenização para evitar possíveis fricções na zona. Ao final de uma prolongada negociação, Trujillo reconhece a morte de dezoito mil haitianos em território dominicano. Segundo o mandatário, a cifra de vinte e cinco mil vítimas, manejada por algumas fontes, reflete o propósito de manipular desonestamente os acontecimentos. Trujillo concorda em pagar ao governo do Haiti, como indenização, vinte e nove dólares por cada morto oficialmente reconhecido, o que dá um total de 522 mil dólares.

A Casa Branca se congratula porque *chegou-se a um acordo dentro do marco dos tratados e procedimentos interamericanos estabelecidos*. O Secretário de Estado, Cordell Hull, declara em Washington que o *presidente Trujillo é um dos maiores homens da América Central e da maior parte da América do Sul*.

Uma vez paga, em dinheiro, a indenização, os presidentes da República Dominicana e do Haiti se abraçam na fronteira.

(*101*)

1937
Rio de Janeiro

Procedimento contra a ameaça comunista

O presidente do Brasil, Getúlio Vargas, não tem outro remédio a não ser implantar a ditadura. Os jornais e as rádios divulgam a toque de caixa o tenebroso Plano Cohen, que obriga Vargas a suprimir o Parlamento e as eleições. A pátria não sucumbirá sem se defender do avanço das hordas de Moscou. O Plano Cohen, que o governo descobriu em algum porão, revela em detalhes a tática e a estratégia da conspiração comunista contra o Brasil.

O plano se chama Cohen por um erro da datilógrafa, que escutou mal o ditado. O fabricante do plano, o capitão do exército Olympio Mourão Filho, tinha batizado-o de Plano Kun no manuscrito original, porque o tinha inventado baseando-se nos documentos da fugaz revolução húngara encabeçada por Bela Kun.

O nome é o de menos. O capitão Mourão Filho recebe a merecida promoção a major.

(43)

1937
Vale de Cariri

O delito de comunidade

São bombardeados e metralhados pelos aviões. A tiros de canhão são atacados por terra. Degolam-nos, queimam-nos vivos, crucificam-nos. Quarenta anos depois do extermínio da comunidade de Canudos, o exército brasileiro arrasa a comunidade de Caldeirão, ilha de verdor no Nordeste, pelo mesmo delito de negação da propriedade privada.

Em Caldeirão nada era de ninguém: nem os teares, nem os fornos de tijolos, nem o mar dos milharais em torno das casas, nem a vasta neve dos algodoais que havia ao longe. Donos eram todos e nenhum, e não havia despidos nem famintos. Os indigentes tinham-se feito comuneiros ao chamado da Santa Cruz do Deserto, que o beato José Lourenço, peregrino do deserto, tinha carregado até aqui. A Virgem Maria tinha escolhido o lugar para onde a cruz devia vir e tinha escolhido o ombro do beato para trazê-la. Onde o beato cravou a cruz, brotou água incessante.

Mas este beato esquálido era o próspero sultão de um harém de onze mil virgens, segundo acusam os jornais de distantes cidades; como se fosse pouco, era também um agente de Moscou que escondia um arsenal em seus celeiros.

Da comunidade de Caldeirão, nada deixaram, nem ninguém. O potro Trancelim, que só o Beato montava, foge a galope pelos montes pedregosos. Procura em vão algum arbusto que lhe ofereça sombra, debaixo deste sol dos infernos.

(3)

1937
Rio de Janeiro

Monteiro Lobato

A censura proíbe o *escândalo do petróleo*, de Monteiro Lobato. O livro ofende ao truste petroleiro internacional e aos técnicos, alugados ou comprados, que mentem que o Brasil não tem petróleo.

O autor se arruinou tentando criar uma empresa petroleira nacional. Antes, tinha fracassado no ramo editorial, quando teve a louca idéia de vender livros não apenas em livrarias, mas também em farmácias, bazares e bancas de jornais.

Monteiro Lobato não nasceu para editar livros, e sim para escrevê-los. Seu negócio é contar histórias às crianças, saber com elas, voar nelas. No Sítio do Pica-Pau Amarelo, um porco de poucas luzes é Marquês de Rabicó e uma espiga de milho se faz ilustrado visconde, que consegue ler a Bíblia em latim e dirigir-se em inglês aos frangos legorne. O marquês pôs o olho na Emília, a boneca de trapo, que fala e fala sem parar, porque começou tarde na vida e tem muita conversa depositada.

(252)

1937
Madri

Hemingway

As reportagens de Ernest Hemingway contam a guerra que está acontecendo a um passo de seu hotel, na capital assediada pelos soldados de Franco e os aviões de Hitler.

Por que acudiu Hemingway à solidão da Espanha? Ele não é exatamente um militante, dos muitos que vieram de todas as partes do mundo para as solidárias filas das brigadas. Mas Hemingway escreve revelando a desesperada procura da dignidade entre os homens; e a dignidade é a única coisa que não está raciocinada nestas trincheiras da república espanhola.

(*210* e *312*)

1937
Cidade do México

O bolero

A Secretaria da Educação Pública do México proíbe os boleros de Augustín Lara nas escolas, porque suas *letras obscenas, imorais e degeneradas* poderiam corromper as crianças.

Lara exalta a Perdida, em cujas olheiras se vêem palmeiras bêbadas de sol, e suplica amor à Pervertida, em cujas pupilas aparece o tédio como um abanar de pavões reais, e sonha no suntuoso leito da Cortesã de cútis de seda e em sublime arrebato atira rosas aos pés da pecadora e cobre de incenso e jóias a Rameira Vil, a troco de mel de sua boca.

(*299*)

1937
Cidade do México

Cantinflas

O povo vai para rir. Nas tendas suburbanas da Cidade do México, pobres teatrinhos de monta-e-desmonta, todas as luzes da ribalta iluminam Cantinflas.

– *Há momentos na vida que são verdadeiramente momentâneos* – sentencia Cantinflas, bigode ralo, calças caídas, disparateando discursos a todo vapor. Seu desbocado palavrório sem sentido imita a retórica dos intelectualóides e politiqueiros, doutores de muito falar dizendo nada, que em infinitas frases perseguem o ponto sem encontrá-lo jamais. Nestas terras, a economia sofre a inflação monetária e a política e a cultura estão doentes de inflação palavrária.

(*205*)

1937
Cidade do México

Cárdenas

O México não lava as mãos frente à guerra da Espanha. Lázaro Cárdenas, raro presidente amigo do silêncio proclama sua solidariedade, mas sobretudo a pratica: envia armas à frente republicana, através do mar, e recebe as crianças órfãs que os barcos trazem aos montões.

Cárdenas governa escutando. É andarilho e escutador: de povoado em povoado caminha, conhecendo queixas e necessidades com infinita paciência, e nunca promete mais do que faz. Até Cárdenas, a arte de governar no México consistia em mover a língua; mas ele diz *sim* ou *não* e todo mundo acredita. No verão do ano passado anunciou a reforma agrária e desde então não parou de entregar terras às comunidades indígenas.

Os que transformaram a revolução em negócio odeiam-no cordialmente. Dizem que Cárdenas cala porque se esqueceu da língua castelhana, de tanto andar entre os índios, e que qualquer dia destes vai aparecer vestindo tanga e plumagens.

(*45*, *78* e *201*)

1938
Anenecuilco

Nicolás, filho de Zapata

Antes que ninguém, mais que ninguém, os camponeses de Anenecuilco lutaram pela terra; e depois de muito sangue continua mais ou menos na mesma a comunidade onde Emiliano Zapata nasceu e se rebelou.

No centro da luta dos camponeses há um punhado de papéis, mordidos pelas traças e pelos séculos. Esses documentos provam, com cunho do vice-rei, que esta comunidade é dona de sua comarca.

Emiliano Zapata os havia deixado nas mãos de um de seus soldados, Pancho Franco:

– *Se perder isso, compadre, vai secar pendurado num galho.*

Várias vezes Pancho Franco salvou por um triz os papéis e a vida. Várias vezes teve de buscar refúgio nas montanhas, frente aos avanços dos militares e dos politiqueiros.

O melhor amigo da comunidade é o presidente Lázaro Cárdenas, que veio a Anenecuilco, escutou os camponeses e reconheceu e ampliou seus direitos. O pior inimigo da comunidade é o voraz deputado Nicolás Zapata, o filho maior de Emiliano, que apoderou-se das melhores terras e quer ficar também com as piores.

(*468*)

1938
Cidade do México

A nacionalização do petróleo

Ao norte de Tampico, o petróleo mexicano pertence à Standard Oil. Ao sul, à Shell. O México paga caro seu próprio petróleo, que a Europa e os Estados Unidos compram barato. As empresas estão há trinta anos saqueando o subsolo e roubando impostos e salários quando um belo dia Cárdenas decide que o México é o dono do petróleo mexicano.

A partir desse dia, ninguém consegue pregar os olhos. O desafio desperta o país. Imensas multidões se lançam às ruas em manifestação incessante, levando nos ombros caixões da Standard e da Shell, e com música de marimbas e sinos os operários ocupam os poços e as refinarias. Mas as empresas levam embora todos os técnicos, amos do mistério, e não há quem saiba dirigir os indecifráveis tabuleiros de comando. A bandeira nacional ondula sobre torres silenciosas. Param as brocas, esvaziam-se as tubulações, apagam-se as chaminés. É a guerra: a guerra contra as duas empresas mais poderosas do planeta e sobretudo a guerra contra a tradição latino-americana da impotência, o colonial hábito do *não sei, não posso.*

(*45, 201, 234* e *321*)

1938
Cidade do México

Emancipação

A Standard Oil exige a imediata invasão do México. Cárdenas avisa que incendiará os poços se um único soldado aparecer na fronteira. O presidente Roosevelt assovia e olha de lado, mas a coroa inglesa faz suas as fúrias da Shell e anuncia que não comprará nenhuma gota de petróleo mexicano. A França diz que também não. Outros países se somam ao bloqueio. O México não encontra quem lhe venda uma peça de reposição; os barcos desaparecem de seus portos.

Mas Cárdenas não perde o prumo. Busca clientes na áreas proibidas, a Rússia vermelha, a Alemanha nazista, a Itália fascista, enquanto instalações abandonadas vão ressuscitando pouco a pouco: os trabalhadores mexicanos remendam, improvisam, inventam, se ajeitam do jeito que podem, na base do puro entusiasmo, e assim a magia da criação vai tornando possível a dignidade.

(*45*, *201*, *234* e *321*)

1938
Coyoacán

Trotski

Todas as manhãs, se surpreende de acordar vivo. Embora a casa tenha guardas nas guaritas e esteja rodeada de arames eletrificados, Leon Trotski sabe que é uma fortaleza inútil. O criador do exército vermelho agradece ao México, que lhe deu refúgio, mas agradece mais à sorte:

– *Vês, Natasha* – comenta todas as manhãs com sua mulher. – *Ontem à noite não nos mataram, e você ainda se queixa.*

Desde que Lenin morreu, Stalin liquidou, um a um, os homens

que tinham encabeçado a revolução russa. Para salvá-la, diz Stalin. Para apoderar-se dela, diz Trotski, homem marcado para morrer.

Atrevido, Trotski continua acreditando no socialismo, por mais sujo que esteja de barro humano. Afinal das contas, quem poderia negar que o cristianismo é muito mais que a Inquisição?

(*132*)

1938
Sertão do Nordeste brasileiro

Os cangaceiros

atuam sempre modestamente e nunca sem motivo: não roubam aldeias de mais de duas igrejas e matam somente por encomenda ou por vingança jurada frente a punhal beijado. Atuam nas terras queimadas do deserto, longe do mar e do hálito salgado de seus dragões. A torto e a direito, atravessam as solidões do nordeste do Brasil, a cavalo e a pé, com seus chapéus de meia-lua jorrando enfeites. Raras vezes param. Não criam seus filhos nem enterram seus pais. Pactuando, com o céu e com o inferno, fecharam seus corpos aos tiros e às punhaladas, para morrer de morte morrida e não de morte matada, mas cedo ou tarde acabam mal suas vidas que já não valem nada, mil vezes cantadas nas cantigas de cordel dos cantadores cegos: Deus dirá, Deus dará, légua vem, légua vai, epopéia dos bandidos errantes que de briga em briga andam sem dar tempo para que o suor seque.

(*136, 348, 352* e *353*)

1938
Angico

Os caçadores de cangaceiros

Para despistar, os cangaceiros imitam ruídos e pegadas de bichos e usam falsas solas com o calcanhar no bico. Mas quem sabe,

sabe; e um bom rastreador reconhece os rumos do passo humano através dessa moribunda vegetação: pelo que vê, galhinho quebrado ou pedra fora do lugar, e pelo olfato. Os cangaceiros são loucos por perfume. Derramam no corpo litros de perfumes, e essa fraqueza os delata.

Perseguindo pegadas e aromas, os rastreadores chegam ao esconderijo do chefe Lampião; e atrás deles, a tropa. Os soldados se aproximam tanto, que escutam Lampião discutindo com sua mulher. Maria Bonita o amaldiçoa, enquanto fuma um cigarro atrás do outro, sentada numa pedra na entrada da gruta, e ele responde tristezas lá do fundo. Os soldados armam as metralhadoras e esperam a ordem de disparar.

Cai uma garoinha de leve.

(*52, 348, 352* e *353*)

1939
São Salvador da Bahia

As mulheres dos deuses

Ruth Landes, antropóloga norte-americana, vem ao Brasil. Quer conhecer a vida dos negros num país sem racismo. No Rio de Janeiro, é recebida pelo ministro Osvaldo Aranha. O ministro explica a ela que o governo se propõe a limpar a raça brasileira, suja de sangue negro, porque o sangue negro tem a culpa do atraso nacional.

Do Rio, Ruth viaja para a Bahia. Os negros são ampla maioria nesta cidade, onde outrora tiveram seu trono os vice-reis opulentos de açúcar e de escravos, e negro é tudo o que aqui vale a pena, da religião até a comida, passando pela música. E mesmo assim, na Bahia todo mundo acha, e os negros também, que a pele clara é prova de boa qualidade. Todo mundo, não: Ruth descobre o orgulho da negritude nas mulheres dos templos africanos.

Nesses templos são quase sempre mulheres, sacerdotisas negras, que recebem em seus corpos os deuses vindos da África. Resplandecentes e redondas como balas de canhão, oferecem aos deuses seus corpos amplos, que parecem casas onde dá prazer chegar e ficar.

Nela entram os deuses, e nelas dançam. Das mãos das sacerdotisas possuídas o povo recebe ânimo e consolo; e de suas bocas escuta as vozes do destino.

As sacerdotisas negras da Bahia aceitam amantes, não maridos. O casamento dá prestígio, mas tira a liberdade e a alegria. Nenhuma se interessa em formalizar o casamento frente ao padre ou ao juiz: nenhuma quer ser esposada esposa, senhora fulano. Cabeça erguida, lânguido balançar: as sacerdotisas se movem como rainhas da Criação. Elas condenam seus homens ao incomparável tormento de sentir ciúmes dos deuses.

(253)

Exu

O terremoto de tambores perturba o sono do Rio de Janeiro. Dos matagais, à luz das fogueiras, Exu despreza os ricos e contra eles lança seus malefícios mortais. Pérfido vingador dos sem-nada, ele ilumina a noite e escurece o dia. Se joga uma pedra na floresta, a floresta sangra.

O deus dos pobres é também diabo. Tem duas cabeças: uma de Jesus de Nazaré, a outra de Satanás dos Infernos. Na Bahia é tido por malandro mensageiro de outro mundo, deuzinho de segunda, mas nas favelas do Rio é o poderoso dono da meia-noite. Exu, capaz de carícia e de crime, pode salvar e pode matar.

Ele vem do fundo da terra. Entra, violento, arrebentador, pelas solas dos pés descalços. Emprestam a ele corpo e voz os homens e mulheres que vivem com os ratos, entre quatro tapumes dependurados nos morros, e que em Exu se redimem e se divertem até rolar de rir.

(255)

Maria Padilha

Ela é Exu e também uma de suas mulheres, espelho e amante: Maria Padilha, a mais puta das diabas com quem Exu gosta de se revirar nas fogueiras.

Não é difícil reconhecê-la quando entra em algum corpo. Maria Padilha geme, uiva, insulta e ri com muitos maus modos, e no fim do transe exige bebidas caras e cigarros importados. É preciso dar a ela tratamento de grande senhora e rogar-lhe muito para que se digne a exercer sua reconhecida influência junto aos deuses e diabos que mandam mais.

Maria Padilha não entra em qualquer corpo. Ela escolhe, para manifestar-se neste mundo, as mulheres que nos subúrbios do Rio ganham a vida entregando-se a troco de tostões. Assim, as desprezadas se tornam dignas de devoção: a carne de aluguel sobe ao centro do altar. Brilha mais que todos os sóis o lixo da noite.

1939

Rio de Janeiro

O samba

O Brasil é brasileiro e Deus também, proclama Ary Barroso na mui patriótica e irriquieta música que está se impondo no carnaval do Rio de Janeiro.

Mas os sambas mais saborosos que o carnaval oferece não exaltam as virtudes do paraíso tropical. Suas letras malandramente elogiam a vida boêmia e os delitos dos livres, amaldiçoam a miséria e a polícia e desprezam o trabalho. O trabalho é coisa de otários, porque está na cara que um pedreiro não poderá entrar nunca no edifício que suas mãos levantam.

O samba, ritmo negro, filho dos cânticos que convocam os deuses negros nas favelas, domina os carnavais. Nos lares respeitáveis ainda o olham de viés. Merece desconfiança por ser negro, por ser pobre e por ter nascido nos refúgios dos perseguidos da polícia. Mas o samba alegra as pernas e acaricia a alma, e não há maneira de ignorá-lo quando toca. Ao ritmo do samba, o Universo respira até a próxima quarta-feira de cinzas, enquanto durar a festa que transforma todo proletário em rei, todo paralítico em atleta e todo chato em simpático.

(74 e 285)

1939
Rio de Janeiro

O MALANDRO

mais temível do Rio se chama Madame Satã.

Quando tinha sete anos, a mãe trocou-o por um cavalo. A partir daí andou de mão, em mão, de dono em dono, até que veio parar num bordel onde aprendeu o ofício de cozinheiro e as delícias da cama. Aí virou meliante profissional, protetor das putas, dos putos e de todos os boêmios desamparados. A polícia deu-lhe surras que seriam suficientes para mandá-lo várias vezes ao cemitério, mas este negro fortudo nunca vai além do hospital e da cadeia.

Madame Satã é ele de segunda a sexta, um diabo de chapéu panamá que, na base de porradas e navalhadas, domina as noites do bairro da Lapa, enquanto passeia assoviando e marcando o ritmo do samba numa caixa de fósforos; e nos fins de semana é ela, a diaba que acaba de ganhar o concurso de fantasias de carnaval com uma bichérrima capa de morcega dourada, que leva um anel em cada dedo e que move as cadeiras como sua amiga Carmem Miranda.

(*146*)

1939
Rio de Janeiro

CARTOLA

No morro de Mangueira, Cartola é a alma do samba e de todo o resto.

Volta e meia é visto passar feito uma rajada, com as calças na mão ondulando que nem bandeira, corrido por algum marido intolerante.

Entre farras e disparadas, brotam dentro dele melodias e queixas de amor que ele cantarola e em seguida esquece.

Cartola vende seus sambas ao primeiro que aparecer e pelo pouco que conseguir. Sempre se assombra de que exista alguém capaz de pagar por uma coisa dessas.

(*428*)

1939
Abadia de Montserrat

Vallejo

Ferida mortalmente, a república espanhola dá seus últimos passos. Resta-lhe pouco ar. O exército de Franco avança aniquilando.

Na abadia de Montserrat, à maneira de despedida, os milicianos publicam os versos que dois latino-americanos escreveram em homenagem à Espanha e sua tragédia.

Os poemas do chileno Neruda e do peruano Vallejo são impressos em papel feito de farrapos de uniformes, bandeiras inimigas e bandagens.

César Vallejo morreu pouco antes da queda da Espanha, dolorida e sozinha como ele. Morreu em Paris, *um dia do qual já tenho lembrança*, e pela Espanha foram seus últimos poemas, escritos na agonia, entre quatro lúgubres paredes. Vallejo cantou a gesta do povo espanhol em armas e todo seu descomedimento, amado sol, amada sombra; e Espanha foi a última palavra que disse, em sua agonia, este poeta americano, o mais americano dos poetas.

(457)

1939
Washington

Roosevelt

Quando Franklin Delano Roosevelt chegou à presidência, havia nos Estados Unidos quinze milhões de trabalhadores sem trabalho, que olhavam com cara de meninos perdidos. Muitos levantavam o polegar nas estradas e peregrinavam de cidade em cidade, descalços ou com cartolinas sobre as solas furadas, transformando em hotéis os mictórios públicos e as estações de trem.

Para salvar sua nação, a primeira coisa que Roosevelt fez foi engaiolar o dinheiro: fechou todos os bancos até que o panorama ficasse mais claro. E desde então governou a economia sem se deixar governar por ela, e consolidou a democracia ameaçada pela crise.

Com os ditadores latino-americanos, porém, se dá muito bem. Roosevelt os protege, como protege os automóveis Ford, as geladeiras Kelvinator e todos os outros produtos industriais dos Estados Unidos.

(*276* e *304*)

1939
Washington

No ano 9 da Era de Trujillo

uma salva de vinte e um tiros de canhão lhe dá as boas-vindas na academia militar de West Point. Trujillo se areja com um leque de marfim e cumprimenta abanando a plumagem de avestruz do seu chapéu.

Acompanha-o uma rechonchuda delegação de bispos, generais e cortesãs, um médico e um bruxo especialista em mau-olhado. Também o acompanha o brigadeiro Ramfis Trujillo, de nove anos de idade, que arrasta uma espada mais comprida que ele.

O general George Marshall oferece a Trujillo um banquete a bordo do *Mayflower* e o presidente Roosevelt o recebe na Casa Branca. Legisladores, governadores e jornalistas cobrem de louvores o estadista exemplar. Trujillo, que paga seus mortos à vista, também à vista compra elogios, colocando os gastos no item *Alpiste para passarinhos* do orçamento do Poder Executivo da República Dominicana.

(*60* e *177*)

1939
Washington

Somoza

Antes que os *marines* o fizessem general e mandachuva da Nicarágua, Tacho Somoza se dedicava a falsificar moedas de ouro e trapacear no pôquer e no amor.

Desde que tem o poder total, o assassino de Sandino transformou o orçamento nacional em sua conta pessoal e fez-se dono das melhores terras do país. Liquidou seus inimigos mornos disparando-lhes empréstimos do Banco Nacional. Os inimigos quentes se acabaram em acidente ou emboscada.

A visita de Somoza aos Estados Unidos não é menos triunfal que a de Trujillo. O presidente Roosevelt vai, com vários ministros, dar-lhe as boas-vindas na Union Station. Uma banda militar interpreta os hinos, e soam os tiros de canhão e os discursos. Somoza anuncia que a avenida principal de Manágua, que atravessa a cidade da lagoa ao lago, passa a se chamar avenida Roosevelt.

(*102*)

1939
Nova Iorque

Super-Homem

Na revista *Action Comics* são publicadas as aventuras do Super-Homem.

Este Hércules de nosso tempo protege a propriedade privada no Universo. De um lugar chamado Metrópolis, viaja a outras épocas e galáxias, voando mais rápido que a luz e rompendo as barreiras do tempo. Onde quer que esteja, neste mundo ou em outros, o Super-Homem restabelece a ordem com mais eficácia e rapidez que todos os *marines* juntos. Com uma olhadela derrete o aço, com um pontapé poda todas as árvores da selva, com um murro perfura várias montanhas ao mesmo tempo.

Em sua outra personalidade, o Super-Homem é o tímido Clark Kent, tão pobre diabo como qualquer um dos seus leitores.

(*147*)

1941
Nova Iorque

Retrato de um fabricante de opinião

Os cinemas se negam a exibir *Cidadão Kane*. Só alguns cineminhas pulguentos se atrevem a semelhante desafio. Em *Cidadão Kane*, Orson Welles conta a história de um homem enfermo de febre de poder, e esse homem parece demais com William Randolph Hearst.

Hearst possui dezoito jornais, nove revistas, sete castelos e numerosas pessoas. Ele sabe como excitar a opinião pública. Em sua longa vida provocou guerras e bancarrotas, fez e desfez fortunas, criou ídolos, demoliu reputações. São invenções suas as campanhas escandalosas e as colunas de mexericos, boas para bater, como ele gosta, abaixo da linha da cintura.

O mais poderoso fabricante de opinião dos Estados Unidos acha que a raça branca é a única raça verdadeiramente humana. Crê na necessária vitória do mais forte e crê que os comunistas têm a culpa de que os jovens bebam álcool. Também está convencido de que os japoneses são traidores natos.

Os jornais de Hearst estão há mais de meio século alertando contra o Perigo Amarelo, quando o Japão bombardeia a base norte-americana de Pearl Harbor. Os Estados Unidos entram na segunda guerra mundial.

(*130* e *441*)

1942
Washington

A Cruz Vermelha não aceita sangue de negros

Os soldados dos Estados Unidos saem rumo às frentes de guerra. Muitos são negros, obedecendo a oficiais brancos.

Os que sobreviverem, voltarão para casa. Os negros entrarão pela porta dos fundos, e nos estados do Sul terão lugar separado para viver, trabalhar e morrer, e até serão enterrados depois de mortos em tumbas separadas. Os encapuzados da Ku Klux Klan evitarão que os negros se metam no mundo dos brancos, e principalmente nos dormitórios das brancas.

A guerra aceita negros. Milhares e milhares de negros norte-americanos. A Cruz Vermelha, não. A Cruz Vermelha dos Estados Unidos proíbe o sangue negro nos bancos de plasma. Assim evita que a mistura dos sangues se faça por injeção.

(*51*)

1942
Nova Iorque

Drew

Charles Drew é um inventor de vida. Suas investigações tornam possível a conservação do sangue. Graças a ele existem os bancos de plasma, que estão ressuscitando milhares de moribundos nos tempos de batalha da Europa.

Drew dirige o banco de plasma da Cruz Vermelha nos Estados Unidos. Quando a Cruz Vermelha resolve rejeitar o sangue de negros, ele renuncia ao seu cargo. Drew é negro.

(*218* e *262*)

1942
Oxford, Mississíppi

Faulkner

Sentado numa cadeira de balanço, na frente do portal de colunas de uma mansão que está desmoronando, William Faulkner fuma seu cachimbo e escuta as confidências dos fantasmas.

Os amos das plantações contam a Faulkner suas glórias e seus pânicos. Nada lhes produz tanto horror como a mistura de raças. Uma gota de sangue negro, embora seja uma gota só, é um destino que amaldiçoa a vida e obriga a passar a morte entre os fogos negros do inferno. As dinastias do Sul dos Estados Unidos, nascidas do crime e ao crime condenadas, vigiam o branco fulgor de seu próprio crepúsculo, injuriado por qualquer negrura ou sombra de negrura. Os cavalheiros gostariam de acreditar que a pureza da linhagem não perecerá, embora pereça sua memória e se desvaneçam os últimos ecos das trombetas da carga final dos ginetes vencidos por Lincoln.

(*163* e *247*)

1942
Hollywood

Brecht

Hollywood fabrica filmes para transformar em doce senhora a espantosa vigília da humanidade em transe de aniquilação. Bertolt Brecht, desterrado da Alemanha de Hitler, está empregado nesta indústria de soporíferos. O fundador de um teatro que quer abrir bem abertos os olhos das pessoas ganha a vida nos estúdios da United Artists. Ele é outro dos muitos escritores que trabalharam para Hollywood em horário de escritório, competindo para escrever a maior quantidade de bobagens por jornada de trabalho.

Num desses dias, Brecht compra um pequeno Deus da Sorte, por quarenta centavos, numa loja chinesa. Coloca-o em seu escritório, bem à vista. Disseram a Brecht que o Deus da Sorte lambe os beiços cada vez que o obrigam a tomar veneno.

(66)

1942
Hollywood

Os bons vizinhos do Sul

acompanham os Estados Unidos na guerra mundial. É o tempo dos preços democráticos: os países latino-americanos oferecem matérias-primas baratas, baratos alimentos e um ou outro soldado.

O cinema exalta a causa comum. Nos filmes é raro faltar um número *southamericano*, cantado e dançado em espanhol ou português. O Pato Donald estréia um amigo brasileiro, o papagaio Zé Carioca. Nas ilhas do Pacífico ou campos da Europa, galãs de Hollywood liquidam japoneses e alemães aos montões: cada galã tem ao lado um latino simpático, indolente, mais para o bobo, que admira o louro irmão do Norte e lhe serve de eco e sombra, fiei escudeiro, alegre musiqueiro, mensageiro e cozinheiro.

(467)

1942
Pampa de Maria Barzola

Método latino-americano para reduzir os custos de produção

A Bolívia é um dos países que pagam a guerra. Desde sempre condenada a ração de fome, a Bolívia contribui à causa aliada vendendo seu estanho a um preço dez vezes mais baixo que o preço habitual.

Os trabalhadores das minas financiam esta pechincha: seus salários, de quase nada passam a nada. E, quando um decreto do governo obriga os trabalhadores ao trabalho forçado a ponta de fuzil, surge a greve. Outro decreto proíbe a greve e a greve continua acontecendo. Então o presidente, Enrique Peñaranda, ordena ao exército que atue de maneira *severa e enérgica*. Patiño, rei das minas, *manda proceder sem vacilações*. Seus vice-reis, Aramayo e Hochschild, aprovam. As metralhadoras cospem fogo durante horas e deixam a planície árida regada de gente.

A Patiño Mines paga alguns ataúdes, mas economiza a indenização. Morte por metralhadora não é acidente de trabalho.

(*97* e *474*)

1943
Sans-Souci

Carpentier

Alejo Carpentier descobre, alucinado, o reino de Henri Christophe. O escritor cubano percorre as altivas ruínas do delírio daquele escravo cozinheiro, que chegou a ser monarca do Haiti e se matou disparando a bala de ouro que levava sempre pendurada no pescoço. Carpentier escuta os hinos cerimoniais e os tambores mágicos da invocação, enquanto visita o palácio que o rei Christophe copiou de Versalhes, e percorre sua invulnerável fortaleza, imensa construção que resistiu aos raios e terremotos por ter suas pedras ligadas com sangue de touros sacrificados aos deuses.

No Haiti, Carpentier aprende que não há magia mais prodigiosa e deleitosa que a viagem que conduz, realidade adentro, corpo adentro, às profundidades da América. Na Europa, os magos se transformaram em burocratas e a maravilha, cansada, se reduziu a um truque de prestidigitação. Na América, em compensação, surrealismo é natural como a chuva ou a loucura.

(*85*)

1943
Port-au-Prince

Mãos que não mentem

Dewitt Peters funda um grande estúdio aberto e ali subitamente explode a arte haitiana. Todos pintam tudo: telas, cartolinas, latas, madeiras, muros e o que vier. Todos pintam em rebuliço e com fulgor, com as sete almas do arco-íris. Todos: o sapateiro remendão e o pescador, a lavadeira do rio e a vivandeira do mercado. No país mais pobre da América, espremido pela Europa, invadido pelos Estados Unidos, arrasado por guerras e ditaduras, o povo se põe a gritar cores e não há quem o faça calar.

(*122*, *142*, e *385*)

1943
Mont Rouis

Um grãozinho de sal

Num botequim, rodeado de crianças barrigudas e cães esqueléticos, Hector Hyppolite pinta deuses com um pincel de penas de galinha. São João Batista aparece de tarde e o ajuda.

Hyppolite pinta os deuses que pintam pela sua mão. Estes deuses pintores e pintados, os deuses haitianos, habitam ao mesmo tempo a terra, o céu e o inferno: são capazes do bem e do mal, oferecem aos seus filhos vingança e consolo.

Nem todos vieram da África. Alguns nasceram aqui, como o Barão Samedi, deus de andar solene, negro de negro chapéu de copa e bengala negra, que é dono dos venenos e das tumbas. Do Barão Samedi depende que os venenos matem e que os mortos descansem em paz. Faz de muitos mortos zumbis, e os condena a trabalhar como escravos.

Os zumbis, mortos que caminham ou vivos que perderam a alma, têm um ar de estupidez irremediável. Mas a três por dois escapam e recuperam a vida perdida, a alma roubada: um único grãozinho de sal. E como vai faltar sal na moradia dos escravos que derrotaram Napoleão e fundaram a liberdade na América?

(*142, 233* e *295*)

1944
Nova Iorque

Aprendendo a ver

É meio-dia e James Baldwin está caminhando com um amigo nas ruas do sul da ilha de Manhattan. O sinal fechado os detém numa esquina.

– *Olha* – diz o amigo, apontando o chão.

Baldwin olha. Não vê nada.

– *Olha, olha.*

Nada. Ali não há nada para ser olhado, nada para ser visto. Uma poça d'água contra o meio-fio e nada mais.

Mas o amigo insiste:

– *Viu? Está vendo?*

E então Baldwin crava o olhar e vê. Vê uma mancha de óleo estremecendo na poça d'água. Depois, na mancha de óleo vê o arco-íris. E lá dentro, poça adentro, a rua passa, e as pessoas passam pela rua, os náufragos e os loucos e os magos, e o mundo inteiro passa, assombroso mundo cheio de mundos que no mundo brilham: e Baldwin vê, pela primeira vez na vida, vê.

(*152*)

1945
Fronteira entre a Guatemala e El Salvador

Miguel aos quarenta

Dorme em cavernas e cemitérios. Condenado ao soluço contínuo pela fome, anda disputando migalhas com os corvos e os pombos. A irmã, que o encontra de vez em quando, diz a ele:

– Deus te deu muitas habilidades, mas te impôs o castigo de ser comunista.

Desde que Miguel recuperou a confiança de seu partido, não deixou de correr e padecer. E agora o partido resolveu que o mais sacrificado de seus militantes vá de El Salvador para o exílio na Guatemala.

Miguel consegue passar a fronteira, depois de mil peripécias e perigos. Já é noite fechada. Estende-se para dormir, exausto, debaixo de uma árvore. Ao amanhecer, é acordado por uma enorme vaca amarela, que lambe seus pés. Miguel diz à vaca:

– Bom dia.

E a vaca se assusta, foge à toda e, mugindo, se mete no mato. Do mato emergem, em seguida, cinco touros vingadores. Miguel não pode escapar nem para trás nem para cima. Às suas costas há um abismo e a árvore é das de tronco liso. Em turbilhão avançam os touros, mas antes do ataque final param e olhando fixo para ele bufam, jorram fumaça e fogo, dão chifradas no ar e raspam o chão arrancando erva e pó.

Miguel sua frio e treme. Gago de pânico, balbucia explicações. Os touros olham para ele, homenzinho metade fome metade medo, e se olham entre si. Ele encomenda sua alma a Marx e a São Francisco de Assis. E finalmente os touros viram as costas e se afastam, cabisbaixos, a passo lento.

E assim acontece o nono nascimento de Miguel Mármol, aos quarenta anos de idade.

(*126*)

1945
Hiroshima e Nagasaki

UM SOL DE FOGO,

violenta luz jamais vista no mundo, eleva-se lentamente, rompe o céu e se desmorona. Três dias depois, outro sol de sóis explode sobre o Japão. Lá embaixo ficam as cinzas de duas cidades, um deserto de ferrugem, muitos milhares de mortos e mais milhares de condenados a morrer aos pedaços ao longo dos anos que virão.

A guerra estava quase acabada, Hitler e Mussolini liquidados, quando o presidente Harry Truman ordenou lançar as bombas atômicas sobre a população civil de Hiroshima e Nagasaki. Nos Estados Unidos, um clamor nacional exigia a imediata aniquilação do Perigo Amarelo. Já era hora de acabar de uma vez por todas com as fumaças imperiais deste arrogante país asiático jamais colonizado por ninguém. Nem mortos eles prestam, esses macaquinhos traidores, dizia a imprensa.

Agora não há mais dúvida. Há um grande vencedor entre os vencedores. Os Estados Unidos emergem da guerra mundial intactos e mais poderosos que nunca. Atuam como se o planeta inteiro fosse o seu troféu.

(*140* e *276*)

1945
Princeton

Einstein

Albert Einstein sente como se sua própria mão tivesse apertado o botão. Ele não fez a bomba atômica, mas a bomba atômica não teria sido possível sem suas descobertas. Agora, Einstein gostaria de ter sido outro, ter dedicado a vida ao inofensivo ofício de consertar canos ou levantar paredes em vez de andar averiguando segredos da vida, que outros usam para aniquilá-la.

Quando era criança, um professor disse a ele:

– *Você nunca será nada.*

Comendo mosca, com cara de quem vive no mundo da lua, ele se perguntava como seria a luz vista por alguém que pudesse cavalgar um raio. Quando se fez homem, encontrou a resposta, que acabou sendo a teoria da relatividade. Recebeu um prêmio Nobel e mereceu vários outros, pelas respostas que desde então encontrou para outras perguntas, nascidas do misterioso vínculo entre as sonatas de Mozart e o teorema de Pitágoras, ou nascidas dos desafiantes arabescos que desenha, no ar, a fumaça de seu longuíssimo cachimbo.

Einstein achava que a ciência era um modo de revelar a beleza do universo. O mais célebre dos sábios tem os mais tristes olhos da história humana.

(*150* e *228*)

1945
Buenos Aires

Perón

O general MacArthur cuida dos japoneses e Spruille Braden cuida dos argentinos. Para conduzir os argentinos pelo bom caminho da Democracia, o embaixador norte-americano Braden reúne todos os partidos, do Conservador ao Comunista, numa frente única contra Juan Domingo Perón. Segundo o Departamento de Estado, o coronel Perón, ministro de Trabalho do governo, é o chefe de uma quadrilha nazista. A revista *Look* afirma que se trata de um pervertido que, nas gavetas de seu escritório, guarda fotos de índias nuas da Patagônia junto às imagens de Hitler e Mussolini.

Perón percorre voando o caminho da presidência. Leva pelo braço Evita, atriz de radionovela, de olhos febris e encantadora voz; e quando ele se cansa, duvida ou se assusta, é ela quem o leva. Perón reúne mais gente que todos os partidos juntos. Quando o acusam de agitador, responde que com muita honra. Os topetudos, os de colarinho branco, gritam o nome do embaixador Braden nas esquinas do centro de Buenos Aires, agitando chapéus e lenços, mas nos bairros operários as multidões descamisadas gritam o nome de Perón. O povo trabalhador, desterrado em sua própria terra, mudo de tanto calar, encontra pátria e voz neste estranho ministro que se põe sempre ao seu lado.

O prestígio popular de Perón cresce e cresce na medida em que ele espana esquecidas leis sociais ou cria leis novas. É dele o estatuto que obriga a respeitar os direitos de quem se pela trabalhando em fazendas e plantações. O estatuto não fica no papel, e assim o peão do campo, quase coisa, se torna operário rural com sindicato e tudo.

(*311* e *327*)

1945
Campos de Tucumán

O FAMILIAR

está uma fera com estas novidades que vieram perturbar seus domínios. Os sindicatos operários provocam mais raiva e susto que a cruz.

Nas plantações de cana-de-açúcar do Norte argentino, o Familiar se ocupa da obediência dos peões. Quando um peão fica respondão ou arisco, o Familiar o devora numa mordida só. Faz ruído de correntes e fede a enxofre, mas não se sabe se é o Diabo em pessoa ou um simples funcionário. Só as suas vítimas o viram, e nenhuma pôde contar o que viu. Dizem-que-dizem que pelas noites o Familiar ronda os galpões onde os peões dormem, feito enorme serpente, e que embosca agachado nos caminhos, na forma de um cão de olhos em chamas, todo negro, muito dentudo e unhudo.

(*103* e *328*)

O VELÓRIO DO ANJINHO

Nas províncias do Norte argentino não se chora a morte das crianças pequenas. Uma boca a menos na Terra, no céu um anjo a mais: a morte é bebida e dançada, desde o primeiro cantar do galo, com longos goles de *aloje* e *chicha* e ao som do bumbo e da guitarra. Enquanto os dançarinos giram e sapateiam, vão passando a criança de braço em braço. Quando a criança tiver sido bem ninada e festejada, desandam todos a cantar para que comece seu vôo ao Paraíso. Lá vai o viajantezinho, vestido com suas melhores galas, enquanto cresce a canção. E dizem adeus a ele acendendo foguetes, com muito cuidado para não lhe queimar as asas.

(*104*)

1945
Campos de Tucumán

Yupanqui

Tem cara de índio que olha para a montanha que olha para ele, mas vem das planícies do Sul, do Pampa sem eco, que nada esconde, o gaúcho cantor dos mistérios do Norte argentino. Vem a cavalo, parando em cada lugar, em cada pessoa, de déu em déu, no caminho. Para continuar o caminho canta, cantando o que andou, Atahualpa Yupanqui. E para continuar a história: porque a história do pobre se canta ou se perde, e disso ele sabe, pois é com a esquerda que toca a guitarra e da esquerda olha o mundo.

(*202*, *270* e *472*)

1946
La Paz

A rosca

Lá no alto, são três. Lá embaixo, na base da montanha, são três milhões. A montanha é de estanho e se chama Bolívia.

Os três lá do alto formam a Rosca mineira. Simón Patiño está no centro. Num lado está Carlos Aramayo; no outro, Maurício Hochschild. Patiño era um mineiro pobretão, até que há meio século uma fada tocou-o com a varinha mágica e transformou-o num dos homens mais ricos do mundo. Agora usa colete com corrente de ouro e em sua mesa se sentam reis e presidentes. Aramayo vem da aristocracia local. Hochschild vem do avião que o trouxe. Qualquer um dos três tem mais dinheiro que o Estado.

Tudo o que o estanho rende fica fora. Para evitar impostos, a sede de Patiño está nos Estados Unidos, a de Aramayo na Suíça e a de Hochschild no Chile. Patiño paga para a Bolívia 50 dólares por ano de imposto de renda, Aramayo, 22 e Hochschild, nada. De cada duas crianças que nascem nas minas da Rosca, uma fica sem viver.

Cada membro da Rosca tem um jornal e vários ministros e legisladores. É tradição que o chanceler receba um salário mensal da Patiño Mines. Mas agora o presidente, Gualberto Villarroel, quer obrigar a Rosca a pagar impostos e salários que não sejam simbólicos, e portanto desencadeia-se uma desaforada conspiração

(97)

1946
La Paz

Villarroel

O presidente Villarroel não se defende. Abandona-se ao destino, como se do destino se tratasse.

Contra ele avançam bandoleiros mercenários, seguidos de um estranho e numeroso cortejo onde se misturam beatas e estudantes. Erguendos tochas, bandeiras negras e lençóis ensangüentados, os amotinados invadem o palácio do governo, atiram Villarroel do balcão para a rua e o penduram, nu, em um poste.

Além de desafiar a Rosca, Villarroel quis dar os mesmos direitos ao branco e ao índio, à esposa e à amante, ao filho legal e ao filho natural.

O mundo inteiro saúda o crime. Os donos da democracia anunciam que liquidaram este tirano ao serviço de Hitler, que com imperdoável insolência pretendia elevar o derrubado preço internacional do estanho. E na Bolívia, país que não pára de trabalhar pela sua própria desgraça, celebra-se a queda do que é e a restauração do que era. Vivem dias felizes a Liga da Moral, a Associação de Mães de Sacerdotes, as Viúvas de Guerra, a embaixada dos Estados Unidos, toda a direita, quase toda a esquerda, esquerda à esquerda da lua, e a Rosca.

(97)

1946
Hollywood

Carmem Miranda

Toda brilhosa de lantejoulas e colares, coroada por uma torre de bananas, Carmem Miranda ondula sobre um fundo de paisagem tropical de cartolina.

Nascida em Portugal, filha de um fígaro pobretão que atravessou o mar, Carmem é hoje em dia o principal produto de exportação do Brasil. O café vem depois.

Esta baixinha safada tem pouca voz, e a pouca voz que tem desafina, mas ela canta com as cadeiras e as mãos e com o piscar dos olhos, e com isso tem de sobra. É a mais bem paga de Hollywood; possui dez casas e oito poços de petróleo.

Mas a empresa Fox se nega a renovar seu contrato. O senador Joseph MacCarty denunciou-a como obscena, porque durante uma filmagem, em plena dança, um fotógrafo delatou intoleráveis nudezas debaixo de sua saia voadora. E a imprensa revelou que já em sua mais tenra infância Carmem tinha recitado para o rei Alberto da Bélgica, acompanhando os versos com descarados gestos e olhares que provocaram escândalo nas freiras e uma prolongada insônia no monarca.

(*401*)

1948
Bogotá

Véspera

Na plácida Bogotá, moradia de frades e juristas, o general Marshall se reúne com chanceleres dos países latino-americanos.

O que nos traz em seus alforjes o Rei Mago do Ocidente, que rega com dólares os solos europeus devastados pela guerra? O general Marshall resiste, impassível, com os audifones grudados na cabeça, à discursaria que aumenta. Sem mover as pálpebras, agüenta as longuíssimas profissões de fé democrática de muitos delegados latino-americanos ansiosos por vender-se a preço de galinha morta, enquanto John McCloy, gerente do Banco Mundial, adverte:

– Lamento, senhores, mas não trouxe meu talão de cheques na maleta.

Além dos salões da Nona Conferência Pan-americana, também chovem discursos de ponta a ponta no país anfitrião. Os doutores liberais anunciam que trarão a paz para a Colômbia, *como a deusa Palas Atenas que fez brotar a oliveira nas colinas ateneias, e os doutores conservadores prometem arrancar do sol forças inéditas e acender com o escuro fogo que é entranha do globo a tímida lâmpada votiva do tenebrário que se acende na véspera da traição na noite das trevas.*

Enquanto chanceleres e doutores clamam, proclamam e declamam, a realidade existe. Nos campos colombianos, a guerra entre conservadores e liberais é disputada a tiros; os políticos contribuem com as palavras e os camponeses, com os mortos. E a violência já está chegando a Bogotá, golpeia as portas da capital e ameaça sua rotina de sempre, sempre os mesmos pecados, sempre as mesmas metáforas: na tourada do último domingo, a multidão desesperada se lançou na arena e arrebentou um pobre touro que se negava a lutar.

(7)

1948
Bogotá

Gaitán

O país político, diz Jorge Eliécer Gaitán, *não tem nada a ver com o país nacional.* Gaitán é o chefe do Partido Liberal, mas é também sua ovelha negra. É adorado pelos pobres de todas as bandeiras. *Que diferença existe entre a fome liberal e a fome conservadora? O paludismo não é conservador nem liberal!*

A voz de Gaitán desata o povo que, através da sua boca, grita. Este homem deixa o medo para trás. De todas as partes acodem para escutá-lo, para escutarem-se, os andrajosos, puxando remos através da selva e empurrando espora nos cavalos pelos caminhos. Dizem que quando Gaitán fala rasga-se a neblina em Bogotá; e que até no alto céu São Pedro põe a orelha em alerta e não permite que a chuva caia sobre as gigantescas concentrações reunidas à luz dos archotes.

O altivo caudilho, enxuto rosto de estátua, denuncia sem papas na língua a oligarquia e o ventríloquo imperialista que a tem sentada nos joelhos, oligarquia sem vida própria nem palavra própria, e anuncia a reforma agrária e outras verdades que porão fim a tão longa mentira.

Se não o matarem, Gaitán será presidente da Colômbia. Comprá-lo não se pode. A que tentação poderia sucumbir este homem que despreza o prazer, que dorme sozinho, come pouco e bebe nada e que não aceita anestesia nem para arrancar um dente?

(7)

1948
Bogotá

O Bogotaço

Às duas da tarde deste nove de abril, Gaitán tinha um encontro. Ia receber um estudante, um dos estudantes latino-americanos que estão reunidos em Bogotá à margem e contra a cerimônia pan-americana do general Marshall.

À uma e meia, o estudante sai do hotel, disposto a dar uma tranqüila caminhada até o escritório de Gaitán. Mas mal começa a andar escuta ruídos de terremoto e uma avalanche humana avança em cima dele.

O pobrerio, brotado dos subúrbios e despencado dos morros, avança feito tromba d'água por todos os lugares, furacão de dor e de ira que vem varrendo a cidade, rompendo vitrinas, virando bondes, incendiando edifícios:

– *Mataram ele! Mataram ele!*

Tinha sido na rua, três tiros. O relógio de Gaitán parou à uma e cinco.

O estudante, um cubano corpulento chamado Fidel Castro, enfia na cabeça um boné e deixa-se levar pelo vento do povo.

(7)

1948

Bogotá

As chamas

Invadem o centro de Bogotá as sandálias índias e as alpargatas operárias, mãos curtidas de terra ou de cal, mãos manchadas de óleo de máquinas ou de graxa de sapatos, e ao torvelinho unem-se carregadores, estudantes e garçons, as lavadeiras do rio e as vivandeiras do mercado, as de sete amores e os de sete ofícios, os busca-vidas, os busca-mortes, os busca-sortes; do torvelinho solta-se uma mulher vestindo quatro casacos de pele, um em cima do outro, desajeitada e feliz como ursa apaixonada; feito coelho foge um homem com vários colares de pérolas no pescoço; e feito tartaruga caminha outro com uma geladeira nas costas.

Nas esquinas, garotos esfarrapados dirigem o trânsito, os presos arrebentam as barras dos cárceres, alguém corta a machadadas as mangueiras dos bombeiros. Bogotá é uma imensa fogueira e o céu, uma abóboda vermelha; dos balcões dos ministérios incendiados chovem máquinas de escrever e chovem tiros dos campanários das igrejas em chamas. Os guardas se escondem ou cruzam os braços frente à fúria.

Do palácio presidencial, vê-se chegar o mar de gente. As metralhadoras rechaçaram dois ataques, mas a multidão conseguiu jogar contra as portas do palácio o estripado infeliz que tinha matado Gaitán.

Dona Bertha, a primeira-dama, põe um revólver no cinto e telefona ao seu confessor:

– *Padre, tenha a bondade de levar meu filho para a embaixada americana.*

Em outro telefone, o presidente, Mariano Ospina Pérez, manda proteger a casa do general Marshall e dá ordens contra a multidão rebelde. Depois, senta-se e espera. O rugido cresce nas ruas.

Três tanques encabeçam o ataque contra o palácio presidencial. Os tanques estão carregados de gente, gente agitando bandeiras e gritando o nome de Gaitán, e atrás avança a multidão levando facões, machados e porretes. Assim que chegam ao palácio, os tanques se detêm. Giram lentamente as torres, apontam para trás e começam a matar montões de povo.

(7)

1948

Bogotá

Cinzas

Alguém perambula procurando um sapato. Uma mulher uiva com um menino morto nos braços. A cidade está fumegante. Caminha-se com cuidado, para não pisar cadáveres. Um manequim esquartejado balança nos fios do bonde. Da escadaria de um mosteiro que virou carvão, um Cristo nu e coberto de cinzas olha para o céu com os braços em cruz. Ao pé dessa escadaria, um mendigo bebe e oferece: a mitra do arcebispo tapa sua cabeça até os olhos e uma cortina de veludo lilás envolve seu corpo, mas o mendigo se defende do frio bebendo conhaque francês num cálice de ouro, e numa taça de prata oferece aos caminhantes. Bebendo e oferecendo, cai para trás, derrubado por uma bala do exército.

Soam os últimos tiros. A cidade, arrasada pelo fogo, recupera a ordem. No fim de três dias de vingança e de loucura, o povo desarmado volta para a humilhação de sempre, a trabalhar e tristear.

O general Marshall não tem dúvida. O Bogotaço foi obra de Moscou. O governo da Colômbia suspende relações com a União Soviética.

(7)

1948
Valle de Upar

O VALLENATO

– Eu quero dar um grito e não me deixam...

O governo da Colômbia proíbe o *Grito vagabundo*. Arriscam-se ao calabouço ou a balas os que cantarem. No rio Magdalena, cantam do mesmo jeito.

O povo da costa colombiana se defende musicando. *Grito vagabundo* é um ritmo *vallenato*, um dos cantos de vacaria que dão notícia dos sucedidos da região e, de passagem, alegram-lhe o ar.

Com acordeão ao peito cavalgam ou navegam os trovadores de *vallenatos*. Com o acordeão na coxa recebem o primeiro gole de todas as farras e lançam seu desafio, seja a quem for, num duelo de quadrinhas improvisadas. Como punhais no ar se cruzam os versos dos *vallenatos*, que o acordeão leva e traz, e vários dias e noites duram estas guerras alegres nos mercados e nas brigas de galo. O mais temível rival dos improvisadores é Lúcifer, grande musiqueiro, que no inferno se aborrece e a três por dois vem para a América, disfarçado, procurando festa.

(359)

1948
Wroclaw

PICASSO

Este pintor contém os melhores pintores que existiram neste mundo. Todos, desde os muito antigos até os de agorinha, convivem, aos encontrões, dentro dele. Não é tarefa fácil levar por dentro gente tão intratável, que passa o tempo inteiro brigando, de maneira que ao pintor não sobra nem um minuto livre para escutar discursos, e muito menos para pronunciá-los.

Mas desta vez, primeira e única vez em toda sua vida, Pablo Picasso pronuncia um discurso. Ocorre o insólito acontecimento na cidade polonesa de Wroclaw, durante o congresso mundial de intelectuais pela paz:

– *Eu tenho um amigo que deveria estar aqui...*

Picasso presta homenagem *ao maior poeta da língua espanhola e um dos maiores do mundo, que tomou sempre o partido dos homens desgraçados: Pablo Neruda, perseguido pela polícia no Chile, encurralado como um cão...*

(442)

1948
Em algum lugar do Chile

Neruda

No jornal *El Imparcial* aparece, ocupando todo o alto da página: *Procura-se Neruda por todo o país.* E logo abaixo: *Será premiado o pessoal de Investigações que dê com o paradeiro do prófugo.*

De esconderijo em esconderijo, o poeta anda pela noite do Chile. Neruda é um dos muitos que estão sofrendo perseguição por serem de esquerda, por serem dignos ou por serem, e não se queixa desta sorte que escolheu. Ele não lamenta a solidariedade que pratica: desfruta e celebra esta paixão briguenta, embora lhe traga problemas, como desfruta e celebra os sinos, os vinhos, a sopa de um peixe chamado *congrio* e as pipas voadoras, bem abertas.

(313 e 442)

1948
São José da Costa Rica

Figueres

Após seis semanas de guerra e dois mil mortos, a classe média rural chega ao poder na Costa Rica.

À cabeça do novo governo, José Figueres põe fora da lei o Partido Comunista e em voz alta *promete apoio incondicional à luta do mundo livre contra o imperialismo russo*. Mas em voz baixa promete também continuar e aprofundar as reformas sociais que os comunistas impulsionaram nestes últimos anos. Com o apoio do presidente Rafael Calderón, amigo dos comunistas, multiplicaram-se na Costa Rica sindicatos e cooperativas, os pequenos proprietários ganharam espaço do latifúndio e difundiram-se a saúde e a educação.

O anticomunista Figueres não toca as terras da United Fruit Company, senhora muito poderosa, mas nacionaliza os bancos e dissolve o exército, para que o dinheiro não especule e as armas não conspirem. A Costa Rica quer se pôr a salvo das ferozes turbulências da América Central.

(*42*, *243*, *414* e *438*)

1949
Washington

A REVOLUÇÃO CHINESA

Entre ontem e amanhã, um abismo: a revolução chinesa se lança no ar e salta. Chegam notícias de Pequim que provocam cólera e espanto em Washington. Depois da longa marcha da humildade armada, os Comunistas de Mao triunfaram. O general Chang Kai-chek foge. Os Estados Unidos instalam para ele novo trono na ilha de Formosa.

Os parques da China estavam proibidos para os pobres e os cães, e os mendigos morriam de frio nas madrugadas, como nos antigos tempos dos mandarins; mas não era em Pequim que se ditavam as ordens. Não eram os chineses que designavam seus ministros e generais, redigiam suas leis e decretos e fixavam suas tarifas e salários. A China só não estava no mar do Caribe por um erro da geografia.

(*156* e *291*)

1949

Havana

O RADIOTEATRO

– *Não me mate* – pede o ator ao autor.

Onélio Jorge Cardoso tinha previsto defuntar o Capitão Gancho no próximo capítulo; mas, se o personagem morrer de golpe de espada no navio de piratas, o ator morre de fome na rua. O autor, bom amigo do ator, promete-lhe vida infinita.

Onélio inventa boas aventuras, dessas que cortam a respiração. Suas radionovelas não têm, porém, muito sucesso. Ele é pão-duro na melosidade e não sabe torcer corações sensíveis como quem enxágua roupa até a última gota. José Sánchez Arcilla, em compensação, toca as fibras mais íntimas. Em sua novela *O colar de lágrimas*, os personagens se debatem contra o veredito do perverso destino em 965 capítulos que banham a audiência em duchas de pranto.

Mas o grande êxito da radionovela de todos os tempos é *O direito de nascer*, de Félix B. Caignet. Nunca nada igual tinha sido ouvido, em Cuba ou em qualquer outro lugar. De noite, na hora marcada, só se escuta isso, numa missa unânime. Nos cinemas, interrompem as sessões; as ruas se esvaziam; os amantes suspendem seus amores; os galos, suas brigas; e as moscas, seus vôos.

Há setenta e quatro capítulos, Cuba inteira espera a fala do doutor Rafael del Junco. Este personagem de *O direito de nascer* é o dono do segredo. Está completamente paralítico e, como se isso fosse pouco, ficou mudo no episódico capítulo 197. Já estamos no 271 e o doutor Rafael só emite ruídos de garganta raspada. Quando conseguirá revelar a verdade à boa mulher que uma vez pecou sucumbindo ao chamado de uma louca paixão? Quando terá voz para dizer-lhe que Albertinho Limonta, seu médico, é na verdade aquele fruto de amor ilícito que ela abandonou, logo depois de ele ter nascido, nas mãos de uma negra de alma branca? Quando, quando?

O público, que morre de suspense, ignora que o doutor Rafael se cala em greve. Este silêncio cruel continuará até que o ator que encarna o doutor Rafael del Junco obtenha o aumento de salário que vem exigindo há dois meses e meio.

(266)

1950
Rio de Janeiro

Obdúlio

A coisa está feia, mas Obdúlio estufa o peito, pisa forte e mete a perna. O capitão do time uruguaio, negro mandão e fornido, não se encolhe. Obdúlio cresce quando a imensa multidão ruge mais, multidão inimiga, nas arquibancadas.

Surpresa e luto no estádio do Maracanã: o Brasil, goleador, demolidor, favorito de ponta a ponta, perde a última partida no último minuto. O Uruguai, jogando com alma e vida, ganha o campeonato mundial de futebol.

Ao anoitecer, Obdúlio Varela foge do hotel, assediado por jornalistas, torcedores e curiosos. Obdúlio prefere celebrar na solidão. E vai beber por aí, em qualquer botequim; mas em todas as partes encontra brasileiros chorando.

– *Culpa daquele Obdúlio* – dizem, banhados em lágrimas, os que há algumas horas vociferavam no estádio. – *O Obdúlio ganhou o jogo.*

E Obdúlio sente um estupor pela raiva que teve deles, agora que os vê um a um. A vitória começa a pesar em suas costas. Ele arruinou a festa dessa gente boa, e sente vontade de pedir perdão por ter cometido a tremenda maldade de ganhar. Por isso, continua caminhando pelas ruas do Rio de Janeiro, de bar em bar. E assim amanhece, bebendo, abraçado aos vencidos.

(*131* e *191*)

1950
Hollywood,

Rita

conquistou Hollywood mudando de nome, de peso, de idade, de voz, de lábios e de sobrancelhas. Sua cabeleira passou do negro opaco ao vermelho afogueado. Para ampliar a testa, lhe arrancaram pêlo por pêlo através de dolorosas descargas elétricas. Em seus olhos, puseram pestanas como pétalas.

Rita Hayworth se disfarçou de deusa, e talvez o tenha sido, ao longo dos anos quarenta. Já os cinqüenta exigem deusa nova.

(*249*)

1950
Hollywood

Marilyn

Como Rita, esta moça foi corrigida. Tinha pálpebras gordas e papada, nariz de ponta redonda e dentes demasiados: Hollywood cortou a gordura, suprimiu cartilagens, limou seus dentes e transformou seus cabelos castanhos e bobos numa maré de ouro fulgurante. Depois os técnicos a batizaram como Marilyn Monroe e lhe inventaram uma patética história de infância para que ela contasse aos jornalistas.

A nova Vênus fabricada em Hollywood já não precisa se meter em cama alheia para conseguir contratos para papéis de segunda em filmes de terceira. Já não vive de salsichas e café, nem passa frio no inverno. Agora é uma estrela, ou seja: uma pessoinha disfarçada que gostaria de recordar, mas não consegue, certo momento em que simplesmente quis ser salva da solidão.

(*214* e *274*)

1951
Cidade do México

Buñuel

Chuva de pedras sobre Luís Buñuel. Vários jornais e sindicatos pedem que o México expulse este espanhol ingrato que com infâmia está pagando os favores recebidos. O filme que provoca a indignação nacional, *Los olvidados (Os esquecidos)*, retrata os subúrbios da Cidade do México. Neste alucinante submundo, adolescentes que vivem de léu em léu, comendo o que encontram e comendo-se entre si, sobrevoam os depósitos de lixo. Devoram-se a bicadas, pedaço a pedaço, estes garotos ou filhotes de urubu, e assim vão cumprindo o obscuro destino que sua cidade escolheu para eles.

Um trovão misterioso, uma misteriosa força, soa nos filmes de Buñuel. É um longo e profundo repique de tambores, os tambores da infância em Calanda fazendo tremer o solo debaixo dos pés, embora a trilha sonora não registre ruído algum e ainda que o mundo simule silêncio e perdão.

(*70* e *71*)

1952
Monte San Fernando

Doente de febre de morte

está a Colômbia desde que Gaitán caiu assassinado numa rua de Bogotá. Na cordilheira e nos campos, nas planícies geladas e nos vales ardentes, os camponeses se matam entre si, pobres contra pobres, todos contra todos; no redemoinho de escarmentos e vinganças, destacam-se Sangue Negro, Bote, Tarzán, Malasuerte, La Cucaracha e outros artistas esquartejadores, mas as forças de ordem cometem crimes mais ferozes. O batalhão Tolina matou mil e quinhentos, sem contar violadas ou mutilados, em seu recente passeio de Pantanillo ao morro de San Fernando. Para não deixar nem a semente, os soldados atiram as crianças para cima e as espetam na baioneta ou no facão.

– *Não me venham com histórias* – mandam os que mandam –, *venham com orelhas.*

Os camponeses que conseguem fugir e buscam amparo no monte deixam choças transformadas em cinzas, fumegando às suas costas. Antes de ir para lá, em dolorida cerimônia matam o cachorro, porque ele faz ruído.

(*217*, *227* e *408*)

1952
La Paz

O Illimani

Mesmo que você não olhe para ele, ele olha para você. Onde quer que você se meta, ele vigia. Não há canto que escape dele. A capital da Bolívia pertence a ele, embora o ignorem os quatro senhores que até ontem à noite se achavam donos destas casas e desta gente.

O Illimani, erguido rei, se limpa da névoa. Aos seus pés, amanhece a cidade. Vão-se apagando as fogueiras, ouvem-se as últimas rajadas de metralhadoras. Os cascos amarelos dos mineiros se impõem aos quepes militares. Desmorona-se o exército que nunca tinha ganho contra os de fora nem perdido contra os de dentro. O povo dança em qualquer esquina. Ao lindo vento da dança, flamejam lenços e ondulam tranças e saias.

No azul profundo do céu, fulgura a coroa de três picos: das alturas de neve do Illimane, os deuses contemplam a alegria de seus filhos em armas, depois do longo combate palmo a palmo pelas ruelas.

(*17*, *172* e *473*)

1952
La Paz

Tambor do povo

que bate e rebate e pica e repica, vingança do índio que dorme feito cão no saguão e cumprimenta o amo de joelhos; o exército dos de baixo lutou com bombas caseiras e cartuchos de dinamite, até que finalmente caiu em suas mãos o arsenal dos militares.

Víctor Paz Estenssoro promete que a partir de hoje a Bolívia será de todos os bolivianos. Nas minas, os mineiros põem a bandeira nacional a meio pau, e assim ela ficará até que o novo presidente cumpra sua promessa de nacionalizar o estanho. Em Londres, o jogo está cantado: o preço do estanho cai trinta por cento, como que por magia.

Na fazenda de Pairumani, os índios assam na churrasqueira os touros de exposição que Patiño tinha importado da Holanda.

As quadras de tênis de Aramayo, atapetadas com pó de tijolo trazido da Inglaterra, se transformam em currais de mulas.

(*17*, *172* e *473*)

Uma mulher das minas bolivianas explica como se faz uma bomba caseira

Tu procura uma latinha de leite. E bota a dinamite bem no meio, uma cápsula. Daí, ferro miúdo, pedrinhas, terrinha. E vidro tu põe também, e uns preguinhos. Daí, tapa direitinho. Desse jeito, tá vendo? E nisso acende e... Shhhh!, atira. Se você tiver estilingue, atira mais longe. Meu marido sabe jogar daqui a seis esquinas. Então, põe uma mechinha compridinha.

(*268*)

1952
Cochabamba

Grito de deboche e queixa

Nos campos de toda a Bolívia vivem-se tempos de mudança, vasta insurgência contra o latifúndio e contra o medo, e no vale de Cochabamba também as mulheres lançam, cantando e dançando, seu desafio.

Nas cerimônias de homenagem ao Cristo de Santa Vera Cruz, as camponesas *quichuas* de todo o vale acendem velas, bebem *chicha* e cantam e dançam, ao som de acordeões e *charangos*, ao redor do crucificado.

As moças casamenteiras começam pedindo a Cristo um marido que não as faça chorar, uma mula carregada de milho, uma ovelha branca e uma ovelha negra, uma máquina de costura ou tantos anéis quantos os dedos que têm as mãos. E depois cantam, com voz estridente, sempre em língua índia, seu altivo protesto: ao Cristo, ao pai, ao noivo, ao marido; prometem amá-lo e bem servi-lo na mesa e na cama, mas não querem apanhar que nem mula de carga. Cantando, disparam balas de deboche, que têm por alvo o macho nu, bastante estragado pelos anos e pelos bichos, que na cruz dorme ou faz que dorme.

(5)

Quadrinhas descaradas que as índias de Cochabamba cantam a Jesus Cristo

Santa Vera Cruz, Malandro.
"Filha minha", estás dizendo.
Como pudeste engendrar-me
se teu pinto não estou vendo?

"Preguiçosa, preguiçosa", estás dizendo,
Santa Vera Cruz, Paizinho.
Só que mais preguiçoso és tu
Que estás em pé adormecendo.

Malandrinho de rabo enrolado,
olhinho espiando mulheres.
Cara de rato, Velhinho,
de nariz esburacado.

Tu não me queres solteira.
Me condenas aos filhos,
a vesti-los enquanto vivam
e enterrá-los quando esfriam

Me vais dar um marido
para que me chute e açoite?
Por que a flor que se abre
murcha marcha para o olvido?

(5)

1952
Buenos Aires

O POVO ARGENTINO DESPIDO DELA

Viva o câncer!, escreveu certa mão inimiga num muro de Buenos Aires. Odiavam-na, odeiam-na, os bem-nutridos: por ser pobre, por ser mulher, por ser insolente. Ela os desafiava falando e os ofendia vivendo. Nascida para empregada, ou no máximo para atriz de melodramas baratos, Evita tinha saído de seu lugar.

Amavam-na, amam-na, os mal-amados; por sua boca eles falavam e amaldiçoavam. Além do mais, Evita era a fada loura que abraçava o leproso e o esfarrapado e dava paz ao desesperado, o incessante manancial que prodigiava empregos e colchões, sapatos e máquinas de costura, dentaduras postiças, enxovais de noiva. Os míseros recebiam estas caridades vindas ali do lado, e não lá do alto, embora Evita exibisse jóias alucinantes e em pleno verão ostentasse casacos de visom. Não é que lhe perdoassem o luxo: o celebravam. O povo não se sentia humilhado, e sim vingado por seus atavios de rainha.

Frente ao corpo de Evita, rodeado de cravos brancos, o povo desfila chorando. Dia após dia, noite após noite, a fileira de archotes: uma caravana de duas semanas de comprimento.

Suspiram, aliviados, os agiotas, os mercadores, os senhores da terra. Morta Evita, o presidente Perón é uma faca sem corte.

(*311* e *417*)

1952
Em alto-mar

Carlitos expulso pela polícia

Charles Chaplin viaja para Londres. No segundo dia de viagem, chega ao navio a notícia de que não poderá regressar aos Estados Unidos. O governo aplica a ele a lei contra estrangeiros suspeitos de serem comunistas, depravados ou loucos.

Nos Estados Unidos, Chaplin tinha sido interrogado, tempos atrás, por agentes do FBI, o Escritório Federal de Investigações, e do Serviço de Imigração e Naturalização:

– *O senhor tem origem judia?*

– *O senhor é comunista?*

– *Cometeu adultério alguma vez?*

O senador Richard Nixon e a fofoqueira Hedda Hopper afirmam: *Chaplin é uma ameaça para as instituições.* Na entrada dos cinemas que passam seus filmes, os piquetes da Legião da Decência e da Legião Americana erguem cartazes que exigem: Chaplin para a Rússia.

O FBI está há quase trinta anos buscando provas de que Chaplin é na realidade um judeu chamado Israel Thonstein, que trabalha como espião para Moscou. O FBI começou a suspeitar em 1923, quando o jornal *Pravda* publicou um artigo que dizia: *Chaplin é um ator de cujo talento não se pode duvidar.*

(*121* e *383*)

1952
Londres

Um fantasma digno

chamado Buster Keaton regressou às telas, através de Charles Chaplin, depois de longos anos de esquecimento. Estréia em Londres *Luzes da Ribalta*, e ali aparece Keaton partilhando com Chaplin um disparatado dueto musical que dura poucos minutos e rouba o filme.

Esta é a primeira vez que Keaton e Chaplin trabalham juntos. Aparecem grisalhos e cheios de rugas, mas com a mesma graça dos anos moços, quando nos tempos do cinema mudo faziam um silêncio mais dizedor que todas as palavras.

Chaplin e Keaton continuam sendo os melhores, os incomparáveis. Eles conhecem o segredo. Eles sabem que não há assunto mais sério que o riso, arte de muito mas muito trabalho, e que dar de rir aos demais é o mais belo que se pode fazer enquanto continue o mundo girando no Universo.

(*382* e *383*)

1953
Washington

Noticiário

Os Estados Unidos detonam a primeira bomba H em Eniwetock.

O presidente Eisenhower nomeia Charles Wilson ministro de Defesa. Wilson, executivo da empresa General Motors, tinha declarado recentemente: *O que é bom para a General Motors é bom para a América.*

Depois de um longo processo, Ethel e Julius Rosenberg são executados na cadeira elétrica. Acusados de espionagem a serviço dos russos, negam qualquer culpa até o final.

A cidade norte-americana de Moscou exorta sua homônima a mudar de nome. As autoridades desta pequena cidade do estado de Idaho reivindicam o direito de se chamar Moscou com exclusividade e solicitam que a capital soviética seja rebatizada para evitar *associações embaraçosas*.

A metade dos cidadãos dos Estados Unidos apóia decididamente a campanha do senador MacCarthy contra a infiltração comunista na democracia, conforme revelam as pesquisas de opinião pública.

Um dos suspeitos que MacCarthy se propunha a interrogar proximamente, o engenheiro Raymond Kaplan, se suicida atirando-se debaixo de um caminhão.

O cientista Albert Einstein exorta os intelectuais a se negarem a depor no Comitê de Atividades Antiamericanas e a *preparar-se para o cárcere ou à ruína econômica*. Não agindo assim, acha Einstein, *os intelectuais não mereceriam nada melhor que a escravidão que se pretende impor a eles*.

(41)

1953
Washington

A caçada

O incorrigível Albert Einstein é o principal companheiro de viagem do comunismo, segundo a lista do senador MacCarthy. Para integrar a lista, basta ter amigos negros ou se opor ao envio de tropas norte-americanas à Coréia; mas o caso de Einstein é muito mais pesado, e para MacCarthy sobram provas de que este judeu ingrato tem o sangue vermelho e o coração do lado esquerdo.

A sala de audiências, onde ardem os fogos da Inquisição, se transforma num circo. O nome de Einstein não é o único famoso que soa ali. Há tempos, Hollywood está na mira do Comitê de Atividades Antiamericanas. O Comitê exige nomes; e os nomes de Hollywood provocam escândalo. Quem cala perde o emprego ou arruína a carreira, ou vai preso, como Lillian Hellman e Paul Robeson, ou expulso do país, como Cedric Belfrage. Ronald Reagan, galã secundário, marca os vermelhos e os cor-de-rosa que não merecem ser salvos das fúrias de Armagedón. Outro galã, Robert Taylor, se arrepende publicamente de ter trabalhado num filme onde os russos sorriam. O dramaturgo Clifford Odets pede perdão por suas idéias e delata seus velhos camaradas. O ator José Ferrer e o diretor Elia Kazán apontam colegas com o dedo. Para que fique claro que ele não tem nada a ver com os comunistas, Kazán dirige um filme sobre o caudilho mexicano Emiliano Zapata, onde Zapata não é aquele silencioso camponês que fez a reforma agrária, e sim um charlatão que dispara tiros e discursos numa incessante diarréia.

(*41, 219* e *467*)

1953
Washington

Retrato de um caçador de bruxas

Sua matéria-prima é o medo coletivo. Arregaça as mangas e põe mãos à obra. Destro oleiro deste barro, Joseph MacCarthy converte o medo em pânico e o pânico, em histeria.

Aos gritos, exorta a delatar. Ele não encerrará sua estrepitosa boca enquanto sua pátria continuar infectada pela peste marxista. Toda dúvida tem o som de covardia. Primeiro acusa e depois investiga. Ele vende certezas aos vacilantes e atropela disposto a dar uma joelhada na virilha, ou um murro demolidor, em qualquer um que desconfie do direito à propriedade ou se oponha à guerra e aos negócios.

(*395*)

1953
Seattle

Robeson

Proíbem-no de viajar ao Canadá ou a qualquer país. Quando os operários canadenses o convidam, Paul Robeson canta para eles pelo telefone, de Seattle, e pelo telefone jura que se manterá firme enquanto houver fôlego em seu corpo.

Robeson, neto de escravos, acredita que a África seja uma fonte de orgulho e não um zoológico comprado por Tarzan. Negro de idéias vermelhas, amigo dos amarelos que na Coréia resistem à invasão branca, ele canta em nome de seu povo insultado e de todos os povos insultados que cantando erguem a cara e secam as lágrimas; e canta com voz de céu que troveja e de terra que treme.

(*381*)

1953
Santiago de Cuba

Fidel

Na alvorada do dia 26 de julho, um punhado de rapazes se lança ao assalto ao quartel Moncada. Armados de dignidade, de cubanidade e de umas poucas espingardas de caçar passarinho, batem-se contra a ditadura de Fulgêncio Batista e contra meio século de colônia dissimulada em república.

Alguns, poucos, morrem na batalha. Mais de setenta são arrematados pelo exército depois de uma semana de tormentos. Os torturadores arrancam os olhos de Abel Santamaría e de outros prisioneiros.

O chefe da rebelião, prisioneiro, pronuncia a argumentação de defesa. Fidel Castro tem cara de homem que se dá até o fim, dá tudo, sem pedir o troco. Os juízes o escutam, atônitos, sem perder nenhuma palavra, mas sua palavra não é para os que foram beijados pelos deuses: ele fala para os que foram mijados pelos diabos, e por eles, em nome deles, explica o que fez.

Fidel reivindica o antigo direito de rebelião contra o despotismo:

– *Primeiro se afundará esta ilha no mar antes que consintamos em ser escravos de quem quer que seja.*

Majestoso, balança como uma árvore resistindo à ventania. Acusa Batista e seus oficiais, que mudaram o uniforme por um avental de açougueiro. E expõe o programa da revolução. Em Cuba poderia haver comida e trabalho para todos, e de sobra:

– *Não, isso não é inconcebível...*

(*90, 392* e *422*)

1953
Santiago de Cuba

O acusado se transforma em acusador e anuncia: "A história me absolverá"

... Inconcebível é que haja homens que durmam com fome enquanto exista uma polegada de terra sem semear, inconcebível é que existam crianças que morram sem assistência médica; inconcebível é que trinta por cento de nossos camponeses não saibam assinar o próprio nome e que noventa e nove por cento não saibam a história de Cuba; inconcebível é que a maioria das famílias de nossos campos esteja vivendo em piores condições que os índios que Colombo encontrou ao descobrir a terra mais bela que os olhos humanos tinham visto...

De tanta miséria só é possível livrar-se com a morte; e nisso, sim, os ajuda o Estado: a morrer. Noventa por cento das crianças do campo estão devoradas pelos parasitas que se infiltram corpo adentro vindos da terra, pelas unhas dos pés descalços...

Mais da metade das melhores terras de produção cultivadas estão em mãos estrangeiras. No Oriente, que é a província mais extensa, as terras da United Fruit Company e da West Indian unem a costa norte com a costa sul...

Cuba continua sendo uma produtora de matéria-prima. Exporta-se açúcar para importar caramelos, exporta-se couro para importar sapatos, exporta-se ferro para importar arados...

(*90*)

1953
Boston

A United Fruit

Trono de bananas, coroa de bananas, uma banana empunhada à guisa de cetro: Sam Zemurray, senhor de terras e mares do reino da banana, não achava que seus vassalos da Guatemala pudessem provocar-lhe dores de cabeça:

– *Os índios são demasiado ignorantes para o marxismo* – costumava dizer, e era aplaudido pelos burocratas da corte em seu palácio real de Boston, Massachusetts.

A Guatemala forma parte dos vastos domínios da United Fruit Company há meio século, por obra e graça de sucessivos decretos de Manuel Estrada Cabrera, que governou rodeado de adulões e espiões, lagos de baba, bosques de orelhas, e de Jorge Ubico, que achava que era Napoleão mas não era não. A United Fruit tem na Guatemala as terras que quiser, imensos campos baldios, e é dona da estrada de ferro, do telefone, do telégrafo, dos portos, dos barcos e de muitos militares, políticos e jornalistas.

As infelicidades de Sam Zemurray começaram quando o presidente Juan José Arévalo obrigou a empresa a respeitar o sindicato e o direito de greve. Mas agora é pior: o novo presidente, Jacobo Arbenz, põe em marcha a reforma agrária, arranca da United Fruit as terras não cultivadas, começa a reparti-las entre cem mil famílias e atua como se na Guatemala mandassem os sem-terra, os sem-pão, os sem.

(*50* e *288*)

1953
Cidade da Guatemala

Arbenz

O presidente Truman botou a boca no mundo quando os trabalhadores começaram a ser pessoas nas plantações de banana da Guatemala. E agora o presidente Eisenhower cospe relâmpagos frente à expropriação da United Fruit.

O governo dos Estados Unidos considera um atropelo o fato de que o governo da Guatemala leve a sério os livros de contabilidade da United Fruit. Arbenz pretende pagar, como indenização, o valor que a própria empresa tinha atribuído às suas terras para fraudar impostos. John Foster Dulles, secretário de Estado, exige vinte e cinco vezes mais.

Jacobo Arbenz, acusado de conspiração comunista, não se inspira em Lenin e sim em Abraham Lincoln. Sua reforma agrária, que se propõe a modernizar o capitalismo na Guatemala, é mais moderada que as leis rurais norte-americanas de quase um século atrás.

(*81* e *416*)

1953
San Salvador

Procura-se ditador

O general guatemalteco Miguel Ydígoras Fuentes, distinto matador de índios, vive no exílio desde a queda do ditador Ubico. Walter Turnbull vem a San Salvador para propor-lhe um negócio. Turnbull, representante da United Fruit e da CIA, propõe que ele passe a cuidar da Guatemala. Receberá emprestado o dinheiro que for necessário para tomar o poder, se assumir o compromisso de destruir os sindicatos, restituir à United Fruit suas terras e privilégios e devolver até o último centavo deste empréstimo num prazo razoável. Ydígoras pede tempo para pensar, embora adiante, de saída, que as condições lhe parecem abusivas.

Num piscar de olhos espalha-se a notícia. Uns tantos guatemaltecos exilados, militares e civis, voam a Washington para oferecer seus serviços, e outros correm para bater nas portas das embaixadas dos Estados Unidos. José Luís Arenas, suposto amigo do vice-presidente Nixon, garante que derrubará Arbenz por duzentos mil dólares. O general Federico Ponce diz que dispõe de um exército de dez mil homens prontos para assaltar o Palácio Nacional: anuncia um preço módico, embora prefira não falar em cifras por enquanto... Pede apenas um pequeno adiantamento...

Um câncer de garganta suprime o candidato preferido da United Fruit, Juan Córdova Cerna. Em seu leito de agonia, o doutor Córdova ronca o nome de seu recomendado, o coronel Carlos Castillo Armas, formado em Fort Leavenworth, Kansas, homem barato, obediente e burro.

(*416* e *471*)

1954
Washington

A MÁQUINA DE DECIDIR, PEÇA POR PEÇA

DWIGHT EISENHOWER – Presidente dos Estados Unidos. Derrubou o governo de Mohammed Mossadegh, no Irã, porque tinha nacionalizado o petróleo. Mandou derrubar também o governo de Jacobo Arbenz, na Guatemala.

SAM ZEMURRAY – Principal acionista da United Fruit. Todas as suas inquietações se transformam automaticamente em declarações do governo dos Estados Unidos e em rifles, morteiros, metralhadoras e aviões da CIA.

JOHN FOSTER DULLES – Secretário de Estado dos Estados Unidos. Foi advogado da United Fruit.

ALLEN DULLES – Diretor da CIA. Irmão de John Foster Dulles. Como o irmão, prestou serviços jurídicos à United Fruit. Juntos organizam a Operação Guatemala.

JOHN MOORS CABOT – Secretário de Estado para Assuntos Interamericanos. Irmão de Thomas Cabot, que foi presidente da United Fruit.

BEDELL SMITH – Subsecretário de Estado. Serve como elemento de ligação na Operação Guatemala. Futuro membro da diretoria da United Fruit.

HENRY CABOT LODGE – Senador. Representante dos Estados Unidos na ONU. Acionista da United Fruit. Em várias ocasiões recebeu dinheiro desta empresa, a troco de discursos no Senado.

ANNE WHITMAN – Secretária pessoal do presidente Eisenhower. Casada com o chefe de relações públicas da United Fruit.

SPRUILLE BRADEN – Foi embaixador dos Estados Unidos em vários países latino-americanos. Recebe salário da United Fruit desde 1948. Exorta Eisenhower, com grande eco na imprensa, a *suprimir pela força o comunismo na Guatemala.*

ROBERT HILL – Embaixador dos Estados Unidos na Costa Rica. Colabora com a Operação Guatemala. Futuro membro da diretoria da United Fruit.

JOHN PEURIFOY – Embaixador dos Estados Unidos na Guatemala. Chamado de *O Carniceiro da Grécia*, graças à sua anterior gestão diplomática em Atenas. Não fala nenhuma palavra em espanhol. Formou-se politicamente no Senado, em Washington, onde trabalhou como ascensorista.

(*416*, *420* e *465*)

1954

Boston

A Máquina de Mentir, peça por peça

O MOTOR – Transforma o verdugo em vítima e a vítima em verdugo. Quem prepara a invasão da Guatemala por Honduras atribui à Guatemala a intenção de invadir Honduras e toda a América Central. *Estão à vista os tentáculos do Kremlin*, denuncia John Moors Cabot na Casa Branca. O embaixador Peurifoy adverte na Guatemala: *Não podemos permitir que se estabeleça uma república soviética do Texas até o Canal do Panamá*. A chave do escândalo é um carregamento de armas embarcado na Tchecoslováquia. Os Estados Unidos proibiram a venda de armas à Guatemala.

ENGRENAGEM I – Bombardeia a opinião pública mundial com notícias e artigos, declarações, panfletos, fotografias, filmes e histórias em quadrinhos sobre as atrocidades comunistas na Guatemala. Este material pedagógico, que jamais confessa a sua origem, é originado nos escritórios da United Fruit em Boston ou nos escritórios do governo em Washington.

ENGRENAGEM II – O arcebispo da Guatemala, Mariano Rossell Arellano, exorta a população a sublevar-se *contra o comunismo inimigo de Deus e da pátria*. Trinta aviões da CIA regam sua pastoral pelo país inteiro. O arcebispo faz chegar à capital a imagem do popular Cristo de Esquipulas, que será nomeado capitão geral da Cruzada Libertadora.

ENGRENAGEM III – Na Conferência Pan-americana, John Foster Dulles dá um murro na mesa e arranca a bênção da OEA à projetada invasão. Nas Nações Unidas, Henry Cabot Lodge bloqueia os pedidos de ajuda de Jacobo Arbenz. A diplomacia norte-americana se mobiliza no mundo. Obtém a cumplicidade da Inglaterra e da França, a troco de um compromisso de silêncio dos Estados Unidos sobre delicados assuntos do Canal de Suez, Chipre e Indochina.

ENGRENAGEM IV – Os ditadores da Nicarágua, Honduras, Venezuela e República Dominicana não apenas oferecem campos de treinamento, emissoras de rádios e aeroportos à Operação Guatemala. Também contribuem para a campanha de propaganda. Somoza reúne a imprensa internacional em Manágua e mostra algumas pistolas que têm a marca da foice e do martelo. Diz que vieram de um submarino russo, e que foram interceptadas a caminho da Guatemala.

(*416, 420* e *447*)

1954
Cidade da Guatemala

A reconquista da Guatemala

A Guatemala não tem aviões nem bateria antiaérea, e portanto os pilotos norte-americanos, em aviões norte-americanos, bombardeiam o país comodamente.

Uma poderosa emissora da CIA, instalada no teto da embaixada dos Estados Unidos, difunde confusão e pânico em todo o país: a Máquina de Mentir informa ao mundo que essa é a rádio rebelde, *La Voz de la Liberación*, transmitindo das selvas da Guatemala a marcha triunfal do coronel Castillo Armas. Enquanto isso, acampado com toda sua tropa numa plantação da United Fruit em Honduras, Castillo Armas espera ordens da Máquina de Decidir.

O governo de Arbenz, assiste, paralisado, seu próprio desmoronamento. Os bombardeios aéreos chegam à capital e destroem os depósitos de combustível. O governo se limita a enterrar os mortos. O exército mercenário, *Deus, Pátria, Liberdade*, atravessa a fronteira. Não encontra resistência. Por dinheiro ou por medo, os chefes militares rendem suas tropas sem disparar um único tiro. Um médico argentino de vinte e poucos anos, Ernesto Guevara, tenta, em vão, organizar a defesa popular da capital: não sabe como nem tem com quê. Improvisadas milícias perambulam, desarmadas, pelas ruas. Quando Arbenz manda, finalmente, abrir os arsenais, os oficiais se negam a obedecer. Num destes dias sombrios e sem grandeza, Guevara sofre um ataque de asma e de indignação; e numa meia-noite, depois de duas semanas de bombardeios, o presidente Arbenz desce lentamente as escadarias do Palácio Nacional, atravessa a rua e pede asilo na embaixada do México.

(*81*, *416*, *420* e *44*)

1954
Mazatenango

MIGUEL AOS QUARENTA E NOVE

Ao canto das aves, antes da primeira luz, afiam os facões. E a galope chegam a Mazatenango, à procura de Miguel. Os verdugos vão fazendo cruzes na longa lista dos marcados para morrer, enquanto o exército de Castillo Armas se apodera da Guatemala. Miguel figura em quinto lugar entre os mais perigosos, condenado por ser comunista e estrangeiro arruaceiro. Desde que chegou fugido de El Salvador, não parou um só instante sua tarefa de agitar operários.

Põem os cachorros em cima dele. Querem levá-lo pendurado num cavalo e exibi-lo pelos caminhos com a garganta aberta por um golpe de facão. Mas Miguel é bicho muito vivido e sabido e se perde no matagal.

E assim ocorre o décimo nascimento de Miguel Mármol, aos quarenta e nove anos de idade.

(222)

1954
Cidade da Guatemala

Noticiário

O arcebispo da Guatemala declara: *Admiro o sincero e ardente patriotismo do presidente Castillo Armas.* Em ambiente de grande alvoroço, Castillo Armas recebe as bênçãos do núncio papal, monsenhor Genaro Verrolino.

O presidente Eisenhower felicita na Casa Branca os responsáveis pela CIA. Diz a eles: *Grato por terem eliminado uma cabeça de praia soviética em nosso hemisfério.*

O chefe da CIA, Allen Dulles, encarrega um jornalista da revista *Time* de redigir uma nova Constituição para a Guatemala.

A revista *Time* publica um poema da esposa do embaixador dos Estados Unidos na Guatemala. Diz o poema que o senhor e a senhora Peurifoy estão *optimistic* porque a Guatemala deixou de ser *comunistic.*

Na primeira reunião com o embaixador depois do triunfo, o presidente Castillo Armas expressa sua preocupação pela insuficiência dos cárceres locais, que não dispõem das celas necessárias para trancar os comunistas. Segundo as listas enviadas de Washington pelo Departamento de Estado, os comunistas guatemaltecos são 72 mil.

Celebra-se festa na embaixada. Quatrocentos guatemaltecos convidados cantam o hino dos Estados Unidos da América.

(*416* e *420*)

1954
Rio de Janeiro

Getúlio

Quer apagar a memória de sua própria ditadura, velho tempo policial e sinistro, e nestes últimos anos governa o Brasil como ninguém nunca tinha governado.

Coloca-se do lado dos salários, não dos lucros. Imediatamente os empresários se declaram em guerra.

Para que o Brasil não seja um coador, tampa a hemorragia de riquezas. Imediatamente os capitais estrangeiros se lançam à sabotagem.

Recupera o petróleo e a energia, que são a soberania nacional, tanto ou mais que o hino e a bandeira. Imediatamente os monopólios, ofendidos, respondem com uma ofensiva feroz.

Defende o preço do café sem atirar na fogueira, como era costume, a metade da colheita. Imediatamente os Estados Unidos reduzem suas compras pela metade.

No Brasil, jornalistas e políticos de todas as cores e comarcas somam suas vozes ao coro do escândalo.

Getúlio Vargas governou em pé. Quando o obrigam a se curvar, escolhe a dignidade da morte. Ergue o revólver, aponta o próprio coração e dispara.

(*427*, *429* e *432*)

1955
Medellín

Nostalgias

E já se vão vinte anos que Gardel se incendiou. A cidade colombiana de Medellín, onde a tragédia aconteceu, transformou-se num centro de peregrinação e culto.

Os devotos de Gardel se reconhecem pelo chapéu inclinado, as calças riscadas e o andar balançado. Penteiam-se com brilhantina, olham de viés e sorriem torto. Floreiam-se em giras e firulas, como num baile perpétuo, quando vão dar a mão, acender um cigarro ou passar giz no taco de bilhar. Varam a noite encostados em algum poste suburbano, assoviando ou cantarolando tangos que explicam que as mulheres são todas umas putas, exceto mamãe, santa velhinha que Deus a tenha em sua glória.

Alguns devotos, locais ou vindos de Buenos Aires, vendem relíquias do ídolo. Tem um que vende dentes. Explicando que estava passando por ali, por acaso, quando o avião explodiu, vendeu mais de mil e trezentos dentes legítimos de Gardel, na base de doze dólares por peça. Já faz alguns anos que colocou no mercado o primeiro dente. Foi comprado por um turista de Nova Iorque membro do Gardel Fan's Club. Ao ver o *souvenir*, o cliente não pôde impedir que lhe escapasse uma lágrima.

(*184*)

1955
Assunção

Melancolias

Quando aprova a imperdoável lei do divórcio, a Igreja anota na lista a cruz que faltava. Os militares conspiram sem disfarce, na descarada luz do dia, até derrubá-lo. A notícia é celebrada nos salões e chorada nas cozinhas: Perón caiu.

Sem opor resistência, Perón abandona a Argentina. Vai para o Paraguai, para o exílio.

Em Assunção, vive dias tristes. Sente-se vencido, velho e solitário. Diz que seu gesto de renúncia evitou um milhão de mortos, mas também diz que o povo não soube defender o que ele havia dado e que por essa ingratidão merece as desgraças que virão; que o povo pensa com a pança, não com a cabeça ou com o coração.

Numa manhã, Perón está confidenciando amarguras em casa de seu anfitrião, Ricardo Gayol, quando fecha os olhos e diz:

– *Meu sorriso os deixava loucos. Meu sorriso...*

Ergue então os braços e sorri como se estivesse na sacada, frente à praça repleta de gente que o ovaciona.

– *Quer meu sorriso?*

O anfitrião olha, estupefato.

– *Toma, te dou* – diz Perón. Põe os dedos na boca e deposita, na palma da mão de Gayol, uma dentadura postiça.

(327)

1955
Cidade da Guatemala

Um ano depois da reconquista da Guatemala,

Richard Nixon visita esta terra ocupada. O sindicato dos trabalhadores da United Fruit e outros quinhentos e trinta e dois sindicatos foram proibidos pelo novo governo. Agora o Código Penal condena à morte os autores de greves. Os partidos políticos estão fora da lei. Os livros de Dostoievski e de outros soviéticos são jogados nas fogueiras.

O reino da banana foi salvo da reforma agrária. O vice-presidente dos Estados Unidos felicita o presidente Castillo Armas. Pela primeira vez na história, diz Nixon, um governo comunista foi substituído por um governo livre.

(*416* e *420*)

1956
Buenos Aires

O governo decide que o peronismo não existe

Enquanto fuzila trabalhadores em depósitos de lixo, a ditadura militar argentina decreta a inexistência de Perón, de Evita e do peronismo. Fica proibido mencionar seus nomes e suas datas. Suas imagens são delito. Manda-se demolir a residência presidencial, até a última pedra, como se a peste contagiasse.

Mas o que fazer com o cadáver embalsamado de Evita? Ela é o símbolo mais perigoso da soberba da ralé, o estandarte da plebe sublevada que durante dez anos passeou pelo poder como quem caminha no quintal de casa. Os generais jogam o corpo dentro de uma caixa, com a etiqueta *Equipamento de Rádio*, e o mandam ao desterro. Aonde, é segredo. Dizem que à Europa, ou a uma ilha no meio do mar. Evita se converte em uma morta errante, que viaja em segredo por distantes cemitérios, expulsa do país pelos generais que não sabem, ou não querem saber, que ela jaz em sua gente.

(*311* e *327*)

1956
León

O FILHO DE SOMOZA

Santa Marta, Santa Marta tiene tren, musiqueiam os musiqueiros, bailam os bailadores, *Santa Marta tiene tren pero no tiene tranvia*; e em plena festa Rigoberto López Pérez, poeta, dono de nada, derruba com quatro tiros o dono de tudo.

Um avião norte-americano leva o moribundo Anastasio Somoza para um hospital norte-americano, na zona norte-americana do Canal do Panamá, e em leito norte-americano ele morre. Depois o enterram na Nicarágua, com as honras de Príncipe da Igreja.

Somoza estava havia vinte anos no poder. A cada seis anos levantava por um dia o estado de sítio e celebrava eleições que o confirmavam no trono. Luís, o filho mais velho, o herdeiro, é agora o homem mais rico e poderoso da América Central. O presidente Eisenhower o felicita, de Washington. Luís Somoza se inclina frente à estátua de seu pai, herói de bronze que galopa, imóvel, em pleno centro de Manágua. À sombra das patas do cavalo, pede conselho ao fundador da dinastia, guia do bom governo, multiplicador de cárceres e negócios; e depois cobre de flores sua tumba monumental.

Burlando a vigilância da guarda de honra, a mão de alguém, mão de todos, rabiscou apressada este epitáfio sobre o mármore da tumba: *Aqui jaz Somoza, um pouco mais podre que em vida.*

(*10, 102* e *460*)

1956
São Domingos

NO ANO 26 DA ERA DE TRUJILLO,

sua imagem é vendida nos mercados, entre os santinhos da Virgem Maria, São Jorge e outros milagrosos:

– *Santos, santos baratos*!

Nada do que é dominicano é alheio a Trujillo. Tudo pertence a ele: a primeira noite das virgens e a última vontade dos moribundos, as pessoas e as vacas, a frota de aviões e a cadeia de prostíbulos, os engenhos de açúcar e os moinhos de trigo, a fábrica de cerveja e a fábrica engarrafadora de poções da virilidade.

Há vinte e seis anos, Trujillo exerce a vice-presidência de Deus na República Dominicana. A cada quatro anos, a fórmula que foi abençoada em democráticas eleições: *Deus e Trujillo*, proclamada nos cartazes em todos os muros e em todas as portas.

Em sua obra *Meditações morais*, que lhe valeu o título de Primeira-Dama das Letras Antilhanas, dona Maria de Trujillo comparou seu marido com El Cid e com Napoleão Bonaparte. A rechonchuda dona Maria, que durante a semana pratica a usura e aos domingos a mística, foi por sua vez comparada a Santa Tereza de Jesus pela crítica local.

Com espada de El Cid ou chapéu de Napoleão, Trujillo posa para as estátuas. As estátuas o multiplicam em bronze ou mármore, com o queixo que não tem e sem a papada que tem. Milhares de estátuas: do alto dos pedestais, Trujillo cavalga e vigia até o último canto de cada cidade ou povoado. Neste país não há nem uma mosca que cague sem a sua licença.

(*63* e *101*)

1956
Havana

Noticiário

O exército cubano desbaratou uma expedição armada vinda do México. O exército armou um cerco ao redor dos invasores e os metralhou e bombardeou por terra e ar, num lugar chamado Alegria de Pio, na província de Oriente. Entre os numerosos mortos figuram Fidel Castro, cabeça da quadrilha, e o agitador comunista argentino Ernesto Guevara.

Após haver desfrutado uma longa temporada na cidade de Nova Iorque, regressaram a Havana o doutor Ernesto Sarrá e sua gentilíssima e elegante esposa, Loló, figuras do mais alto nível nos círculos sociais desta capital.

Também de Nova Iorque, chegou Bing Crosby. Sem tirar a capa nem o chapéu de castor, o popular cantor declarou no aeroporto: *Vim a Cuba para jogar golfe.*

Uma jovem de Havana quase ganhou o prêmio máximo no concurso "Escola de TV", mas retirou-se ao responder à penúltima pergunta. A última, que ficou sem resposta, era: *Como se chama o rio que atravessa Paris?*

Extraordinário programa será disputado amanhã no hipódromo de Marianao.

(*98*)

1956

Ao pé da Serra Maestra

Os doze loucos

Passam uma semana sem dormir, vomitando, apertados como sardinha em lata, enquanto o vento norte se diverte brincando com o barquinho *Granma*. Depois de muito sobe e baixa nas águas do golfo do México, desembarcam no lugar errado. Começam a andar e são varridos pela metralha ou queimados vivos pelas bombas incendiárias.

Quase todos caem na matança. Os sobreviventes caminham orientando-se pelo céu, mas as estrelas os confundem. Os pântanos engolem suas mochilas e suas armas. Nada têm para comer a não ser cana-de-açúcar, e vão largando pelo caminho o bagaço que delata. Perdem as latas de leite condensado, porque as carregavam com os furinhos para baixo. Num descuido misturam água do mar na pouca água doce que sobrava. Perdem-se, buscam-se. No fim, um grupinho descobre outro grupinho nos rochedos, por engano, e assim se juntam os doze salvados da aniquilação.

Estes homens ou sombras têm no total sete fuzis, pouca munição molhada e muitas chagas e feridas. Não pararam de dar foras desde que começou a invasão. Mas esta noite o céu está branco de estrelas e respira-se um ar mais fresco e limpo que nunca, e então Fidel diz, plantado na frente das montanhas da serra Maestra:

– *Ganhamos a guerra. Batista se fodeu!*

(*98* e *209*)

1957
Benidorm

As cartas marcadas

Acordo conjugal entre conservadores e liberais. Numa praia do mar Mediterrâneo, os políticos colombianos firmam o acordo que põe fim a dez anos de extermínio mútuo. Os dois grandes partidos se concedem mútua anistia. A partir de agora, se revezarão na presidência e repartirão os empregos. A Colômbia poderá votar, mas não eleger. Liberais e conservadores se substituirão no poder, para garantirem juntos o direito à propriedade privada e à herança sobre o país que suas famílias compraram ou receberam de presente.

Este pacto dos ricaços é uma notícia ruim para os pobres.

(*8*, *217* e *408*)

1957
Majagual

O santo Ovo da Colômbia

Queimando aldeias e matando índios, arrasando bosques e cravando cercas de arame farpado, os senhores da terra foram empurrando os camponeses contra as ribeiras dos rios, na região da costa colombiana. Muitos camponeses se negaram a servir de peões escravos nas fazendas e se fizeram pescadores e artistas do jeitinho e da viração. De tanto comer tartaruga, aprenderam com ela: a tartaruga não solta o que agarra com a boca e sabe sepultar-se nas praias enquanto dura o tempo seco e os gaviões ameaçam. Com isso e com a ajuda de Deus, vai-se vivendo.

Sobram poucos padres nestas comarcas quentes. Aqui na costa, ninguém leva a missa a sério. Do casamento e do trabalho foge quem não é paralítico, e para melhor desfrutar os sete pecados capitais as pessoas dormem infinitas sestas nas redes. Aqui Deus é um cupincha amado e não um chefe de polícia resmungão e condenador.

Morto está o chato Cristo da aldeia de Jegua, boneco quebrado que não sua, nem sangra, nem faz milagres, nem tem quem limpe a merda dos morcegos desde que o padre fugiu levando a prataria inteira. Mas em compensação está bem vivo, suando e sangrando e milagreando, Nosso Senhor Negrinho, o Cristo moreno da aldeia de São Benito Abad, que dá consolo a quem souber acariciá-lo com vontade. E vivos estão, e saltitando, os santos farristas que a três por dois aparecem na costa colombiana e vão ficando.

Numa noite de tormenta, os pescadores descobriram o rosto de Deus, fulgurante à luz dos relâmpagos, numa pedra com forma de ovo. Desde então celebram os milagres do Santo Ovo dançando *cumbias* e bebendo à sua saúde.

O pároco da aldeia de Majagual anuncia que subirá pelo rio, à cabeça de um batalhão de cruzados, jogará essa pedra sacrílega no fundo das águas e tocará fogo na capelinha de palha.

Na capelinha, onde se oferecem missas bem musiqueiras, os pescadores montam guarda ao redor do Santo Ovo. De machado na mão, dia e noite.

(*159*)

1957
Sucre

São Lúcio

Enquanto o padre de Majagual declara guerra ao Santo Ovo, o padre de Sucre expulsa do templo Santa Lúcia, porque santa com pênis nunca se viu.

A princípio pareceu um gânglio, um carocinho no pescoço, e depois foi descendo, descendo, e crescendo, crescendo, debaixo da sagrada túnica cada dia mais curta. Todo mundo bancava o distraído, até que um menino gritou a terrível evidência:

– *Santa Lúcia tem piroca*!

Condenado ao exílio, São Lúcio encontra refúgio num rancho, não longe de onde se ergue o templo do Santo Ovo. Com o tempo os pescadores elevam para ele um altar, porque São Lúcio é festeiro e de confiança, partilha as farras de seus fiéis, ouve seus segredos e se alegra quando é verão e os peixes vêm subindo.

Ele, que soube ser ela, não aparece no santoral do almanaque Bristol. Tampouco o Santo Ovo foi canonizado pelo papa de Roma. Nem a Santa Taboa, desprendida da caixa de sabão onde uma lavadeira encontrou a Virgem Maria, nem São Rim, humilde rim de vaca onde um magarefe viu a coroa de espinhos de Cristo. Nem São Domingo Vidal.

(*159*)

1957
Margens do rio Sinú

São Domingo Vidal

Era anão e paralítico. O povo o nomeou santo, São Domingo Vidal, porque sua palavra sentipensante adivinhava em que lugar desta costa colombiana tinha ido parar o cavalo perdido e que galo ganharia a próxima briga, e porque não cobrava nada para ensinar os pobres a ler e a defender-se dos gafanhotos e dos latifundiários devoradores.

Filho de Lúcifer, chamou-o a Igreja. Um padre arrancou-o de seu túmulo, dentro da capela da aldeia de Chimá, e a golpes de machado e martelo arrebentou-lhe os ossos. Seus restos arrebentados foram parar num canto da praça, e outro padre quis jogá-los no lixo. O primeiro padre morreu retorcendo-se, com as mãos convertidas em garras, e o outro acabou sem ar, revolvendo-se em sua própria merda.

Como o Santo Ovo, ou São Lúcio, ou tantos outros colegas vizinhos, São Domingo Vidal continuou alegremente vivo no fervor de todos os que aqui se amam, e no desordeiro redemoinho das pessoas do dia-a-dia, que partilham a feroz luta pela terra e a festa de seus frutos.

São Domingo Vidal ampara o antigo costume das casas do rio Sinú, cujos moradores se visitam e se homenageiam com comidas. Os habitantes de uma aldeia levam em andor, até a praça de outra aldeia, as longas mesas carregadas de flores e de delícias do rio e de suas margens – ovos de iguana, postas de bagre, *sancocho* de dourado, arroz de coco, queijos, doces; e, enquanto a aldeia presenteada come, os presenteadores cantam e dançam ao seu redor.

(*160*)

1957
Pino del Agua

Cruzinha

Batista oferece trezentos pesos e uma vaca parida a quem trouxer Fidel Castro vivo ou morto.

Pelas quebradas da serra Maestra, os guerrilheiros andam e crescem. Rapidamente aprendem as regras da guerra no campo. Aprendem a desconfiar e a caminhar de noite, a jamais dormir duas vezes no mesmo lugar e, principalmente, a se entender com as pessoas do lugar.

Quando os doze destrambelhados sobreviventes chegaram a esta serra, não conheciam nenhum camponês; e do rio Yara sabiam apenas através da canção que o menciona. Poucos meses depois, há uns quantos camponeses nas filas rebeldes, desses homens que no tempo da safra cortam cana durante um tempinho e depois são atirados à fome em terra alheia; e os guerrilheiros conhecem e reconhecem estas comarcas como se nelas tivessem nascido. Sabem os nomes dos lugares; quando não, batizam-nos à sua maneira. O arroio da Morte foi chamado assim porque nele desertou um guerrilheiro que, aos gritos, tinha jurado lutar até a morte.

Outros morrem lutando sem ter jurado nada.

Enquanto fumava seu cachimbo nos descansos, José de la Cruz, o Cruzinha, trovador da serra, tinha composto em décimas caipiras toda a história da revolução cubana. Na falta de papel, guardava as décimas na memória. Foram levadas pela bala que acaba de matá-lo no rochedo de Pino del Agua, durante a emboscada aos caminhões do exército.

(*209*)

1957
El Uvero

Almeida

Juan Almeida diz que tem dentro uma alegria que o tempo inteiro faz cosquinhas e o obriga a rir e a saltar, alegria muito atrevida se a gente recordar que Almeida nasceu pobre e negro nesta ilha de praias privadas fechadas aos pobres, por serem pobres, e aos negros, porque tingem a água, e que para maior maldição decidiu fazer-se pedreiro e poeta, e que, se ainda assim fossem poucas as complicações, apostou a vida neste jogo de dados da revolução cubana e foi conquistador do Moncada, e foi condenado à prisão e ao desterro e foi navegante do *Granma* antes de ser o guerrilheiro que está sendo e que acaba de levar dois tiros, não mortais mas fodidos, um na perna esquerda e outro no ombro, durante o combate de três horas contra o quartel de Uvero, na beira do mar.

(*209*)

1957
Santiago de Cuba

Retrato de um embaixador imperial

Earl Smith, embaixador dos Estados Unidos, recebe as chaves da cidade de Santiago de Cuba. Enquanto transcorre a cerimônia e se derramam, caudalosos, os discursos, um clamor vem crescendo no outro lado das cortinas. O embaixador aparece discretamente na janela e consegue ver uma quantidade de mulheres vestidas de negro, que avançam cantando o hino nacional e gritando *liberdade*. Os policiais as derrubam a cacetadas.

No dia seguinte, o embaixador visita a base militar norte-americana de Guantânamo. Depois percorre as minas de ferro e níquel da Freeport Sulphur Company, que graças aos seus empenhos acabam de ser exoneradas de impostos.

O embaixador torna público seu desgosto pelas cacetadas da polícia, embora reconheça que o governo tem o direito de se defender da agressão comunista. Os assessores explicaram ao embaixador que Fidel é anormal desde a infância, depois de um tombo de motocicleta.

O embaixador, que foi campeão de boxe em seus tempos de estudante, considera que é preciso manter a qualquer preço o general Batista. Batista jamais negará proteção a nenhuma coisa ou pessoa que seja dos Estados Unidos. Com Batista no poder, os turistas podem escolher pela fotografia, no avião, uma linda mulata para o fim de semana. Havana é uma cidade norte-americana, cheia de máquinas caça-níqueis de Nevada e mafiosos de Chicago, com muitos telefones para pedir que alguém mande um jantar quentinho no próximo vôo que vem de Miami.

(*431*)

1957
El Hombrito

O Che

No vale de Hombrito, os rebeldes mandam. Aqui instalaram um forno para assar pão, uma gráfica, que consiste num velho mimeógrafo, e um consultório médico que funciona numa choupana de uma peça só. O médico é Ernesto Guevara, chamado de *Che*, que de argentino tem, além do apelido, certos costumes como o chimarrão e a ironia. Peregrino da América, incorporou-se às forças de Fidel no México. Tinha ido parar lá depois da queda da Guatemala e ganhava a vida como fotógrafo, a um peso por foto, e vendendo santinhos da Virgem de Guadalupe.

No consultório de Hombrito, o *Che* atende uma caravana de crianças barrigudas, quase anãs, e moças velhas, gastas em poucos anos de muito parir e pouco comer, e homens que são como pelancas secas e vazias, porque a miséria vai transformando cada um em sua própria múmia.

No ano passado, quando a metralha arrasou os guerrilheiros nem bem eles tinham chegado, o *Che* teve que escolher entre uma caixa de balas e uma caixa de remédios. Não podia carregar as duas, e preferiu a caixa de balas. Agora acaricia seu velho fuzil Thompson, que é o único instrumento de cirurgia no qual realmente acredita.

(*209*)

A Velha Chana, camponesa da serra Maestra, se lembrara dele assim:

Coitadinho do Che. *Eu sempre o via com aquela carga de asma e dizia: "Ai, virgem". Com a asma ele ficava tranqüilinho, respirando baixo. Tem gente que com a asma fica histérica, tosse e abre os olhos e abre a boca. Mas o* Che *tratava de amansar a asma. Se jogava num canto para que a asma acalmasse.*

Ele não gostava da pena. Se a gente dizia: "Coitadinho", ele dava uma olhada na gente, olhadinha rápida que não queria dizer nada e queria dizer muito.

Eu preparava alguma coisinha quente para ele, que passasse no peito para aliviar. Ele, muito bajulador, me dizia: "Ah, a minha namorada". Mas de canalha que era.

(*338*)

1958
Estocolmo

Pelé

Resplandece o futebol brasileiro, que dança e faz dançar. No Campeonato Mundial da Suécia, se consagram Pelé e Garrincha, para desmentir quem diz que os negros não servem para jogar em clima frio.

Pelé, magricela, quase menino, incha o peito, para impressionar, e ergue o queixo. Ele joga futebol como Deus jogaria, se Deus decidisse se dedicar seriamente ao assunto. Pelé marca encontro com a bola onde for e quando for e como for, e ela nunca falha. Para os altos ares ela é enviada: descreve uma ampla curva e volta para o pé dele, obediente, agradecida, ou talvez atada por um elástico invisível. Pelé a levanta, encolhe o peito, deixa-a rodar suavemente pelo corpo: sem que toque o chão vai mudando-a de perna enquanto se lança, corre-corre a caminho do gol. Não há quem consiga agarrá-lo, a laço ou no braço, até que ele deixe a bola pregada, branca, fulgurante, no fundo das redes.

Dentro e fora do campo, se cuida. Jamais perde um minuto de seu tempo, nem deixa cair jamais uma moeda do bolso. Até pouco tempo, engraxava sapatos no cais do porto. Pelé nasceu para subir; e sabe disso.

(279)

1958
Estocolmo

Garrincha

Garrincha dribla derrubando rivais. Meia-volta, volta e meia. Faz que vai, e vem. Faz que vem, e vai. Os rivais se esborracham no chão, um atrás do outro, de bunda na grama, pernas para cima, como se Garrincha espalhasse cascas de banana. Quando enganou todos, incluindo o goleiro, senta em cima da bola, na linha do gol.

Então, recua e começa tudo de novo. Os torcedores se divertem com suas diabruras, mas os dirigentes arrancam os cabelos: Garrincha joga para rir, não para ganhar, alegre pássaro de pernas tortas, e esquece o resultado. Ele ainda acredita que o futebol é uma festa, e não um emprego ou um negócio. Gosta de jogar a troco de nada ou de algumas cervejas, na praia ou nos campos de pelada.

Tem muitos filhos, próprios ou adotivos. Bebe e come como se fosse a última vez. Mão aberta, tudo dá, tudo perde. Garrincha nasceu para cair; e não sabe disso.

(22)

1958
Serra Maestra

A REVOLUÇÃO É UMA CENTOPÉIA QUE NINGUÉM PÁRA

Em plena guerra, debaixo de tiro, Fidel faz a reforma agrária na serra Maestra. Os camponeses recebem sua primeira terra e ao mesmo tempo seu primeiro médico, seu primeiro professor e até seu primeiro juiz, que dizem que é menos perigoso que um punhal para resolver uma questão.

Mais de dez mil soldados do exército de Batista vêm sofrendo uma derrota atrás da outra. O exército rebelde é infinitamente menor e ainda está mal armado, mas carrega povo embaixo, em cima, dentro, adiante e atrás.

O futuro é agora. Fidel lança a ofensiva final, a invasão de ponta a ponta. Em duas colunas, uma comandada pelo *Che Guevara*, a outra por Camilo Cienfuegos, cento e sessenta guerrilheiros saem das montanhas para a conquista da planície.

(*98* e *209*)

1958
Yaguajay

Camilo

Atravessando como que por magia bombardeios e emboscadas, as colunas invasoras chegam ao centro da linha. Cuba fica cortada em dois quando Camilo Cienfuegos se faz dono do quartel de Yaguajay, depois de onze dias de combate, e Che Guevara entra na cidade de Santa Clara. A fulminante ofensiva arranca de Batista a metade do país.

Camilo Cienfuegos é corajoso e comilão. Luta tão de perto que quando mata pesca no ar, sem que toque o solo, o fuzil do inimigo. Várias vezes esteve a ponto de morrer de bala e uma vez quase morreu de cabrito, por engolir um cabrito inteiro depois de muito tempo de andar comendo um dia não e outro tampouco.

Camilo tem barba e melena de profeta bíblico, mas não é homem de cenho franzido e sim de riso aberto, de orelha a orelha. A gesta épica que mais o orgulha é aquela ocasião em que enganou um aviãozinho militar, na serra, derramando no corpo um garrafão de iodo e deitando-se, quietinho, com os braços abertos em cruz.

(*210* e *179*)

1959
Havana

Cuba amanhece sem Batista

no primeiro dia do ano. Enquanto o ditador aterrissa em São Domingos e pede refúgio a seu colega Trujillo, em Havana os verdugos fogem, salve-se quem puder, em disparada.

Earl Smith, embaixador norte-americano, comprova, horrorizado, que as ruas foram invadidas pela ralé e por alguns guerrilheiros sujos, cabeludos, descalços, iguaizinhos à quadrilha de Dillinger, que dançam *guaguancó* marcando a tiros o ritmo.

(*98* e *431*)

A rumba

O *guaguancó* é um tipo de rumba e todo cubano que se respeite é rumbeiro nato: rumbeiro na paz, na guerra e no intervalo. Até para brigar o cubano arma uma rumba e entra no baile dos tiros tal como atropela a multidão atrás dos tambores que a chamam:

– *Eu gozo. E se me derrubam, azar. Mas gozo.*

Em qualquer rua ou terreno baldio, a música solta-se, e não há quem a pare. A rumba soa em tambores e caixotes, e se não há tambores nem caixotes soa nos corpos, soa no ar; e até as orelhas dançam.

(*86, 198* e *324*)

1959

Havana

Retrato de um Casanova do Caribe

Também Porfírio Rubirosa, embaixador dominicano, assiste com pavor ao arrepiante espetáculo. No café da manhã não toma outra coisa a não ser café puro. As novidades acabaram com sua fome. Enquanto um exército de empregadas prega caixões e fecha baús e malas, Rubirosa acende nervosamente um cigarro e põe a girar no toca-discos sua canção preferida, que se chama *Sabor a mí*.

Em sua cama, diz a fama, jamais o sol se põe. O homem de Trujillo em Cuba é um célebre conquistador de princesas, herdeiras e estrelas de cinema. Rubirosa cobre-as de gracejos e toca para elas o ukelele antes de dar-lhes amor ou surra.

Há quem diga que sua tremenda energia vem da infância, quando lhe davam de beber leite de teta de sereia. Os patriotas garantem que o segredo está no *gruda-pau*, planta silvestre dominicana, um elixir da virilidade que Trujillo elabora e exporta para os Estados Unidos.

Rubirosa começou sua carreira quando Trujillo o fez genro. Continuou-a como embaixador em Paris, vendendo vistos aos judeus perseguidos por Hitler. Aperfeiçoou-a casando-se com as multimilionárias Doris Duke e Bárbara Hutton. É o cheiro do dinheiro o que excita o Casanova do Trópico, como os tubarões se excitam com o cheiro de sangue.

(*100*)

1959
Havana

"Só ganhamos o direito de começar",

diz Fidel, que chega no alto de um tanque, vindo da serra Maestra. Frente à multidão que fervilha, explica que é apenas o princípio tudo isso que parece o final. Enquanto fala, as pombas descansam em seus ombros.

A metade da terra está sem cultivar. As estatísticas dizem que o ano passado foi o mais próspero da história de Cuba; mas os camponeses, que não sabem ler estatísticas nem sabem ler nada não perceberam.

A partir de agora, outro galo cantará: para que cante, a reforma agrária e a alfabetização, como na serra, são as tarefas mais urgentes. E antes, a liquidação deste exército de açougueiros. Os mais ferozes vão para o *paredón*. O torturador chamado Quebraossos desmaia cada vez que o pelotão aponta para ele. É preciso amarrá-lo num poste.

(*91*)

1960
Brasília

Uma cidade ou delírio no meio do nada

O Brasil estréia nova capital. Nasce Brasília, súbita, no centro de uma grande cruz traçada sobre o pó vermelho do deserto, distante do litoral; longe de tudo, lá no fim do mundo ou em seu princípio.

Foi construída num ritmo alucinante. Durante três anos este foi um formigueiro onde os operários e os técnicos trabalharam ombro a ombro noite e dia, dividindo a tarefa, o prato e o teto. Mas quando Brasília fica pronta, termina a fugaz ilusão da fraternidade. Fecham-se de repente as portas: a cidade não serve aos serventes. Brasília deixa de fora quem a ergueu com suas mãos. Eles viverão amontoados nas favelas que brotam, com a graça de Deus, lá fora.

Esta é uma cidade do governo, a casa do poder, sem povo nas praças nem calçadas para caminhar. Brasília está na lua: branca, luminosa, flutua lá longe, lá em cima, acima do Brasil e a salvo de suas imundícies e de suas loucuras.

Não tinha sido sonhada assim por Oscar Niemeyer, o arquiteto de seus palácios. Quando se celebra a grande festa de inauguração, Niemeyer não aparece no palco.

(*69* e *315*)

1960

Rio de Janeiro

Niemeyer

odeia o ângulo reto e o capitalismo. Contra o capitalismo, não há muito o que pode fazer; mas contra o ângulo reto, opressor do espaço, triunfa sua arquitetura livre e sensual e leve como as nuvens.

Niemeyer concebe a moradia humana na forma de corpo de mulher, costa sinuosa ou fruta do trópico. Também na forma de montanha, se a montanha se recorta em curvas contra o céu, como é o caso das montanhas do Rio de Janeiro, desenhadas por Deus naquele dia em que Deus achou que era Niemeyer.

(*315*)

1960
Rio de Janeiro

Guimarães Rosa

Também ousada e ondulante é a linguagem de Guimarães Rosa, que constrói casas de palavras.

Cria obras quentes de paixão este senhor formal, cumpridor de horários, incapaz de atravessar a rua com sinal vermelho. Sopra feroz a tragédia nos contos e romances deste sorridente diplomata de carreira. Escrevendo, viola todas as normas este burguês conservador que sonha em entrar na Academia.

1960
Artemisa

Milhares e milhares de facões

se agitam no ar, se afiam roçando-se uns nos outros, esfregando-se, chocando-se, aço e fio, e esse tchá-tchá dos facões é a guerreira música de fundo para a canção ou discurso que Fidel está pronunciando no palanque. No oriente da ilha, frente aos trabalhadores do açúcar, Fidel explica por que seu governo expropriou a empresa petroleira Texaco.

A cada golpe recebido, Cuba responde sem cair ou calar. O Departamento de Estado não aceita a reforma agrária: Cuba entrega aos camponeses os latifúndios norte-americanos. Eisenhower envia aviões para incendiar canaviais e ameaça não comprar açúcar cubano: Cuba rompe o monopólio comercial trocando açúcar por petróleo com a União Soviética. As empresas petroleiras norte-americanas se negam a refinar petróleo soviético: Cuba as nacionaliza.

Cada discurso é um curso. Durante horas e horas Fidel raciocina, pergunta, aprende e ensina, defende e acusa, enquanto Cuba abre caminho, ainda às apalpadelas; e cada passo procura espaço.

(91)

1961
São Domingos

No ano 31 da Era Trujillo

O peso de papel é uma luva de beisebol de porcelana, entre dourados cupidos e dançarinas. Rodeado de bustos de Trujillo e fotos de Trujillo, Trujillo passa em revista as últimas listas de conspiradores, enviadas por seus espiões. Com mão desdenhosa risca alguns nomes, homens e mulheres que não amanhecerão, enquanto os torturadores arrancam novos nomes dos presos que uivam na fortaleza de Ozama.

As listas inspiram em Trujillo tristes reflexões. À cabeça dos conspiradores figuram o embaixador dos Estados Unidos e o arcebispo primaz das Índias, que até ontem mesmo partilhavam de seu governo. O Império e a Igreja renegam agora o filho tão fiel, que tornou-se inapresentável aos olhos do mundo, e cospem em sua mão pródiga. Dói muito tamanha ingratidão no autor do desenvolvimento capitalista da República Dominicana. E ainda assim, de todas as condecorações dependuradas em seu peito e na sua barriga e nas paredes, Trujillo continua preferindo a Grã-Cruz da Ordem de São Gregório Magno, outorgada pelo Vaticano, e a medalhinha que há muitos anos recompensou seus serviços à Infantaria da Marinha dos Estados Unidos.

Até a morte será Sentinela do Ocidente, apesar de todos os pesares, o homem que foi oficialmente chamado de Benfeitor da Pátria, Salvador da Pátria, Pai da Pátria, Restaurador da Independência Financeira, Campeão da Paz Mundial, Protetor da Cultura, Primeiro Anticomunista das Américas, Líder Egrégio, Ilustríssimo e Generalíssimo.

(*60, 63* e *101*)

1961
São Domingos

O falecidíssimo

deixa como herança um país inteiro, além de nove mil e seiscentas gravatas, dois mil ternos, trezentos e cinqüenta uniformes e seiscentos pares de sapatos em seus armários de São Domingos, e quinhentos e trinta milhões de dólares em suas contas particulares na Suíça.

Rafael Leônidas Trujillo caiu numa emboscada, crivado em seu automóvel. Seu filho, Ramfis, voa de Paris para cuidar da herança, do enterro e da vingança.

Ramfis Trujillo, colega e amigo de Porfírio Rubirosa, adquiriu certa notoriedade desde sua recente missão cultural em Hollywood. Ali, obsequiou automóveis Mercedes-Benz e casacos de vison e chinchila a Kim Novak e Zsa Zsa Gabor, em nome do faminto mas generoso povo dominicano.

(*60*, *63* e *101*)

1961
Baía dos Porcos

Contra o vento,

contra a morte, sempre de ida, nunca de volta, a revolução cubana continua escandalosamente viva bem ali, a oito minutos de vôo de Miami.

Para acabar com a insolência, a CIA lança uma invasão a partir dos Estados Unidos, da Guatemala e da Nicarágua. No cais, Somoza II se despede dos expedicionários. O Exército Cubano de Libertação, que a CIA fabricou e pôs em funcionamento, está formado por militares e policiais da ditadura de Batista e pelos desalojados herdeiros das plantações de açúcar, dos bancos, dos jornais, dos garitos, dos bordéis e dos partidos políticos.

– *Tragam-me alguns pêlos da barba de Castro*! – encomenda Somoza.

Aviões dos Estados Unidos entram no céu de Cuba. Estão camuflados. Levam pintada a estrela da Força Aérea Cubana. Os aviões metralham, voando baixo, o povo que os saúda, e descarregam bombas sobre as cidades. Atrás do bombardeio, que prepara o terreno, os invasores desembarcam nos pântanos da baía dos Porcos. Enquanto isso, o presidente Kennedy joga golfe na Virgínia.

Kennedy deu a ordem, mas tinha sido Eisenhower quem tinha posto em ação o plano de invasão. Eisenhower tinha aprovado a invasão de Cuba na mesma escrivaninha onde antes tinha aprovado a invasão da Guatemala. O chefe da CIA, Alien Dulles, garantiu-lhe que acabaria com Fidel Castro como tinha acabado com Arbenz. Seria coisa de algumas semanas, dia a mais, dia a menos, e a mesma equipe da CIA cuidaria do assunto: os mesmos homens, as mesmas bases. O desembarque dos libertadores desencadearia a insurreição popular na ilha submetida à tirania vermelha. Os espiões norte-americanos sabiam que o povo de Cuba, farto de entrar em filas, não esperava outra coisa além do sinal de rebelião.

(*415* e *469*)

1961
Praia Girón

A segunda derrota militar dos Estados Unidos na América Latina

Em três dias Cuba acaba com os invasores. Entre os mortos, há quatro pilotos norte-americanos. Os sete navios, escoltados pela Marinha de Guerra dos Estados Unidos, fogem ou afundam na baía dos Porcos.

O presidente Kennedy assume a responsabilidade total por este fiasco da CIA.

A CIA acreditou, como sempre, nos relatórios de seus espertos espiões locais, que recebem para dizer o que agrada ser ouvido; e, como sempre, confundiu a geografia com um mapa militar alheio às pessoas e à história. Os pântanos que a CIA escolheu para o desembarque tinham sido o lugar mais miserável de Cuba inteira, um reino de crocodilos e mosquitos, até que a Revolução chegou. Então, o entusiasmo humano transformou estes lodaçais, fundando neles escolas, hospitais e estradas. As pessoas daqui foram as primeiras a expor o peito às balas, contra os invasores que vinham salvá-las.

(*88, 435* e *469*)

1961
Havana

Retrato do passado

Os invasores, parasitas e verdugos, jovens milionários, veteranos de mil crimes respondem às perguntas dos jornalistas. Ninguém assume a responsabilidade de praia Girón nem de nada; todos eram cozinheiros da expedição.

Ramón Calvino, célebre torturador dos tempos de Batista, sofre amnésia total frente às mulheres por ele golpeadas, chutadas e violadas, que o reconhecem e desafiam. O padre Ismael de Lugo, capelão da brigada de assalto, busca amparo sob o manto da Virgem. Ele tinha lutado ao lado de Franco na guerra espanhola, por conselho da Virgem, e agora invadiu Cuba para que a Virgem não sofra mais, contemplando tanto comunismo. O padre Lugo invoca uma Virgem empresária, dona de algum banco ou plantação nacionalizada, que pensa e sente como outros mil e duzentos prisioneiros; o direito é o direito de propriedade e de herança; a liberdade, liberdade de empresa. A sociedade modelo, uma sociedade anônima. A democracia exemplar, uma assembléia de acionistas.

Todos os invasores foram educados na ética da impunidade. Ninguém reconhece ter matado ninguém. E afinal de contas, tampouco a miséria assume seus crimes. Alguns jornalistas lhes perguntam sobre as injustiças sociais, mas eles lavam as mãos, o sistema lava as mãos: as crianças que em Cuba e na América Latina inteira morrem pouco depois de nascer, morrem de gastroenterite, e não de capitalismo.

(*397*)

1961
Washington

Quem invadiu Cuba? Um diálogo no Senado dos Estados Unidos

Senador Capehart – *Quantos aviões tínhamos?*

Allen Dulles (diretor da CIA) – *Quantos tinham os cubanos?*

Senador Sparkman – *Não, os americanos. Quantos?*

Dulles – *Bem, trata-se de cubanos.*

Sparkman – *Os rebeldes.*

Dulles – *Nós não os chamamos de rebeldes.*

Capehart – *Quero dizer: as forças revolucionárias.*

Sparkman – *Quando ele perguntou quantos aviões tínhamos, se referia a isso, às forças anticastristas.*

Richard M. Bissel (subdiretor da CIA) – *Começamos, senhor, com dezesseis B-26...*

(*108*)

1961
Havana

Maria de la Cruz

Pouco depois da invasão, o povo reúne-se na praça. Fidel anuncia que os prisioneiros serão trocados por remédios para crianças. Depois entrega diplomas a quarenta mil camponeses alfabetizados. Uma velha insiste em subir na tribuna, e tanto insiste que enfim sobe. Em vão move as mãos no ar, buscando o altíssimo microfone, até que Fidel o abaixa:

– *Eu queria conhecê-lo, Fidel. Queria dizer-lhe...*

– *Cuidado, vou ficar vermelho...*

Mas a velha, mil rugas, meia dúzia de ossinhos, criva-o de elogios e gratidões. Ela aprendeu a ler e a escrever aos cento e seis anos de idade. Chama-se Maria de la Cruz, por ter nascido no mesmo dia da invenção da Santa Cruz, com o sobrenome Semanat, porque Semanat se chamava a plantação de cana onde ela nasceu escrava, filha de escravos, neta de escravos. Naquele tempo os amos mandavam ao cepo os negros que queriam letras, explica Maria de la Cruz, porque os negros eram máquinas que funcionavam ao toque do sino e ao ritmo dos açoites, e por isso ela tinha demorado tanto em aprender.

Maria de la Cruz apodera-se da tribuna. Depois de falar, canta. Depois de cantar, dança. Faz mais de um século que desandou a dançar Maria de la Cruz. Dançando saiu do ventre da mãe e dançando atravessou a dor e o horror até chegar aqui, que era onde devia chegar, portanto agora e não há quem a detenha.

(298)

1961
Punta del Este

A latrinocracia

Depois do fracasso do desembarque dos soldados em Cuba, os Estados Unidos anunciam um grande desembarque de dólares na América Latina.

Para isolar os barbudos, o presidente Kennedy oferece aos latino-americanos cachoeiras de doações, empréstimos, investimentos:

– *Cuba é a galinha dos ovos de ouro* – comprova o *Che Guevara*, na Conferência Pan-americana de Punta del Este.

O *Che* denuncia este projeto de suborno: diz que é um deboche. Para que nada mude, é desencadeada a retórica da mudança. Chegam a meio milhão as páginas dos relatórios oficiais da conferência, e não há uma única que não fale de revolução, reforma agrária e desenvolvimento. Enquanto os Estados Unidos derrubam os preços dos produtos da América Latina, prometem latrinas para os pobres, os índios, os negros: nada de maquinaria, nada de equipamento: latrinas:

– *Para os senhores técnicos* – acusa o Che –, *planificar é planificar a latrina. Se os levássemos a sério, Cuba poderia ser um paraíso da latrina!*

(*213*)

1961
Escuinapa

O Loroteiro

Uma vez ensilhou e montou um tigre, achando que era um burro, e em outra ocasião amarrou as calças com uma serpente viva e viu que não era cinto porque não tinha fivela. Todos acreditam nele quando explica que nenhum avião aterrissa se alguém não jogar grãos de milho na pista, ou quando conta a terrível matança que o trem fez no dia em que enlouqueceu e em lugar de avançar para a frente desandou a correr de lado.

– *Num minto nunquinha* – mente o Güilo Mentiras.

O Güilo, pescador de camarões nos estuários de Escuinapa, é um contador de caso. Pertence à esplêndida estirpe latino-americana dos loroteiros, magos do papo de balcão ou de fogueira, sempre por falado, jamais por escrito.

Aos setenta anos, seus olhos dançam. Ri da morte, que uma noite veio buscá-lo:

– *Toc, toc, toc* – bateu a morte.

– *Entra* – chamou o Güilo, galante, deitado na cama. – *Estava te esperando.*

Mas, quando quis abaixar as calcinhas dela, a morte fugiu apavorada.

(*309*)

1961
São Salvador da Bahia

Amado

E enquanto o Güilo Mentiras espanta a morte no México, no Brasil o romancista Jorge Amado inventa um capitão que espanta a solidão. O capitão, conta Jorge Amado, desafia furacões e fogos-fátuos e atravessa maremotos e negros abismos enquanto oferece aos vizinhos bebidas preparadas seguindo as receitas de um velho lobo-do-mar de Hong Kong.

Quando o capitão naufraga na costa do Peru, os vizinhos naufragam. Os vizinhos, tímidos funcionários, aposentados doentes de tédio e reumatismo, sentem o coração encolher quando vêem chegando uma montanha de gelo que avança contra o navio, a bombordo, no brumoso mar do Norte, ou quando o monção sopra furiosamente no mar de Bengala. Todos estremecem de prazer cada vez que o capitão recorda a bailarina árabe que mordia uvas suculentas enquanto dançava nas areias de Alexandria, sem outra roupa além de uma flor branca na virilha.

O capitão nunca saiu do Brasil. Jamais pisou um barco, nem mesmo um bote, porque enjoa no mar, mas se senta na sala da sua casa e sua casa navega e chega mais longe que Marco Pólo ou Colombo ou os astronautas.

(*19*)

1962
Cosalá

Um mais uma dá um

Amarrados na mesma estaca, muito carregados de lenha seca, se olham. Ele, querendo; ela, dengosa. Enquanto o burro e a burra se olham e reolham, as beatas atravessam a praça, atarefadas na oração, rumo à igreja. Por ser hoje Sexta-Feira Santa, as beatas andam missando e lutando por Nosso Senhor Jesus Cristo, todas de negro, xales negros, meias negras, luvas negras. Tremendo espanto levam as beatas quando o burro e a burra arrebentam amarras e derramando alegrias começam a se gozar em plena praça, de cara para a igreja e de costas para a prefeitura.

Pelo México afora ecoam os gritos. O prefeito de Cosalá, José Antonio Ochoa, sai ao balcão, dá um grito e tapa os olhos. Em seguida manda que sejam passados pelas armas os revoltosos burricos enganchados de amor. Que sem se soltar caem, fuzilados.

(*308* e *329*)

1962

Vila de Jesus Maria

Um mais uma dá todos

Em outro povoado da serra, não distante do povoado onde fuzilam os burros, os índios coras se mascaram e pintam seus corpos nus. Como em todas as Sextas-feiras Santas, as coisas recebem novos nomes enquanto a festa é desencadeada, paixão de Cristo ou caçada mágica ao Veado ou assassinato do deus Sol, crime que funda a vida humana na terra:

– *Que morra, que mate, que engendre.*

Aos pés da cruz os bailarinos amantes se oferecem, se abraçam, se entram, enquanto os bailarinos palhaços os imitam dando cambalhotas. Amando brincam todos, carícias, cócegas, palhaçadas, e todos brincam comendo, porque as frutas viram projéteis e os ovos bombas, e a golpes de broas e jorros de mel acaba em guerra o grande banquete. Como loucos se divertem os índios coras, dançando, amando, comendo, em homenagem a Jesus Cristo moribundo e à margem de sua agonia. Ele, na cruz, sorri, agradecido.

(*46*)

1963
Bayamo

O CICLONE FLORA

surra Cuba com alma e vida durante mais de uma semana. O ciclone mais prolongado da história nacional ataca e foge e regressa como se tivesse esquecido de quebrar alguma coisa: tudo gira, torvelinho furioso, ao redor desta gigantesca serpente de vento que se torce e ataca onde menos se espera.

Não adianta nada pregar portas e janelas. O ciclone arranca tudo pela raiz e brinca com as casas e as árvores atirando-as pelos ares. Esvazia-se o céu, para susto das aves, e o mar inunda todo o oriente da ilha. Da base de Bayamo, as brigadas saem em lanchas e em helicópteros. Os voluntários vão e vêm resgatando gentes e bichos, vacinando tudo que encontram vivo e enterrando ou queimando os muitos mortos.

(*18*)

1963
Havana

TODO MUNDO É FAZ-TUDO

Nesta ilha devastada pelo ciclone e bloqueada e acossada pelos Estados Unidos, é uma façanha o dia-a-dia. As vitrinas exibem cartazes de solidariedade com o Vietnam no lugar de sapatos e camisas, e qualquer comprinha exige horas de fila; os escassos automóveis andam com buchas de chifre de boi nas rodas e nas escolas de arte se rala a grafite dos lápis para improvisar tinta. Nas fábricas há teias de aranha sobre algumas máquinas novas, porque certa peça de reposição não acabou de percorrer seus dez mil quilômetros de caminho. De distantes portos do Báltico vêm o petróleo e todo o resto, e uma carta enviada de Cuba à Venezuela dá a volta ao mundo inteiro antes de chegar ao seu vizinho destino.

E não faltam apenas coisas. Muita gente que sabia de tudo foi-se embora para Miami atrás das pegadas dos que tinham de tudo.

E agora?

– *Agora, é preciso inventar.*

Aos dezoito anos, Ricardo Gutiérrez desfilou em Havana com o fuzil levantado, no meio da maré de fuzis e facões e chapéus de palha que celebrou o fim da ditadura de Batista. No dia seguinte, teve de assumir a responsabilidade de várias empresas abandonadas por seus donos. Coube a ele, entre outras, uma fábrica de peças íntimas femininas. Em seguida começaram os problemas de matéria-prima. Não havia espuma de látex para o enchimento dos sutiãs. Os operários discutiam o assunto numa assembléia e decidiram esvaziar almofadas. Foi um desastre. O enchimento das almofadas não podia ser lavado porque não secava nunca.

Ricardo tinha vinte anos quando meteram-lhe dois pesos no bolso e o mandaram administrar um engenho de açúcar. Nunca em sua vida tinha visto um engenho, nem de longe; lá descobriu que o melado tem uma cor escura. O administrador anterior, fiel servidor com meio século de experiência, tinha se perdido no horizonte levando debaixo do braço o quadro a óleo com o retrato do patrão, Julio Lobo, senhor daqueles canaviais que a revolução tinha expropriado.

Agora o ministro de Relações Exteriores manda chamá-lo. Raúl Roa senta-se no chão, na frente de um grande mapa da Espanha aberto sobre o tapete, e começa a desenhar cruzinhas. Assim Ricardo fica sabendo, aos vinte e dois anos, que virou cônsul.

– *Mas eu só escrevo a máquina com dois dedos* – balbucia, defendendo-se.

– *Eu escrevo com um e sou ministro* – sentencia Roa.

1963
Havana

Retrato do burocrata

Tempo negro que engendra o tempo vermelho que fará possível o tempo verde: a solidariedade vai ocupando o lugar da cobiça e do medo. Por ser capaz de inventar, capaz de criação e de loucura, a revolução cubana avança. Mas tem inimigos de sobra. Entre seus inimigos mais temíveis está o burocrata, devastador como o ciclone, asfixiante como o imperialismo: não há revolução que não o leve dentro.

O burocrata é o homem de madeira, nascido por engano dos deuses, que o fizeram sem sangue, sem alento nem desalento, e sem nenhuma palavra a dizer. Tem eco, mas não tem voz. Sabe transmitir ordens, não idéias. Considera qualquer dúvida uma heresia; qualquer contradição, uma traição. Confunde a unidade com a unanimidade e acredita que o povo, eterno menor de idade, deve ser conduzido na base do puxão de orelha.

É bastante improvável que o burocrata arrisque a vida. É absolutamente impossível que arrisque o emprego.

1963

Havana

Bola de Neve

– *Isto é o ioruba-marxismo-leninismo* – diz Bola de Neve, cantor de Guanabara, filho do cozinheiro Domingo e de Mãe Inês, e diz isso como murmurando, com sua enorme pouca voz, rouquinha, carnuda. *Ioruba-marxismo-leninismo* é o nome que Bola de Neve dá ao furor e ao júbilo deste povo que dança a Internacional balançando as cadeiras, revolução cubana nascida do feroz abraço da Europa e da África nas areias da América. Neste espaço se cruzam os deuses que os homens fazem com os homens feitos pelos deuses, uns descendo à terra, outros lançados à conquista do céu, e celebrando-o canta Bola de Neve, de maneira bem malandra.

1963
Rio Coco

Nos ombros leva o abraço de Sandino,

que o tempo não apagou. Trinta anos depois, o coronel Santos López volta à guerra, na selva do norte, para que a Nicarágua seja.

Há um par de anos nasceu a Frente Sandinista. Foi nascida, por Santos López e Carlos Fonseca Amador e Tomás Borge, além de outros rapazes que não conheceram Sandino mas querem continuá-lo. A tarefa custará sangue, e eles sabem disso:

– *Tanta imundície não pode ser lavada com água, por mais benta que seja* – diz Carlos Fonseca.

Perdidos, sem armas, ensopados pela chuva eterna, sem comer mas comidos, fodidos, perambulam pela selva os guerrilheiros. Não há pior momento que o pôr-do-sol. O dia é dia e a noite, noite, mas o entardecer é a hora de agonia e espantosa solidão; e os sandinistas não são nada ainda, ou quase nada.

(*58* e *267*)

1963
San Salvador

Miguel aos cinqüenta e oito

Anda Miguel como de costume, pulando de galho em galho, cometendo sindicatos camponeses e outras diabruras, quando a polícia o agarra em algum povoado e o traz, amarrado pelos pés e pelas mãos, à cidade de San Salvador.

Aqui recebe longa sova. Oito dias apanha, dependurado; oito noites apanha, no chão. Muito rangem seus ossos e grita sua carne, mas ele não solta nem um pio enquanto exigem que revele segredos. Em compensação, quando o torturador xinga sua gente querida, o velho respondão se levanta de seus restos sangrantes, o velho galinho de briga ergue a crista e cacareja, Miguel ordena ao capitão que feche sua boca porca. E então o capitão afunda no seu pescoço a pistola e Miguel o desafia: é só apertar o gatilho. E ficam cara a cara os dois, ferozes, arfantes, como soprando brasas: o soldado com o dedo no gatilho, a pistola cravada no pescoço de Miguel e os olhos cravados em seus olhos, Miguel sem pestanejar, comprovando a passagem dos segundos e dos séculos e escutando o ressoar do coração que subiu-lhe à cabeça. E já se dá Miguel por morto de morte total, quando de repente uma sombra aparece no fulgor de fúria dos olhos do capitão, um cansaço ou sabe-se lá o quê o invade e toma seus olhos por assalto, e de repente o capitão pisca, surpreendido por estar onde está, e lentamente deixa cair a arma e o olhar.

E assim acontece o décimo primeiro nascimento de Miguel Mármol, aos cinqüenta e oito anos de idade.

(222)

1963
Dallas

O GOVERNO DIZ QUE A VERDADE NÃO EXISTE

Um meio-dia, numa rua de Dallas, o presidente dos Estados Unidos cai assassinado. Nem bem morre, e se difunde a versão oficial. A versão oficial, que será definitiva, afirma que Lee Harvey Oswald assassinou Kennedy.

A arma não coincide com a bala, nem a bala com os furos. O culpado não coincide com a culpa: Oswald é homem de péssima pontaria e de físico medíocre, mas segundo a versão oficial atuou como um campeão olímpico de tiro ao alvo e de corrida. Disparou um velho rifle num ritmo impossível e sua bala mágica deu acrobáticas voltas para atravessar Kennedy e o governador do Texas, Connally, ficando milagrosamente intacta.

Oswald nega, aos gritos. Mas ninguém sabe, ninguém saberá nunca, o que ele declara. E dois dias depois ele desmorona em frente das câmaras de televisão: o mundo inteiro assiste ao espetáculo. Quem lhe cala a boca é Jack Ruby, um meliante consagrado ao tráfico de mulheres e de drogas. Ruby diz que vingou Kennedy por patriotismo e de pena da pobre viúva.

(232)

1963
São Domingos

Crônica de costumes da América Latina

Saindo das areias de Sosúa, nadava mar adentro. Na frente, de barco, ia a banda de música, espantando os tubarões.

Agora o general Toni Imbert está barrigudo e vadio e é difícil que se atire às águas; mas costuma voltar à praia de sua infância. Gosta de sentar-se no calçadão, fazer pontaria, fuzilar tubarões. Em Sosúa, os tubarões disputam com os pobres as sobras do matadouro. O general Imbert sente simpatia pelos pobres. Sentado no calçadão, joga para eles notas de dez dólares.

O general Imbert é muito parecido a seu amigo do peito, o general Wessin y Wessin. Mesmo quando estão resfriados, os dois são capazes de reconhecer de longe o cheiro de um comunista; e os dois ganharam numerosas medalhas por levantar cedo e matar gente amarrada. Quando dizem o presidente, os dois se referem sempre ao *presidente* dos Estados Unidos.

Os generais Imbert e Wessin y Wessin, filhos dominicanos da Escola das Américas, no Panamá, engordaram, os dois, ao amparo de Trujillo. Depois, os dois o traíram. Após a morte de Trujillo houve eleições e o povo votou em massa em Juan Bosch. Eles não podiam permanecer de braços cruzados. Bosch negou-se a comprar aviões de guerra, anunciou a reforma agrária e a lei do divórcio, e aumentou os salários dos operários. Sete meses durou o subversivão. Os generais Imbert e Wessin y Wessin e outros generais da nação recuperaram o poder, favo rico de mel, com um quartelaço fácil na madrugada.

Os Estados Unidos não demoram a reconhecer o novo governo.

(*61* e *281*)

1964

Panamá

Vinte e três rapazes caem crivados de balas

quando tentam hastear a bandeira do Panamá em solo do Panamá.

– *Só foram usadas balas de caçar patos* – desculpa-se o comandante das tropas norte-americanas de ocupação.

Outra bandeira ondula ao longo do talho que corta o Panamá de mar a mar. Outra lei impera, outra polícia vigia, outro idioma é falado. Os panamenhos não podem entrar sem licença na zona do canal, nem para apanhar a fruta caída de uma mangueira, e assim os que trabalham ali recebem salários, de segunda, como os negros e as mulheres.

O canal, colônia norte-americana, é um negócio e uma base militar. Com o pedágio que os barcos pagam, financiam-se os cursos da Escola das Américas. Nos quartéis da zona do canal, os oficiais do Pentágono ensinam cirurgia anticomunista aos militares latino-americanos que logo exercerão, em seus países, presidências, ministérios, comandos ou embaixadas.

– *São os líderes do futuro* – explica Robert McNamara, ministro de Defesa dos Estados Unidos.

Vigilantes frente ao câncer que ameaça, estes militares cortarão as mãos de quem ousar cometer a reforma agrária ou a nacionalização, e arrancarão a língua dos respondões e perguntões.

(248)

1964

Rio de Janeiro

"Há nuvens sombrias",

diz Lincoln Gordon:

– *Nuvens sombrias se fecham sobre nossos interesses econômicos no Brasil...*

O Presidente João Goulart acaba de anunciar a reforma agrária, a nacionalização das refinarias de petróleo e o fim da evasão de capitais; e o embaixador dos Estados Unidos, indignado, o ataca em voz alta. Da embaixada, chuvas de dinheiro caem sobre os envenenadores da opinião pública e os militares que preparam o golpe. Difunde-se por todos os meios um manifesto que pede aos gritos um golpe de Estado. Até o Lions Club assina o manifesto.

Dez anos depois do suicídio de Vargas, soam, multiplicados, os mesmos clamores. Políticos e jornalistas chamam o fardado messias capaz de pôr um fim neste caos. A televisão exibe filmes que mostram muros de Berlim cortando em dois as cidades brasileiras. Jornais e rádios exaltam as virtudes do capital privado, que transforma os desertos em oásis, e os méritos das forças armadas, que evitam que os comunistas roubem até a água. A Marcha da Família com Deus pela Liberdade pede piedade ao Céu, nas avenidas das cidades principais.

O embaixador Lincoln Gordon denuncia a conspiração comunista: o fazendeiro Goulart está traindo a sua classe na hora de escolher entre devoradores e devorados, entre os opinadores e os opinados, entre a liberdade do dinheiro e a liberdade das pessoas.

(*115* e *141*)

1964
Juiz de Fora

A reconquista do Brasil

Há quase trinta anos, o capitão Olympio Mourão Filho fabricou uma conspiração comunista, o Plano Cohen, por ordem do presidente Vargas. Agora o general Mourão Filho compra a conspiração fabricada pelo embaixador Gordon. O general confessa que em matéria política ele é uma vaca fardada, mas de conspirações comunistas sim, ele entende.

No quartel de Juiz de Fora, ergue a espada:

– *Arrancarei o Brasil do abismo*! – proclama.

Mourão Filho acorda antes do amanhecer. Faz a barba enquanto lê em voz alta o salmo de Davi que anuncia que todo verdor perecerá. Depois toma o café da manhã e cumprimenta sua mulher, por ser a esposa de um herói; e à cabeça de suas tropas empreende a marcha para o Rio de Janeiro.

Os outros generais vão-se somando, um após outro. Enquanto isso, avançam rumo ao Brasil, dos Estados Unidos, um porta-aviões, numerosos aviões, vários navios de guerra e quatro petroleiros: é a Operação Brother Sam, para ajudar o levante.

João Goulart, perplexo, deixa acontecer. Seu colega Lyndon Johnson envia de Washington o mais cálido reconhecimento aos autores do golpe, embora Goulart ainda ocupe a presidência, e o Departamento de Estado anuncia generosos empréstimos para o novo governo. No sul, Leonel Brizola tenta, sem eco, a resistência. Finalmente, Goulart vai para o exílio.

Alguma mão escreve, num muro do Rio de Janeiro:

– *Basta de intermediários! Lincoln Gordon para presidente!*

Mas os triunfantes militares escolhem o marechal Castelo Branco, um solene homem de armas que não tem senso de humor nem pescoço.

(*115, 141* e *307*)

1964
La Paz

Sem pena nem glória,

como o presidente do Brasil, também o presidente da Bolívia, Victor Paz Estenssoro, sobe no avião que o leva para o exílio.

O aviador René Barrientos, ditador falastrão, domina a Bolívia. Agora o embaixador dos Estados Unidos participa das reuniões de gabinete, sentado entre os ministros, e o gerente da Gulf Oil redige os decretos de economia.

Paz Estenssoro tinha ficado sozinho na solidão. Com ele caiu, após doze anos de poder, a revolução nacionalista. Pouco a pouco a revolução tinha dado a volta até ficar de costas para os operários, para melhor amamentar os novos ricos e os burocratas que a espremeram até deixá-la seca; e agora bastou um empurrãozinho para derrubá-la.

Enquanto isso os trabalhadores, divididos, lutam entre si. Atuam como se todos fossem laimes e jucumanis.

(*16*, *17*, *26* e *473*)

1964
Ao norte de Potosí

Com fúria total

lutam os índios laimes contra os índios jucumanis. Os mais pobres da pobre Bolívia, párias entre os párias, se dedicam a matar-se entre eles, na gelada estepe ao norte de Potosí. Quinhentos caíram, dos dois lados, nos últimos dez anos, e são incontáveis os ranchos incendiados. As batalhas duram semanas, sem trégua nem perdão. Despedaçam-se os índios para vingar ofensas ou disputar pedacinhos de terra estéril, nestas altas solidões para onde foram expulsos em tempos antigos.

Laimes e jucumanis comem batata e cevada, que é o que a estepe, a duras penas, oferece a eles. Dormem jogados sobre couros de ovelha, acompanhados pelos piolhos que agradecem o calor dos corpos.

Para as cerimônias do mútuo extermínio, cobrem as cabeças com carapuças de couro cru, que têm a exata forma do capacete do conquistador.

(*180*)

Os chapéus

de agora chegaram à Bolívia vindos da Europa, trazidos pelos conquistadores e os mercadores; mas se tornaram bem desta terra e desta gente. Nasceram feito marca de gado, obrigatórios disfarces vindos da Espanha para que cada senhor reconhecesse os índios de sua propriedade. Com o passar do tempo, as comunidades foram pondo neles suas próprias marcas de orgulho, seus sinais de alegria: estrelas e luas de prata, plumas coloridas, contas de vidro, flores de papel, coroas de milho... Depois os ingleses inundaram a Bolívia com chapéus de feltro e chapéus de copa, cartola negra das índias de Potosí, cartola branca das índias de Cochabamba; e por engano, chegou o chapéu borsalino, da Itália, e ficou vivendo nas cabeças das índias de La Paz.

Poderá andar descalço o índio boliviano, homem ou mulher, menino ou menina; mas sem chapéu, não. O chapéu prolonga a cabeça que protege; e quando a alma cai, o chapéu a recolhe no chão.

(*161*)

1965
San Juan de Porto Rico

Bosch

As pessoas se lançam às ruas de São Domingos, armadas com qualquer coisa, com o que vier, e avançam contra os tanques. *Fora, usurpadores*, dizem todos. Que Juan Bosch, o presidente legal, volte.

Os Estados Unidos mantêm Bosch preso em Porto Rico e o impedem de voltar ao país em chamas. Homem de fibra, puro tendão, todo tensão, Bosch morde os punhos, sozinho na raiva, e seus olhos azuis perfuram as paredes.

Um jornalista pergunta a ele, por telefone, se é inimigo dos Estados Unidos. Não; ele é inimigo do imperialismo dos Estados Unidos:

– *Ninguém que tenha lido Mark Twain* – diz, comprova Bosch – *pode ser inimigo dos Estados Unidos.*

(62 e *269*)

1965
São Domingos

Caamaño

Para o alvoroço vão estudantes e soldados e mulheres com bobes na cabeça. Barricadas de tonéis e caminhões virados impedem o avanço dos tanques. Voam pedras e garrafas. Das asas dos aviões, que descem à toda, chove metralha sobre a ponte do rio Ozama e as ruas repletas de multidão. Sobe a maré popular, e subindo faz a divisão entre os militares que tinham servido a Trujillo: de um lado deixa os que estão atirando no povo, dirigidos por Imbert e Wessin y Wessin, e do outro lado os dirigidos por Francisco Caamaño, que abrem os arsenais e distribuem fuzis.

O coronel Caamaño, que de manhã desencadeou a rebelião pelo regresso do presidente Bosch, tinha pensado que seria uma questão de minutos. Ao meio-dia compreendeu que a coisa ia durar, e soube que teria de enfrentar seus companheiros de armas. Viu que o sangue corria e pressentiu, espantado, uma tragédia nacional. Ao anoitecer, pediu asilo na embaixada de El Salvador.

Estendido num sofá da embaixada, Caamaño quer dormir. Toma sedativos, as pílulas de costume e outras mais; mas não tem jeito. A insônia, o ranger de dentes e a fome de unhas que são dos tempos de Trujillo o tomam outra vez, como quando ele era oficial do exército da ditadura e cumpria ou via cumprirem tarefas sombrias, às vezes atrozes. Mas essa noite está pior do que nunca. No lusco-fusco do sono, mal consegue pregar os olhos, sonha. Quando sonha, é sincero: desperta tremendo, chorando, enraivecido pela vergonha de seu pavor.

Acaba a noite e acaba o exílio, que durou uma noite só. O coronel Caamaño molha o rosto e sai da embaixada. Caminha olhando para o chão. Atravessa a fumaça dos incêndios, fumaça espessa, que faz sombra, e se mete no ar alegre do dia e volta ao seu posto à frente da rebelião.

(223)

1965
São Domingos

A INVASÃO

Nem pelo ar, nem pela terra, nem pelo mar. Nem os aviões do general Wessin y Wessin, nem os tanques do general Imbert são capazes de sufocar a revolta da cidade que arde. Tampouco os barcos: disparam seus canhões contra o Palácio de Governo, ocupado por Caamaño, mas matam donas de casa.

A Embaixada dos Estados Unidos, que chama os rebeldes de *escória comunista e quadrilha de meliantes*, informa que não existe modo de parar o alvoroço e pede ajuda urgente a Washington. Desembarcam, então, os *marines*.

No dia seguinte morre o primeiro invasor. É um garoto das montanhas do norte de Nova Iorque. Cai atingido por uma bala disparada de algum telhado, numa ruazinha desta cidade, da qual nunca na vida tinha ouvido falar. A primeira vítima dominicana é um menino de cinco anos. Morre de granada, numa varanda. Os invasores o confundem com um franco atirador.

O presidente Lyndon Johnson adverte que não vai tolerar outra Cuba no Caribe. E mais soldados desembarcam. E mais. Vinte mil, trinta e cinco mil, quarenta e dois mil. Enquanto os soldados norte-americanos estripam dominicanos, os voluntários norte-americanos os remendam nos hospitais. Johnson incentiva seus aliados a acompanhar esta Cruzada do Ocidente. A ditadura militar do Brasil, a ditadura militar do Paraguai, a ditadura militar de Honduras e a ditadura militar da Nicarágua enviam tropas à República Dominicana para salvar a Democracia ameaçada pelo povo.

Encurralado entre o rio e o mar, no bairro velho de Santo Domingo, o povo resiste.

José Mora Otero, secretário-geral da OEA, se reúne, sozinho, com o coronel Caamaño. Oferece seis milhões de dólares para ele abandonar o país. É mandado à merda.

(*62*, *269* e *421*)

1965
São Domingos

132 NOITES

durou esta guerra de paus e facas e carabinas contra morteiros e metralhadoras. A cidade cheira a pólvora e a lixo e a morto.

Incapazes de arrancar a rendição, os invasores, os todo-poderosos, não têm outro remédio a não ser aceitar um acordo. Os zés-ninguém, os desprezados, não se deixaram atropelar. Não aceitaram traição ou consolo. Lutaram de noite, cada noite, toda a noite, ferozes batalhas casa a casa, corpo a corpo, metro a metro, até que do fundo do mar o sol erguesse suas ondulantes bandeiras, e então se escondiam até a noite seguinte. E ao final de tanta noite de horror e glória, as tropas invasoras não conseguem instalar no poder o general Imbert, nem o general Wessin y Wessin, nem nenhum outro general.

(*269* e *421*)

1965
Havana

O MULTIPLICADOR DE REVOLUÇÕES,

o espartano guerrilheiro, vai para outras terras. Fidel revela a carta de despedida do *Che* Guevara: *Já nada legal me ata a Cuba*, diz o *Che, só os laços que não podem ser rompidos*.

O *Che* também escreve a seus pais e a seus filhos. Aos filhos, pede que sejam capazes de sentir da maneira mais profunda qualquer injustiça cometida contra qualquer um em qualquer parte do mundo.

Aqui em Uba, com asma e tudo, o *Che* foi sempre o primeiro a chegar e o último a ir embora, na guerra e na paz, sem afrouxar nem um pouquinho.

Por ele se apaixonaram as mulheres, os homens, as crianças, os cães e as plantas.

(*213*)

O Che Guevara diz adeus a seus pais

Outra vez sinto sob os calcanhares as costelas de Rocinante; volto ao caminho, com minha adaga no braço.

Muitos me dirão aventureiro, e sou; só que de um tipo diferente e dos que arriscam a pele para demonstrar suas verdades. Pode ser que esta seja a definitiva. Não procuro isso, mas está dentro do cálculo lógico das probabilidades. Se for assim, vai um último abraço.

Amei-os muito, só que não soube expressar meu carinho; sou extremamente rígido em minhas ações e acho que às vezes não me entenderam. Não era fácil me entender, aliás, acreditem. Somente hoje.

Agora, uma vontade que poli com gozo de artista, sustentará umas pernas flácidas e uns pulmões cansados. Farei isto. Lembrem-se de vez em quando deste pequeno condottieri do século XX...

(213)

1966
Patiocemento

"Sabemos que a fome é mortal",

dizia o padre Camilo Torres. *E se sabemos disso*, dizia, *tem sentido perder tempo discutindo se a alma é imortal*?

Camilo acreditava no cristianismo como prática do amor ao próximo e queria que esse amor fosse eficaz. Tinha a obsessão do amor eficaz. Essa obsessão o levantou em armas e por ela caiu, num desconhecido rincão da Colômbia, lutando nas guerrilhas.

(448)

1967
Llallagua

Festa de São João

Os mineiros bolivianos são filhos da Virgem e sobrinhos do Diabo, mas ninguém os salva de morrer antes da hora. Metidos nas tripas da terra, aniquila-os a implacável chuva de pó do socavão: num minuto, em poucos anos, os pulmões ficam de pedra e fecham os caminhos do ar. E antes que os pulmões se esqueçam de respirar, o nariz esquece os cheiros e a língua os sabores, as pernas pesam como chumbo e a boca não diz mais que rancores e vinganças.

Ao sair do socavão, os mineiros buscam a festa. Enquanto dure a breve vida e queiram as pernas mover-se, é preciso comer guiso apimentado e beber bebida forte, e cantar e dançar à luz das fogueiras que esquentam a planície deserta.

Nesta noite de São João, enquanto acontece a melhor das festas, o exército se esconde nas montanhas. Quase nada se sabe aqui dos guerrilheiros do distante rio Ñancahuazú, embora digam que dizem que lutam por uma revolução bela e jamais vista, como o mar; mas o general Barrientos acredita que cada mineiro é ninho de um obstinado terrorista.

Antes do amanhecer, no fim da festa de São João, um furacão de balas arrasa o povoado de Llallagua.

(*16*, *17* e *458*)

1967
Catavi

O dia seguinte

Parece fulgor de ossos a luz do novo dia. Depois o sol se esconde atrás das nuvens, enquanto os párias da terra contam seus mortos e os levam em carretas. Os mineiros marcham por uma ruela de barro de Llallagua. A procissão atravessa o rio, leito de suja saliva entre pedras de cinza, e pelo vasto pampa chega ao campo-santo de Catavi.

Não tem sol o céu, imenso teto de estanho, nem tem a terra fogueiras que a aqueçam. Jamais esteve esta estepe tão gelada e tão solitária.

Há que cavar muitos poços. Corpos de todos os tamanhos jazem em fila, estendidos, esperando.

Do alto do muro do cemitério, uma mulher grita.

(458)

1967
Catavi

Domitila

grita contra os assassinos, do alto do muro.

Ela mora em dois cômodos sem latrina nem água, com seu marido mineiro e sete filhos. O oitavo filho anda querendo sair da barriga. Cada dia Domitila cozinha, lava, varre, tece, costura, ensina o que sabe e cura o que pode, e além disso prepara cem empanadas e percorre as ruas buscando quem compre.

Por insultar o exército boliviano, levam-na presa.

Um militar cospe em sua cara.

(458)

O interrogatório de Domitila

Cuspiu na minha cara. Depois me deu um chute. Eu não agüentei e dei um sopapo nele. Ele tornou a me dar um murro. Arranhei a cara dele. E ele me batendo, me batendo... Botou o joelho aqui em cima do meu ventre. Apertou meu pescoço e estava por me enforcar. Parecia que queria arrebentar meu ventre. Mais e mais me apertava... Então, com minhas duas mãos, com toda minha força baixei minhas mãos nele.

E não me lembro como, mas linha agarrado seu punho e tinha mordido, mordido... Tive um asco terrível ao sentir na minha boca o seu sangue... Então, com toda minha raiva, tchá, em toda a sua cara cuspi seu sangue. Uma gritaria terrível começou. Me pegara aos chutes, gritava... Chamou os soldados e fez com que uns quatro me agarrassem...

Quando despertei como de um sonho, estava engolindo um pedaço de meu dente. Senti ele aqui na garganta. Então notei que o fulano linha me quebrado uns seis dentes. O sangue estava jorrando e nem os olhos nem o nariz eu podia abrir...

E como se a fatalidade do destino fizesse, começou o trabalho de parto. Comecei a sentir dores, dores e dores, e logo já me vencia a criatura por nascer. Já não pude agüentar. E fui me agachar numa esquina. Me apoiei e cobri minha cara, porque não podia fazer nem um pouquinho de força. A minha cara doía como se fosse arrebentar. E num desses momentos, me venceu. Notei que a cabeça do bebê já estava saindo... e ali mesmo desvaneci.

Não sei depois de quanto tempo:

– Onde estou? Onde estou?

Estava toda molhada. Tanto o sangue quanto o líquido que a gente põe para fora durante o parto tinham me molhado toda. Então fiz um esforço e acontece que encontrei o cordão do bebê. E através do cordão, esticando o cordão, encontrei meu bebezinho, totalmente frio, gelado, ali em cima do chão.

(458)

1967

Catavi

Pedra habitada

Depois do vendaval de balas, um vendaval de vento varre o povoado mineiro de Llallagua e arranca seus tetos. Na vizinha paróquia de Catavi, a ventania derruba e quebra a Virgem. A pedra do pedestal, por sua vez, fica intacta. O padre acode a recolher do chão os pedaços da Imaculada.

– *Veja, padre* – dizem os operários, e lhe mostram como a pedra livrou-se, numa sacudida, da Virgem intrusa.

Dentro dessa pedra, os deuses vencidos dormem, sonham, respiram, atendem os pedidores e pagadores de promessas e anunciam aos trabalhadores das minas que o grande dia chegará:

– *O dia nosso, pois, o que esperamos.*

O padre tinha condenado a pedra milagreira desde o dia em que foi encontrada e celebrada pelos trabalhadores. O padre a tinha trancado numa gaiola de cimento, para que os trabalhadores não a tirassem em procissão, e tinha instalado a Virgem em cima dela. O pedreiro que por ordem do padre encarcerou a pedra a golpes de picareta e martelo, tirita de febre e fica vesgo sem parar desde aquele dia aziago.

(268)

1967
Às margens do rio Ñancahuazú

Dezessete homens caminham para o aniquilamento

O cardeal Maurer chega à Bolívia, vindo de Roma. Traz as bênçãos do Papa e a notícia de que Deus apóia decididamente o general Barrientos contra as guerrilhas.

Enquanto isso, acossados pela fome, oprimidos pela geografia, os guerrilheiros dão voltas pelos matagais do rio Ñancahuazú. Poucos camponeses existem nestas imensas solidões; e nem um, nem um único, incorporou-se à pequena tropa do *Che* Guevara. Suas forças vão diminuindo de emboscada em emboscada. O *Che* não fraqueja, não se deixa fraquejar, embora sinta que seu próprio corpo é uma pedra entre as pedras, pesada pedra que ele arrasta avançando à frente de todos; e tampouco se deixa tentar pela idéia de salvar o grupo abandonando os feridos. Por ordem do *Che*, caminham todos ao ritmo dos que menos podem: juntos serão todos salvos ou perdidos.

Perdidos. Mil e oitocentos soldados, dirigidos pelos *rangers* norte-americanos, pisam sua sombra. O cerco se estreita mais e mais. Finalmente delatam a sua localização exata um par de camponeses dedos-duros e os radares eletrônicos da National Security Agency, dos Estados Unidos.

(*212* e *455*)

1967
Quebrada do Yuro

A queda do Che

A rajada de metralhadora estraçalha suas pernas. Sentado, continua lutando, até que seu fuzil voa pelos ares.

Os soldados disputam a porradas o relógio, o cantil, o cinturão, o cachimbo. Vários oficiais o interrogam, um após outro. O *Che* cala e jorra sangue. O contra-almirante Ugarteche, ousado lobo da terra, chefe da Marinha de um país sem mar, o insulta e ameaça. O *Che* cospe em sua cara.

De La Paz, chega a ordem de liquidar o prisioneiro. Uma rajada o atravessa. O *Che* morre à bala, morre à traição, pouco antes de fazer quarenta anos, a mesma idade na qual morreram, também à bala, também à traição, Zapata e Sandino.

No povoado de Higueras, o general Barrientos exibe seu troféu aos jornalistas. O *Che* jaz sobre um tanque de lavar roupa. Depois das balas, é atingido pelos flashes. Esta última cara tem olhos que acusam e um sorriso melancólico.

(*212* e *455*)

1967
Higueras

Os sinos dobram por ele

Morreu em 1967, na Bolívia, porque se enganou de hora e de lugar, de ritmo e de maneira? Ou morreu nunca, em nenhum lugar, porque não se enganou no que de verdade vale para todas as horas e lugares e ritmos e maneiras?

Acreditava que é preciso defender-se das armadilhas da cobiça, sem baixar jamais a guarda. Quando era presidente do Banco Nacional de Cuba, assinava *Che* nas notas, para debochar do dinheiro. Por amor às pessoas desprezava as coisas. Doente está o mundo, acreditava ele, onde ter e ser significavam a mesma coisa. Nunca guardou nada para si, nem pediu nada nunca.

Viver é se dar, acreditava; e se deu.

1967
La Paz

Retrato de um supermacho

Nos ombros de Nenê, seu gigante guarda-costas, o general René Barrientos atravessa a cidade de La Paz. Do alto de Nenê, vai cumprimentando os que o aplaudem. Entra no palácio de governo. Sentado em sua escrivaninha, com Nenê atrás, assina decretos que vendem a preço de banana o céu, o solo e o subsolo da Bolívia.

Há dez anos, Barrientos estava passando uma temporada num manicômio de Washington, D. C., quando lhe veio à cabeça a idéia de ser presidente da Bolívia. Fez carreira pela via do atletismo. Disfarçado de aviador norte-americano, assaltou o poder; e o exerce metralhando operários e arrasando bibliotecas e salários.

O matador do *Che* é galo cacareador, homem de cem picas, cem mulheres e mil filhos. Nenhum boliviano voou tanto, discursou tanto nem roubou tanto.

Em Miami, os exilados cubanos o elegem Homem do Ano.

(*16, 17, 337* e *474*)

1967
Estoril

Crônica social

Presos ao cabelo da dona da casa, relampagueiam alguns dos maiores diamantes do mundo. A neta ostenta, na cruz do colar, uma das maiores esmeraldas do mundo. Os Patiño, herdeiros de uma das maiores fortunas do mundo, oferecem uma das maiores festas do mundo.

Para dar alegria a mil pessoas durante oito noites e oito dias, os Patiño compram *todas* as flores elegantes e bebidas finas que existem em Portugal. Com muita antecipação distribuíram os convites, e assim os costureiros e os cronistas sociais tiveram tempo de trabalhar como se deve. Várias vezes por dia as damas mudam seus modelos, todos exclusivos, e quando em algum dos salões se cruzam dois vestidos iguais, alguém murmura que fritará em óleo quente Yves Saint-Laurent. As orquestras vêm fretadas de Nova Iorque. Os convidados chegam em iates ou aviões privados.

A nobreza européia comparece em peso. O falecido Simón Patiño, boliviano antropófago, devorador de mineiros, tinha comprado bodas de boa qualidade. Tinha casado suas filhas com um conde e um marquês, e seu filho homem com uma prima de rei.

(34)

1967
Houston

Ali

Deram para ele o nome de Cassius Clay: deu-se a si mesmo o nome de Muhammad Ali.

Fizeram dele um cristão: fez-se de si muçulmano.

Foi obrigado a se defender: bate como ninguém, feroz e veloz, tanque leve, demolidora pluma, indestrutível dono da coroa mundial.

Disseram a ele que um bom lutador de boxe deixa a raiva no

ringue: ele diz que o verdadeiro ringue é outro, onde um negro triunfante luta pelos negros vencidos, pelos que comem restos nas cozinhas.

Aconselharam-no a ser discreto: desde então, grita.

Interceptaram seu telefone: desde então, grita também por telefone.

Vestiram nele uma farda para mandá-lo à guerra do Vietnam: tira a farda e grita que não vai, porque não tem nada contra os vietnamitas, que nada de mau fizeram a ele nem a nenhum outro negro norte-americano.

Tiraram dele o título mundial, proibiram-no de lutar, foi condenado à prisão e multado: gritando agradece estes elogios à sua dignidade humana.

(*14* e *149*)

1968
Memphis

Retrato de um perigoso

O pastor Martin Luther King predica contra a guerra do Vietnam. Denuncia que lá os negros morrem mais, o dobro que os brancos, servindo de boi de piranha a uma aventura colonial comparável aos crimes nazistas. O envenenamento da água e da terra e a aniquilação das pessoas e das colheitas formam parte de um plano de extermínio. Do milhão de vietnamitas mortos, revela o predicador, as crianças são maioria. Os Estados Unidos, diz, sofrem uma infecção na alma; e qualquer autópsia revelaria que essa infecção se chama Vietnam.

Há seis anos, o FBI classificou este homem na seção *A* do índice Reservado, entre as pessoas perigosas que é preciso vigiar e prender em casos de emergência. Desde então a polícia morde seus calcanhares, espiona-o dia e noite, ameaça-o, provoca-o.

Martin Luther King se desmorona na varanda de um hotel de Memphis. Uma bala em pleno rosto acaba com tanto incômodo.

(*254*)

1968
San José da Califórnia

Os chicanos

O juiz Gerald Chargin dita sentença contra um rapaz acusado de incesto, e de passagem aconselha que se suicide e diz que *vocês chicanos são piores que os animais, povo podre, miserável, piolhento...*

Do México vêm os chicanos, através do rio da fronteira, para colher a baixo preço o algodão, as laranjas, os tomates, as batatas. Quase todos ficam vivendo no sul dos Estados Unidos, que há pouco mais de um século era o norte de México. Nestas terras, já não suas, os usam e os desprezam.

De cada dez norte-americanos mortos no Vietnam, seis são negros ou chicanos. Aos chicanos, dizem:

– *Vocês, tão machos e fortes, vão em primeiro lugar para a frente.*

(*182*, *282*, *369* e *403*)

1968
San Juan de Porto Rico

Albizu

Também os porto-riquenhos são bons para morrer no Vietnam, em nome dos que usurparam sua pátria.

A ilha de Porto Rico, colônia norte-americana, consome o que não produz e produz o que não consome. Em suas terras, abandonadas, nem ao menos se cultiva o arroz e o feijão do prato nacional. A metrópole ensina a colônia a respirar ar condicionado, comer comida enlatada, mover-se em automóveis fanfarronamente grandes, a endividar-se até o pescoço e a apagar a alma olhando a televisão.

Pedro Albizu Campos morreu há algum tempo. Tinha passado preso quase vinte anos, em cadeias dos Estados Unidos, por sua tarefa de agitador incessante. Para recuperar a pátria, acreditava, há de amá-la com alma e vida, como se fosse mulher; para devolver-lhe o fôlego, é preciso resgatá-la a tiros.

Ele usava gravata negra pela pátria perdida. Estava cada vez mais sozinho.

(*87, 116, 199* e *275*)

1968
Cidade do México

Os estudantes

invadem as ruas. Manifestações assim, no México, jamais foram vistas, tão imensas e alegres, todos de braços dados, cantando e rindo. Os estudantes gritam contra o presidente Díaz Ordaz e seus ministros, múmias com bandagens e tudo, e contra os demais usurpadores daquela revolução de Zapata e Pancho Villa.

Em Tlatelolco, praça que já foi matadouro de índios e conquistadores, acontece a cilada. O exército bloqueia todas as saídas com tanques e metralhadoras. No curral, prontos para o sacrifício, os estudantes se apertam. Fecha a armadilha um muro contínuo de fuzis com baioneta calada.

Os focos luminosos, um verde, outro vermelho, dão o sinal.

Horas depois, uma mulher busca o filho. Os sapatos deixam pegadas de sangue no chão.

(*299* e *347*)

"Havia muito, muito sangue,"
relata a mãe de um estudante,

a tal ponto que eu sentia nas mãos o visgo do sangue. Também havia sangue nas paredes. Creio que os muros de Tlatelolco têm os poros cheios de sangue; Tlatelolco inteiro respira sangue... Os cadáveres estavam estendidos no chão de concreto esperando que os levassem. Contei muitos da janela, cerca de sessenta e oito. Iam sendo amontoados debaixo da chuva. Eu recordava que Carlitos, meu filho, vestia um blusão de veludo verde e em cada cadáver achava que reconhecia esse blusão...

(347)

1968
Cidade do México

Revueltas

Tem um longo meio século de vida, mas a cada dia comete o delito de ser jovem. Está sempre no centro do alvoroço, disparando discursos e manifestos. José Revueltas denuncia os donos do poder no México, que por irremediável ódio a tudo o que palpita, cresce e muda, acabam de assassinar trezentos estudantes em Tlatelolco:

– *Os senhores do governo estão mortos. Por isso matam.*

No México, o poder assimila ou aniquila, fulmina com um abraço ou com um tiro: os respondões que não se deixam meter no orçamento público, são metidos na cadeia ou no túmulo. O incorrigível Revueltas vive preso. É raro que ele não durma em cela e, quando não é lá, passa as noites estendido em algum banco de praça ou num gabinete da universidade. A polícia o odeia por ser revolucionário e os dogmáticos, por ser livre; os beatos de esquerda não lhe perdoam sua tendência aos botequins. Há algum tempo, seus camaradas puseram nele um anjo da guarda, para que salvasse Revueltas de toda tentação, mas o anjo terminou empenhando as asas para pagar as farras que faziam juntos.

(373)

1968
Às margens do rio Yaqui

A revolução mexicana já não é

Os índios yaquis, guerreiros de muitos séculos, chamam Lázaro Cárdenas. Marcam encontro com ele numa planície luminosa do norte do México, perto do rio de suas tradições.

Em pé e à sombra da frondosa árvore de pão, os chefes das oito tribos yaquis dão as boas-vindas a Cárdenas. Nas cabeças exibem as plumagens reservadas às grandes ocasiões.

– *Você lembra, vovô?*

Passaram-se trinta anos e esta é uma grande ocasião. Fala o principal:

– *Vovô Lázaro, você se lembra? Você nos devolveu as terras. Você nos deu hospitais e escolas.*

No final de cada frase, os chefes batem no chão com seus bastões de comando e ressoa na planície o eco seco.

– *Você se lembra? Queremos que você saiba. Os ricos nos tomaram as terras. Os hospitais viraram quartéis. As escolas são botequins.*

Cárdenas escuta e se cala.

(45)

1968
Cidade do México

Rulfo

No silêncio, lateja outro México. Juan Rulfo, narrador de desventuras dos vivos e dos mortos, guarda silêncio. Há quinze anos disse o que tinha para dizer, num romance curto e nuns poucos contos, e desde então, está calado. Ou seja: fez amor de profundíssima maneira, e depois adormeceu.

1969
Lima

Arguedas

arrebenta o crânio com um tiro. Sua história é a história do Peru; e doente de Peru, se mata.

Filho de brancos, José Maria Arguedas tinha sido criado pelos índios. Falou *quechua* durante toda a sua infância. Aos dezessete anos foi arrancado da serra e atirado na costa; saiu de povoados de comuneiros para entrar nas cidades proprietárias. Aprendeu a língua dos vencedores e nela falou e escreveu. Nunca escreveu *sobre* os vencidos, mas *desde* os vencidos. Soube dizê-los; mas sua façanha foi sua maldição. Sentia que tudo dele era traição ou fracasso, desgarramento inútil. Não podia ser índio, não queria ser branco, não suportava ser ao mesmo tempo o desprezo e o desprezado.

Caminhou solitário caminhante à beira desse abismo, entre os dois mundos inimigos que dividiam sua alma. Muitas avalanches de angústia caíram em cima dele, piores que qualquer alude de lodo e pedras; até que foi derrubado.

(*30* e *256*)

1969
Mar da Tranqüilidade

O descobrimento da Terra

A nave espacial chega de Houston, Texas, e pousa na Lua suas longas patas de aranha. Os astronautas Armstrong e Aldrin vêem a Terra como ninguém a tinha visto até agora, e a Terra não é a generosa teta que nos dá de mamar leite e veneno e sim uma bela pedra gelada que roda na solidão do universo. Parece sem filhos a Terra, habitada por ninguém, ou talvez indiferente, como se não sentisse nem mesmo cócegas pelas paixões humanas que formigam no chão.

Os astronautas nos transmitem pela televisão e pelo rádio as palavras previamente programadas sobre o grande passo que a humanidade está dando enquanto cravam o estandarte dos Estados Unidos no pedregoso Mar da Tranqüilidade.

1969
Bogotá

Os gamines

Têm a rua como casa. São gatos no pulo e no bote, pardais no vôo, galos valentes na briga. Vagueiam em bando, em esquadrilhas; dormem feito cachos, grudados pelo gelo da madrugada. Comem o que roubam ou as sobras que mendigam ou o lixo que encontram; apagam a fome e o medo aspirando gasolina ou cola. Têm dentes cinzentos e caras queimadas pelo frio.

Arturo Dueñas, da turma da rua Vinte e Dois, vai abandonar o bando. Está farto de dar a bunda e levar surras por ser o menor, o percevejo, o manteiga derretida; e decide que é melhor se mandar sozinho.

Uma noite dessas, noite como qualquer outra noite, Arturo desliza debaixo de uma mesa de restaurante, agarra uma coxa de galinha e erguendo-a como estandarte foge pelas ruelas. Quando encontra um canto escuro, senta-se e janta. Um cãozinho olha para ele e lambe os beiços. Várias vezes Arturo o expulsa e o cachorrinho volta. Se olham: são iguaizinhos os dois, filhos de ninguém, surrados, puro osso e sujeira. Arturo se resigna e oferece.

Desde então andar juntos, caminhalegres, dividindo as sortes e os azares. Arturo, que nunca falou com ninguém, conta suas coisas. O cachorrinho dorme acocorado a seus pés.

Em uma maldita tarde a polícia agarra Arturo roubando pão, arrasta-o para a Quinta Delegacia e ali lhe dão tremenda sova. Tempos depois Arturo volta à rua, todo maltratado. O cachorrinho não aparece. Arturo corre e percorre, busca e rebusca, e nada. Muito pergunta, e nada. Muito chama, e nada. Ninguém no mundo está tão sozinho como este menino de sete anos que está sozinho nas ruas da cidade de Bogotá, rouco de tanto gritar.

(*68* e *342*)

1969
Em qualquer cidade

Alguém

Numa esquina, frente ao sinal fechado, alguém engole fogo, alguém lava pára-brisas, alguém vende toalhinhas de papel, chicletes, bandeirinhas e bonecas que fazem pipi. Alguém escuta o horóscopo pelo rádio, agradecido aos astros por se preocuparem com ele. Caminhando entre os altos edifícios, alguém gostaria de comprar silêncio ou ar, mas não tem dinheiro suficiente. No imundo subúrbio, entre os enxames de moscas de cima e os exércitos de ratos de baixo, alguém aluga uma mulher por três minutos: num quartinho de bordel é violador o violado, melhor que se fizesse aquilo com uma mula no rio. Alguém fala sozinho frente ao telefone, depois de pendurar o fone. Alguém fala sozinho na frente do aparelho de televisão. Alguém fala sozinho na frente do caça-níqueis. Alguém rega um vaso de flores de plástico. Alguém sobe num ônibus vazio, de madrugada, e o ônibus continua vazio.

1969
Rio de Janeiro

A expulsão das favelas

Negam-se a ir embora. Foram os mais pobres do campo e são agora os mais pobres da cidade, sempre os últimos da fila, gente de braços baratos e pernas bailarinas; e pelo menos aqui moram perto dos lugares onde ganham o pão. Ficaram teimosos os moradores da Praia do Pinto e das outras favelas que cobrem as montanhas do Rio de Janeiro. Mas os chefes militares puseram os olhos nestes terrenos tão vendáveis e revendáveis e especuláveis, de modo que se resolve o assunto com oportunos incêndios. Os bombeiros não chegam nunca. O amanhecer é a hora das lágrimas e das cinzas. Depois que o fogo arrasa as casas feitas de lixo, como se fossem lixo varrem as pessoas e em caminhões de lixo as despejam lá longe.

(*340*)

1969
Baixo Grande

Um castelo de lixo

O velho Gabriel dos Santos faz o que seus sonhos mandam que ele faça. Ele sonha no Brasil os mesmos sonhos loucos que Antonio Gaudi sonhava há um século na Catalunha, na distante Barcelona, embora o velho Gabriel nunca tenha ouvido falar de Gaudi nem tenha visto nenhuma de suas obras.

Mal desperta, o velho Gabriel começa a modelar com suas mãos as maravilhas que em sonhos vê, antes que elas escapem. Assim levantou a Casa da Flor. Nela mora, sobre a ladeira de uma colina batida pelo vento marinheiro. De sonho em sonho vai crescendo, ao longo dos anos, a moradia do velho Gabriel, este castelo ou bicho esquisito de alegres cores e sinuosas formas, todo feito de lixo.

O velho Gabriel, operário das salinas, nunca foi à escola, nunca viu televisão, nunca teve dinheiro. Não conhece normas nem modelos. Ele disparateia a seu livre modo e maneira, com as sobras que joga fora a vizinha cidade de Cabo Frio: pára-lamas, faróis, lascas de janela, garrafas, pratos quebrados, ferros velhos, pernas de cadeiras, rodas...

(*171*)

1969
Quebrada de Arque

A ÚLTIMA CAMBALHOTA DO AVIADOR BARRIENTOS

O cardeal Maurer diz que o presidente Barrientos é como São Paulo, porque percorre os campos da Bolívia distribuindo verdades, mas Barrientos também distribui dinheiro e bolas de futebol. Por todo lado vai e vem, regando notas, de helicóptero. A Gulf Oil deu o helicóptero de presente para Barrientos, a troco dos dois bilhões de dólares em gás e um bilhão de dólares em petróleo que ele deu de presente à Gulf Oil.

Neste helicóptero, Barrientos passeou pelos céus da Bolívia o corpo de Che Guevara, amarrado no trem de aterrissagem. Neste helicóptero Barrientos chega à quebrada de Arque, numa de suas turnês incessantes, e como de costume atira dinheiro sobre os camponeses; mas ao ir embora tropeça num arame, se estatela contra as rochas e se queima vivo. Depois de ter incendiado tantos quadros e livros, o fogoso Barrientos morre feito torresmo neste helicóptero repleto até o teto de notas que ardem com ele.

(*16*, *17* e *474*)

1969
San Salvador e Tegucigalpa

DOIS TURBULENTOS JOGOS

de futebol são disputados entre Honduras e El Salvador. As ambulâncias levam mortos e feridos das arquibancadas enquanto os torcedores continuam nas ruas as brigas do estádio.

Imediatamente os dois países rompem relações. Em Tegucigalpa, os pára-brisas dos carros exibem decalques que aconselham: *Hondurenho, apanhe um lenho e mate um salvadorenho*. Em San Salvador, os jornais exortam o exército a invadir Honduras *para dar uma lição nestes bárbaros*. Honduras expulsa os camponeses salvadorenhos, embora muitos deles nem saibam que são estrangeiros e jamais tenham visto um documento de identidade. O governo de Honduras chama Reforma Agrária a remoção dos salvadorenhos, obrigados a emigrar com a roupa do corpo, e o incêndio de seus ranchos. O governo de El Salvador considera espiões todos os hondurenhos que vivem ali.

A guerra não demora a começar. O exército de El Salvador entra em Honduras e avança metralhando as aldeias fronteiriças.

(*84*, *125* e *396*)

1969
San Salvador e Tegucigalpa

A chamada Guerra do Futebol

tem como inimigos dois pedaços da América Central, fiapos da que foi, há um século e meio, pátria única.

Honduras, pequeno país agrário, é dominado pelos latifundiários.

El Salvador, pequeno país agrário, é dominado pelos latifundiários.

O povo camponês de Honduras não tem terra nem trabalho.

O povo camponês de El Salvador não tem terra nem trabalho.

Em Honduras existe uma ditadura militar nascida de um golpe de Estado.

Em El Salvador existe uma ditadura militar nascida de um golpe de Estado.

O general que governa Honduras foi formado na Escola das Américas, no Panamá.

O general que governa El Salvador foi formado na Escola das Américas, no Panamá.

Dos Estados Unidos vieram as armas e os assessores do ditador de Honduras.

Dos Estados Unidos vieram as armas e os assessores do ditador de El Salvador.

O ditador de Honduras acusa o ditador de El Salvador de ser um comunista a serviço de Fidel Castro.

O ditador de El Salvador acusa o ditador de Honduras de ser um comunista a serviço de Fidel Castro.

A guerra dura uma semana. Enquanto dura a guerra, o povo de Honduras acredita que o inimigo é o povo de El Salvador e o povo de El Salvador acredita que o inimigo é o povo de Honduras. Os dois povos deixam quatro mil mortos nos campos de batalha.

(*84* e *125*)

1969
Port-au-Prince

Uma lei condena à morte quem disser ou escrever palavras subversivas no Haiti

Artigo 1º – São declarados crimes contra a segurança do Estado todas as atividades comunistas sob a forma que for: toda profissão de fé comunista, verbal ou escrita, pública ou privada, toda propagação de doutrinas comunistas ou anarquistas através de conferências, discursos, conversas, leituras, reuniões públicas ou privadas, através de folhetos, cartazes, jornais, revistas, livros e imagens; toda correspondência oral ou escrita com associações locais ou estrangeiras ou com pessoas dedicadas à difusão de idéias comunistas ou anarquistas; e também o fato de receber, recolher ou proporcionar fundos destinados direta ou indiretamente à propagação de ditas idéias. Artigo 2º – Serão condenados à morte os autores e os cúmplices destes crimes. Seus bens móveis e imóveis serão confiscados e vendidos em benefício do Estado.

Dr. François Duvalier
Presidente Vitalício da
República do Haiti

(*351*)

1970
Montevidéu

Retrato de um professor de torturadores

Os guerrilheiros tupamaros liquidam Dan Anthony Mitrione, um dos instrutores norte-americanos da polícia do Uruguai.

O falecido dava seus cursos para oficiais num porão à prova de som. Para as lições práticas utilizava mendigos e prostitutas caçados na rua. Assim mostrava a seus alunos o efeito dos diversos níveis de voltagem nas zonas mais sensíveis do corpo humano, e ensinava a eles como aplicar de maneira eficaz vomitivos e outras substâncias químicas. Nos últimos meses, três homens e uma mulher morreram durante estas aulas de Técnica de Interrogatório.

Mitrione detestava a desordem e a sujeira. Uma câmara de torturas devia ter a assepsia de uma sala de cirurgias. E detestava a linguagem incorreta:

– *Bolas não, delegado. Testículos.*

Também detestava o gasto inútil, o movimento não necessário, o dano que pode ser evitado:

– *É uma arte, mais que uma técnica* – dizia: – *a dor exata, no lugar exato, na medida exata.*

(225)

1970
Manágua

Rugama

O altivo poeta, o baixinho de batina que comungava em pé, dispara até o último tiro e cai lutando contra um batalhão inteiro da ditadura de Somoza.

Leonel Rugama tinha vinte anos.

Dos amigos, preferia os que jogavam xadrez.

Dos que jogavam, preferia os que perdiam por culpa da moça que passa.

Das que passam, a que fica.
Das que ficam, a que ainda não chegou.
Dos heróis, preferia os que não dizem que morrem pela pátria.
Das pátrias, a nascida de sua morte.

(399)

1970
Santiago do Chile

Paisagem depois das eleições

Num ato de imperdoável má conduta, o povo chileno elege Salvador Allende presidente. Outro presidente, o presidente da ITT, International Telephone and Telegraph Corporation, oferece um milhão de dólares a quem acabar com tanta desgraça. E o presidente dos Estados Unidos dedica ao assunto dez milhões: Richard Nixon encarrega a CIA de impedir que Allende se sente na poltrona presidencial, ou que o derrube no caso de ele sentar.

O general René Schneider, chefe do exército, se nega ao golpe de Estado e cai fulminado em uma emboscada:

– *Essas balas eram para mim* – diz Allende.

Ficam suspensos os empréstimos do Banco Mundial e de todos os bancos oficiais e privados, exceto os empréstimos para gastos militares. O preço internacional do cobre despenca.

De Washington, o chanceler Henry Kissinger explica:

– *Não vejo por que deveríamos ficar de braços cruzados, contemplando como um país se faz comunista devido à irresponsa-bilidade de seu povo.*

(*138, 181* e *278*)

1971
Santiago do Chile

O Pato Donald

e seus sobrinhos difundem as virtudes da civilização de consumo entre os selvagens, em algum subdesenvolvido país com paisagens de cartão postal. Os sobrinhos de Donald oferecem bolhas de sabão aos estúpidos nativos, a troco de pedras de ouro puro, enquanto o tio Donald combate contra os foragidos revolucionários que alteram a ordem.

Do Chile, as historinhas de Walt Disney são difundidas pela América do Sul e entram na alma de milhões de crianças. O pato Donald não se pronuncia contra Allende e seus amigos subversivos, mas nem faz falta. O mundo de Disney é o simpático zoológico do capitalismo: patos, camundongos, cachorros, lobos e porquinhos cuidam dos negócios, compram, vendem, obedecem à publicidade, recebem créditos, pagam prestações, cobram dividendos, sonham com heranças e competem entre si para ter mais e ganhar mais.

(*139* e *287*)

1971
Santiago do Chile

"Disparem em Fidel",

ordenou a CIA a dois de seus agentes. Só servem para ocultar pistolas automáticas essas câmaras de televisão, que fazem como se filmassem, muito atarefadas, a visita de Fidel Castro a Santiago do Chile. Os agentes focalizam Fidel, o têm no centro da mira – mas nenhum dispara.

Faz já muito tempo – anos – que os especialistas da Divisão de Serviços Técnicos da CIA vêm imaginando atentados contra Fidel. Gastaram fortunas. Experimentaram com pílulas de cianureto no leite com chocolate e com certas infalíveis pilulazinhas que se dissolvem na cerveja ou no rum, e fulminam sem que a autópsia as delate. Também tentaram com bazucas e fuzis de mira telescópica e com uma bomba de plástico, de trinta quilos, que um agente devia pôr na sarjeta, debaixo do palanque. E usaram charutos envenenados. Prepararam para Fidel um charuto especial, que mata assim que toca nos lábios. Como não funcionou, tentaram com outro charuto, que provoca enjôo e afina a voz. Já que não conseguiram matá-lo, tentaram matar pelo menos seu prestígio: tentaram borrifar o microfone com um pó que, em pleno discurso, provoca uma irresistível tendência ao disparate e até prepararam uma poção depiladora, para que a barba caísse e ele ficasse pelado na frente da multidão.

(*109, 137* e *350*)

1972
Manágua

Nicarágua S/A

O turista chega ao país num avião ou num barco de Somoza e se hospeda num dos hotéis que Somoza tem na capital. O turista está cansado, e deita-se para dormir numa cama e num colchão fabricados por Somoza. Ao despertar, toma um café Presto, propriedade de Somoza, com leite das vacas de Somoza e açúcar vindo de uma de suas fazendas e refinado num de seus engenhos. Acende um fósforo da empresa Momotombo, de Somoza, e experimenta um cigarro da Tabacalera Nicaragüense, que Somoza possui em sociedade com a British-American Tobacco Company.

O turista sai à rua, troca dinheiro num banco de Somoza e na esquina compra o jornal somozista *Novedades*. Ler *Novedades* é uma impossível proeza, portanto atira o jornal no lixo que amanhã, ao amanhecer, será recolhido por um caminhão Mercedes importado por Somoza.

O turista sobe num ônibus da empresa Condor, de Somoza, que o levará até a boca do vulcão Masaya. Indo rumo ao penacho de fogo vai vendo, pela janela, os bairros de lata e charcos onde mal vive a baratíssima mão-de-obra usada por Somoza.

O turista regressa ao anoitecer. Bebe rum destilado por Somoza, com gelo da sua companhia Polar, e depois come carne de uma de suas vitelas, passada à faca num de seus matadouros, com arroz de um de seus arrozais e salada que tempera com azeite Corona, que é de Somoza e da United Brands.

Meia hora depois da meia-noite, explode o terremoto. Talvez o turista seja um dos doze mil mortos. Se não for parar numa vala comum, descansará em paz dentro de um ataúde da empresa funerária de Somoza, envolvido num sudário da tecelagem El Porvenir, que também é de Somoza.

(*10* e *102*)

1972
Manágua

O outro filho de Somoza

O relógio da catedral fica cravado, para sempre, na hora em que o terremoto desperta a cidade. O terremoto sacode Manágua e a destroça.

Frente à catástrofe, Tachito Somoza prova suas virtudes de estadista e empresário. Decreta que os pedreiros trabalharão sessenta horas semanais sem ganhar um centavo a mais e declara:

– *Esta é a revolução das oportunidades.*

Tachito, filho de Tacho Somoza, deslocou seu irmão Luís do trono da Nicarágua. Graduado em West Point, tem melhores unhas. À cabeça de uma voraz esquadrilha de primos de segundo grau e tios de terceiro, se lança sobre as ruínas: ele não fabricou o terremoto, mas cobra por ele.

A tragédia de meio milhão de pessoas sem casa é um esplêndido presente de Natal. Somoza trafica desaforadamente com escombros e terrenos; e como se fosse pouco vende nos Estados Unidos o sangue doado às vítimas pela Cruz Vermelha Internacional. Depois aprofunda este filão, descoberto graças às circunstâncias aziagas. Demonstrando mais iniciativa e espírito de empresa que o conde Drácula, Tachito Somoza funda uma sociedade anônima para comprar sangue barato na Nicarágua e vendê-lo caro no mercado norte-americano.

(*10* e *102*)

O pensamento vivo de Tachito Somoza

Não ostento meu dinheiro como símbolo de poder, mas como símbolo de fonte de trabalho para os nicaragüenses.

(*434*)

1972
Santiago do Chile

O Chile querendo nascer

Um milhão de pessoas desfila pelas ruas de Santiago, apoiando Salvador Allende e contra as múmias burguesas que fingem que estão vivas e fingem que são chilenas.

Povo em fogo, povo quebrando o costume de sofrer: em busca de si, o Chile recupera o cobre, o ferro, o salitre, os bancos, o comércio exterior e os monopólios industriais. Também é anunciada a próxima nacionalização dos telefones da ITT, pagando por eles o pouco que a ITT diz que valem em suas declarações de impostos.

(*278* e *449*)

1972
Santiago do Chile

Retrato de uma empresa multinacional

A ITT inventou uma máquina de raios infravermelhos para detectar guerrilheiros no escuro, mas não necessita dela para descobri-los no governo do Chile. Muito dinheiro a empresa está gastando contra o presidente Allende. A experiência recente ensina que vale a pena: os generais que agora mandam no Brasil devolveram à ITT, várias vezes multiplicados, os dólares investidos para derrubar o Presidente Goulart.

A ITT ganha muito mais que o Chile. Quatrocentos mil operários e funcionários trabalham para a empresa em setenta países. Em sua mesa da diretoria sentam-se homens que antes foram diretores da CIA e do Banco Mundial. A ITT se ocupa de vários negócios em todos os continentes: produz equipamentos eletrônicos e armas sofisticadas, organiza sistemas nacionais e internacionais de comunicação, participa dos vôos espaciais, empresta dinheiro, contrata seguros, explora bosques, oferece ao turismo automóveis e hotéis e fabrica telefones e ditadores.

(*138* e *407*)

1973
Santiago do Chile

A armadilha

Pela mala diplomática chegam as notas verdes que financiam greves e sabotagens e cataratas de mentiras. Os empresários paralisam o Chile, e lhe negam alimentos. Não há outro mercado além do mercado negro. As pessoas fazem longas filas em busca de um maço de cigarros ou de um quilo de açúcar; conseguir carne ou azeite requer um milagre da Virgem Maria Santíssima. A Democracia Cristã e o jornal *El Mercúrio* dizem pestes do governo e exigem aos gritos um golpe redentor, pois já é hora de acabar com essa tirania vermelha; outros jornais, revistas, rádios e canais de televisão fazem eco. O governo custa a se mover: juízes e parlamentares põem-lhe paus nas rodas, enquanto conspiram nos quartéis os chefes militares que Allende acredita leais.

Nestes tempos difíceis, os trabalhadores estão descobrindo os segredos da economia. Estão aprendendo que não é impossível produzir sem patrões, nem abastecer-se sem mercadores. Mas a multidão trabalhadora marcha sem armas, vazias as mãos, por este caminho de sua liberdade.

Do horizonte vêm uns quantos barcos de guerra dos Estados Unidos, e se exibem frente às costas chilenas. E o golpe militar, tão anunciado, ocorre.

(*181*, *278* e *449*)

1973
Santiago do Chile

Allende

Gosta da boa vida. Várias vezes disse que não tem madeira de apóstolo nem condições para mártir. Mas também disse que vale a pena morrer por tudo aquilo sem o qual não vale a pena viver.

Os generais alçados exigem sua renúncia. Oferecem a ele um avião para que abandone o Chile. Advertem que o palácio presidencial será bombardeado por terra e por ar.

Junto a um punhado de homens, Salvador Allende escuta as notícias. Os militares se apoderaram do país inteiro. Allende põe um capacete e prepara seu fuzil. Soa o estrondo das primeiras bombas. O presidente fala pelo rádio, pela última vez:

– *Eu não vou renunciar...*

(*449* e *466*)

1973
Santiago do Chile

"Irão se abrir as grandes alamedas", anuncia Salvador Allende em sua mensagem final

Eu não vou renunciar. Posto num transe histórico, pagarei com minha vida a lealdade do povo. E a todos digo que tenho certeza de que a semente que entregamos à consciência digna de milhares e milhares de chilenos não poderá ser ceifada definitivamente. Têm a força. Poderão avassalar-nos, mas não se detêm os processos sociais com o crime nem com a força. A história é nossa e é feita pelos povos.

Trabalhadores da minha pátria: tenho fé no Chile e em seu destino. Outros homens superarão este momento cinzento e amargo onde a traição pretende se impor. Sigam vocês sabendo que, muito mais cedo que tarde, de novo irão se abrir as grandes alamedas por onde passe o homem livre para construir uma sociedade melhor. Viva o Chile, viva o povo, viva os trabalhadores! Estas são minhas últimas palavras. Tenho a certeza de que meu sacrifício não será em vão.

1973
Santiago do Chile

A Reconquista do Chile

Uma grande nuvem se eleva do palácio em chamas. O presidente Allende morre em seu posto. Os militares matam milhares pelo Chile afora. O Registro Civil não anota os falecimentos, porque não cabem nos livros, mas o general Tomás Opazo Santander afirma que as vítimas somadas não chegam a mais do que 0,01% da população, o que não é um alto custo social, e o diretor da CIA, William Colby, explica em Washington que graças aos fuzilamentos o Chile está evitando uma guerra civil. A senhora Pinochet afirma que o pranto das mães redimirá o país.

Ocupa o poder, todo o poder, uma Junta Militar de quatro membros, formados na Escola das Américas, no Panamá. Lidera-os o general Augusto Pinochet, professor de Geopolítica. Soa música marcial sobre um fundo de explosões e rajadas de tiros: as rádios emitem decretos e proclamas que prometem mais sangue, enquanto o preço do cobre se triplica subitamente no mercado mundial.

O poeta Pablo Neruda, moribundo, pede notícias do terror. De quando em quando consegue dormir, e, dormindo, delira. A vigília e o sono são um único pesadelo. Desde que escutou pelo rádio as palavras de Salvador Allende, seu digno adeus, o poeta entrou em agonia.

(*278*, *442*, e *449*)

1973
Santiago do Chile

A casa de Allende

Antes do palácio presidencial, bombardearam a casa de Allende.

Atrás das bombas, os militares entraram aniquilando o que sobrava: a golpes de baioneta avançaram contra os quadros de Matta, Guayasamín e Portocarrero, e a golpes de machado arrebentaram os móveis.

Passou uma semana. A casa é um lixo. Braços e pernas de lata, das armaduras que enfeitavam a escadaria, jazem espalhados. No dormitório, um soldado ronca dormindo a sesta, rodeado de garrafas vazias.

Na sala ouvem-se queixas e soluços. Ali ainda está de pé, todo destrambelhado mas de pé, um grande sofá amarelo. No sofá, a cadela de Allende está parindo. Os cachorrinhos, ainda cegos, buscam seu calor e seu leite. Ela os lambe.

(*345*)

1973
Santiago do Chile

A casa de Neruda

No meio da devastação, em sua casa também despedaçada a golpes de machado, jaz Neruda, morto de câncer, morto de pena. Sua morte não era suficiente, por ser Neruda homem de muito sobreviver, e os militares assassinaram suas coisas: transformaram em lascas de madeira sua cama feliz e sua mesa feliz, estriparam seu colchão e queimaram seus livros, arrebentaram os lustres e suas garrafas coloridas, suas cerâmicas, seus quadros, seus caracóis. Arrancaram os ponteiros e o pêndulo do seu relógio de parede; e no retrato de sua mulher, cravaram uma baioneta num olho.

De sua casa arrasada, inundada de água e barro, o poeta parte para o cemitério. Parte escoltado por um cortejo de amigos íntimos, encabeçados por Matilde Urrutia. (Ele tinha dito a ela: *Foi tão belo viver quando você vivia.*)

Quarteirão após quarteirão, o cortejo cresce. De todas as esquinas somam-se pessoas, que se põem a caminhar apesar dos caminhões militares cheios de metralhadoras como pontas de um espinheiro, e de guardas e soldados que vão e vêm, em motocicletas e carros blindados, metendo ruído, metendo medo. Atrás de uma janela, uma mão saúda. No alto de um terraço, ondula um lenço. Hoje faz doze dias do golpe, doze dias de calar e morrer, e pela primeira vez ouve-se a Internacional no Chile, a Internacional sussurrada, gemida, soluçada mais que cantada, até que o cortejo se faz procissão e a procissão se faz manifestação, e o povo, que caminha contra o medo, desanda a cantar pelas ruas de Santiago a viva voz, com voz inteira, para acompanhar como se deve Neruda, o poeta, seu poeta, em sua viagem final.

(*314* e *442*)

1973
Miami

O SANTO DO CONSUMISMO CONTRA O DRAGÃO DO COMUNISMO

O banho de sangue do Chile provoca raiva e asco no mundo inteiro. Mas em Miami, não: uma jubilosa manifestação de cubanos exilados celebra o assassinato de Allende e de todos os outros.

Miami se transformou na cidade cubana mais populosa depois de Havana. A rua Oito é a Cuba que foi. Em Miami já se apagaram as ilusões de derrubar Fidel, mas circulando pela rua Oito qualquer um regressa aos bons tempos perdidos.

Ali mandam banqueiros e mafiosos, quem pensa é louco ou perigoso comunista e os negros não saíram de seu devido lugar. Até o silêncio é estridente. Fabricam-se almas de plástico e automóveis de carne e osso. Nos supermercados, as coisas compram as pessoas.

(207)

1973
Recife

ELOGIO DA HUMILHAÇÃO

Na capital do Nordeste brasileiro, Gilberto Freyre assiste à inauguração de um restaurante que se chama, como seu famoso livro, *Casa-grande e senzala*. Aqui celebra o escritor os quarenta anos da primeira edição da obra.

Estão disfarçados de escravos os garçons que servem as mesas. Decoram o ambiente uns quantos açoites, cepos, pelourinhos, correntes e argolas de ferro dependuradas nas paredes. Os convidados sentem que voltaram os bons tempos em que o negro servia o branco sem chiar, como o filho servia o pai, a mulher o marido, o civil o militar e a colônia a metrópole.

A ditadura do Brasil está fazendo o possível para que seja assim. Gilberto Freyre a aplaude.

(*170* e *306*)

1974

Brasília

Dez anos depois da reconquista do Brasil

A economia vai bem, muito bem. As pessoas, mal, muito mal. Dizem as estatísticas oficiais que a ditadura militar converteu o Brasil numa potência econômica, com alto índice de crescimento do produto interno bruto. Também dizem as estatísticas que a quantidade de brasileiros desnutridos passou de vinte e sete milhões a setenta e dois milhões, dos quais treze milhões estão tão vencidos pela fome que já não podem nem sair correndo.

(*371*, *377* e *378*)

1974

Rio de Janeiro

Chico

Esta ditadura machuca as pessoas e ofende a música. Chico Buarque, feito de música e de gente, canta contra o poder.

De cada três canções, a censura proíbe ou mutila duas. Dia sim e no outro também, a polícia política o submete a longos interrogatórios. Na entrada, revistam suas roupas. Na saída, Chico revista seus interiores, para ver se a polícia não lhe meteu um censor na alma ou não apreendeu sua alegria num momento de distração.

1974
Cidade da Guatemala

Vinte anos depois da reconquista da Guatemala

Em povoados e cidades vêem-se portas marcadas por cruzes de piche e nas margens dos caminhos há cabeças cravadas no alto de estacas. Para dar exemplo e advertência, transforma-se o crime em espetáculo público. As vítimas são despojadas de nome e de história: são arrojadas na boca de um vulcão ou no fundo do mar ou enterradas em valas comuns com a inscrição *NN*, que significa *Nom Nato*, que significa *Não Nascido*. Na maioria das vezes, o terrorismo de Estado atua sem uniforme. Chama-se, então, *La Mano, La Sombra, El Rayo, Ejército Secreto Anticomunista, Ordem de la Muerte, Escuadrón de la Muerte*.

O general Kjell Laugerud, recém-chegado à presidência por fraude nas eleições, se compromete a continuar aplicando na Guatemala as técnicas que o Pentágono tinha ensaiado no Vietnam. A Guatemala é o primeiro laboratório latino-americano da guerra suja.

(*450*)

1974
Selvas da Guatemala

O quetzal

sempre foi a alegria do ar na Guatemala. A mais resplandecente das aves continua servindo de símbolo a este país, embora apareça pouco ou nada nas altas selvas onde antes abundava. O quetzal está se extinguindo e, enquanto isso, multiplicam-se os urubus. O urubu, que tem bom nariz para farejar a morte de longe, completa a tarefa do exército: persegue os verdugos de aldeia em aldeia, voando em círculos ansiosos.

O urubu, vergonha do céu, substituirá o quetzal nas notas, no hino, na bandeira?

1974
Ixcán

Uma aula de educação política na Guatemala

Cheios de vermes e incertezas, os guerrilheiros atravessam a selva. Estas sombras famélicas estão há muitos dias caminhando no escuro, sob um teto de árvores fechadas ao sol. Como relógio, usam as vozes da espessura: anunciando o amanhecer canta o atalhacaminhos, lá do rio; no entardecer estala o escândalo dos louros e das araras; quando cai a noite, chiam os *pizotes* e tossem os micos-leões. Desta vez, pela primeira vez em meses, os guerrilheiros escutam cantar um galo. Uma aldeia se aproxima.

Nesta aldeia e nesta serra manda um latifundiário chamado o Tigre de Ixcán. Como todos os donos da terra, a lei o exime de responsabilidade criminal. Em suas fazendas existem forca, açoite e cepos. Quando a mão-de-obra local não é suficiente, o exército manda para ele índios de helicópteros, para desmontar a selva ou colher o café de graça.

Poucos viram o Tigre de Ixcán. Todos o temem. Muitos ele matou, muitos mandou matar.

Os guerrilheiros reúnem os índios e mostram: o Tigre, morto, parece um disfarce abandonado.

(336)

1974
Yoro

Chuva

No Chile viu muita morte. Seus queridos companheiros caíram fuzilados ou arrebentados a golpes de culatra ou pontapés. Juan Bustos, um dos assessores do presidente Allende, escapou por um fio.

Exilado em Honduras, Juan arrasta seus dias de maneira ruim. Dos que no Chile morreram, quantos morreram no seu lugar? De quem usurpa o ar que está respirando? Está assim há meses, de pena em pena, envergonhado por sobreviver, quando uma tarde as pernas o trazem a um povoado chamado Yoro, no centro e no fundo de Honduras.

Chega a Yoro porque sim, porque não, e em Yoro passa a noite debaixo de um teto qualquer. Muito de manhãzinha se levanta e se põe a andar pelas ruas de terra, sem vontade, pisando tristezas, olhando sem ver.

E de repente, a chuva o golpeia. É uma chuva violenta e Juan protege a cabeça. Mas imediatamente percebe que não é de água ou de granizo esta chuva prodigiosa. Loucas luzes de prata rebotam na terra e saltam pelos ares:

– *Chovem peixes*! – grita Juan, abanando os peixes vivos que despencam das nuvens e saltam e cintilam ao seu redor para que Juan nunca mais se atreva a maldizer o milagre de estar vivo e para que nunca mais se esqueça de que teve a sorte de nascer na América.

– *É sim* – diz-lhe um vizinho, tranqüilamente. – *Aqui, em Yoro, chovem peixes.*

1975
San Salvador

Miguel aos setenta

Cada dia da vida é o irrepetível acorde de uma música que debocha da morte. O perigoso Miguel passou dos limites e os donos de El Salvador decidem comprar um assassino para que a vida vá cantar noutro lugar.

O assassino tem um punhal escondido debaixo da camisa. Miguel está sentado, falando aos estudantes na universidade. Está dizendo a eles que os jovens têm que ocupar o lugar dos vovôs, e que é preciso que atuem, que se arrisquem, que façam coisas sem cacarejar como as galinhas cada vez que põem um ovo. O assassino abre caminho lentamente entre o público e vai indo até ficar nas costas de Miguel. Mas no instante em que ergue a lâmina, uma mulher dá um tremendo grito e Miguel se atira no chão e evita a punhalada.

E assim acontece o décimo segundo nascimento de Miguel Mármol, aos setenta anos de idade.

(222)

1975
San Salvador

Roque

Roque Dalton, aluno de Miguel Mármol nas artes da ressurreição, salvou-se duas vezes de morrer fuzilado. Uma vez se salvou porque o governo caiu e outra vez se salvou porque o que caiu foi o muro, graças a um terremoto. Também se salvou dos torturadores, que o deixaram arrebentado mas vivo, e dos policiais que o perseguiram a bala. E se salvou dos torcedores de futebol que o perseguiram a pedradas, e das fúrias de uma porca recém-parida e de numerosos maridos sedentos de vingança.

Poeta profundo e irreverente, Roque preferia se levar na piada do que se levar a sério, e assim salvou-se da grandiloqüência e da solenidade e de outras doenças que gravemente atingem a poesia política latino-americana.

Não se salva de seus companheiros. São seus próprios companheiros que o condenam, pelo delito da divergência. Tinha de vir do lado esta bala, a única bala capaz de encontrá-lo.

(127)

1975
Rio Amazonas

Paisagem tropical

Pelas águas do Amazonas o barco avança lentamente, numa viagem de nunca acabar entre Belém e Manaus. Quase nunca aparece uma choupana, na selva mascarada pelo emaranhado de cipós, e de vez em quando alguma criança nua saúda os navegantes com a mão. Na coberta repleta, alguém lê a Bíblia em voz alta, sonoros louvores a Deus, mas tem gente que prefere rir e cantar enquanto garrafas e cigarros passam de boca em boca. Uma cobra domesticada se enrosca nas cordas, roçando as peles de suas falecidas colegas que secam ao ar. O dono da cobra, sentado no chão, desafia os demais passageiros a um duelo de baralho.

Um jornalista suíço viaja neste barco. Está há horas observando um velho pobretão e ossudo, que passa o tempo inteiro abraçado a uma caixa de papelão, que não solta nem para dormir. Picado pela curiosidade, o suíço oferece cigarros, biscoitos e conversa, mas o velho é um homem sem vício, de pouco comer e nenhuma prosa.

Na metade do caminho, na metade da selva, o velho desembarca. O suíço o ajuda a descer a grande caixa de papelão e então, entreabrindo a tampa, espia: dentro da caixa, embrulhada em papel celofane, há uma palmeira de plástico.

(*264*)

1975
Rio Amazonas

Este é o rio pai de mil rios,

o rio mais caudaloso do mundo, e a selva brotada de seu hálito é o último pulmão do planeta. À Amazônia acudiram aventureiros e cobiçosos desde os antigos tempos em que os primeiros europeus que por aqui andaram descobriram índios com os pés ao contrário, que em vez de caminhar descaminhavam sobre estas terras prometedoras de prodigiosa fortuna.

Desde então, na Amazônia qualquer negócio se abre com uma matança de índios. Num escritório com ar-condicionado, em São Paulo, Nova Iorque ou onde for, um executivo de uma empresa assina um cheque e dá a ordem de extermínio. A tarefa começa limpando a selva de índios e outras feras.

Dão aos índios de presente açúcar ou sal misturados com venenos para rato, ou bombardeiam-nos do ar, ou sangram-nos pendurados pelos pés, sem se dar ao trabalho de esfolá-los porque ninguém compraria a pele.

Completam a tarefa os desfolhantes da Dow Chemical, que arrasaram os bosques do Vietnam e agora arrasam os do Brasil. As tartarugas, cegas, perambulam por onde houve árvores.

(*55*, *65*, *67* e *375*)

1975
Ribeirão Bonito

Um dia de justiça

Grandes como países são as terras das empresas pecuárias lançadas na conquista da Amazônia. Os generais brasileiros perdoam-lhes os impostos, abrem estradas para elas e lhes dão créditos e autorização para matar.

As empresas usam os camponeses esfarrapados que os rios e a miséria trazem do Nordeste: camponeses matam índios, e são mortos; usurpam a terra dos índios, e são usurpados. São desalojados pelas vacas cuja carne jamais provarão.

Quando a estrada chega ao povoado de Ribeirão Bonito, os policiais começam a expulsão. Os camponeses que se negam são convencidos na cadeia, moídos a pau ou com agulhas cravadas debaixo das unhas. O padre João Bosco Burnier chega à aldeia, entra na cadeia, pergunta pelos torturados. Um policial responde a ele estourando seus miolos.

No dia seguinte, as mulheres encabeçam a fúria. Carminha, Naide, Margarida, erguem uma cruz imensa. Atrás delas, seiscentos camponeses empunham machados, picaretas, pás, o que for. O povoado inteiro avança cantando em coro, grandiosa voz de vozes; e onde estava a cadeia fica um lixinho.

(*65* e *375*)

1975

Huayanay

OUTRO DIA DE JUSTIÇA

A comunidade de Huayanay, nos Andes do Peru, estava há alguns anos sofrendo horrores por causa de Matias Escobar. Muito mal tinha feito o malandro, ladrão de cabras e de mulheres, incendiador e assassino, quando a comunidade agarrou-o, julgou-o, sentenciou-o e executou-o. Morreu Matias de duzentos e trinta golpes, na Praça de Armas da aldeia: cada membro da comunidade deu seu golpe, e depois houve duzentas e trinta e duas impressões digitais assinando a confissão.

Ninguém deu a menor atenção ao decreto do general Velasco Alvarado, que dava ao quechua categoria de idioma oficial. O quechua não é ensinado nas escolas nem aceito nos tribunais. Em incompreensível língua castelhana, um juiz interroga vários índios de Huayanay, presos em Lima. Pergunta a eles quem matou Matias Escobar, como se não soubesse.

(*203*)

1975

Cuzco

CONDORI MEDE O TEMPO NOS PÃES

Trabalha feito mula de carga. Ao cantar do primeiro galo já lhe atiram nas costas a primeira carga, no mercado ou na estação, e até a noite anda pelas ruas de Cuzco carregando o que vier, a troco das moedas que queiram jogar para ele. Esmagado debaixo do peso dos pacotes ou dos anos, roupa em farrapos, homem em farrapos, Gregorio Condori trabalha e recorda enquanto as costas e a memória agüentarem sua fodida carga.

Desde que teve ossos duros, foi pastor e peregrino, lavrador e soldado. Em Urcos esteve preso nove meses, por aceitar o convite para tomar uma sopinha feita com carne de vaca roubada. Em Sicuani viu um trem pela primeira vez, cobra negra que jorrava fogo pela cabeça, e anos depois caiu de joelhos quando um avião atravessou o céu feito condor anunciando aos gritos roucos o fim do mundo.

Condori recorda em pães a história do Peru:

– *Quando cinco grandes pães de puro trigo custavam um real, e três pães meio real, Odría tomou a presidência de Bustamante.*

E veio outro que arrebatou o poder de Odría, e outro que tomou de outro, e outro, e finalmente Velasco expulsou Belaúnde. E agora, quem expulsará Velasco? Condori ouvia dizer que Velasco está a favor dos pobres.

(*111*)

1975
Lima

Velasco

Um galo desafina. Os pássaros famintos bicam grãos secos. Revoam aves negras sobre ninhos alheios. Não foi expulso, mas vai-se embora: doente, mutilado, desanimado, o general Juan Velasco Alvarado abandona a presidência do Peru.

O Peru que ele deixa é menos injusto que o que havia encontrado. Ele se bateu contra os monopólios imperiais e os senhores feudais, e quis que os índios deixassem de ser desterrados na sua própria terra.

Os índios, agüentadores como a palha brava, continuam esperando que chegue seu dia. Por decreto de Velasco, a língua *quechua* tem agora os mesmos direitos que a língua espanhola, e é tão oficial como ela; mas nenhum funcionário reconhece esse decreto, nem ele é aplicado por nenhum juiz, nenhum policial, nenhum professor. A Academia de Língua Quechua recebe um subsídio do Estado. Esse subsídio equivale a seis dólares e setenta e cinco centavos *por ano*.

1975
Lima

Os retratos de Huamanga

Em Lima se indignam os artistas de cavalete, os acadêmicos e também os da vanguarda. Foi dado o Prêmio Nacional de Arte a Joaquim López Antay, retabulista de Huamanga, e isso é um escândalo. O artesanato não é ruim, dizem os artistas peruanos, sempre que não saia de seu lugar.

Os retábulos de Huamanga, que começaram sendo altares portáteis, foram mudando de personagens com o passar do tempo. Os santos e os apóstolos cederam seu lugar à ovelha que dá de mamar ao cordeiro, e ao condor que vigia o mundo, ao lavrador e ao pastor, ao patrão castigador, ao chapeleiro em seu ateliê e ao cantador que acaricia, triste, seu cavaquinho.

López Antay, o intruso nos seletos céus da Arte, aprendeu de sua avó índia o ofício dos retábulos. Ela ensinou-o a modelar santos, há mais de meio século; e agora o olha fazer, sentada, tranqüila, lá da morte.

(*31* e *258*)

As molas de San Blas

As índias cunas fazem as *molas*, nas ilhas de San Blas, no Panamá, para exibi-las pregadas nas costas ou no peito. Com fio e agulha, talento e paciência, vão combinando retalhos de panos. Coloridos em desenhos que jamais se repetem. As vezes imitam a realidade; às vezes a inventam. E às vezes acontece que elas querendo copiar, só copiar, algum pássaro que viram, se põem a recortar e costurar, ponto após ponto, e terminam descobrindo algo mais colorido e cantor e voadeiro que qualquer um dos pássaros do céu.

Os amates do rio Balsas

Antes das chuvas, no tempo da lua nova, arranca-se a casca da árvore de *amate*. A árvore, despida, morre. Sobre sua pele os índios mexicanos do rio Balsas pintam flores e delírios, radiantes aves do monte e monstros prestes a atacar, e pintam os trabalhos e os dias das comunidades que em devota procissão saúdam a Virgem e em secreta cerimônia chamam a chuva.

Antes da conquista européia, outros índios tinham pintado, em cascas de amate, os códigos que contavam a vida das gentes e das estrelas. Quando os conquistadores impuseram seu papel e suas imagens, os *amates* desapareceram. Durante mais de quatro séculos, ninguém pintou nada nestes proibidos papéis da terra mexicana. Há pouco, em meados do nosso século, os *amates* voltaram:

– *Todo o povo é pintor. Todo, todos.*

A vida remota respira nos *amates*, que vêm de longe, de muito longe; mas não chegam cansados.

(57)

As bordadeiras de Santiago

As crianças, que dormem três na mesma cama, estendem seus braços na direção de uma vaca voadora. Papai Noel traz um saco de pão, e não de brinquedos. Aos pés de uma árvore, mendiga uma mulher. Debaixo do sol vermelho, um esqueleto conduz um caminhão de lixo. Pelos caminhos sem fim, andam homens sem rosto. Um olho imenso vigia. No centro do silêncio e do medo, fumega um caldeirão popular.

O Chile é este mundo de trapos coloridos sobre um fundo de sacos de farinhas. Com sobras de lã e velhos farrapos bordam as bordadeiras, mulheres dos subúrbios miseráveis de Santiago. Bordam *arpilleras*, que são vendidas nas igrejas. Que exista quem as compre é coisa inacreditável. Elas se assombram:

– Nós bordamos nossos problemas, e nossos problemas são feios.

Primeiro foram as mulheres dos presos. Depois, muitas outras se puseram a bordar. Por dinheiro, que ajuda a remediar; mas não só pelo dinheiro. Bordando *arpilleras* as mulheres se juntam, interrompem a solidão e a tristeza e por umas horas quebram a rotina da obediência ao marido, ao pai, ao filho macho e ao general Pinochet.

Os diabinhos de Ocumicho

Como as *arpilleras* chilenas, nascem de mão de mulher os diabinhos de barro da aldeia mexicana de Ocumicho. Os diabinhos fazem amor, a dois ou em bando, e assim vão à escola, pilotam motos e aviões, entram de penetras na arca de Noé, se escondem entre os raios do sol amante da lua e se metem, disfarçando-se de recém-nascidos, nos presépios de Natal. Insinuam-se os diabinhos debaixo da mesa da Última Ceia, enquanto Jesus Cristo, cravado na cruz, come peixes do lago de Pátzcuaro junto a seus apóstolos índios. Comendo, Jesus Cristo ri de uma orelha a outra, como se tivesse descoberto que este mundo pode ser redimido pelo prazer mais que pela dor. Em casas sombrias, sem janelas, as alfaieiras de Ocumicho modelam estas figuras luminosas. Fazem uma arte livre as mulheres atadas a filhos incessantes, prisioneiras de maridos que se embebedam e as golpeiam. Condenadas à submissão, destinadas à tristeza, elas acreditam cada dia numa nova rebelião, uma alegria nova.

Sobre a propriedade privada do direito de criação

Os compradores das ceramistas de Ocumicho querem que elas assinem seus trabalhos. Elas usam sinete para gravar o nome ao pé de seus diabinhos. Mas muitas vezes esquecem de assinar, ou aplicam o sinete da vizinha se não encontram o seu, de maneira que Maria acaba sendo autora de uma obra de Nicolasa, ou vice-versa.

Elas não entendem este assunto de glória solitária. Dentro de sua comunidade de índios tarascos, uma é todas. Fora da comunidade, uma é nenhuma, como acontece ao dente que se solta da boca.

(*183*)

1975
Cabimas

Vargas

Pelas margens do lago de Maracaibo passou o petróleo e levou junto as cores. Neste lixeiro, sórdidas ruas, ar sujo, águas oleosas, vive e pinta Rafael Vargas.

Não cresce a grama em Cabimas, cidade morta, terra esvaziada, nem sobram peixes em suas águas, nem pássaros em seu ar, nem galos que alegrem suas madrugadas, mas nos quadros de Vargas o mundo está em festa, a terra respira a todo pulmão, estalam de frutas e flores as verdíssimas árvores e prodigiosos peixes e pássaros e galos se tratam de igual para igual com as pessoas.

Vargas quase não sabe ler nem escrever. Bem sabe, sim, ganhar a vida, como carpinteiro, e como pintor ganha a limpa luz de seus dias: vingança e profecia de quem não pinta a realidade que conhece e sim a realidade de que necessita.

1975
Salta

As alegres cores da mudança

Como num quadro do venezuelano Vargas, na província argentina de Salta as radiopatrulhas da polícia foram pintadas de amarelo e cor de laranja. Em vez de sirena levavam música e em vez de presos levavam crianças: as patrulhas andavam cheias de crianças que iam e vinham dos ranchos distantes para as escolas da cidade. As celas de castigo e as câmaras de tortura foram demolidas. A polícia desapareceu dos jogos de futebol e das manifestações operárias. Os torturados saíram em liberdade e foram presos os torturadores, oficiais especializados em arrebentar ossos a marteladas. Os cães policiais, que tinham sido o terror da população, passaram a dar sessões de acrobacia para divertir os bairros pobres.

Isto aconteceu há um par de anos, quando Rubén Fortuny foi chefe de polícia de Salta. Pouco durou Fortuny. Enquanto ele fazia o que fazia, outros homens como ele estavam cometendo loucuras parecidas em toda a Argentina e o país inteiro andava eufórico e efusivo.

Triste epílogo do governo peronista: morreu Perón, que tinha recuperado o poder, e após a sua morte os verdugos tornam a gozar de liberdade e emprego.

Fortuny é morto com um tiro na altura do coração. Depois seqüestram o governador que o havia nomeado, Miguel Ragone. De Ragone não deixam nada além de uma mancha de sangue e um sapato.

1975
Buenos Aires

Contra os filhos de Evita e de Marx

Mas povo adentro sopra, continua soprando, o perigoso vento da mudança. Os militares descobrem que por todas as partes aparece a ameaça da revolução social, e se dispõem a salvar a nação. Há quase meio século que vêm salvando a pátria; e nos cursos do Panamá, a Doutrina da Segurança Nacional confirmou-lhes que o inimigo não está fora e sim dentro e abaixo. Prepara-se o próximo golpe de Estado. O programa de purificação será aplicado *por todos os meios*: esta é uma guerra, a guerra contra os filhos de Evita e Marx, e na guerra a única coisa imoral é a ineficácia.

(*106*, *107* e *134*)

1976
Madri

Onetti

Não espera nenhuma mensagem enfiada em nenhuma garrafa jamais jogada a mar algum. Mas o desesperado Juan Carlos Onetti não está sozinho. Estaria sozinho, se não fossem os vizinhos da aldeia de Santa Maria, tristes como ele, por ele inventados para que o acompanhem.

Onetti vive em Madri desde que saiu da cadeia. Os militares que mandam no Uruguai o meteram preso, porque não gostaram de um conto que ele tinha premiado num concurso do qual fez parte do júri.

Com as mãos na nuca, o desterrado contempla as manchas de umidade do teto de seu quarto de Santa Maria ou Madri ou Montevidéu ou quem sabe onde. Às vezes se levanta e escreve gritos que parecem sussurros.

1976
San José

Um país despalavrado

O presidente Aparício Méndez declara que *o Partido Democrata dos Estados Unidos e a família Kennedy são os melhores sócios da sedição no Uruguai*. Um jornalista grava esta sensacional revelação, na presença do bispo da cidade de San José e de outras testemunhas.

Aparício Méndez é presidente por eleições nas quais votaram, no total, vinte e dois cidadãos: catorze generais, cinco brigadeiros e três almirantes. Os militares tinham proibido o presidente por eles eleito de falar com os jornalistas ou com quem quer que fosse, exceto sua mulher. Portanto, castigam o jornal que publica as declarações, suspendendo-o por dois dias; e o jornalista é despedido.

Antes de proibir a palavra ao presidente, os militares tinham proibido a palavra aos outros uruguaios. Não se pode mencionar nenhum dos milhares de políticos, sindicalistas, artistas e cientistas postos fora da lei. O termo *guerrilheiro* está oficialmente proibido, e em seu lugar deve-se dizer *meliante, réu, delinqüente ou malfeitor*. Os blocos de carnaval, de tradição respondona, sempre debochando do poder, não podem cantar as palavras *reforma agrária, soberania, fome, clandestino, pomba, verde, verão ou contracanto*. Tampouco podem cantar a palavra povo, mesmo querendo dizer *povoado*.

No reino do silêncio, a principal cadeia de presos políticos se chama Liberdade. Os presos isolados inventam códigos. Falam sem voz, batendo na parede com os nós dos dedos, de cela em cela, fazendo letras, fazendo palavras, para continuar se querendo e se xingando.

(*124* e *235*)

UM PRESO POLÍTICO URUGUAIO, MAURICIO ROSENCOF, DÁ SEU DEPOIMENTO

... É a luta do homem que resiste a ser transformado em vaca. Porque nos meteram numa vaquificadora, nos exigiam que em lugar de falar, mugíssemos. E esse é o ponto: como um preso é capaz de resistir, numa situação assim, à sua animalização? É um combate pela dignidade... Houve um companheiro que conseguiu um pedacinho de bambu, trabalhou à unha um furinho e criou uma flauta. E esse som torto e elementar é um balbucio de música...

(*394*)

1976
Libertad

PÁSSAROS PROIBIDOS

Os presos políticos uruguaios não podem falar sem licença, assoviar, sorrir, cantar, caminhar rápido nem cumprimentar outro preso.

Tampouco podem desenhar nem receber desenhos de mulheres grávidas, casais, borboletas, estrelas ou pássaros.

Didaskó Pérez, professor, torturado e preso *por ter idéias ideológicas*, recebe num domingo a visita de sua filha Milay, de cinco anos. A filha traz para ele um desenho de pássaros. Os censores o rasgam na entrada da cadeia.

No domingo seguinte, Milay traz para o pai um desenho de árvores. As árvores não estão proibidas, e o desenho passa. Didaskó elogia a obra e pergunta à filha o que são os pequenos círculos coloridos que aparecem nas copas das árvores, muitos pequenos círculos entre a ramagem:

– *São laranjas? Que frutas são?*

A menina o faz calar:

– *Shhhh.*

E em tom de segredo explica:

– *Bobo. Não está vendo que são olhos? Os olhos dos pássaros que eu trouxe escondidos para você.*

(204 e 459)

1976
Montevidéu

Setenta e cinco métodos de tortura,

alguns copiados, outros inventados pelos criativos militares uruguaios, castigam a solidariedade. No cárcere, na fossa ou no exílio vai parar quem duvide do direito de propriedade e do dever de obediência. O perigômetro classifica os cidadãos em três categorias: A, B e C, de acordo com uma tabela que indica quem é perigoso, potencialmente perigoso ou não-perigoso. Transformam-se os sindicatos em delegacias e se reduzem os salários pela metade. Quem pense ou tenha pensado perde o emprego. Nas escolas, nos liceus, na universidade, proíbe-se falar da reforma agrária de José Artigas, que foi a primeira da América, e de tudo que contradiga a ordem dos surdos-mudos. Novos textos obrigatórios impõem aos estudantes a pedagogia militar.

(235)

1976
Montevidéu

"É preciso obedecer", ensinam aos estudantes uruguaios os novos textos oficiais

A existência de partidos políticos não é essencial para uma Democracia. Temos o claro exemplo do Vaticano, onde não existem partidos políticos e mesmo assim existe uma real Democracia...

A igualdade da mulher, mal-interpretada, significa estimular seu sexo e sua intelectualidade e suplantar sua missão de mãe e esposa. Se bem que do ponto de vista jurídico o homem e a mulher sejam evidentemente iguais, não é assim do ponto de vista biológico. A mulher como tal está submetida a seu marido e lhe deve portanto obediência. É necessário que em toda sociedade exista um chefe que sirva de guia e a família é uma sociedade...

É necessário que uns obedeçam para que outros possam exercer o mando. Se ninguém obedecesse, seria impossível mandar...

(76)

1976
Montevidéu

Os reduzidores de cabeças

Dedicados à proibição da realidade e à queima da memória, os militares uruguaios bateram o recorde mundial de fechamento de publicações.

O semanário *Marcha*, de longa vida, já não existe. Um de seus redatores, Julio Castro, foi morto na tortura. Depois, morto sem cadáver, foi desaparecido. Os demais redatores foram condenados à prisão, ao desterro ou ao silêncio.

Hugo Alfaro, crítico de cinema condenado ao silêncio, vê uma noite um filme que o entusiasma. Nem bem termina corre para casa e bate à máquina umas tantas laudas, muito apressado porque é tarde e amanhã bem cedinho a oficina de *Marcha* fecha as páginas de espetáculo. Ao pôr o ponto final, Alfaro percebe, de repente, que *Marcha* não existe há dois anos. Envergonhado, deixa cair a crônica numa gaveta de sua escrivaninha.

Esta crítica escrita para ninguém comenta um filme de Joseph Losey sobre os tempos da ocupação nazista da França, que mostra como a máquina da repressão tritura os perseguidos e também os que acham que estão a salvo, os que sabem e os que preferem não saber.

Enquanto isso, na outra margem do rio da Prata, os militares argentinos dão seu golpe de Estado. Um dos chefes da ditadura, o general Ibérico Saint-Jean, anuncia:

– *Primeiro mataremos todos os subversivos. Depois mataremos os colaboradores. Depois, os simpatizantes. Depois, os indecisos. E, finalmente, mataremos os indiferentes.*

(13 e 106)

1976
La Perla

A TERCEIRA GUERRA MUNDIAL

Do alto de uma colina, montado em seu alazão, um gaúcho argentino olha. José Julián Solanille vê chegar uma longa caravana militar. Reconhece o general Menéndez, que viaja num Ford Falcon. Dos caminhões saem empurrados a golpes de fuzil muitos homens e mulheres. Estão encapuzados e têm as mãos amarradas nas costas. *O gaucho* vê que um dos encapuzados se põe a correr. Escuta os tiros. O fugitivo cai e se levanta e várias vezes se levanta antes de cair de uma vez. Quando começa o fuzilamento geral, e homens e mulheres despencam como bonequinhas, o *gaucho* esporeia seu cavalo e vai-se embora. Às suas costas cresce uma fumaça negra.

Este vale, entre as primeiras ondulações da serra de Córdoba, é um dos muitos depósitos de cadáveres. Quando chove ergue-se a fumaça dos poços, por causa da cal que jogam sobre os corpos.

Nesta guerra santa, as vítimas *desaparecem*. Quem não é engolido pela terra, é devorado pelos peixes do fundo do rio ou do mar. Muitos não cometeram outro delito além de figurar numa caderneta de endereços. Caminham rumo ao nada, rumo à bruma, rumo à morte, após o suplício nos quartéis. *Não há inocentes*, diz monsenhor Plaza, bispo de La Plata, e o general Camps acha que é justo liquidar cem suspeitos mesmo que apenas cinco desses cem sejam culpados. Culpados de terrorismo: *Terroristas*, explica o general Videla, *não são apenas os que põem bombas, mas também os que ativam com idéias contrárias à nossa civilização ocidental e cristã*. Esta é a vingança da derrota do Ocidente no Vietnam:

– *Estamos ganhando a terceira guerra mundial* – celebra o general Menéndez.

(*106*, *107* e *134*)

1976
Buenos Aires

A PIARA

Para uma prisioneira, grávida, dão a opção de escolher entre a violação e os choques elétricos. Ela escolhe os choques, mas após uma hora já não agüenta a dor. Então, é violada por todos. Enquanto a violam, cantam a Marcha Nupcial.

– *Assim é a guerra* – diz monsenhor Gracelli.

Carregam escapulário e comungam todos os domingos os homens que nos quartéis queimam seios com maçarico.

– *Acima de tudo, está Deus* – diz o general Videla.

Monsenhor Tortolo, presidente do Episcopado, compara o general Videla a Jesus Cristo e a ditadura militar à Páscoa da Ressurreição. Em nome do Santo Padre, o núncio Pio Laghi visita os campos de extermínio, exalta o amor dos militares por Deus, pela Pátria e pela Família e justifica o terrorismo de Estado porque a Civilização tem o direito de se defender.

(*106, 107* e *134*)

1976
La Plata

AGACHADA SOBRE SUAS RUÍNAS, UMA MULHER PROCURA

alguma coisa que não tenha sido destruída. As forças da ordem arrasaram a casa de Maria Isabel de Mariani e ela cavuca os restos em vão. O que não roubaram pulverizaram. Somente um disco, o Réquiem de Verdi, está intacto.

Maria Isabel quisera encontrar no redemoinho alguma lembrança de seus filhos e de sua neta, alguma foto ou brinquedo, livro ou cinzeiro ou o que fosse. Seus filhos, suspeitos de terem uma imprensa clandestina, foram assassinados a tiros de canhão. Sua neta de três meses, butim de guerra, foi dada ou vendida pelos oficiais.

É verão, e o cheiro da pólvora se mistura com o aroma das tílias que florescem. (O aroma das tílias será para sempre e sempre insuportável.) Maria Isabel não tem quem a acompanhe. Ela é mãe de subversivos. Os amigos atravessam a rua ou desviam o olhar. O telefone está mudo. Ninguém lhe diz nada, nem ao menos mentiras. Sem ajuda de ninguém, vai enfiando em caixas os cacos de sua casa aniquilada. Tarde da noite, põe as caixas na calçada.

De manhã, bem cedinho, os lixeiros apanham as caixas, uma por uma, suavemente, sem batê-las. Os lixeiros tratam as caixas com muito cuidado, como se soubessem que estão cheias de pedacinhos de vida quebrada. Oculta atrás da persiana, em silêncio, Maria Isabel agradece a eles esta carícia, que é a única que recebeu desde que começou a dor.

(317)

1976

Selva de Zinica

Carlos

criticava na frente, elogiava pelas costas.

Olhava feito galo bravo, por miopia e fanatismo, bruscos olhos azuis de quem via além dos outros, homem de tudo ou nada; mas as alegrias o faziam saltar como guri e quando dava ordens parecia que estava pedindo favores.

Carlos Fonseca Amador, chefe da revolução da Nicarágua, caiu lutando na selva.

Um coronel traz a notícia até a cela onde Tomás Borge está arrebentado pela tortura.

Juntos tinham andado muito caminho, Carlos e Tomás, desde os tempos em que Carlos vendia jornais e caramelos em Matagalpa; e juntos tinham fundado, em Tegucigalpa, a Frente Sandinista.

– *Morreu* – diz o coronel.

– *O senhor está enganado, coronel* – diz Tomás.

(58)

1977
Manágua

Tomás

Atado a uma argola, tiritando, todo encharcado de merda e sangue e vômito, Tomás Borge é um montinho de ossos quebrados e nervos despidos, um farrapo estendido no chão esperando o próximo turno de suplício.

Mas esse resto dele ainda pode navegar por secretos rios que o viajam além da dor e da loucura. Deixando-se ir chega à outra Nicarágua; e a vê.

Através do capuz que amassa sua cara inchada pelos golpes, a vê: conta as camas de cada hospital, as janelas de cada escola, as árvores de cada parque, e vê os adormecidos piscando, deslumbrados, os mortos de fome e os mortos de tudo que estão sendo acordados pelos sóis recém-nascidos de seu vôo.

(58)

1977
Arquipélago de Solentiname

Cardenal

As garças, que estão se olhando no espelho, erguem os bicos: já retomam as barcas dos pescadores, e atrás delas as tartarugas que vêm parir na praia.

Num barracão de madeira, Jesus como sentado na mesa dos pescadores. Come ovos de tartaruga e carne de bonitos recém-pescados, e come mandioca. A seiva, buscando-o, mete seus braços pelas janelas.

À glória deste Jesus escreve Ernesto Cardenal, o monge poeta de Solentiname. À sua glória canta o pássaro clarineiro, ave sem adornos, sempre voando entre pobres, que nas águas do lago refresca as asas. E à sua glória pintam os pescadores. Pintam quadros fulgurantes que anunciam o paraíso, todos irmãos, ninguém patrão, ninguém peão;

até que uma noite os pescadores que pintam o Paraíso decidem começar a fazê-lo e atravessam o lago e se lançam ao assalto do quartel de San Carlos.

Da escuridão, a coruja promete confusões:

– *Fô-dídu! Fôô-dídu!*

Muitos são mortos pela ditadura enquanto os buscadores do Paraíso caminham pelas montanhas e os vales e as ilhas da Nicarágua. *A massa se levanta, o grande pão se eleva...*

(6 e 77)

Omar Cabezas conta o luto da montanha pela morte de um guerrilheiro na Nicarágua

Eu nunca perdoei Tello por ter sido morto de um tiro, assim... Senti um grande medo, e foi como se tivesse entrado em medo também a montanha. Acalmou-se o vento da montanha e as árvores deixaram de balançar, nenhuma folha se movia, os pássaros deixaram de cantar. Tudo tornou-se tétrico esperando o momento em que chegassem e nos matassem todos.

E começamos a caminhar. Quando começamos a caminhar em ritmo de combate morro acima, foi como se sacudíssemos a montanha, como se a agarrássemos e disséssemos a ela: está bom, sacana, o que há com você?

Tello vivia com a montanha. Tenho certeza de que teve relações com ela, ela pariu os filhos de Tello; e quando Tello morre a montanha sente que já não tem nenhum compromisso, que o resto é bobagem... Mas quando vê a disposição de combate do grupo de homens marchando ali, em cima dela, no coração dela, percebe que deu vários foras, que não devia ter ficado calada naquela tarde em que Tello morreu, sente que Tello não é o fim do mundo, nem seu começo, embora tenha sido sua vida, embora tenha sido seu amante secreto, embora Tello tenha sido seu irmão, seu animal, sua pedra, embora Tello tenha sido seu rio... e que depois dele vínhamos nós que podíamos botar fogo no seu coração.

(73)

1977
Brasília

TESOURAS

Mais de mil intelectuais brasileiros assinam um manifesto contra a censura.

Em julho do ano passado, a ditadura militar impediu que o semanário *Movimento* publicasse a Declaração de Independência dos Estados Unidos, de 1776, porque nela se diz que o povo tem o direito e o dever de abolir os governos despóticos. Desde então, a censura proibiu, entre muitas outras coisas, o balé Bolshoi, por ser russo, as gravuras eróticas de Picasso, por serem eróticas, e o livro *História do Surrealismo*, porque um de seus capítulos exibe no título a palavra Revolução (Revolução na Poesia).

(*371*)

1977
Buenos Aires

WALSH

Envia uma carta e várias cópias. A carta original, à Junta Militar que governa a Argentina. As cópias, às agências estrangeiras de notícias. Ao completar um ano o golpe de Estado, está enviando algo como um memorial de ofensas, constância das infâmias cometidas por um regime *que só pode balbuciar o discurso da morte*. No pé da página, estampa a sua assinatura e o número de seu documento (Rodolfo Walsh, C. I. 2845022). Sai do Correio e caminha pouco antes de ser derrubado a tiros e ser levado ferido, sem regresso.

Sua palavra despida era escandalosa onde o medo manda. Sua despidora palavra era perigosa onde se dança a grande dança de máscaras.

(*461*)

1977
Rio Cuarto

Baixa dos livros queimados de Walsh e de outros autores

TENDO EM VISTA a medida disposta pela ex-Intervenção Militar desta Universidade Nacional em cumprimento de expressas ordens superiores, com referência a retirar da Área da Biblioteca toda a bibliografia de caráter dissociador, e que seu conteúdo transcrevia ideologias estranhas ao Ser Nacional Argentino, constituindo-se em fontes de alto doutrinamento marxista e subversivo, e

CONSIDERANDO: Que ao ter sido oportunamente incinerada a referida literatura, é procedente dar sua baixa do patrimônio desta Casa de Altos Estudos,

o Reitor da Universidade Nacional de Rio Cuarto

RESOLVE: Dar baixa do patrimônio da Universidade Nacional de Rio Cuarto (Área Biblioteca) de toda a bibliografia cujo detalhe se acrescenta. (Segue longa lista de livros de Rodolfo Walsh, Bertrand Russel, Wilhem Dilthey, Maurice Dobb, Karl Marx, Paulo Freire e outras).

(452)

1977
Buenos Aires

As Mães da Praça de Maio,

mulheres paridas por seus filhos, são o coro grego desta tragédia. Segurando as fotos de seus desaparecidos, dão voltas e voltas na pirâmide, em frente à rosada casa de governo, com a mesma obstinação com a qual peregrinaram por quartéis e delegacias e sacristias, secas de tanto chorar, desesperadas de tanto esperar os que estavam e já não estão, ou talvez, continuem estando, quem sabe?

– Acordo e sinto que está vivo! – diz uma, dizem todas. – Vou-me esvaziando enquanto avança a manhã. Morre ao meio-dia.

Ressuscita de tarde. Então torno a acreditar que chegará e de noite caio dormindo sem esperança. Acordo e sinto que está vivo...

São chamadas de *loucas*. Normalmente não se fala delas. Normalizada a situação, o dólar está barato e certa gente também. Os poetas loucos vão para a morte e os poetas normais beijam a espada e cometem elogios e silêncios. Com toda normalidade o ministro de Economia caça leões e girafas nas selvas africanas e os generais caçam trabalhadores nos subúrbios de Buenos Aires. Novas normas de linguagem obrigam a imprensa a chamar a ditadura militar de Processo de Reorganização Nacional.

(*106* e *107*)

1977
Buenos Aires

Alicia Moreau

Às vezes exagera na fé, e anuncia a revolução social de maneira não lá muito realista, ou se lança publicamente em fúrias contra o poder militar e o Papa. Mas, o que seria das mães da Praça de Maio sem o entusiasmo desta moça? Ela não deixa que as mães desmoronem, quando parecem vencidas por tanto silêncio e deboche:

– *Sempre se pode fazer alguma coisa* – diz a elas. – *Unidas. Cada uma por seu lado, não. Vamos... Temos que...*

E recolhe o bastão e é a primeira a se mover.

Alicia Moreau está fazendo cem anos. Está na luta desde os tempos em que os socialistas não bebiam nada além de água nem cantavam outra coisa que não fosse a Internacional. Desde então ocorreram maravilhas e traições em quantidade, muitos nasceres, muitos morreres, e apesar de todos os pesares ela continua acreditando que acreditar vale a pena. Alicia Moreau está airosa e briosa como no começo do século, quando discursava nos bairros operários de Buenos Aires, de pé sobre um caixote, entre bandeiras vermelhas, e atravessava a cordilheira dos Andes em lombo de mula, apressando o passo para não chegar tarde ao congresso feminista.

(*221*)

1977
Buenos Aires

Retrato de um artista do dinheiro

O ministro de Economia da ditadura argentina, José Alfredo Martínez de Hoz, é um devoto da empresa privada. Nela pensa nos domingos, quando se ajoelha na missa, e também nos dias de semana, quando dá aulas na Escola Militar. Mesmo assim, o ministro se livra da empresa privada que dirige. Generosamente a cede ao Estado, que paga dez vezes o que ela vale.

Os generais transformam o país num quartel. O ministro o transforma num cassino. Cai sobre a Argentina um dilúvio de dólares e coisas. É a hora dos verdugos, mas também dos pilantras e malabaristas: os generais mandam calar e obedecer enquanto o ministro manda especular e consumir. O que trabalha é um otário; o que protesta, um cadáver. Para reduzir os salários à metade e reduzir a nada os operários rebeldes, o ministro suborna com dinheiro doce a classe média, que viaja a Miami e volta carregada de montanhas de aparelhos e aparelhinhos e besteiras e besteirinhas. Frente à cotidiana matança, os panacas remediados levantam os ombros:

– *Alguma coisa fizeram. Não foi à toa.*

Ou assoviam olhando para o outro lado:

– *Melhor não se meter. Problema seu, meu caro.*

(*143*)

1977
Caracas

O êxodo dos intrusos

Falou o profeta num café da rua Real de Sábana Grande, em Caracas: um extraterrestre de olhos chamejantes apareceu por um momento e anunciou que certo domingo de agosto o mar em fúria partiria as montanhas e aniquilaria a cidade.

Os bispos, os bruxos, os astrônomos e os astrólogos disseram e repetiram que não havia por que se preocupar, mas não puderam evitar que o pânico crescesse feito bola de neve rodando pelos bairros de Caracas.

Ontem foi o domingo apontado. O presidente da República ordenou à polícia que cuidasse da cidade. Mais de um milhão de caraquenhos fugiram em disparada, com seus trastes nas costas. Ficaram em Caracas mais automóveis que pessoas.

E hoje, segunda-feira, começam a regressar os fugitivos. O mar está onde estava, as montanhas também. No vale, Caracas continua sendo. A capital do petróleo recupera seus apavorados habitantes. Eles entram como que pedindo desculpas, porque sabem que sobram. Este é um mundo de rodas, não de pernas. Caracas pertence aos prepotentes automóveis, e não às pessoínhas que às vezes se atrevem atravessar as ruas incomodando as máquinas. O que seria dessas pessoínhas, condenadas a viver em cidade alheia, se Maria Lionza não as protegesse e se José Gregorio não as curasse?

(*135*)

Maria Lionza

Suas tetas se erguem em pleno centro de Caracas e reinam, nuas, sobre a vertigem. Em Caracas, e na Venezuela inteira, Maria Lionza é deusa.

Seu palácio, invisível, está longe da capital, numa montanha na serra da Sorte. As rochas dessa montanha foram amantes de Maria Lionza, homens que pagaram uma noite de abraços transformando-se em pedras que respiram.

Simón Bolívar e Jesús de Nazaré trabalham para ela em seu santuário. Também a ajudam três secretários: um negro, um índio e um branco. Eles atendem seus fiéis, que chegam carregados de oferendas de frutas, flores, perfumes e roupas íntimas.

Maria Lionza, bravia mulher, temida e desejada por Deus e pelo Diabo, tem os poderes do céu e do inferno: pode provocar a felicidade ou a infelicidade; salva se quiser, e, se quiser, fulmina.

(*190* e *346*)

José Gregório

É casto de absoluta castidade o secretário branco de Maria Lionza. O doutor José Gregório Hernández não cedeu jamais às tentações da carne. Todas as mulheres que chegaram perto dele com atitude insinuante foram parar no convento, arrependidas, banhadas em lágrimas. Invicto acabou seus dias, em 1919, o virtuoso Médico dos Pobres, o Apóstolo da Medicina, quando seu nunca maculado corpo foi esmagado sem clemência por um dos dois ou três automóveis que naqueles tempos felizes percorriam Caracas com passo de tartaruga. Depois da morte, as mãos milagrosas de José Gregório continuaram receitando remédios e operando enfermos.

No santuário de Maria Lionza, José Gregório cuida dos assuntos da saúde pública. Nunca deixou de acudir, do Além, ao chamado dos sofredores, o único santo de gravata e chapéu que no mundo existiu.

(*363*)

1977
Graceland

Elvis

Sua maneira de sacudir a perna esquerda arrancava uivos das multidões. Seus lábios, seus olhos e suas costeletas eram órgãos sexuais.

Elvis Presley, destronado rei do rock, é agora um balão flácido estendido na cama, com o olhar flutuando na frente de seis telas de televisão. Os televisores, suspensos no teto, estão ligados ao mesmo tempo, em canais diferentes. Entre um sonho e outro, sempre mais adormecido que acordado, Elvis brinca de disparar pistolas descarregadas, clique, clique, contra as imagens de que não gosta. A bola de banha de seu corpo cobre uma alma feita de codeína, morfina, valium, seconal, piacidyl, quaalude, nembutal, vaimid, demerol, elavil, aventyl, carbrital, sinutab e amytal.

(*197* e *409*)

1978
San Salvador

ROMERO

O arcebispo oferece uma cadeira. Marianela prefere falar em pé. Sempre vem pelos outros; mas desta vez, Marianela vem por ela. Marianela García Vilas, advogada dos torturados e dos desaparecidos de El Salvador, não vem desta vez em busca da solidariedade do arcebispo para alguma das vítimas de D'Aubuisson, o Capitão Tocha, que tortura com maçarico, ou de algum outro militar especializado no horror. Marianela não vem pedir ajuda para nenhuma investigação ou denúncia. Desta vez, tem algo pessoal para dizer ao arcebispo. Com toda suavidade, conta que os policiais a seqüestraram, amarraram, golpearam, humilharam, despiram – e que a violentaram. Conta sem lágrimas nem sobressaltos, com sua calma de sempre, mas o arcebispo Arnulfo Romero jamais havia escutado estas vibrações de ódio na voz de Marianela, ecos do asco, chamados da vingança; e, quando Marianela se cala, o arcebispo, atônito, cala também.

Depois de muito silêncio, ele começa a dizer a ela que a Igreja não odeia nem tem inimigos, que toda infâmia e todo antideus formam também parte da ordem divina, que também os criminosos são nossos irmãos e que por eles deve rezar, que deve perdoar seus perseguidores, que deve aceitar a dor, que deve... e de repente, o arcebispo Romero se interrompe.

Baixa o olhar, afunda a cabeça entre as mãos. Move a cabeça, negando, e diz:

– *Não, não quero saber.*

(*259* e *301*)

1978
San Salvador

A REVELAÇÃO

– *Não quero saber* – diz, e sua voz se quebra.

O arcebispo Romero, que sempre dá consolo e amparo, está chorando feito criança sem mãe e sem casa. Está duvidando o arcebispo Romero, que sempre dá certeza, a tranqüilizadora certeza de um Deus neutro que a todos compreende e a todos abraça.

Romero está chorando e duvidando e Marianela acaricia sua cabeça.

(*259* e *301*)

1978
La Paz

CINCO MULHERES

– *O inimigo principal, qual é? A ditadura militar? A burguesia boliviana? O imperialismo? Não, companheiros. Eu quero dizer só isso: nosso inimigo principal é o medo. Temos medo por dentro.*

Só isso disse Domitila na mina de estanho de Catavi e então veio para a capital com outras quatro mulheres e uma vintena de filhos. No Natal começaram a greve de fome. Ninguém acreditou nelas. Vários acharam que esta piada era boa:

– *Quer dizer que cinco mulheres vão derrubar a ditadura?*

O sacerdote Luis Espinal é o primeiro a se somar. Num minuto já são mil e quinhentos os que passam fome na Bolívia inteira, de propósito. As cinco mulheres, acostumadas à fome desde que nasceram, chamam a água de *frango* ou *peru*, de costeleta o sal, e o riso as alimenta. Multiplicam-se enquanto isso os grevistas de fome, três mil, dez mil, até que são incontáveis os bolivianos que deixam de comer e deixam de trabalhar e vinte e três dias depois do começo da greve de fome o povo se rebela e invade as ruas e já não há como parar isto.

As cinco mulheres derrubam a ditadura militar.

(*1*)

1978
Manágua

"O Chiqueiro",

assim o povo nicaragüense chama o Palácio Nacional. No primeiro andar deste pretensioso partenon discursam os senadores. No segundo, os deputados.

Num meio-dia de agosto, um punhado de guerrilheiros comandados por Edén Pastora e Dora Maria Téllez assalta o chiqueiro e em três minutos se apodera de todos os legisladores de Somoza. Para recuperá-los, Somoza só tem um remédio: libertar os sandinistas presos. O povo ovaciona os sandinistas ao longo do longo caminho ao aeroporto.

Este vai sendo um ano de guerra contínua. Somoza o inaugurou mandando matar o jornalista Pedro Joaquín Chamorro. Então o povo em fúria incendiou várias empresas do ditador. As chamas arrasaram a próspera Plasmaféresis S.A., que exportava sangue nicaragüense aos Estados Unidos; e o povo jurou que não descansará até enterrar o vampiro, em algum lugar mais escuro que a noite, com uma estaca cravada no coração.

(*10* e *460*)

O pensamento vivo de Tachito Somoza

Eu sou empresário, mas humilde.

(*434*)

1978
Cidade do Panamá

Torrijos

Diz o general Torrijos que não quer entrar na História. Quer entrar apenas na zona do canal, que os Estados Unidos usurpam do Panamá desde princípios do século. Por isso está percorrendo o mundo a torto e a direito, país por país, governo por governo, de tribuna em tribuna. Quando o acusam de servir a Moscou ou a Havana, Torrijos ri às gargalhadas: diz que cada povo tem sua própria aspirina para sua própria dor de cabeça e que ele se dá melhor com os castristas que com os castrados.

Finalmente, caem as cercas de arame. Os Estados Unidos, empurrados pelo mundo inteiro, assinam um tratado que restitui ao Panamá, por etapas, o canal e a zona proibida.

– *Melhor assim* – diz Torrijos, com alívio. Evitaram-lhe a desagradável tarefa de mandar pelos ares o canal com todas as suas instalações.

(*154*)

1979
Madri

As intrusas perturbam uma tranqüila digestão do corpo de Deus

Numa grande igreja de Madri, com missa especial se celebra o aniversário da independência argentina. Diplomatas, empresários e militares foram convidados pelo general Leandro Anaya, embaixador da ditadura que lá longe está trabalhando para garantir a herança da pátria, da fé e das demais propriedades.

Belas luzes caem dos vitrais sobre os rostos e os vestuários das senhoras e dos senhores. Em domingos como este, Deus é digno de confiança. Muito de vez em quando alguma tossinha decora o silêncio enquanto o sacerdote vai cumprindo o ritual: imperturbável silêncio da eternidade, eternidade dos eleitos do Senhor.

Chega o momento da comunhão. Rodeado de guarda-costas, o embaixador argentino se aproxima do altar. Ajoelha-se, fecha os olhos, abre a boca. Mas já se desdobram os lenços brancos, já os lenços brancos estão cobrindo as cabeças das mulheres que avançam pela nave central e pelas naves laterais: as Mães da Praça de Maio caminham suavemente, algodoado tumor, até rodear os guarda-costas que rodeiam o embaixador. Então olham fixamente para ele. Simplesmente, olham com olhar fixo para ele. O embaixador abre os olhos, olha aquelas mulheres todas que estão olhando para ele sem piscar e engole saliva, enquanto se paralisa no ar a mão do sacerdote com a hóstia entre os dedos.

A igreja inteira está cheia delas. De repente no templo já não há santos nem mercadores, não há nada além de uma multidão de mulheres não convidadas, negras vestes, brancos lenços, todas caladas, todas de pé.

(*173*)

1979
Paris

Darcy

A Sorbonne outorga o título de doutor *honoris causa* a Darcy Ribeiro. Ele aceita, diz, pelo mérito de seus fracassos.

Darcy fracassou como antropólogo, porque os índios do Brasil continuam condenados à aniquilação. Fracassou como reitor de uma universidade que ele queria que fosse transformadora da realidade. Fracassou como ministro de Educação, num país que multiplica analfabetos. Fracassou como membro de um governo que tentou fazer a reforma agrária e controlar o canibalesco capital estrangeiro. Fracassou como escritor que sonhou em proibir que a história se repita.

Estes são seus fracassos. Estas são suas dignidades.

(*376*)

1979
Nova Iorque

O banqueiro Rockefeller felicita o ditador Videla

Sua Excelência Jorge Rafael Videla
Presidente da República Argentina
Buenos Aires, Argentina.
Querido senhor Presidente:

Agradeço muito que tenha conseguido tempo para me receber durante minha recente visita à Argentina Não tendo estado aí durante sete anos, foi alentador ver quantos progressos fez seu governo durante os últimos três anos, no controle do terrorismo e no fortalecimento da economia. Felicito-o pelo que conseguiu e desejo todos os êxitos para o futuro.

O Chase Manhattan Bank está muito satisfeito por ter presença na Argentina, por intermédio do Banco Argentino de Comércio, e esperamos que nos anos vindouros possamos desempenhar um crescente papel apoiando o desenvolvimento de seu país.

Com meus protestos de consideração. Sinceramente,

David Rockefeller

(384)

1979
Siuna

Retrato de um trabalhador da Nicarágua

José Villarreina, casado, três filhos. Mineiro da empresa norte-americana Rosario Mines, que há setenta anos derrubou o presidente Zelaya. Desde 1952, Villarreina escava ouro nos socavões de Siuna; mas seus pulmões não estão ainda totalmente apodrecidos.

À uma e meia da tarde do dia 3 de julho de 1979, Villarreina surge por uma das chaminés do socavão e um vagão de minério arranca-lhe a cabeça. Trinta e cinco minutos depois, a empresa comunica ao morto que, de acordo com o disposto nos artigos 18, 115 e 119 do Código de Trabalho, está despedido por não ter cumprido o contrato de trabalho.

(362)

1979
Na Nicarágua inteira

Corcoveia a terra

mais que em todos os terremotos juntos. Os aviões sobrevoam a selva imensa arrojando *napalm* e bombardeiam as cidades ouriçadas de barricadas e trincheiras. Os sandinistas se apoderam de León, Masaya, Jinotega, Chinandega, Estelí, Carazo, Jinotepe...

Enquanto Somoza espera um empréstimo de 65 milhões de dólares, que conta com a aprovação do Fundo Monetário Internacional, em toda a Nicarágua luta-se árvore a árvore e casa a casa. Disfarçados atrás de máscaras ou lenços, os garotos atacam com fuzis ou facões ou pás ou pedras ou o que for; e se o fuzil não é de verdade, o de brinquedo serve para impressionar.

Em Masaya, que em língua índia significa *cidade que arde*, o povo, sábio em pirotécnica, converte os tubos de água em canhões de morteiros e também inventa a bomba de contato, sem mecha, que explode quando alguém a toca. No meio do tiroteiro caminham as velhinhas carregando grandes sacolas cheias de bombas, e vão distribuindo-as como quem distribui pão.

(*10, 238, 239* e *320*)

1979

Na Nicarágua inteira

Que ninguém fique sozinho,

que ninguém se perca, que está armada a zorra, arrebentou a merda, o grande corre-corre, o povo altivo lutando no peito contra tanques e blindados, caminhões e aviões, rifles e metralhadoras, todo mundo na bagunça, daqui ninguém se manda, sagrada guerra minha e tua e não guerrinha de rifa e racha, povo fera, arsenal caseiro, lutando na raça, se você não se matar matando vai morrer morrendo, que mano a mano é o jeito, todos com tudo, sendo povo.

(*10*, *238* e *239*)

Da agenda de Tachito Somoza

1979

July 12, Thursday

Love

1979

Manágua

"É preciso estimular o turismo",

ordena o ditador enquanto ardem os bairros orientais de Manágua, incendiados pelos aviões.

Do *bunker*, grande útero de aço e cimento, Somoza governa. Ali não se escuta o troar das bombas, nem os uivos das pessoas, nem nada que perturbe o perfeito silêncio; dali nada se vê e nada se cheira. No *bunker* vive Somoza há tempos, em pleno centro de Manágua, mas infinitamente longe da Nicarágua; e no *bunker* se reúne, agora, com Fausto Amador.

Fausto Amador, pai de Carlos Fonseca Amador, é o administrador geral do homem mais rico da América Central. O filho, fundador da Frente Sandinista, entendia de pátria; o pai, de patrimônio.

Rodeados de espelhos e de flores de plástico, sentados na frente de um computador, Somoza e Fausto Amador organizam a liquidação dos negócios e a limpeza total da Nicarágua.

Depois, Somoza declara pelo telefone:

– *Nem vou, nem me vão.*

(*10*, *320* e *460*)

1979
Manágua

O NETO DE SOMOZA

Vai, o fazem ir. Na alvorada, Somoza sobe no avião rumo a Miami. Nestes últimos dias os Estados Unidos o abandonaram, mas ele não abandonou os Estados Unidos:

– *Em meu coração, eu sempre serei parte dessa grande nação.*

Somoza leva de Manágua os lingotes de ouro do Banco Central, oito papagaios coloridos e os ataúdes de seu pai e de seu irmão. Também leva, vivo, o príncipe herdeiro.

Anastasio Somoza Portocarrero, neto do fundador da dinastia, é um corpulento militar que aprendeu as artes do comando e do bom governo nos Estados Unidos. Na Nicarágua fundou e dirigiu, até hoje, a Escola de Treinamento Básico de Infantaria, um juvenil corpo de exército especializado no interrogatório de prisioneiros e famoso por suas habilidades: armados de alicate e colher, estes rapazes sabem arrancar unhas sem quebrar as raízes e sabem arrancar olhos sem machucar as pálpebras.

A estirpe dos Somoza caminha para o desterro enquanto Augusto César Sandino passeia pela Nicarágua inteira, debaixo de uma chuva de flores, meio século depois de seu fuzilamento. Ficou louco este país: o chumbo flutua, a cortiça afunda, os mortos fogem do cemitério e as mulheres da cozinha.

(*10*, *322* e *460*)

1979
Granada

As comandantes

Às suas costas, um abismo. À sua frente e aos lados, o povo armado acossando. O quartel A Pólvora, na cidade de Granada, último reduto da ditadura, está a ponto de cair.

Quando o coronel fica sabendo da fuga de Somoza, manda calar as metralhadoras. Os sandinistas também deixam de disparar.

Pouco depois abre-se o portão de ferro do quartel e aparece o coronel agitando um trapo branco.

– *Não disparem!*

O coronel atravessa a rua.

– *Quero falar com o comandante.*

Cai o lenço que lhe cobre a cara:

– *A comandante sou eu* – diz Mônica Baltodano, uma das mulheres sandinistas com comando de tropa.

– *O quê?*

Pela boca do coronel, macho altivo, fala a instituição militar, vencida mas digna, hombridade de calças compridas, honra da farda:

– *Eu não me rendo a uma mulher*! – ruge o coronel.

E se rende.

1979
Na Nicarágua inteira

Nascendo

Tem poucas horas de idade a Nicarágua recém-nascida dos escombros, verdor novinho entre as ruínas do saqueio e da guerra; e a cantora luz do primeiro dia da Criação alegra o ar que cheira a queimado.

1979
Santiago do Chile

Obstinada fé

O general Pinochet estampa a sua assinatura ao pé de um decreto-lei que impõe a propriedade privada aos índios mapuches. O governo oferece dinheiro, arames e sementes a quem aceitar parcelar suas comunidades por bem. Se não aceitarem por bem, adverte o governo, aceitarão por mal.

Pinochet não é o primeiro a acreditar que a cobiça está na natureza humana e que esta é a vontade de Deus. Algum tempo antes, o conquistador Pedro de Valdívia tinha tentado romper as comunidades indígenas do Chile. Desde então, arrebataram tudo dos índios: a sangue e fogo, tudo: a terra, o idioma, a religião, os costumes. Mas os índios, encurralados em suas últimas comarcas, condenados à última miséria, exaustos de tanta guerra e tanto engano, persistem em acreditar que o mundo é uma moradia compartilhada.

1979
Chajul

Outra aula de educação política na Guatemala

Patrocínio Menchú, índio maia-quichê, nascido na aldeia de Chimel, tinha defendido junto a seus pais as terras da comunidade acossada. De seus pais tinha aprendido a caminhar nas alturas sem se desbarrancar, a cumprimentar o sol segundo o costume antigo, a despir e fecundar a terra e a se arriscar por ela.

Agora, ele é um dos presos que os caminhões militares trouxeram à aldeia de Chajul, para que o povo veja. Rigoberta, sua irmã, reconhece-o, embora ele esteja inchado pelos golpes e jorre sangue pelos olhos e pela boca sem língua e pelos dedos sem unhas.

Quinhentos soldados, índios eles também, índios de outras regiões, vigiam a cerimônia. O povoado inteiro de Chajul, formado em círculo, é obrigado a olhar; e nela cresce, como em todos, uma calada, uma molhada maldição. O capitão mostra os corpos nus, esfolados, mutilados, ainda vivos, e diz que estes são os cubanos que vieram fazer alvoroço na Guatemala. Exibindo com todos os detalhes os castigos que cada um mereceu, grita o capitão:

– *Olhem bem o que espera pelos guerrilheiros!*

Depois empapa os presos com gasolina e os incendeia.

Patrocínio Menchú ainda era milho verde. Fazia apenas dezesseis anos que tinha sido semeado.

(72)

Os maias semeiam cada criança que nasce

No alto das montanhas, os índios da Guatemala enterram o umbigo e apresentam a criança frente ao avô-vulcão, à mãe-terra, ao pai-sol, à avó-lua e frente a todos os poderosos avós, e lhes pedem que dêem proteção ao recém-nascido contra o dano e o erro:

– *Frente à chuva que nos rega e frente ao vento que é testemunha de nós, nós, que somos parte de vocês, semeamos este novo filho, este novo companheiro, neste lugar...*

1980
La Paz

A cocacracia

O general Luis García Meza, autor do golpe de Estado número 189 em um século e meio de história da Bolívia, anuncia que implantará uma economia livre, como no Chile, e que fará desaparecer os extremistas, como na Argentina.

Com García Meza, os traficantes de cocaína se apoderam do Estado. Seu novo ministro do Interior, o coronel Luis Arce Gómez, divide suas horas e fervores entre o contrabando de drogas e a chefatura da Seção Boliviana da Liga Mundial Anticomunista. Não descansará, diz, jamais descansará, *até extirpar o câncer do marxismo.*

O governo militar estréia assassinando Marcelo Quiroga Santa Cruz, o inimigo da Gulf Oil e seus quarenta ladrões, implacável denunciador das sujeiras escondidas.

(*157* e *257*)

1980
Santa Ana de Yacuma

Retrato de um empresário moderno

Dispara balas e subornos. No cinto carrega pistola de ouro e sorriso de ouro na boca. Seus guarda-costas usam metralhadoras com mira telescópica. Tem doze aviões de combate, com mísseis e tudo, e trinta aviões de carga que a cada amanhecer decolam da selva levando pasta básica de cocaína. Roberto Suárez, primo e colega do novo ministro do Interior, exporta uma tonelada por mês.

– *Minha filosofia* – diz – *é fazer o bem.*

Diz que o dinheiro que entregou aos militares da Bolívia bastaria para pagar a dívida externa do país.

Como bom empresário latino-americano, Suárez envia seus lucros para a Suíça, onde descansam ao amparo do segredo bancário.

Mas em Santa Ana de Yacuma, o povoado onde nasceu, pavimentou a rua principal, restaurou a igreja e obsequiou máquinas de costura às viúvas e às órfãs; e quando por lá aparece aposta milhares de dólares nos dados e nos galos.

Suárez é o mais importante capitalista de uma imensa empresa multinacional. Em suas mãos, a folha de coca sobe dez vezes de preço, para transformar-se em pasta e sair do país. Depois, por transformar-se em pó e chegar ao nariz que a inala, sobe de preço duzentas vezes. Como toda a matéria-prima de país pobre, a coca dá lucro aos intermediários, e principalmente aos intermediários do país rico que a consome transformada em cocaína, deusa branca.

(*157*, *257* e *439*)

é a mais cara das divindades.

Custa cinco vezes mais que o ouro. Nos Estados Unidos, dez milhões de devotos, ansiosos, inalantes, estão dispostos a matar e a se matar por ela. A cada ano jogam trinta bilhões de dólares aos pés de seu brilhante altar de neve pura. Ao longo do tempo, ela os aniquilará, e de saída lhes rouba a alma; mas a troco lhes oferece ser, por sua obra e graça, super-homens por um instante.

(*257* e *372*)

1980
Santa Marta

A MACONHA

Por cada dólar de sonhos que compra o fumador de maconha nos Estados Unidos, apenas um centavo chega às mãos dos camponeses bolivianos que a cultivam. Os outros noventa e nove vão parar com os traficantes, que na Colômbia possuem mil e quinhentos aeroportos, quinhentos aviões e cem barcos.

Nos arredores de Medellín ou de Santa Marta, os mafiosos da droga vivem em suntuosas mansões. Na frente dessas mansões costumam exibir, sobre um pedestal de granito, o aviãozinho do primeiro contrabando. Em berço de ouro balançam seus filhos, presenteiam unhas de ouro às suas amantes e no anel ou na gravata exibem diamantes discretos como refletores.

Os mafiosos têm o costume de exterminar-se a tiros entre si. Há quatro anos metralharam Lucho Barranquilla, o mais popular dos traficantes, numa esquina da cidade de Santa Marta. Os assassinos enviaram ao funeral uma coroa com forma de coração e anunciaram uma coleta para erguer-lhe uma estátua na praça principal.

(*95* e *406*)

1980
Santa Marta

Santo Agatão

Lucho Barranquilla foi muito pranteado. Foi pranteado pelas crianças, que brincavam em seu parque de diversões, e pelas viúvas e os órfãos que protegia, e pelos policiais que comiam na sua mão, e por toda a cidade de Santa Marta, que vivia graças a suas doações e a seus empréstimos. E também por Santo Agatão.

Santo Agatão é o padroeiro dos bêbados. Nos domingos de carnaval, os bêbados de toda a costa colombiana acodem ao povoado de Mamatoco, nos arredores de Santa Marta; tiram Santo Agatão da igreja e o levam em procissão, cantando para ele canções sacanas e regando-o com aguardente, como ele gosta.

Mas os bêbados desfilam com um impostor de barba branca, vindo da Espanha. O verdadeiro Santo Agatão, que tinha cara de índio e chapéu de palha, foi seqüestrado há meio século por um padre antialcoólico, que fugiu com o santo debaixo da batina. Deus castigou esse padre com a lepra, e o sacristão que o acompanhava teve os olhos virados pelo avesso; mas Santo Agatão ficou escondido no distante povoado de Sucre.

Rumo ao povoado de Sucre viajou uma comitiva, por estes dias, para pedir-lhe que volte:

– *Desde que você foi embora* – dizem a ele – *não há mais milagres nem alegria.*

Santo Agatão diz que não. Diz que para Santa Marta não volta, porque foi lá que mataram seu amigo Lucho Barranquilla.

1980
Cidade da Guatemala

Noticiário

O general Romeo Lucas García, presidente da Guatemala, foi quem deu a ordem para incendiar a embaixada da Espanha, com todos seus ocupantes. Esta é uma das revelações de Elías Barahona, porta-voz oficial do Ministério do Interior, que convocou a imprensa depois de pedir asilo no Panamá.

Segundo Barahona, o general Lucas García é pessoalmente responsável pela morte de trinta e nove pessoas, estorricadas pelas bombas que a polícia atirou contra a embaixada da Espanha. Entre as vítimas havia vinte e sete dirigentes indígenas que tinham ocupado pacificamente a embaixada para denunciar as matanças na região do Quiché.

Barahona revelou também que o general Lucas García comanda os grupos paramilitares e parapoliciais, chamados Esquadrões da Morte, e participa na elaboração das listas de opositores condenados a desaparecer.

O ex-secretário de Imprensa do Ministério do Interior denunciou que na Guatemala está sendo aplicado um Programa de Pacificação e Erradicação do Comunismo, de 420 páginas, elaborado por especialistas dos Estados Unidos sobre a base da experiência da guerra do Vietnam.

No primeiro semestre de 1980 foram assassinados na Guatemala vinte e sete professores da Universidade, treze jornalistas e setenta dirigentes camponeses, na sua maioria indígenas. A repressão foi descarregada com particular intensidade sobre as comunidades índias da região de Quichê, onde foram descobertas grandes jazidas de petróleo.

(450)

1980
Uspantán

Rigoberta

Ela é uma índia maia-quichê, nascida na aldeia de Chimel, que colhe café e corta algodão nas plantações do litoral desde que aprendeu a caminhar. Nos algodoais viu cair seus dois irmãos, Nicolás e Felipe, os menorzinhos, e sua melhor amiga, ainda menina, todos sucessivamente fulminados pela fumigação de pesticidas.

No ano passado, na aldeia de Chajui, Rigoberta Menchú viu como o exército queimava vivo seu irmão Patrocínio. Pouco depois, na embaixada da Espanha, também seu pai foi queimado vivo junto com outros representantes das comunidades indígenas. Agora, em Uspantán, os soldados liquidaram sua mãe aos poucos, cortando-a em pedacinhos, depois de tê-la vestido com roupas de guerrilheiro.

Da comunidade de Chimel, onde Rigoberta nasceu, não sobrou ninguém vivo.

Rigoberta, que é cristã, aprendeu que o verdadeiro cristão perdoa seus perseguidores e reza pela alma de seus verdugos. Quando lhe golpeiam uma face, tinham-lhe ensinado, o verdadeiro cristão oferece a outra.

– *Eu já não tenho face para oferecer* – comprova Rigoberta.

(72)

1980
San Salvador

A oferenda

Até alguns anos, só se entendia com Deus. Agora fala com todos e por todos. Cada filho do povo atormentado pelos poderosos é o filho de Deus crucificado; e no povo Deus ressuscita depois de cada crime que os poderosos cometem. Monsenhor Romero, arcebispo de El Salvador, audaz, temerário, nada tem a ver agora com aquele titubeante pastor de almas que os poderosos aplaudiam. Agora o povo explode em ovações nas suas homilias que acusam o terrorismo de Estado.

Ontem, domingo, o arcebispo aconselhou os policiais e os soldados a desobedecer a ordem de matar seus irmãos camponeses. Em nome de Cristo, Romero disse ao povo salvadorenho: *Levanta-te e anda.*

Hoje, segunda-feira, o assassino chega à igreja escoltado por duas radiopatrulhas. Entra e espera, escondido atrás de uma coluna.

Romero está celebrando missa. Quando abre os braços e oferece o pão e o vinho, corpo e sangue do povo, o assassino aperta o gatilho.

(*259* e *301*)

1980
Montevidéu

Povo que diz não

A ditadura do Uruguai convoca um plebiscito e perde.

Parecia mudo este povo obrigado a se calar; mas abre a boca e diz não. Clamoroso havia sido o silêncio destes anos, que os militares tinham confundido com resignação. Eles não esperavam uma resposta dessas. Afinal, perguntaram só por perguntar, como um cozinheiro que manda que as galinhas digam com que molho desejam ser comidas.

1980
Na Nicarágua inteira

Andando

A revolução sandinista não fuzila ninguém; mas do exército de Somoza não sobra nem a banda de música. Às mãos de todos passam os fuzis, enquanto se desencadeia a reforma agrária nos campos desolados.

Um imenso exército de voluntários, armados de lápis e de vacinas, invade seu próprio país. Revolução, revelação, dos que crêem e criam: não infalíveis deuses de majestoso andar e sim pessoínhas simples, durante séculos obrigadas a obedecer e treinadas para a impotência. Agora, aos tropeços, se põem a caminhar. Vão em busca do pão e da palavra: esta terra, que abriu a boca, está ansiosa para comer e dizer.

1980
Assunção do Paraguai

Stroessner

Tachito Somoza, destronado, desterrado, voa pelos ares numa esquina de Assunção.

– *Quem foi?* – perguntam os jornalistas em Manágua.

– *Fuenteovejuna* – responde o comandante Tomás Borge.

Tachito tinha encontrado refúgio na capital do Paraguai, a única cidade do mundo onde ainda existe um busto de bronze de seu pai, Tacho Somoza, e onde uma rua se chama, ainda, Generalíssimo Franco.

O Paraguai, ou o pouco do Paraguai que sobrou depois de muita guerra e despojo, pertence ao general Alfredo Stroessner. A cada cinco anos confirma seu poder, por eleições, este veterano colega de Somoza e Franco: para que se possa votar nele, suspende, por vinte e quatro horas, o eterno estado de sítio.

Stroessner acredita que é invulnerável porque não ama ninguém. O Estado é ele: todos os dias, às seis em ponto da tarde, chama o presidente do Banco Central e pergunta:

– *Quanto faturamos hoje?*

1980
Na Nicarágua inteira

Descobrindo

Cavalgando, remando, caminhando, os brigadistas da alfabetização penetram nas mais escondidas comarcas da Nicarágua. À luz de candeeiros, ensinam a usar o lápis a quem não sabe usá-lo, para que nunca mais sejam enganados pelos vivaldinos.

Enquanto ensinam, os brigadistas compartilham a pouca comida, agacham-se debaixo das cargas e, na capina, esfolam as mãos partindo lenha e passam a noite estendidos no chão, aplaudindo mosquitos. Descobrem mel silvestre dentro das árvores e dentro das pessoas lendas e quadras e perdidas sabedorias; pouco a pouco vão conhecendo as secretas linguagens das ervas que alegram sabores e curam doenças e mordidas de serpente. Ensinando, os brigadistas aprendem toda maldição e maravilha deste país, seu país, habitado por sobreviventes: na Nicarágua, quem não morre de fome ou peste ou tiro, morre de rir.

(*11*)

1980
Nova Iorque

A Estátua da Liberdade parece mordida pela varíola

por causa dos gases venenosos que as fábricas jogam no céu e que as neves e as chuvas devolvem à terra. Cento e setenta lagos foram assassinados por esta chuva ácida no estado de Nova Iorque, mas o diretor do Escritório Federal de Administração e Orçamento diz que não vale a pena se preocupar, porque esses lagos somados representam apenas quatro por cento do total.

O mundo é uma pista de corrida. A natureza, um obstáculo. O mortífero hálito das chaminés deixou quatro mil lagos sem peixes nem plantas na província de Ontário, no Canadá.

– *Seria preciso pedir a Deus que começasse de novo* – diz um pescador.

1980
Nova Iorque

Lennon

Uma camisa, pendurada no varal, dá murros. Queixa-se o vento. Aos rugidos e gemidos da cidade se une o uivo de uma sirene que corre pelas ruas. Neste cujo dia caiu assassinado John Lennon, fundador de música, numa esquina de Manhattan.

Ele não queria ganhar nem matar. Não aceitava que o mundo fosse bolsa de valores nem quartel militar. Lennon estava à margem da pista: cantando ou assoviando com ar de distraído, via girar as rodas dos outros na incessante vertigem que vai e vem entre o manicômio e o matadouro.

1981
Surahammar

O exílio

Qual é a distância que separa um acampamento mineiro da Bolívia de uma cidade da Suécia? Quantas léguas, quantos séculos, quantos mundos?

Domitila, uma das cinco mulheres que derrubaram uma ditadura militar, foi condenada ao desterro por outra ditadura militar e veio parar, com seu marido mineiro e seus muitos filhos, nas neves do norte da Europa.

De onde faltava tudo até onde sobra tudo, da última miséria à primeira opulência: olhos de estupor nestas caras de barro: aqui na Suécia são jogados no lixo televisores quase novos, roupas pouco usadas e móveis e geladeiras e fogões e lavadoras de pratos que funcionam perfeitamente. Vão para o cemitério automóveis penúltimo modelo.

Domitila agradece a solidariedade dos suecos e admira sua liberdade, mas o desperdício a ofende. A solidão, em compensação, lhe dá pena: pobres pessoas ricas solitárias frente ao televisor, bebendo sozinhas, comendo sozinhas, falando sozinhas:

– *Nós* – conta, recomenda Domitila –, *nós, lá na Bolívia, nem que seja para brigar, nos juntamos.*

(1)

1981
Cantão Celica

"Falta de sorte, falha humana, mau tempo"

Um avião cai, no final de maio, e assim acaba Jaime Roldós, presidente do Equador. Alguns camponeses do lugar escutam que o avião explode, e o vêem em chamas antes de se desfazer.

Não se autoriza os médicos a examinar o cadáver. Não se tenta autópsia. Não aparece a caixa negra: dizem que o avião não tinha. Os tratores plainam o terreno do desastre. São apagadas as gravações das torres de controle de Quito, Guayaquil e Loja. Várias testemunhas morrem em sucessivos acidentes. O relatório da Força Aérea descarta de antemão qualquer atentado.

– *Fala de sorte, falha humana, mau tempo*. Mas o presidente Roldós estava defendendo o cobiçado petróleo do Equador, tinha restabelecido relações com a proibida Cuba e apoiava as malditas revoluções da Nicarágua, El Salvador e Palestina.

Dois meses depois, outro avião cai, no Panamá. *Falta de sorte, falha humana, mau tempo*. Desaparecem dois camponeses que tinham escutado o ruído do avião explodindo no ar. Omar Torrijos, culpado do resgate do canal do Panamá, sabia que não ia morrer de velho numa cama.

E quase em seguida, um helicóptero cai no Peru. *Falta de sorte, falha humana, mau tempo*. Desta vez a vitima é o comandante do exército peruano, general Rafael Hoyos Rubio, velho inimigo da Standard Oil e de outras sociedades internacionais de beneficência.

(*154* e *175*)

1982
Ilhas Geórgias do Sul

Retrato de um valente

As Mães da Praça de Maio o chamavam de *O Anjo*, por causa de sua loura cara de bebê. Estava há alguns meses trabalhando com as mães, sempre sorridente, sempre disposto a dar uma mão, quando uma tarde, na saída de uma reunião, os soldados agarraram várias das militantes mais ativas do movimento. Essas mães desapareceram, como seus filhos, e nunca mais se soube.

As mães seqüestradas tinham sido apontadas pelo Anjo, ou seja o tenente de fragata Alfredo Astiz, membro do Grupo de Tarefas 3.3.2 da Escola de Mecânica da Armada, de longa e destacada atuação nas câmaras de tormento.

O espião e torturador Astiz, agora tenente de navio, é o primeiro a se render frente aos ingleses na guerra das Malvinas. Rende-se sem disparar um único tiro.

(*107, 134, 143* e *388*)

1982

Ilhas Malvinas

A Guerra das Malvinas,

guerra pátria que por um instante uniu os argentinos pisadores e os argentinos pisados, culmina com a vitória do exército colonialista da Grã-Bretanha.

Não sofreram nenhum arranhãozinho os generais e coronéis argentinos que tinham prometido derramar até a última gota de sangue. Os que declararam a guerra não estiveram nela nem de visita. Para que a bandeira argentina ondulasse nestes gelos, causa justa em mãos injustas, os altos comandos enviaram ao matadouro os rapazinhos enganchados pelo serviço militar obrigatório, que mais morreram de frio que de bala.

Não lhes treme a mão: com mão firme assinam a rendição os violadores de mulheres amarradas, os verdugos de trabalhadores desarmados.

(*185*)

1982

Caminhos da Mancha

Mestre Trotamundos

está fazendo meio século de vida, muito longe do país onde nasceu. Numa aldeia castelã, frente a um dos moinhos que desafiaram Dom Quixote, Javier Villafañe, patriarca dos marioneteiros da América, celebra o aniversário de seu filho preferido. Para estar à altura da magna data, Javier decide casar-se com uma linda cigana que acaba de conhecer; e Mestre Trotamundos preside a cerimônia e o banquete com a melancólica dignidade que o caracteriza.

A vida inteira andaram juntos, marionetando pelos caminhos do mundo, doçuras e diabruras, Mestre Trotamundos e o peregrino Javier. Cada vez que Mestre Trotamundos cai doente, atacado por traças ou cupins, Javier cura as feridas com infinita paciência e depois vela seu sono.

No começo de cada sessão, frente à multidão de pequeninos que esperam, os dois tremem como se fosse a primeira vez.

1982

Estocolmo

O escritor Gabriel García Márquez recebe o Nobel e fala de nossas terras condenadas a cem anos de solidão

... Atrevo-me a pensar que é esta realidade descomunal, e não apenas a sua expressão literária, o que este ano mereceu a atenção da Academia Sueca de Letras. Uma realidade que não é a do papel, mas que vive conosco e determina cada instante de nossas incontáveis mortes cotidianas, e que sustenta um manancial de criação insaciável pleno de infelicidade e de beleza, do qual este colombiano errante e nostálgico não é mais que uma cifra assinalada pela sorte. Poetas e mendigos, músicos e profetas, guerreiros e malandros, todos criaturas daquela realidade desaforada, tivemos que pedir muito pouco à imaginação, porque o desafio maior para nós foi a insuficiência dos recursos convencionais para tornar acreditável nossa vida. Este é, amigos, o nó da nossa solidão.

... A interpretação de nossa realidade com esquemas alheios só contribui para fazer-nos cada vez mais desconhecidos, cada vez menos livres, cada vez mais solitários... Não: a violência e a dor desmesuradas de nossa história são o resultado de injustiças seculares e amarguras sem conta, e não de uma confabulação urdida a três mil léguas da nossa casa. Mas muitos dirigentes e pensadores europeus acreditaram nisso, com o infantilismo dos avós que se esqueceram das loucuras frutíferas de sua juventude, como se não fosse possível outro destino além de viver à mercê dos grandes donos do mundo. Este é, amigos, o tamanho da nossa solidão.

(*189*)

1983

Saint George's

A reconquista da ilha de Granada

A minúscula Granada, manchinha verde quase invisível na imensidão do mar do Caribe, sofre uma espetacular invasão dos *marines*. O presidente Ronald Reagan os envia para matar o socialismo. Os *marines* matam um morto. Alguns militares nativos, ambiciosos do poder, cuidaram de assassinar o socialismo, em nome do socialismo, poucos dias antes.

Atrás dos marines, desembarca o Secretário de Estado norte-americano, George Shultz. Em entrevista coletiva, declara:

– *À primeira vista percebi que esta ilha poderia ser um esplêndido negócio imobiliário.*

1983
La Bermuda

Marianela

Toda manhã, todo amanhecer, faziam fila. Eram parentes, amigos ou amores dos desaparecidos de El Salvador. Procuravam notícias ou vinham trazê-las; não tinham outro lugar onde perguntar ou dar depoimento. A porta da Comissão de Direitos Humanos estava sempre aberta; e também se podia entrar pelo buraco da última bomba na parede.

Desde que a guerrilha cresceu nos campos salvadorenhos, o exército já não usava cadeias. A comissão denunciava ao mundo: *Julho. aparecem decapitados quinze meninos menores de catorze anos que tinham sido detidos sob a acusação de terrorismo. Agosto: treze mil e quinhentos civis assassinados ou desaparecidos desde o começo do ano...*

Dos trabalhadores da comissão, Magdalena Enríquez, a que mais ria, foi a primeira a cair. Os soldados a atiraram, descarnada, na beira do mar. Depois foi a vez de Ramón Valladares, crivado no barro do caminho. Sobrava Marianela García Vilas:

– *Erva ruim não morre nunca* – dizia ela.

Liquidam-na perto da aldeia de La Bermuda, nas terras queimadas de Cuscatlán. Ela andava com sua máquina fotográfica e seu gravador, reunindo provas para denunciar que o exército joga fósforo branco contra os camponeses rebeldes.

(259)

1983
Santiago do Chile

Dez anos depois da reconquista do Chile

– *O senhor tem o direito de importar um camelo* – diz o ministro de Economia. Na tela do televisor, o ministro aconselha os chilenos a fazer uso da liberdade de comércio. No Chile, qualquer um pode decorar sua casa com um autêntico crocodilo africano e a democracia consiste em escolher entre um Chivas Regal e um Johnnie Walker rótulo preto.

Tudo é importado. De fora vêm as vassouras, os balanços de passarinho, o milho, a água do uísque; o pão *baguette* chega voando de Paris. A política econômica, importada dos Estados Unidos, obriga os chilenos a limitar-se a raspar as tripas de suas montanhas, em busca do cobre, e nada mais; nem um alfinete podem fabricar, porque são mais baratos os alfinetes da Coréia do Sul. Qualquer ato de criação atenta contra as leis do mercado, que é como dizer as leis do destino.

Dos Estados Unidos vêm também os programas de televisão, os automóveis, as metralhadoras e as flores de plástico. Nos bairros altos de Santiago não se pode caminhar sem tropeçar em computadores japoneses, videocassetes alemães, televisores holandeses, chocolates suíços, geléias inglesas, presuntos dinamarqueses, ternos de Taiwan, perfumes franceses, atuns espanhóis, azeites italianos...

Quem não consome não existe. O povo, que é usado e jogado fora, não existe, embora pague fiado a conta desta festa.

Os trabalhadores sem trabalho revolvem o lixo. Por todos os lados vêem-se cartazes que advertem: *Não há vagas. Não insista.*

Multiplicam-se por seis a dívida externa e a taxa de suicídios.

(*169* e *231*)

1983

Numa quebrada, entre Cabildo e Petorca

A TELEVISÃO

Os Escárate não tinham nada, até que Armando trouxe essa caixa em lombo de mula.

Armando Escárate tinha passado um ano inteiro fora de casa. Tinha trabalhado no mar, cozinhando para os pescadores, e também tinha trabalhado no povoado de La Ligua, fazendo o que houvesse para fazer e comendo restos, noite e dia trabalhando até juntar a alta pilha de dinheiro e pagar.

Quando Armando desceu da mula e abriu a caixa, a família ficou muda de susto. Ninguém tinha visto jamais nada parecido nestas comarcas da cordilheira chilena. De muito longe vinha gente, como em peregrinação, contemplar o televisor Sony, de doze polegadas, colorido, funcionando com a força gerada pela bateria de um caminhão.

Os Escárate não tinham nada. Agora continuam dormindo amontoados e vivendo mal do queijo que fazem, da lã que tecem e dos rebanhos de cabras que pastoreiam para o patrão da fazenda. Mas o televisor se ergue como um tótem no meio da casa, uma choça de barro com teto de pau, e nas telas a Coca-Cola lhes oferece chispas de vida e a Sprite, bolhas de juventude. Os cigarros Marlboro lhes dão virilidade. Os bombons Cadbury, comunicação humana. O cartão Visa, riqueza. Os perfumes Dior e as camisas Cardin, distinção. O vermute Cinzano, *status* social; o Martini, amor ardente. O leite artificial Nestlé lhes outorga vigor eterno e o automóvel Renault, uma nova maneira de viver.

(230)

1983
Buenos Aires

As avós detetives

Enquanto se desintegra a ditadura militar na Argentina, as Avós da Praça de Maio andam em busca dos netos perdidos. Esses bebês, aprisionados com seus pais ou nascidos em campos de concentração, foram repartidos como butim de guerra; e vários têm como pais os assassinos de seus pais. As avós investigam a partir do que houver, fotos, dados soltos, uma marca de nascimento, alguém que viu alguma coisa, e assim, abrindo passo a golpes de sagacidade e de guarda-chuva, já recuperaram alguns.

Tamara Arze, que desapareceu com um ano e meio de idade, não foi parar em mãos militares. Está numa aldeia suburbana, na casa da boa gente que a recolheu quando foi jogada por aí. A pedido da mãe, as avós empreendem a busca. Contavam com poucas pistas. Após um longo e complicado rastrear, a encontraram. Cada manhã, Tamara vende querosene num carro puxado por um cavalo, mas não se queixa da sorte; e a princípio não quer nem ouvir falar de sua mãe verdadeira. Muito aos pouquinhos as avós vão lhe explicando que ela é filha de Rosa, uma operária boliviana que jamais a abandonou. Que uma noite sua mãe foi capturada na saída da fábrica, em Buenos Aires...

(*317*)

1983

Lima

Tamara voa duas vezes

Rosa foi torturada, sob o controle de um médico que mandava parar, e violentada, e fuzilada com balas de festim. Passou oito anos presa, sem processo nem explicações, até que no ano passado a expulsaram da Argentina. Agora, no aeroporto de Lima, espera. Por cima dos Andes, sua filha Tamara vem voando rumo a ela.

Tamara viaja acompanhada por duas das avós que a encontraram. Devora tudo que servem no avião, sem deixar nem uma migalha de pão ou um grão de açúcar.

Em Lima, Rosa e Tamara se descobrem. Olham-se no espelho, juntas, e são idênticas: os mesmos olhos, a mesma boca, as mesmas pintas nos mesmos lugares.

Quando chega a noite, Rosa banha a filha. Ao deitá-la, sente um cheiro leitoso, adocicado; e torna a banhá-la. E outra vez. E por mais que esfregue o sabonete, não há maneira de tirar-lhe esse cheiro. É um cheiro raro... e de repente, Rosa recorda. Este é o cheiro dos bebês quando acabam de mamar: Tamara tem dez anos e nesta noite tem cheiro de recém-nascida.

(*317*)

1983
Buenos Aires

E SE O DESERTO FOSSE MAR, E A TERRA, CÉU?

Dão medo as Mães e as Avós da Praça de Maio. Porque, o que aconteceria ali se se fartassem de dar voltas na frente da Casa Rosada e começassem a assinar decretos de governo? E se os mendigos da escadaria da Catedral arrancassem do arcebispo a túnica e o barrete e se pusessem a lançar homilias do púlpito? E se os honestos palhaços dos circos se pusessem a dar ordens nos quartéis e aulas nas universidades? E se se pusessem? E se?

1983
Meseta do Pedimento

O TEATRO MEXICANO DOS SONHOS

Como todos os anos, os índios zapotecas chegam à meseta do Pedimento.

De um lado se vê o mar, e do outro, picos e precipícios.

Aqui se desatam os sonhos. Um homem ajoelhado se levanta e se mete no bosque: leva no braço uma noiva invisível. Alguém se move como lânguida medusa, navegando em barca de ar. Há quem desenhe no vento e há quem cavalgue, majestoso, arrastando um galho entre as pernas. As pedrinhas se transformam em grãos de milho e as bolotas das árvores, em ovos de galinha. Os velhos se fazem meninos e os meninos, gigantes; uma folha de árvore se transforma em espelho e devolve formoso rosto a quem a olhe.

O encanto se rompe se alguém não levar a sério este ensaio geral de vida.

(*418*)

1983

Rio Tuma

Realizando

Entre a dignidade e o desprezo andam zumbindo as balas na Nicarágua; e muitos têm a vida apagada pela guerra.

Este é um dos batalhões que lutam contra os invasores. Dos bairros mais pobres de Manágua vieram estes voluntários para as distantes planícies do rio Tuma.

Cada vez que cessa o barulho, Beto, o *profe*, contagia letras. O contágio ocorre quando algum miliciano pede a ele que escreva uma carta. Beto cumpre, e depois:

– *Esta é a última que eu escrevo para você. Ofereço algo melhor.*

Sebastián Fuertes, soldador de ferro do bairro El Maldito, homem de uns quantos anos e guerras e mulheres, é um dos que chegou perto e foi condenado à alfabetização. Está há poucos dias quebrando garranchos e rasgando papéis nos respiros do tiroteio, e agüentando com pé firme muita piada pesada, quando chega o primeiro de maio e seus companheiros o elegem para o discurso.

Num potreiro cheio de bosta e carrapatos, celebra-se o ato. Sebastián ergue-se sobre um caixote, tira do bolso um papelzinho dobrado e lê as primeiras palavras nascidas de sua mão. Lê de longe, esticando o braço, porque a vista não ajuda, e óculos, não tem:

– *Irmãos do batalhão 8221!*

1983

Manágua

Desafiando

Penachos de fumaça brotam das bocas dos vulcões e das bocas dos fuzis. Os camponeses vão para a guerra em lombo de burro, levando um papagaio no ombro. Deus era pintor primitivo quando imaginou esta terra de falar mansinho.

Os Estados Unidos, que treinam e pagam os *contras*, a condenam a morrer e a matar. De Honduras esta terra é atacada pelos somozistas; da Costa Rica, ela é traída por Edén Pastora.

E agora vem o Papa de Roma. O Papa amaldiçoa os sacerdotes que amam a Nicarágua mais que o alto céu e manda calar, com maus modos, os que lhe pedem que reze pelas almas dos patriotas assassinados. Depois de lutar com a católica multidão reunida na praça, vai-se embora, furioso, desta terra endemoninhada.

1983
Mérida

O povo põe Deus em pé

e o povo sabe que Deus necessita dele para ficar em pé no mundo.

Todos os anos o Menino Jesus nasce em Mérida e em outros lugares da Venezuela. Cantam os cantadores, ao som de violinos, bandolins e violões, enquanto os padrinhos colhem em amplo lenço o menino jogado no presépio, tarefa delicada, coisa séria, e o levam a passear.

Os padrinhos passeiam o menino pelas ruas. Seguem-no os reis e os pastores, e a multidão vai jogando flores e beijos. Depois de ter sido muito bem-vindo ao mundo, os padrinhos devolvem Jesus ao presépio onde ele está sendo esperado por Maria e por José. E ali o levantam.

Em nome da comunidade, os padrinhos levantam Jesus pela primeira vez, e erguido fica entre seus pais. Concluída a levantação, canta-se o rosário e se oferecem aos presentes biscoitinhos dos de antes, os de doze gemas, e um vinhozinho de mistela.

(463)

1983
Manágua

Noticiário

Uma mulher pariu uma galinha num bairro de Manágua, informa o diário nicaragüense *La Prensa*. Fontes ligadas à hierarquia eclesiástica não desmentem que este extraordinário acontecimento possa ser um sinal da cólera de Deus. A atitude da multidão congregada frente ao papa pode ter transbordado a paciência divina, consideram essas fontes.

Em 1981, tinham acontecido na Nicarágua outros dois milagres de ampla repercussão. A Virgem de Cuapa fez naquele ano uma espetacular aparição nos campos de Chontales. Descalça e coroada de estrelas, do centro de um resplendor que cegou as testemunhas, a Virgem formulou declarações a um sacristão chamado Bernardo. A Mãe de Deus manifestou seu apoio à política do presidente Reagan contra o sandinismo ateu e comunista.

Pouco depois, a Virgem da Conceição suou e chorou copiosamente durante vários dias numa casa de Manágua. O arcebispo, monsenhor Obando, compareceu ao altar e aconselhou os fiéis a orarem pedindo perdão à Puríssima. As emanações da Virgem da Conceição cessaram quando a polícia descobriu que os proprietários da imagem de gesso a mergulhavam na água e a trancavam na geladeira durante as noites, para que depois suasse e chorasse, exposta ao intenso calor ambiental, perante a romaria de devotos.

1984
Vaticano

O Santo Ofício da Inquisição

ostenta agora o nome mais discreto de Congregação para a Doutrina da Fé. Já não queima vivo nenhum herege, embora não falte vontade. Sua principal preocupação vem da América. Em nome do Santo Padre, os inquisidores convocam os teólogos latino-americanos

Leonardo Boff e Gustavo Gutiérrez, e no Vaticano os dois levam severa reprimenda por falta de respeito à Igreja do Medo.

A Igreja do Medo, opulenta empresa multinacional, devota da dor e da morte, está ansiosa para cravar na cruz qualquer filho de carpinteiro, desses que andam pelas costas da América sublevando pescadores e desafiando impérios.

1984
Londres

Os Reis Magos não acreditam nas crianças

O presidente dos Estados Unidos e os primeiros-ministros do Japão, Alemanha Federal, Inglaterra, França, Itália e Canadá, reunidos na Lancaster House, cumprimentam o organismo que garante a liberdade do dinheiro. Os sete grandes do mundo capitalista aplaudem por unanimidade *o trabalho do Fundo Monetário Internacional nos países em desenvolvimento.*

A felicitação não menciona os verdugos, torturados, inquisidores, carcereiros e alcagüetes, que são os funcionários do Fundo Monetário nesses *países em desenvolvimento.*

Sinfonia circular para países pobres, em seis movimentos sucessivos

Para que sejam os braços trabalhadores cada vez mais obedientes e baratos, os países pobres necessitam legiões de verdugos, torturadores, inquisidores, carcereiros e alcagüetes.

Para alimentar e armar essas legiões, os países pobres necessitam empréstimos dos países ricos.

Para pagar os juros desses empréstimos, os países pobres necessitam mais empréstimos.

Para pagar os juros dos empréstimos somados aos empréstimos, os países pobres necessitam aumentar as exportações.

Para aumentar as exportações, produtos malditos, preços condenados à queda perpétua, os países pobres necessitam baixar os custos de produção.

Para baixar os custos de produção, os países pobres necessitam braços trabalhadores cada vez mais obedientes e baratos.

Para que sejam os braços operários cada vez mais obedientes e baratos, os países pobres necessitam legiões de verdugos, torturadores, inquisidores...

1984
Washington

"1984"

O Departamento de Estado dos Estados Unidos decide suprimir a palavra *assassinato* de seus relatórios sobre violação de direitos humanos na América Latina e em outras regiões. No lugar de *assassinato*, deve-se dizer: *ilegal ou arbitrária privação da vida.*

Faz já algum tempo que a CIA evita a palavra *assassinar* em seus manuais de terrorismo prático. Quando a CIA mata ou manda matar um inimigo, não o assassina: o neutraliza.

O Departamento de Estado chama de *forças de paz* as forças de guerra que os Estados Unidos costumam desembarcar ao sul de suas fronteiras; e chama de lutadores da liberdade os que lutam pela restauração de seus negócios na Nicarágua.

(94)

1984
Washington

Somos todos reféns

A Nicarágua e outros países insolentes continuam sem tomar conhecimento da ordem que manda que a história não se mova, sob pena de explosão total do mundo:

– *Não vamos tolerar...* – adverte o presidente Reagan.

Por cima das nuvens, ameaçam os bombardeiros nucleares. Mais além, os satélites militares. Debaixo da terra e debaixo do mar, os mísseis. O mundo ainda gira porque as grandes potências dão licença. Uma bomba de plutônio do tamanho de uma laranja bastaria para fazer explodir o planeta inteiro, e uma boa descarga de radiações nucleares o transformaria num deserto habitado por baratas.

O presidente Reagan diz que São Lucas (Evangelho, 14.31) aconselha a multiplicar os gastos militares para enfrentar as hordas comunistas. Militariza-se a economia; as armas disparam dinheiro para comprar armas que disparam dinheiro; fabricam-se armas, hambúrgueres e medo. Não há melhor negócio que a venda de medo. O presidente anuncia, jubiloso, a militarização das estrelas.

(*430*)

1984

São Paulo

Vinte anos depois da reconquista do Brasil

O último presidente da ditadura militar, o general Figueiredo, deixa o governo aos civis.

Quando lhe perguntaram o que faria se fosse um operário que ganha salário mínimo, o general Figueiredo respondeu:

– *Daria um tiro na cabeça.*

O Brasil padece prosperidade famélica. Entre os países que vendem alimentos ao mundo, aparece em quarto lugar. Entre os países que sofrem fome no mundo, aparece em sexto. Agora o Brasil exporta armas e automóveis além de café, e produz mais aço que a França; mas os brasileiros medem menos e pesam menos que há vinte anos.

Milhões de crianças sem teto perambulam pelas ruas de São Paulo e das demais cidades, caçando comida. Os edifícios se transformam em fortalezas, os porteiros viram guardas armados. Todo cidadão é assaltado ou assaltante.

(*371*)

1984
Cidade da Guatemala

TRINTA ANOS DEPOIS DA RECONQUISTA DA GUATEMALA,

o Banco do Exército é o mais importante do país, depois do Bank of America. Os generais vão-se alternando no poder, derrubando-se uns aos outros, de ditadura em ditadura; mas todos aplicam a mesma política de terra arrasada contra os índios, culpados de habitar comarcas ricas em petróleo, níquel ou o que for.

Já não são estes os tempos da United Fruit, mas da Getty Oil, da Texaco ou da International Nickel Company. Os generais aniquilam muitas comunidades indígenas, depois expulsam muitas mais. Multidões de índios famintos, despojados de tudo, perambulam pelas serras. Vêm do horror, mas não vão rumo ao horror. Caminham lentamente, guiados pela antiga certeza de que alguma vez serão castigadas a cobiça e a soberba. Assim garantem as histórias que os velhos de milho contam aos meninos de milho quando chega a noite.

(*367* e *450*)

1984
Rio de Janeiro

DESANDANÇAS DA MEMÓRIA COLETIVA NA AMÉRICA LATINA

O contador público João David dos Santos deu um pulo de alegria quando conseguiu receber seus muitos salários atrasados. Não foi em dinheiro, mas conseguiu receber. Na falta de dinheiro, um centro de investigação em ciências sociais pagou-lhe com uma biblioteca completa, de nove mil livros e mais de cinco mil jornais e folhetos. A biblioteca era dedicada à história contemporânea do Brasil. Continha materiais muito valiosos sobre as ligas camponesas do Nordeste, os governos de Getúlio Vargas e muitos outros temas.

Então o contador Santos pôs a biblioteca à venda. Ofereceu-a aos organismos culturais, aos institutos de história, aos diversos ministérios. Nenhum tinha fundos. Tentou as universidades, oficiais e privadas, uma após outra. Não adiantou nada. Numa universidade deixou a biblioteca emprestada, por alguns meses, até que lhe exigiram que começasse a pagar aluguel. Depois tentou os particulares. Ninguém mostrou o menor interesse: a história nacional é enigma ou mentira ou bocejo.

O infeliz contador Santos sente um grande alívio quando finalmente consegue vender sua biblioteca à Fábrica de Papel Tijuca, que transforma todos esses livros e jornais e folhetos em papel higiênico colorido.

(371)

1984
Cidade do México

Contra o esquecimento,

que é a única morte que mata de verdade, Carlos Quijano escreveu tudo o que escreveu. Velho resmungão e brigão, tinha nascido em Montevidéu quando o século nasceu e vem a morrer no desterro, enquanto no Uruguai se desmorona a ditadura militar. Morre em plena tarefa, preparando uma nova edição mexicana de seu jornal *Marcha*.

Quijano celebrava as contradições. O que para outros era heresia, para ele era signo de vida. Denunciou o imperialismo, humilhador de nações e multidões, e anunciou que a América Latina está convocada a criar um socialismo digno da esperança dos profetas.

(356)

1984
Cidade do México

A ressurreição dos vivos

O povo mexicano tem o costume de comer a morte, esqueleto de açúcar ou chocolate escorrendo caramelo colorido, e além de comê-la, a canta e dança e bebe e dorme. Por debochar do poder e do dinheiro, às vezes o povo veste a morte com monóculo e casaca, dragonas e medalhas, mas o povo a prefere despida de toda roupagem, gostosona, de pilequinho, e com ela caminha de braços dados numa farra sem fim.

Dia dos Vivos deveria se chamar este Dia dos Mortos, embora pensando bem dá no mesmo, porque tudo o que vem vai e o que vai vem, e no final das contas o começo do que começa está sempre no fim do que finaliza.

– *Meu avô é tão pequenininho porque nasceu depois que eu* – diz um menino que sabe o que diz.

1984
Estelí

Acreditando

Elas dão de nascer. Têm como ofício o alumbramento. Com mão sabida endireitam a criança, quando vem mal, e transmitem à mãe força e paz.

Hoje estão em festa as parteiras dos povoados e montes de Estelí, na Nicarágua, perto da fronteira. Juntaram-se para celebrar algo que muito bem vale alegrias: faz um ano que não morre de tétano nenhum recém-nascido nesta região. As parteiras já não cortam os umbigos com facão, nem os queimam com sebos, nem os amarram sem desinfetar; e as grávidas recebem vacinas que vacinam a criança que vive dentro delas. Já por aqui ninguém crê que as vacinas sejam poções de bruxaria russa para tornar comunistas os cristãos; e ninguém mais, ou quase ninguém mais, crê que os recém-nascidos morram por olhar forte de homem bêbado ou mulher com menstruação.

Estas comarcas, zona de guerra, sofrem o contínuo acosso dos invasores:

– *Aqui estamos na boca do lagarto.*

Muitas mães acodem à luta. As mães que ficam repartem o peito.

1984
Havana

Miguel aos setenta e nove

Ao longo do século, este homem passou pelo pior e muitas vezes morreu por bala ou feitiço. Agora, no exílio, continua acompanhando com brio a guerra de sua gente.

A luz do amanhecer o encontra sempre levantado, barbeado e conspirando. Ele bem poderia ficar dando voltas e mais voltas nas portas giratórias da memória; mas não sabe bancar o surdo quando o chamam as vozes dos tempos e caminhos que ainda não caminhou.

E assim, aos setenta e nove anos de idade, ocorre a cada dia um novo nascimento de Miguel Mármol, velho mestre no ofício do nascer incessante.

1984
Paris

Vão os ecos em busca da voz

Enquanto escrevia palavras que amavam as pessoas, Julio Cortázar ia fazendo sua viagem, viagem ao contrário, pelo túnel do tempo. Ele estava indo do final para o princípio: do desalento ao entusiasmo, da indiferença à paixão, da solidão à solidariedade. Aos seus quase setenta anos, era um menino que tinha todas as idades ao mesmo tempo.

Pássaro que voa para o ovo: Cortázar ia desandando vida, ano após ano, dia após dia, rumo ao abraço dos amantes que fazem o amor que os faz. E agora morre, agora entra na terra, como entrando em mulher regressa o homem ao lugar de onde vem.

1984
Punta Santa Elena

O SEMPRE ABRAÇO

Não faz muito que foram descobertos, na sequidão do que antigamente foi a praia de Zumpa, no Equador. E aqui estão, a todo sol, para quem quiser vê-los: um homem e uma mulher descansam abraçados, dormindo amores, há uma eternidade.

Escavando o cemitério dos índios, uma arqueóloga encontrou este par de esqueletos de amor atados. Há oito mil anos que os amantes de Zumpa cometeram a irreverência de morrer sem se desprender, e qualquer um que se aproxime pode ver que a morte não lhes provoca a menor preocupação.

É surpreendente sua esplêndida formosura, tratando-se de ossos tão feios no meio de tão feio deserto, pura aridez e cinzentice; e mais surpreendente é sua modéstia. Estes amantes, adormecidos no vento, parecem não ter percebido que eles têm mais mistério e grandeza que as pirâmides de Teotihuacán ou o santuário de Machu Picchu ou as cataratas do Iguaçu.

1984
Favela Violeta Parra

O NOME ROUBADO

A ditadura do general Pinochet muda os nomes de vinte favelas, casas de lata e papelão, nos arredores de Santiago do Chile. No rebatismo, Violeta Parra recebe o nome de algum militar heróico.

Mas seus habitantes se negam a usar esse nome não escolhido: eles são Violeta Parra ou não são nada.

Faz tempo, numa unânime assembléia, tinham decidido se chamar como aquela camponesa cantora, de voz gastadinha, que em suas canções briguentas soube celebrar os mistérios do Chile.

Violeta era pecante e picante, amiga do violeiro e da viola e da conversa e do amor, e por dançar e gracejar deixava queimar suas empanadas. *Gracias a la vida, que me ha dado tanto*, cantou em sua última canção; e uma reviravolta de amor atirou-a na morte.

(*334* e *440*)

1984
Tepic

O NOME ENCONTRADO

Na serra mexicana de Nayarit, havia uma comunidade que não tinha nome. Há séculos andava buscando nome essa comunidade de índios huicholes. Carlos González o encontrou, numa pura casualidade.

Este índio huichol tinha vindo à cidade de Tepic para comprar sementes e visitar parentes. Ao atravessar um depósito de lixo, apanhou um livro jogado entre os restos. Há alguns anos Carlos tinha aprendido a ler a língua de Castela, que mal ou bem conseguia ler. Sentado à sombra de um beiral, começou a decifrar as páginas. O livro falava de um país de nome estranho, que Carlos não sabia localizar mas que devia estar bem longe do México, e contava uma história recente.

No caminho de regresso, caminhando serra acima, Carlos continuou lendo. Não podia se soltar desta história de horror e bravura. O personagem central do livro era um homem que tinha cumprido sua palavra. Ao chegar na aldeia, Carlos anunciou, eufórico:

– *Finalmente temos nome!*

E leu o livro, em voz alta, para todos. A tropeçada leitura ocupou quase uma semana. Depois, as cento e cinqüenta famílias votaram. Todas votaram sim. Com danças e cantos selou-se o batizado.

Agora, têm como ser chamados. Esta comunidade leva o nome de um homem digno, que não duvidou na hora de escolher entre a traição e a morte.

– *Vou para Salvador Allende* – dizem, agora, os caminhantes.

(466)

1984
Bluefields

Voando

Funda raiz, alto tronco, florida ramagem: cravada no centro do mundo ergue-se uma árvore sem espinhos, uma árvore dessas que sabem se dar aos pássaros. Ao redor da árvore giram os casais bailadores, umbigo contra umbigo, ondulando ao ritmo de uma música que desperta as pedras e acende o gelo. Enquanto dançam, os dançantes vão vestindo e desvestindo a árvore com longas fitas de todas as cores. Na atormentada costa da Nicarágua, submetida à invasão contínua, a contínuos bombardeios e tiroteios, celebra-se como sempre esta festa do Pau de Maio.

A árvore da vida sabe que jamais cessará, passe o que passe, a música quente que gira ao seu redor. Por muita morte que venha, por muito sangue que corra, os homens e as mulheres serão pela música dançados enquanto sejam pelo ar respirados e pela terra arados e amados.

1986
Montevidéu

Uma carta

Para Arnaldo Orfila Reynal,
Siglo XXI Editores.

Meu querido Arnaldo:

Aqui vai o último volume de Memória do fogo. Como você verá, acaba em 1984. Por que não antes, ou depois, não sei. Talvez porque tenha sido esse o último ano do meu exílio, o fim de um ciclo, o fim de um século; ou talvez porque o livro tenha querido assim. De qualquer maneira, o livro e eu sabemos que a última página é também a primeira.

Desculpe se ficou longo demais. Escrevê-lo foi uma alegria para a mão; e agora me sinto mais que nunca orgulhoso de ter nascido na América, nesta merda, nesta maravilha, durante o século do vento.

Mais não digo, porque não quero pôr palavras no sagrado.

Um abraço,

Eduardo

As Fontes

1. Acebey, David. *Aquí también Domitila*. La Paz, s. ed., 1984.
2. Adams, Willi Paul. *Los Estados Unidos de América*. Madri, Siglo XXI, 1979.
3. Aguiar, Cláudio. *Caldeirão*. Rio de Janeiro, José Olympio, 1982.
4. Aguilar, Camín, Héctor. *Saldos de la revolución. Cultura y política de México, 1910/1980*. México, Nueva Imagen, 1982.
5. Aguiló, Federico. *Significado socio-antropológico de las coplas al Cristo de Santa Vera Cruz*. Texto do II Encontro de Estudos Bolivianos. Cochabamba, 1984.
6. Agudelo, William. *El asalto a San Carlos. Testimonios de Solentiname*. Manágua, Asoc. para el Desarrollo de Solentiname, 1982.
7. Alape, Arturo. *El bogotazo. Memorias del olvido*. Bogotá, Pluma, 1983.
8. *La paz, la violencia: testigos de excepción*. Bogotá, Planeta, 1985.
9. Alegria, Claribel, e Flakoll, D. J. *Cenizas de Izalco*. Barcelona, Seix Barral, 1966.
10. *Nicaragua: la revolución sandinista. Una crônica política, 1855/1979*. México, Era, 1982.
11. Alemán Ocampo, Carlos. *Y también enséñenles a leer.* Depoimentos. Manágua, Nueva Nicaragua, 1984.
12. Alfaro, Eloy. *Narraciones históricas*. Pról. de Malcolm D. Deas. Quito, Ed. Nacional, 1983.
13. Alfaro, Hugo. *Navegar es necesario*. Montevidéu, Banda Oriental, 1985.
14. Ali, Muhammad. *The greatest: my own story*. Nova Iorque, Random, 1975.
15. Allen, Frederick Lewis. *Apenas ayer. Historia informal de la década del 20*. Buenos Aires, Eudeba, 1964.
16. Almaraz Paz, Sergio. *Réquiem para una república*. La Paz, Universidad, 1969.
17. *El poder y la caída*. La Paz/Cochabamba, Amigos del Libro, 1969.
18. Almeida Bosque, Juan. *Contra el agua y el viento*. Havana, Casa de las Américas, 1985.
19. Amado, Jorge. *Los viejos marineros*. Barcelona, Seix Barral, 1983. (Ed. brasileira: *Os velhos marinheiros*. São Paulo, Martins, s. d.)
20. Amorim, Enrique. *El Quiroga que yo conocí*. Montevidéu, Arca, 1983.
21. Anderson, Thomas. *El Salvador. Los sucesos políticos de 1932*. San José da Costa Rica, Educa, 1982.
22. Andrade, Joaquim Pedro de. *Garrincha, alegria do povo*. Filme produzido por Barreto, Nogueira e Richers. Rio de Janeiro, 1963.
23. Andrade, Mário de. *Macunaíma, o herói sem nenhum caráter*. Belo Horizonte/Brasília, Itatiaia, 1984.
24. Andrade, Roberto. *Vida y muerte de Eloy Alfaro*. Quito, El Conejo, 1985.
25. Andreu, Jean. Borges, escritor comprometido. In: *Texto crítico*. Vera-cruz, n.13, abr./jun. 1979.
26. Antezana, Luis E. *Proceso y sentencia de la reforma agraria en Bolivia*. La Paz, Puerta del Sol, 1979.

27. Arenales, Angélica. *Siqueiros*. México, Bellas Artes, 1947.
28. Arévalo Martínez, Rafael. *Ecce Pericles. La tiranía de Manuel Estrada Cabrera en Guatemala*. São José da Costa Rica, Educa, 1983.
29. Arguedas, Alcides. *Pueblo enfermo*. La Paz, Juventud, 1985.
30. Arguedas, José Maria. *El zorro de arriba y el zorra de abajo*. Buenos Aires, Losada, 1971.
31. *Formación de una cultura nacional indoamericana*. México, Siglo XXI, 1975.
32. Aricó, José. Seleção e prólogo. *Mariátegui y los orígenes del marxismo latinoamericano*. México, Pasado y Presente, 1980.
33. Azuela, Mariano. *Los de abajo*. México, FCE, 1960.
34. Baptista Gumucio, Mariano. *Historia contemporánea de Bolivia, 1930/1978*. La Paz, Gisbert, 1978.
35. Barrán, José P., e Benjamin Nahum. *Batlle, los estancieros y el Império Británico. Las primeras reformas*, 1911/1913. Montevidéu, Banda Oriental, 1983.
36. Carreta, Lima. *Os bruzundangas*. São Paulo, Ática, 1985.
37. Bárrett, Rafael. *El dolor paraguayo*. Prólogo de Augusto Roa Bastos. Caracas, Ayacucho, 1978.
38. Bayer, Osvaldo. *Los vengadores de la Patagonia trágica*. Buenos Aires, Galerna, 1972/1974, e Wuppertal, Hammer, 1977.
39. Beals, Carleton. *Banana gold*. Manágua, Nueva Nicaragua, 1983.
40. *Porfirio Díaz*. México, Domes, 1982.
41. Belfrage, Cedric. *The american Inquisition, 1945/1960*. Indianápolis, Bobbs-Merrill, 1973.
42. Bell, John Patrick. *Guerra civil en Costa Rica. Los sucesos políticos de 1948*. São José da Costa Rica, Educa, 1981.
43. Beloch, Israel, e Abreu, Alzira Alves de. *Dicionário histórico-biográfico brasileiro, 1930/1983*. Rio de Janeiro, Fundação Getúlio Vargas, 1984.
44. Benítez, Fernando. *Lázaro Cárdenas y la revolución mexicana. El porfirismo*. México, FCE, 1977.
45. *Lázaro Cárdenas y la revolución mexicana. El cardenismo*. México, FCE, 1980.
46. *Los indios de México*. Tomo III. México, Era, 1979.
47. *La Ciudad de México*, 1325/1982. Barcelona/México, Salvat, 1981/1982.
48. (con otros autores). *Juan Rulfo, homenaje nacional*. México, Bellas Artes/SEP, 1980.
49. Benvenuto, Ofelia Machado de. *Delmira Agustini*. Montevidéu, Ministerio de Instrucción Pública, 1944.
50. Bernays, Edward. *Biography of an idea*. Nova Iorque, Simon and Schuster, 1965.
51. Berry, Mary Frances, e Blassingame, John W. *Long memory. The black experience in America*. Nova Iorque/Oxford, Oxford University, 1982.
52. Bezerra, João. *Como dei cabo de Lampião*. Recife, Massangana, 1983.
53. Bingham, Hiram. *Machu Picchu, la ciudad perdida de los incas*. Madri, Rodas, 1972.
54. Bliss, Michael. *The discovery of insulin*. Toronto, McClelland and Stewart, 1982.
55. Bodard, Lucien. *Masacre de indios en el Amazonas*. Caracas, Tiempo Nuevo, 1970.
56. Bolaños, Pío. *Génesis de la intervención norteamericana en Nicaragua*. Manágua, Nueva Nicaragua, 1984.

57. Bonfil Batalla, Guillermo. *El universo del amate*. México, Museu de Culturas Populares, 1982.
58. Borge, Tomás. *Carlos, el amanecer ya no es una tentación*. Havana, Casa de las Américas, 1980.
59. Borges, Jorge Luis. *Obras completas, 1923/1972*. Buenos Aires, Emecé, 1974.
60. Bosch, Juan. *Trujillo: causas de una tirania sin ejemplo*. Caracas, Las Novedades, 1959.
61. Crisis de la democracia de América en la República Dominicana. In: *Panoramas*. Supl. México, n. 14, 1964.
62. *La revolución de abril*. Santo Domingo, Alta y Omega, 1981.
63. *Clases sociales en la República Dominicana*. São Domingos, PLD, 1982.
64. Bravo-Elizondo, Pedro. La grau huelga del salitre en 1907. In: *Araucaria*, n. 33, Madri, primeiro trimestre de 1986.
65. Branford, Sue, e Glock Oriel. *The last frontier. Fighting over land in the Amazon*. Londres, Zed, 1985.
66. Brecht, Bertolt. *Diario de trabajo*. Buenos Aires, Nueva Visión, 1977.
67. Buarque de Holanda, Sérgio. *Visão do paraíso*. São Paulo, Universidade, 1969.
68. Buitrago, Alejandra. *Conversando con los gannines* (inédito).
71. *Los olvidados*. México, Era, 1980.
72. Burgos, Elisabeth. *Me llamo Rigoberta Menchú y así me nació la conciencia*. Barcelona, Argos-Vergara, 1983.
73. Cabezas, Onar. *La montaña es algo más que una inmensa estepa verde*. Manágua, Nueva Nicaragua, 1982.
74. Cabral, Sérgio. *As escolas de samba: o quê, quem, como, quando e porquê*. Rio de Janeiro, Fontana, 1974.
75. Pixinguinha. *Vida e obra*. Rio de Janeiro, Lidador, 1980.
76. Caputo, Alfredo. *Educación moral y cívica*. Montevidéu, Casa de Estudiante, 1978. Outros livros de texto por Dora Noblía e Graciela Márquez, Sofia Corchs e Alex Pereyra Formoso.
77. Cardenal, Ernesto. *Antología*. Manágua, Nueva Nicaragua, 1984.
78. Cárdenas, Lázaro. *Ideario político*. México, Era, 1976.
79. Cardona Pena, Alfredo. *El monstruo en el laberinto. Conversaciones con Diego Rivera*. México, Diana, 1980.
80. Cardoza y Aragón, Luis. *La nube y el reloj. Pintura mexicana contemporánea*. México, UNAM, 1940.
81. *La revolución guatemalteca*. México, Cuadernos Americanos, 1955.
82. Diego Rivera. *Los frescos en la Secretaria de Educación Pública*. México, SEP, 1980.
83. *Orozco*. México, FCE, 1983.
84. Carías, Marco Virgilio e Slutzky, Daniel. *La guerra inútil. Análisis socio-económico del conflicio entre Honduras y El Salvador*. São José da Costa Rica, Educa, 1971.
85. Carpentier, Alejo. *Tientos y diferencias*. Montevidéu, Arca, 1967.
86. *La música en Cuba*. Havana, Letras Cubanas, 1979.
87. Carr, Raymond. *Puerto Rico: a colonial experiment*. Nova Iorque, Vintage, 1984.
88. Casaus, Víctor. *Girón el la memoria*. Havana, Casa de las Américas, 1970.
89. Cassá, Roberto. *Capitalismo y dictadura*. São Domingos, Universidad, 1982.

90. Castro, Fidel. *La revolución cubana*, 1953/1962. México, Era, 1972.
91. *Hoy somos un pueblo entero*. México, Siglo XXI, 1973.
92. Castro, Josué de. *Geografia da fome*. Rio de Janeiro, O Cruzeiro, 1946.
93. Cepeda Samudio, Álvaro. *La casa grande*. Buenos Aires, Jorge Alvarez, 1967.
94. Central Intelligence Agency. *Manuales de sabotaje y guerra psicológica para derrocar al gobierno sandinista*. Prólogo de Philip Agee. Madri, Fundamentos, 1985.
95. Cervantes Angulo, José. *La noche de las luciérnagas*. Bogotá, Piaza y Janés, 1980.
96. Céspedes, Augusto. *Sangre de mestizos. Relatos de la guerra del Chaco*. La Paz, Juventud, 1983.
97. *El presidente colgado*. La Paz, Juventud, 1985.
98. *Cien años de lucha*. Vários autores. Edição especial da revista *Cuba*, Havana, out. 1968.
99. Clark, Ronaid William. Edison: *the man who made the future*. Nova Iorque, Putnam, 1977.
100. Clase, Pablo. *Rubi. La vida de Porfirio Rubirosa*. São Domingos, Cosmos, 1979.
101 Crassweller, Robert D. *Trujillo. La trágica aventura del poder personal*. Barcelona, Bruguera, 1968.
102. Crawley, Eduardo. *Dictators never die. A portrait of Nicaragua and the Somozas*. Londres, Hurst, 1979.
103. Colombres, Adolfo. *Seres sobrenaturales de la cultura popular argentina*. Buenos Aires, Del Sol, 1984.
104. Coluccio, Félix. *Diccionario folklórico argentino*. Buenos Aires, 1948.
105. Collier, James Lincoln. *Louis Armstrong: an american genius*. Nova Iorque, Oxford University, 1983.
106. Comisión Argentina por los Derechos Humanos. *Argentina: proceso al genocidio*. Madri, Querejeta, 1977.
107. Comisión Nacional sobre la Desaparición de Personas. *Nunca más*. Buenos Aires, Eudeba, 1984.
108. Committee on Foreign Relations, The United States Senate. *Briefing on the cuban situation*. Washington, 2 de maio de 1961.
109. Committee to Study Governmental Operations with Respect to Intelligence Activities, The United States Senate. *Alleged assassination plots involving foreign leaders: an interim report*. Washington, 20 de novembro de 1975.
110. Condarco Morales, Ramiro. *Zárate, el temible Willka. Historia de la rebelión indígena de 1899*. La Paz, s. ed., 1982.
111. Condori Mamani, Gregorio. *De nosotros, los runas*. Depoimento recolhido por Ricardo Valderrama e Carmen Escalante. Madri, Alfaguara, 1983.
112. Constantine, Mildred. *Tina Modotti. Una vida frágil*. México, FCE, 1979.
113. Cooke, Alistair. *America*, Nova Iorque, Knopf, 1977.
114. Cordero Velásquez, Luis. *Gómez y las fuerzas vivas*. Caracas, Lumego, 1985.
115. Corrêa, Marcos Sá. *1964 visto e comentado pela Casa Branca*. Porto Alegre, L&PM, 1977.
116. Corretger, Juan Antonio. *Albizu Campos*. Montevidéu, El Siglo Ilustrado, 1969.
117. Cueva, Gabriela de la. *Memorias de una caraqueña de antes del diluvio*. San Sebastián, s. ed., 1982.

118. Cummins, Lejeune. *Don Quijote en burro*. Manágua, Nueva Nicaragua, 1983.
119. Cunha, Euclides da. A margem da Historia. In: *Obra completa*. Rio de Janeiro, Aguilar, 1966.
120. Chandler, Billy Jaynes. *Lampião, o rei dos cangaceiros*. Rio de Janeiro, Paz e Terra, 1980.
121. Chaplin, Charlie. *Historia de mi vida*. Madri, Taurus, 1965.
122. Christensen, Eleanor Ingalls. *The art of Haiti*. Filadélfia, Art Alliance, 1975.
123. Chumbita, Hugo. *Bairoletto. Prontuario y leyenda*. Buenos Aires, Marlona, 1974.
124. Daher, José Miguel. Méndez: el Partido Demócrata de EE.UU. es socio de la sedición. In: *La Mañana*. Montevidéu, 9 out. 1976.
125. Dalton, Roque. *Las historias proibidas del Pulgarcito*. México, Siglo XXI, 1974.
126. *Miguel Mármol. Los sucesos de 1932 en El Salvador*. Havana, Casa de las Américas, 1983.
127. *Poesía*. Antologia por Mario Benedetti. Havana, Casa de las Américas, 1980.
128. Dardis, Tom. *Keaton. The man who wouldn't lie down*. Nova Iorque, Scribner's, 1979.
129. Darío, Rubén. *Poesía*. Prólogo de Ángel Rama. Caracas, Ayacucho, 1977.
130. Davies, Marion. *The times we had. Life with William Randolph Hearst*. Indianápolis/Nova Iorque, Bobbs-Merrill, 1975.
131. Delgado Aparaín, Mario. Mire que sos loco, Obdulio. In: *Jaque*. Montevidéu, 25 jan. 1985.
132. Deutscher, Isaac. *The prophet outcast*. Trotsky, 1929/1940. Londres, Oxford University, 1963.
133. Della Cava, Ralph. *Milagre em Joazeiro*. Rio de Janeiro, Paz e Terra, 1977.
134. *Diario del Juicio, el*. Versões taquigráficas do processo aos chefes da ditadura. Buenos Aires, Perfil, 1985.
135. Jornais *El Nacional e Últimas noticias*. Caracas, 28 e 29 ago. 1977.
136. Dias, José Humberto. Benjamin Abrahão, o mascate que filmou Lampião. In: *Cadernos de Pesquisa*. Rio de Janeiro, Embrafilme. n. 1, set. 1984.
137. *Documentos de la CIA. Cuba acusa*. Havana, Ministerio de Cultura, 1981.
138. *Documentos secretos de la ITT*. Santiago de Chile, Quimantú, 1972.
139. Dorfman, Ariel & Mattelart, Armand. *Para leer al Pato Donald*. Mexico, Siglo XXI, 1978.
140. Dower, John. *War without mercy. Race and power in the Pacific war*. Nova Iorque, Pantheon, 1986.
141. Dreifuss, René Armand. *1964: A conquista do Estado. Ação política, poder e golpe de classe*. Petrópolis, Vozes, 1981.
142. Drot, Jean-Marie. *Journal de voyage chez les peintres de la fête et du vaudou en Haiti*. Genebra, Skira, 1974.
143. Duhalde, Eduardo Luis. *El Estado terrorista argentino*. Buenos Aires, El Caballito, 1983.
144. Dumont, Alberto Santos. *O que eu vi, o que nós veremos*. Rio de Janeiro, Tribunal de Contas, 1973.
145. Duncan, Isadora. *Mi vida*. Madri, Debate, 1977.
146. Durst, Rogério. *Madame Satã: com o diabo no corpo*. São Paulo, Brasiliense, 1985.

147. Eco, Umberto. *Apocalípticos e integrados ante la cultura de masas*. Barcelona, Lumen, 1968.
148. Edison, Thomas Alva. *Diary*. Old Greenwich, Chatham, 1971.
149. Edwards, Audrey, e Wohl, Gary. *Muhammad Ali. The people's champ*. Boston/ Toronto, Little, Brown, 1977.
150. Einstein, Albert. *Notas autobiográficas*. Madri, Alianza, 1984.
151. Eisenstein, S. M., *!Que viva México!*. Prólogo de José de la Colina. México, Era, 1971.
152. Eigreably, Jordan. A través del fuego – entrevista con James Baldwin. In: *Quimera*. Barcelona, n. 41, 1984.
153. Enzensberger, Hans Magnus. *Política y delito*. Barcelona, Seix-Barral, 1968.
154. Escobar Bethancourt, Rómulo. *Torrijos: !colonia americana, no!* Bogotá, Valencia, 1981.
155. Faingold, Raquel Zimerman de. *Memorias de una familia inmigrante* (inédito).
156. Fairbank, John K. *The United States and China*. Cambridge, Harvard University, 1958.
157. Fajardo Sainz, Humberto. *La herencia de la coca. Pasado y presente de la cocaína*. La Paz, Universo, 1984.
158. Falcão, Edgard de Cerqueira. *A incompreensão de uma época*. São Paulo, Tribunais, 1971.
159. Fals Borda, Orlando. *Historia doble de la Costa. Resistencia en el San Jorge*. Bogotá, Valencia, 1984.
160. Historia doble *de la Costa. Retorno a la tierra*. Bogotá, Valencia, 1986.
161. Faría Castro, Haroldo e Flávia de. Los mil y un sombreros de la cultura boliviana. In: *Geomundo*. Santiago do Chile, v. 8, n. 6, jun. 1984.
162. Fast, Howard. *La pasión de Sacco y Vanzetti. Una leyenda de la Nueva Inglaterra*. Buenos Aires, Siglo Veinte, 1955.
163. Faulkner, William. *Absalón, Absalón*. Madri, Alianza, 1971. (Ed. brasileira: *Absalão, Absalão*. Rio de Janeiro, Nova Fronteira, 1981.)
164. Federação Universitaria de Córdoba. *La reforma universitaria*. Buenos Aires, FUBA, 1959.
165. Feinstein, Elaine. *Bessie Smith, empresa of the blues*. Nova Iorque, Viking, 1985.
166. Folino, Norberto. *Barceló, Ruggierito y el populismo oligárquico*. Buenos Aires, Falbo, 1966.
167. Foner, Philip S. *Joe Hill*. Havana, Ciencias Sociales, 1985.
168. Ford, Henry (com Samuel Crowther). *My life and work*. Nova Iorque, Doubleday, 1926.
169. Foxley, A. *Experimentos neoliberales en América Latina*. Santiago do Chile, Cieplan, 1982.
170. Freyre, Gilberto. *Casa-grande e senzala*. Rio de Janeiro, José Olympio, 1966.
171. Fróes, Leonardo. *A casa da Flor*. Rio de Janeiro, Funarte, 1978.
172. Frontaura Argandoña, Manuel. *La revolución boliviana*. La Paz/Cochabamba, Amigo del Libro, 1974.
173. Gabetta, Carlos. *Todos somos subversivos*. Buenos Aires, Bruguera, 1983.
174. Gaitán, Jorge Eliécer. 1928. *La masacre de las bananeras*. Bogotá, Los Comuneros, s/d.

175. Galarza Zavala, Jaime. *Quiénes mataron a Roldós*. Quito, Solitierra, 1982.
176. Galasso, Norberto *et alii*. *La década infame*. Buenos Aires, Carlos Pérez, 1969.
177. Galíndez, Jesús. *La era de Trujillo*. Buenos Aires, Sudamericana, 1962.
178. Gálvez, Manuel. *Vida de Hipólito Yrigoyen*. Buenos Aires, Tor, 1951.
179. Gálvez, William. *Camilo, señor de la vanguardia*. Havana, Ciencias Sociales, 1979.
180. Gandarillas, Arturo G. Detrás de linderos del odio: laimes y jucumanis. In: *Hoy*. La Paz, 16 out. 1973.
181. Garcés, Joan. *El Estado y los problemas tácticos en el gobierno de Allende*. México, Siglo XXI, 1974.
182. García, F. Chris. Org. *Chicago politics: readings*. Nova Iorque, MSS, 1973.
183. García Canclini, Néstor. *Las culturas populares en el capitalismo*. Havana, Casa de las Américas, 1982.
184. García Lupo, Rogelio. Mil trescientos dientes de Gardel. In: *Marcha*. Montevidéu, n. 1004, 8 abr. 1960.
185. *Diplomacia secreta y rendición incondicional*. Buenos Aires, Legasa, 1983.
186. García Márquez, Gabriel. *La hojarasca*. Buenos Aires, Sudamericana, 1969.
187. *Cien años de soledad*. Buenos Aires, Sudamericana, 1967.
188. Algo más sobre literatura y realidad. In: *El País*. Madri. 1º jul. 1981.
189. La soledad de la América Latina (discurso de recepção do Prêmio Nobel. In: *Casa*. Havana, n. 137, mar./abr. 1983.
190. Garmendia, Hermann. *Maria Lionza, ángel y demonio*. Caracas, Seleven, 1980.
191. Garrido, Atilio. Obdulio Varela. Su vida, su gloria y su leyenda. In: *El Diario*, supl. Estrellas Deportivas. Montevidéu, 20 set. 1977.
192. Gallegos Lara, Joaquín. *Las cruces sobre el agua*. Quito, El Conejo, 1985.
193. Gil, Pio. *El Cabito*. Caracas, Biblioteca de autores e temas tachirenses, 1971.
194. Gilly, Adolfo. *La revolución interrumpida*. México, El Caballito, 1971.
195. Gilman, Charlotte Perkins. *Herland*. Prólogo de Ann J. Lane. Nova Iorque, Pantheon, 1979.
196. *The yellow wallpaper and other fiction*. Prólogo de Ann J. Lane, Nova Iorque, Pantheon, 1980.
197. Goldman, Albert. *Elvis*. Nova Iorque, McGraw-Hill, 1981.
198. Gómez Yera, Sara. La rumba. In: *Cuba*. Havana, dez. 1964.
199. González, José Luiz. *El país de cuatro pisos y otros ensayos*. São João de Porto Rico, Huracán, 1980.
200. González, Luis. *Pueblo en vilo*. México, FCE, 1984.
201. *Historia de la Revolución Mexicana, 1934/1940: Los días del presidente Cárdenas*. México, Colegio de México, 1981.
202. González Bermejo, Ernesto. Entrevista com Atahualpa Yupanqui. In: *Crisis*. Buenos Aires, n. 29, set. 1975.
203. ?Qué pasa hoy en el Perú? In: *Crisis*. Buenos Aires, n. 36, abr. 1976.
204. *Las manos en el fuego*. Montevidéu, Banda Oriental, 1985.
205. Granados, Pedro. *Carpas de México. Leyendas, anécdotas e historia del teatro popular*. México, Universo, 1984.
206. Griguilevich, José. *Pancho Villa*. Havana, Casa de las Américas, s/d.
207. Grupo Areíto. *Contra viento y marea*. Havana, Casa de las Américas, 1978.

208. Guerra, Ramiro. *La expansión territorial de los Estados Unidos*. Havana, Ciencias Sociales, 1975.
209. Guevara, Ernesto Che. *Pasajes de la guerra revolucionaria*. Havana, Arte y Literatura, 1975.
210. Camilo, imagen del pueblo. In: *Granma*. Havana, 25 out. 1967.
211. El *socialismo y el hombre nuevo*. México, Siglo XXI, 1977.
212. *El diario del Che en Bolivia*. Bilbao, Zalla, 1968.
213. *Escrito y discursos*. Havana, Ciencias Sociales, 1977.
214. Guiles, Fred Lawrence. *Norma Jean*, Nova Iorque, McGraw-Hill, 1969.
215. Guillén, Nicolas. Un olivo en la colina. In: *Hoy*. Havana. 24 abr. 1960.
216. Guzmán, Martín Luis. *El águila y la serpiente*. México, Cía. General de Ediciones, 1977.
217. Guzmán Campos, Germán, Orlando Fals Borda e Eduardo Umanã Luna. *La violência en Colombia*. Bogotá, Valencia, 1980.
218. Hardwick, Richard. *Charles Richard Drew: pioneer in blood research*, Nova Iorque, Scribner's, 1967.
219. Hellman, Lillian. *Tiempo de canallas*. México, FCE, 1980.
220. Hemingway, Ernest. *Enviado especial*. Barcelona, Planeta, 1968.
221. Henault, Mirta. *Alicia Moreau de Justo*. Buenos Aires, Centro Editor, 1983.
222. Heras León, Eduardo. *Entrevista com Miguel Mármol* (inédita).
223. Hermann, Hamlet. *Francis Caamaño*. São Domingos, Alfa y Omega, 1983.
224. Herrera, Hayden. *Frida. A biography of Frida Kahlo*. Nova Iorque, Harper and Row, 1983.
225. Hevia Cosculluela, Manuel. *Pasaporte 11.333. Ocho años con la CIA*. Havana, Ciencias Sociales, 1978.
226. Hidrovo Velasquez, Horacio. *Un hombre y un río*. Portoviejo, Gregorio, 1982.
227. Hobsbawn, Eric J. *Rebeldes primitivos*. Barcelona, Ariel, 1974.
228. Hoffmann, Banesh. *Einstein*. Barcelona, Salvat, 1984.
229. Huezo, Francisco. *Últimos días de Rubén Darío*. Manágua, Renacimiento, 1925.
230. Huneeus, Pablo. *La cultura huachaca o el aporte de la televisión*. Santiago do Chile, Nueva Generación, 1981.
231. *Lo comido y lo bailado*... Santiago do Chile, Nueva Generación, 1984.
232. Hurt, Henry. *Reasonable doubt. An investigation into the assassination of John E Kennedy*. Nova Iorque, Holt, Rinehart and Winston, 1986.
233. Huxley, Francis. *The invisibles*. Londres, Hart-Davis, 1966.
234. Ianni, Octavio. *El Estado capitalista en la época de Cárdenas*. México, Era, 1985.
235. Informes sobre a violação de direitos humanos no Uruguai; realizados por Amnesty International, a Comissão de Direitos Humanos e o Comitê de Direitos Humanos das Nações Unidas e a Comissão Interamericana de Direitos Humanos da OEA.
236. Instituto de Estudios del Sandinismo. *Ni vamos a poder caminar de tantas flores*. Depoimentos de soldados de Sandino (inédito).
237. *El sandinismo. Documentos básicos*. Manágua, Nueva Nicaragua, 1983.
238. *La insurrección popular sandinista en Masaya*. Manágua, Nueva Nicaragua, 1982.
239. *!Y se armó la runga!*.., depoimentos. Manágua, Nueva Nicaragua, 1982.

240. Jaramillo-Levi, Enrique, *et allii*. *Una explosión en América: el canal de Panamá*. México, Siglo XXI, 1976.
241. Jenks, Leland H. *Nuestra colonia de Cuba*. Buenos Aires, Palestra, 1961.
242. Johnson, James Weldon. *Along this way*. Nova Iorque, Viking, 1933.
243. Jonas Bodenheimer, Susanne. *La ideologia social demócrata en Costa Rica*. San José da Costa Rica, Educa, 1984.
244. Julião, Francisco e Rodríguez, Angélica. Depoimento de Gregoria Zúñiga em Os últimos soldados de Zapata. In: *Crisis*. Buenos Aires, n. 21, jan. 1975.
245. Katz, Friedrich. *La servidumbre agraria en México en la época porfiriana*. México, Era, 1982.
246. *La guerra secreta en México*. México, Era, 1983.
247. Kerr, Elizabeth M. *El imperio gótico de William Faulkner*. México, Noema, 1982.
248. Klare, Michael T., e Stein, Nancy. *Armas y poder en América Latina*. México, Era, 1978.
249. Kobal, John. *Rita Hayworth. Portrait of a love goddess*. Nova lorque, Berkley, 1983.
250. Krehm, William. *Democracia y tiranias en el Caribe*. Buenos Aires, Palestra, 1959.
251. Labourt, José. *Sana, sana, culito de rana*... São Domingos, Taller, 1979.
252. Lajolo, Marisa. *Monteiro Lobato. A modernidade do contra*. São Paulo, Brasiliense, 1985.
253. Landes, Ruth. *A cidade das mulheres*. Rio de Janeiro, Civilização Brasileira, 1967.
254. Lane, Mark, e Gregory, Dick. *Code name Zorro. The murder of Martin Luther King*. Englewood Cliffs, Prentice-Hall, 1977.
255. Lapassade, Georges, e Luz, Marco Aurélio. *O segredo da macumba*. Rio de Janeiro, Paz e Terra, 1972.
256. Larco, Juan *et allii*. *Recopilación de textos sobre José María Arguedas*. Havana, Casa de las Américas, 1976.
257. Latin America Bureau. *Narcotráfico y política*. Madri, Iepala, 1982.
258. Lauer, Mirko. *Crítica de la artesanía. Plástica y sociedad en los Andes peruanos*. Lima, Desco, 1982.
259. La Valle, Raniero, e Bimbi, Linda. *Marianella e i suoi fratelli. Una storia latínoamericana*, Milão, Feitrinelli, 1983.
260. Lavretski, I., e Gilly, Adolfo. *Francisco Villa*. México, Macehual, 1978.
261. Levy, Alan. *Ezra Pound: The voice of silence*. Nova Iorque, Permanent, 1983.
262. Lichello, Robert. *Pioneer in blood plasma. Dr. Chartes R. Drew*. Nova Iorque, Mussner, 1968.
263. Lima, Lourenço Moreira. *A Coluna Prestes (marchas e combates)*. São Paulo, Alfa-Omega, 1979.
264. Loetscher, Hugo. *El descubrimiento de Suiza por los indios*. Cochabamba, Amigos del Libro, 1983.
265. Loor, Wilfrido. *Eloy Alfaro*. Quito, s. ed. 1982.
266. López, Oscar Luis. *La radio en Cuba*. Havana, Letras Cubanas, 1981.
267. López, Santos. *Memorias de un soldado*. Manágua, FER, 1974.
268. López Vigil, José lgnacio. *Radio Pío XII: una mina de coraje*. Quito, Aler/Pío XII, 1984.

269. Lowenthal, Abraham F. *The dominican intervention*. Cambridge, Harvard University, 1972.
270. Luna. Félix. *Atahualpa Yupanqui*. Madri, Júcar, 1974.
271. Machado, Carlos. *Historia de los orientales*. Montevidéu, Banda Oriental, 1985.
272. Magalhães Júnior, R. *Rui. O homem e o mito*. Rio de Janeiro, Civilização Brasileira, 1964.
273. Maggiolo, Oscar J. Política de desarrollo científico y tecnológico de América Latina. In: *Gaceta de La Universidad*. Montevidéu, mar./abr. 1968.
274. Mailer, Norman. *Marilyn*. Barcelona, Lumen, 1974.
275. Maldonado-Denis, Manuel. *Puerto Rico: mito y realidad*. São João de Porto Rico, Antillana, 1969.
276. Manchester, William. *Gloria y ensueño. Una historia narrativa de los Estados Unidos*. Barcelona, Grijalbo, 1976.
277. Mariátegui, José Carlos. *Obras*. Havana, Casa de las Américas, 1982.
278. Marín, Germán. *Una historia fantástica y calculada: la CIA en el país de los chilenos*. México, Siglo XXI, 1976.
279. Mário Filho. *O negro no futebol brasileiro*. Rio de Janeiro, Civilização Brasileira, 1964.
280. Mariz, Vasco. *Heitor Villa-Lobos, compositor brasileiro*. Rio de Janeiro, Zahar, 1983.
281. Martin, John Bartlow. *El destino dominicano. La crisis dominicana desde la caída de Trujillo hasta la guerra civil*. São Domingos, Ed. Santo Domingo, 1975.
282. Martinez, Thomas M. Adversiting and racism: the case of the mexican-american. In: *El Grito*. 1969.
283. Martínez Assad, Carlos. *El laboratorio de la revolución: el Tabasco garridista*. México, Siglo XXI, 1979.
284. Martínez Moreno, Carlos (seleção). *Color del 900*, em "Capítulo oriental". Montevidéu, Cedal, 1968.
285. Matos, Cláudia. *Acertei no milhar. Samba e malandragem no tempo de Getúlio*. Rio de Janeiro, Paz e Terra, 1982.
286. Matos Díaz, Eduardo. *Anecdotario de una tiranía*. San Domingos, Taller, 1976.
287. Mattelart, Armand. *La cultura como empresa multinacional*. México, Era, 1974.
288. May, Stacy, e Galo Plaza. *United States business perfomance abroad. The case study of United Fruit Company in Latin America*. Washington, National Planning, 1958.
289. Medina Castro, Manuel. *Estados Unidos y América Latina, siglo XIX*. Havana, Casa de las Américas, 1968.
290. Mella, Julio Antonio. *Escritos revolucionarios*. México, Siglo XXI, 1978.
291. Mende Tibor. *La Chine et son ombre*. Paris, Seuil, 1960.
292. Méndez Capote, Renée. *Memorias de una cubanita que nació con el siglo*. Santa Clara, Universidad, 1963.
293. Mendoza, Vicente T. *El corrido mexicano*. México, FCE, 1976.
294. Mera, Juan León. *Cantares del pueblo ecuatoriano*. Quito, Banco Central, s/d.
295. Mélraux, Alfred. *Haiti. La terre, les hommes et les dieux*. Neuchâtel, La Baconnière, 1957.
296. Meyer, Eugenia. *Entrevista com Juan Olivera López* (inédita).

297. Meyer, Jean. *La cristiada. La guerra de los cristeros*. México, Siglo XXI, 1973.
298. Molina, Gabriel. *Diario de Girón*. Havana, Política, 1983.
299. Monsiváis, Carlos. *Dias de guardar*. México, Era, 1970.
300. *Amor perdido*. México, Era, 1977.
301. Mora, Arnoldo (seleção e notas). *Monseñor Romero*. São José da Costa Rica, Educa, 1981.
302. Morais, Fernando. *Olga*. São Paulo, Alfa-Omega, 1985.
303. Morel, Edmar. *A revolta da chibata*. Rio de Janeiro, Graal, 1979.
304. Morison, Samuel Eliot *et allii*. *Breve historia de los Estados Unidos*. México, FCE, 1980.
305. Moussinac, León. *Sergei Michailovitch Eisenstein*. Paris, Seghers, 1964.
306. Mota, Carlos Guilherme. *Ideologia da cultura brasileira, 1933/1974*. São Paulo, Ática, 1980.
307. Mourão Filho, Olympio. *Memórias: a verdade de um revolucionário*. Porto Alegre, L&PM, 1978.
308. Murúa, Dámaso. *En Brasil crece un almendro*. México, El Caballito, 1984.
309. *40 cuentos del Güilo Mentiras*. México, Crea, 1984.
310. Nalé Roxlo, Conrado, e Mármol, Mabel. *Genio y figura de Alfonsina Storni*. Buenos Aires, Eudeba, 1966.
311. Navarro, Marysa. *Evita*. Buenos Aires, Corregidor, 1981.
312. Nepomuceno, Eric. *Hemingway: Madrid no era una fiesta*. Madri, Altalena, 1978.
313. Neruda, Pablo. *Confieso que he vivido*. Barcelona, Seix-Barral, 1974.
314. *Obras completas*. Buenos Aires, Losada, 1973,
315. Niemeyer, Oscar. Textos, desenhos e fotos na edição especial da revista *Módulo*. Rio de Janeiro, jun. 1983.
316. Nimuendajú, Curt. *Mapa etno-histórico*. Rio de Janeiro, Fundação Nacional Pró-Memória, 1981.
317. Nosiglia, Julio E. *Botín de guerra*. Buenos Aires, Tierra Fértil, 1985.
318. Novo, Salvador. *Cocina mexicana. Historia gastronómica de la Ciudad de México*. México, Porrúa, 1979.
319. Núñez Jiménez, Antonio. *Wifredo Lam*. Havana, Letras Cubanas, 1982.
320. Núñez Téllez, Carlos. *Un pueblo en armas*. Manágua, FSLN, 1980.
321. O'Connor, Harvey. *La crisis mundial del petróleo*. Buenos Aires, Platina, 1963.
322. Olmo, Rosa del. *Los chigüines de Somoza*. Caracas, Ateneo, 1980.
323. Orozco, José Clemente. *Autobiografía*. México, Era, 1970.
324. Ortiz, Fernando. *Los bailes y el teatro de los negros en el folklore de Cuba*. Havana, Letras Cubanas, 1981.
325. Ortiz Echague, Fernando. Sobre la importancia de la vaca argentina en Paris. Publicado em 1930 e republicado por Rogelio García Lupo na revista *Crisis*, n. 29, Buenos Aires, set. 1975.
326. Ortiz Utelier, Fernando. *El movimiento obrero en Chile. Antecedentes, 1891/ 1919*. Madri, Michay, 1985.
327. Page, Joseph A. *Perón*. Buenos Aires, Vergara, 1984.
328. Paleari, Antonio. *Diccionario mágico jujeño*. São Salvador de Jujuy, Pachamama, 1982.

329. Paliza, Héctor. Los burros fusilados. In: *Presagio*. Culiacan. Sinalan, n.10, abr. 1978.
330. Paoli, Francisco J., E Montalvo, Enrique. *El socialismo olvidado de Yucatán*. México, Siglo XXI, 1980.
331. Paramio, Ludolfo. *Mito e ideologia*. Madri, Corazón, 1971.
332. Pareja Diezcanseco, Alfredo. *Ecuador. La república de 1830 a nuestros días*. Quito, Universidad, 1979.
333. Pareja y Paz Soldán, José. *Juan Vicente Gómes. Un fenómeno telúrico*. Caracas, Ávila Gráfica, 1951.
334. Parra, Violeta. *Violeta del pueblo*. Antologia de Javier Martínez Reverte. Madri, Visor, 1983.
335. Pasley, F. D. *Al Capone*. Pról. de Andrew Sinclair. Madri, Alianza, 1970,
336. Payeras, Mario. *Los días de la selva*. Havana, Casa de las Américas, 1981.
337. Peña Bravo, Raúl. *Hechos y dichos del general Barrientos*. La Paz, s.ed., 1982.
338. Pérez, Ponciana, dita Chana la Vieja. Depoimento. In: *Cuba*. Havana, maio/jun. 1970.
339. Pérez Valle, Eduardo. *El martirio del héroe. Lu muerte de Sandino*. Depoimentos. Manágua, Banco Central, 1980.
340. Perlman, Janice E. *O mito da marginalidade. Favelas e política no Rio de Janeiro*. Rio de Janeiro, Paz e Terra, 1981.
341. Perón, Juan Domingo. *Tres revoluciones militares*, Buenos Aires, Síntesis, 1974.
342. Pineda, Virginia Gutiérrez de, *et allii*. *El gamín*. Bogotá, Unicef/Instituto Colombiano de Bienestar Familiar, 1978.
343. Pinto, L. A. Costa. *Lutas de famílias no Brasil*. São Paulo, Ed.Nacional, 1949.
344. Pocaterra, José Rafael. *Memorias de un venezolano de la decadencia*. Caracas, Monte Ávila, 1979.
345. Politzer, Patricia. *Miedo en Chile*. Depoimentos de Moy de Tohá e outros. Santiago do Chile, Cesoc, 1985.
346. Pollak-Eltz, Angelina. Maria Lionza, mito y culto venezolano. In: *Montalbán*. Caracas, Ucab, n. 2, 1973.
347. Poniatowska, Elena. *La noche de Tlatelolco*. México, Era, 1984.
348. Portela, Fernando, e Bojunga, Cláudio. *Lampião. O cangaceiro e o outro*. São Paulo, Traço, 1982.
349. Pound, Ezra. *Selected cantos*. Nova Iorque, New Directions, 1970.
350. Powers, Thomas. *The man who kept the secrets: Richard Helms and the CIA*. Nova Iorque, Knopf, 1979.
351. Presidencia da República do Haití, Lei de 29 de abril de 1969, Palacio Nacional, Port-au-Prince.
352. Queiroz, Maria Isaura Pereira de. *Os cangaceiros*. São Paulo, Duas Cidades, 1977.
353. *História do cangaço*. São Paulo, Global, 1982.
354. Querejazu Calvo, Roberto. *Masamaclay. Historia política, diplomática y militar de la guerra del Chaco*. Cochabamba/La Paz, Amigos del Libro, 1981.
355. Quijano, Aníbal. *Introducción a Mariátegui*. México, Era, 1982.
356. Quijano, Carlos. Artigos recopilados em *Cuadernos de Marcha*. México/Montevidéu. Ceulal, n. 27 e segs., 1984/85.

357. Quiroga, Horacio. *Selección de cuentos*. Pról. de Emir Rodríguez Monegal. Montevidéu, Ministerio de Instrucción Pública, 1966.
358. *Sobre literatura*. Pról. de Roberto lbáñez. Montevidéu, Arca, 1970.
359. Quiroz Otero, Ciro. *Vallenato. Hombre y canto*. Bogotá, Icaro, 1983.
360. Rama, Ángel. *Las máscaras democráticas del modernismo*. Montevidéu, Fundación Ángel Rama, 1985.
361. Ramírez, Sergio. Pról., sel. e notas. *Augusto C. Sandino. El pensamiento vivo*. Manágua, Nueva Nicaragua, 1984.
362. *Estás en Nicaragua*. Barcelona, Muchnik, 1985.
363. Ramírez, Pedro Felipe. *La vida maravillosa del siervo de Dios*. Caracas, s. ed., 1985.
364. Ramos, Graciliano. *Memórias do cárcere*. Rio de Janeiro, José Olympio, 1954.
365. Ramos, Jorge Abelardo. *Revolución y contrarrevolución en la Argentina*. Buenos Aires, Plus Ultra, 1976.
366. Rangel, Domingo, Alberto. *Gómez, el amo del poder.* Caracas, Vadell, 1980.
367. Recinos, Adrián (versão). *Popol Vuh. Las antiguas Historias del Quiché*. México, FCE, 1976.
368. Reed, John. *México insurgente*. México, Metropolitana, 1973.
369. Rendón, Armando B. *Chicano manifesto*. Nova Iorque, Macmillan, 1971.
370. Rengifo, Antonio. Esbozo biográfico de Ezequiel Urviola y Rivero. In: *Los movimientos campesinos en el Perú, 1879/1965*. Seleção de textos por Wilfredo Kapsoli. Lima, Delva, 1977.
371. *Retrato do Brasil*. Fascículos. Vários autores. São Paulo, Três, 1984.
372. High on cocaine. A 30 billion U.S. habit. In: *Time,* 6 jul. 1981.
373. Revueltas, José. *México 68: Juventud y revolución*. México, Era, 1978.
374. Ribeiro, Berta G. O mapa etno-histórico de Curt Nimuendajú. In: *Revista de Antropologia*. São Paulo. Universidade, v. 25, 1982.
375. Ribeiro, Darcy. *Os índios e a civilização*. Petrópolis, Vozes, 1982.
376. Discurso de recepção do título de Doutor *honoris causa* da Universidade de Paris VII, 3 de maio de 1979. In: *Módulo*. Rio de Janeiro, 1979.
377. *Ensaios insólitos*. Porto Alegre, L&PM, 1979.
378. *Aos trancos e barrancos. Como o Brasil deu no que deu*. Rio de Janeiro, Guanabara, 1986.
379. Rivera, Jorge B., sel. Discépolo. In: *Cuadernos de Crisis*. Buenos Aires, n. 3, dez. 1973.
380. Roa Bastos, Augusto. *Hijo de hombre*. Buenos Aires, Losada, 1960.
381. Robeson, Paul. *Paulo Robeson speaks*. Introdução e seleção de textos por Philip 5. Foner. Secaucus, Citadel, 1978.
382. Robinson, David. *Buster Keaton*. Bloomington, University of Indiana, 1970.
383. *Chaplin. his life and art*. Londres, Collins, 1985.
384. Rockefeller, David. Carta ao general Jorge Rafael Videla. In: *El Periodista*. Buenos Aires, n. 71, 17 a 23 jan. 1986.
385. Rodman, Selden. *Renaissance in Haiti. Popular painters in the black republic*. Nova Iorque, Pellegrini and Cudahy, 1948.
386. Rodó, José Enrique. *Ariel*. Madri, Espasa-Calpe, 1971.
387. Rodríguez, Antonio. *A history of mexican mural painting*. Londres, Thames and Hudson, 1969.

388. Rodríguez, Carlos. Astriz, El ángel exterminador. In: *Madres de Plaza de Mayo*. Buenos Aires, n. 2, jan. 1985.
389. Rodríguez Monegal, Emir. *Sexo y poesía en el 900*. Montevidéu, Alfa, 1969.
390. *El desterrado. Vida y obra de Horacio Quiroga*. Buenos Aires, Losada, 1968.
391. Roeder, Ralph. *Hacia el México moderno: Porfirio Díaz*. México, FCE, 1973.
392. Rojas, Marta. *El que debe vivir.* Havana, Casa de las Américas, 1978.
393. Román, José. *Maldito país*. Manágua, El Pez y la Serpiente, 1983.
394. Rosencof, Mauricio. Declarações a Mercedes Ramírez e Laura Oreggioni. In: *Asamblea*. Montevidéo, n. 38 abr. 1985.
395. Rovere, Richard H. *McCarthy y el macartismo*. Buenos Aires, Palestra, 1962.
396. Rowles, James. *El conflicto Honduras-El Salvador y el orden jurídico internacional*. São José da Costa Rica, Educa, 1980.
397. Rozitchner, León. *Moral burguesa y revolución*. Buenos Aires, Procyón, 1963.
398. Ruffinelli, Jorge. *El otro México en la obra de Traven, Lawrence & Lowry*. México, Nueva Imagen, 1978.
399. Rugama, Leonel. *La tierra es un satélite de la luna*. Managuá, Nueva Nicaragua, 1983.
400. Rulfo, Juan. *Pedro Páramo e el llano en llamas*. Barcelona, Planeta, 1982.
401. Saia, Luiz Henrique. *Carmen Miranda*. São Paulo, Brasiliense, 1984.
402. Salamanca, Daniel. *Documentos para una historia de la guerra del Chaco*. La Paz, Don Bosco, 1951.
403. Salazar, Ruben. Artigos publicados em *Los Ángeles times,* entre fevereiro e agosto de 1970.
404. Salazar Valiente, Mario. El Salvador: crisis, dictadura, lucha, 1920/1980, In: *América Latina: historia de medio siglo*. México, Siglo XXI, 1981.
405. Salvatierra, Sofonías. *Sandino o la tragedia de un pueblo*. Madrid, Taleres Europa, 1943.
406. Samper Pizano, Ernesto *et alii*. *Legalización de la marihuana*. Bogotá, Tercer Mundo, 1980.
407. Sampson, Anthony. *The sovereign state off ITT*. Greenwich, Fawcett, 1974.
408. Sánchez, Gonzalo, e Meertens, Donny. *Bandoleros, gamonales y campesinos. El caso de la violencia en Colombia*. Bogotá, El Áncora, 1983.
409. Sante, Luc. Relic. In: *The New York Review of Books*. Nova Iorque, v. 28, n. 20, 17 abr. 1981.
410. Saume Barrios, Jeús, *Silleta de cuero*. Caracas, s. ed., 1985.
411. Schaden, Ego. Curt Nimuendajú. Quarenta anos a serviço do índio brasileiro e do estudo de sua cultura. In: *Problemas Brasileiros*. São Paulo, dez. 1973.
412. Scalabrini Ortiz, Raúl. *El hombre que está solo y espera*. Buenos Aires, Plus Ultra, 1964.
413. Schinca, Milton. *Boulevard Sarandí. Anédotas, gentes, sucesos, del pasado montevideano*. Montevidéo, Banda Oriental, 1979.
414. Schifter, Jacobo. *La fase oculta de la guerra civil en Costa Rica*. São José da Costa Rica, Educa, 1981.
415. Shlesinger, Arthur M. *Los mil días de Kennedy*. Barcelona, Aymá, 1966.
416. Schlesinger, Stephen, e Kinzer, Stephen. *Bitter fruit. The untold story of the american coup in Guatemala*. Nova Iorque, Anchor, 1983.

417. Sebreli, Juan José. *Eva Perón: ?aventurera o militante?* Buenos Aires, Siglo Veinte, 1966.
418. Séjourné, Laurette. *Supervivencias de un mundo mágico*. México, FCE, 1953.
419. Selser, Gregorio. *El pequeño ejército loco*. Manágua, Nueva Nicarágua, 1983.
420. ——. *El guatemalazo*. Buenos Aires, Iguazú, 1961.
421. ——. *!Aquí, Santo Domingo! La tercera guerra sucia*. Buenos Aires, Palestra, 1966.
422. ——. A veinte años del Moncada (cronología y documentos). In: *Cuadernos de Marcha*. Mondevidéo, n. 72, jul. 1973.
423. ——. *El rapto de Panamá*. San José da Costa Rica, Educa, 1982.
424. Senna, Orlando. *Alberto Santos Dumont*. São Paulo, Brasiliense, 1984.
424. Serpa, Phoción. *Oswaldo Cruz. El Pasteur del Brasil, vencedor de la fiebre amarilla*. Buenos Aires, Claridad, 1945.
426. Silva, Clara. *Genio y figura de Delmira Augustini*. Buenos Aires, Eudeba, 1968.
427. Silva, José Dias da. *Brasil, país ocupado*. Rio de Janeiro, Record, 1963.
428. Silva, Marília T. Barbosa da, e Oliveira Filho, Arthur L. de. *Cartola. Os tempos idos*. Rio de Janeiro, Funarte, 1983.
429. Silveira, Cid. Café: *um drama na economia nacional*. Rio de Janeiro, Civilização Brasileira, 1962.
430. Slosser, Bob. *Reagan inside out*. Nova Iorque, Word Books, 1984.
431. Smith, Earl E. T. *El cuarto piso. Relato sobre la revolución comunista de Castro*. México, Diana, 1963.
432. Sodré, Nelson Wernek. *Oscar Niemeyer.* Rio de Janeiro, Graal, 1978.
433. ——. *História militar do Brasil*. Rio de Janeiro, Civilização Brasileira, 1965.
434. Somoza Debayle, Anastasio. *Filosofia social*. Seleção de textos por Armando Luna Silva. Manágua, Presidencia de la República, 1976.
435. Sorensen, Theodore C. *Kennedy*. Nova Iorque, Harper and Row, 1965.
436. Souza, Tárik de. *O som nosso de cada dia*. Porto Alegre, L&PM, 1983.
437. Stock, Noel. *Poet in exile: Ezra Pound*. Nova Iorque, Barnes and Noble, 1964.
438. Stone, Sammuel. *La dinastía de los conquistadores. La crisis del poder en la Costa contemporánea*. São José da Costa Rica, Educa, 1982.
439. Suárez, Roberto. Declaração a *El Diario* e a semanário *Hoy*. La Paz. 3 jul. 1983.
440. Subercaseaux, Bernardo, com Patricia Stambuk e Jaime Londoño. *Violeta Parra: Gracias a la vida. Testimonios*. Buenos Aires, Galerna, 1985.
441. Taibo II, Paco Ignacio, e Roberto Vizcaíno. *El socialismo en un solo Puerto, Acapulco, 1919/1923*. México, Extemporáneos, 1983.
442. Teitelboim, Volodia. *Neruda*. Madri, Michay, 1984.
443. Tello, Antonio, e Pizarro, Gonzalo Otero. *Valentino. La seducción manipulada*. Barcelona, Bruguera, 1978.
444. Tibol, Raquel. *Frida Kahlo. Crônica, testimonio y aproximaciones*. México, Cultura Popular, 1977.
445. *Time capsule/1927: A history of the year condensed from the pages of time*. Nova Iorque, Time-Life, 1928.
446. Toqo. *Indiomanual*. Humahuaca, Instituto de Cultura Indígena, 1985.
447. Toriello, Guillermo. *La batalha de Guatemala*. México, Cuadernos Americanos, 1955.

448. Torres, Camilo. *Cristianismo y revolución*. México, Era, 1970.
449. Touraine, Alain. *Vida y muerte del Chile popular*. México, Siglo XXI, 1974.
450. Tribunal Permanente de los Pueblos. *El caso Guatemala*. Madri, Iepala, 1984.
451. Turner, John Kenneth. *México bárbaro*. México, Costa-Amic, 1975.
452. Universidad Nacional de Rio de Cuarto, Córdoba, Argentina. Resolução n. 0092, de 22 de fevereiro de 1977, assinada pelo Reitor Eduardo José Pesoa. In: *Soco Soco*. Rio Cuarto, n. 2, abr. 1986.
453. Valcárcel, Luis E. *Machu Picchu*. Eudeba, 1964.
454. Valle-Castilho. Julio. Introdução a *Prosas políticas* de Rubén Dario. Manágua, Ministerio de Cultura, 1983.
455. Vásquez Dias, Rubén. *Bolivia a la hora del Che*. México, Siglo XXI, 1968.
456. Vásquez Lucio, Oscar E. (Siulnas). *Historia del humor gráfico y escrito en la Argentina, 1801/1939*. Buenos Aires, Eudeba, 1985.
457. Vélez, Julio, e A. Merino. *España en César Vallejo*. Madri, Fundamentos, 1984.
458. Viezzer, Moema. *Si me permiten hablar: testimonio de Domitila, una mujer de las minas de Bolivia*. México, Siglo XXI, 1978,
459. Vignar, Maren. Los ojos de los pájaros. In: Vignar, Maren Marcelo. *Exilio y tortura* (inédito).
460. Waksman Schinca, Daniel *et alii*. *La batalha de Nicaragua*. México, Bruguera, 1980.
461. Walsh, Rodolfo. Carta à Junta Militar. In: *Operación masacre*. Buenos Aires, De la Flor, 1984.
462. Weinstein, Barbara. *The amazon rubber boom, 1850/1920*. Stanford, Stanford University, 1983.
463. Wettstein, Germán. La tradición de la Paradura del Niño. In: *Geomundo*. Edição especial sobre a Venezuela. Panamá, 1983.
464. White, Judith. *Historia de una ignominia: La United Fruit Company en Colombia*. Bogotá, Presencia, 1978.
465. Wise, David, e Ross, Thomas B. *The invisible government*. Nova Iorque, Random, 1964.
466. Witker, Aiejandro. *Salvador Allende, 1908/1973. Prócer de la liberación nacional*. México, UNAM, 1980.
467. Woll, Allen L. *The latin image in american film*. Los Angeles, UCLA, 1977.
468. Womack Jr. John. *Zapata y la revolución mexicana*. México, Siglo XXI, 1979.
469. Wyden, Peter. *Bay of Pigs. The untold story*. Nova Iorque, Simon and Schuster, 1980.
470. Ycaza, Patricio. *Historia del movimento obrero ecuatoriano*. Quito, Cedime, 1984.
471. Ydígoras Fuentes, Miguel, e Rosenthal, Mario. *My war with communism*. Nova Jérsei, Prentice-Hall, 1963.
472. Yupanqui, Atahualpa. *Aires indios*. Buenos Aires, Siglo Veinte, 1985.
473. Zavaleta Mercado, René. *El desarrollo de la conciencia nacional*. Montevidéu, Diálogo, 1967.
474. ——. Consideraciones generales sobre la historia de Bolivia, 1932/1971. In: *América Latina: historia de medio siglo*. Vários autores. México, Siglo XXI, 1982.
475. ——. El estupor de los siglos. In: *Quimera*. Cochabamba, n. l, set. 1985.

IMPRESSÃO:

GRÁFICA EDITORA
Pallotti
IMAGEM DE QUALIDADE

Santa Maria - RS - Fone/Fax: (55) 3222.3050
www.pallotti.com.br
Com filmes fornecidos